D0317600

GRANDES NOVELISTAS

Belva Plain

VOLVER

Traducción de Edith Zilli

DE LA MISMA AUTORA
por nuestro sello editorial

■

DILEMA DE AMOR
COSECHA DE INFORTUNIOS
TESOROS DE LA VIDA
VERDADES OCULTAS
AMANECER
LA CAJA DE MÚSICA
LA COPA DE ORO
TIERRA DE PROMISIÓN
PROMESAS
LA VUELTA AL HOGAR
LEGADO DE SILENCIO
LA MANO DE LA FORTUNA
CENIZAS DE AMOR

Belva Plain

VOLVER

Emecé Editores

Emecé Editores S.A.
Independencia 1668, 1100 Buenos Aires, Argentina
E-mail: editorial@emece.com.ar
http://www:emece.com.ar

Título original: *Looking back*

Diseño de cubierta: *Mario Blanco*
1ª impresión: 7.000 ejemplares
Impreso en Grafinor S. A.,
Lamadrid 1576, Villa Ballester,
en el mes de junio de 2002.

IMPRESO EN LA ARGENTINA / PRINTED IN ARGENTINA
Queda hecho el depósito que previene la ley 11.723
ISBN: 950-04-2378-2

Prólogo

En una posada campestre sobre la costa de Maine, dos hombres de cierta edad contemplaban, desde dos sillones de jardín instalados a determinada distancia, cómo el henchido oleaje verde oliva del Atlántico pegaba contra las rocas del acantilado. Un observador atento habría reconocido la clase a la que pertenecían: viejas chaquetas de lana de buen corte, mocasines lustrados y reticencia frente a los desconocidos. No habían pronunciado una palabra.

De pronto uno de ellos interrumpió el silencio.

—¿Es la primera vez que vienes aquí?

—No. Vengo cada tantos años, cada vez que siento la necesidad de ver un océano. La última vez fui al otro lado, al Pacífico.

Las olas rompían, el viento volaba a través de los árboles; volvió el silencio. Al cabo de un rato, como sumido en sus cavilaciones, el otro hombre se dirigió al aire.

—Ayer leí algo interesante. Parece que Balzac dijo: "Detrás de toda gran fortuna hay un crimen".

—Sí, es interesante.

—Eso pensé yo. A propósito: podría contarte algo, si te interesa.

—Claro. Por favor.

Capítulo Uno

Libros, bolsos, tres botellas vacías de gaseosa dietética y los restos de una pizza grande: todo se amontonaba sobre la mesa de naipes, instalada cerca de la ventana abierta. Afuera florecía un mes de mayo verde, perfumado de lilas y césped mojado, vibrante de peatones en los senderos que se entrecruzaban en el patio: desde la biblioteca gótica al moderno edificio de ciencias todo vidrios, el antiguo museo con paredes de ladrillos a la vista y más allá.

—Graduación. Debería ser un comienzo, pero es una conclusión, un funeral.

Las otras dos, sorprendidas, giraron hacia Amanda. Ese doliente comentario no iba con ella. Era una chica activa, con cara inteligente, lozana en su marco de pelo ondeado color caramelo. Siempre estaba llena de optimismo, chispeante. De las tres jóvenes ella era quien más llamaba la atención.

En verdad, había quienes preferían la elegancia clásica y serena de Cecile. Era ella quien ahora observaba, con mejor ánimo:

—Es el comienzo de otra cosa, Amanda.

—Para ti. De toda la promoción, debes de ser la única persona que va a casarse este verano.

—Lo sé. ¿No es ridículo? Me siento como mi propia abuela. Esto es lo que se acostumbraba en sus tiempos, que una se casara en la primavera. —Cecile se burló de sí misma con una sonrisa rosada. —Pero nosotros hemos esperado cuatro años para que él terminara Arquitectura en Nueva York. Ya es bastante. No nos vemos desde que viajé allá, en las vacaciones de invierno. No veo la hora... Si no fuera por todo esto, creo que sería una horrible tristeza abandonarlo —añadió con un suspiro de satisfacción.

—*Ave atque vale* —dijo Norma.

—¿Y eso qué significa? —preguntó Amanda.

—"Hola y adiós". Es latín.

—¡No entiendo que alguien quiera llenarse la cabeza de cosas muertas, y pasar el resto de su vida enseñándolas a otros, que sólo van a usarlo para enseñárselo a otra gente para que tampoco lo use!

—No será por el resto de su vida —protestó Cecile.

—¿Por qué no? Sucede que me gusta —aseguró Norma—. De cualquier modo, soy el bicho raro de la familia. Siempre fue así.

Norma era baja, poco atractiva, de cara demasiado ancha. Pero esa cara, de ojos penetrantes e inquietos, expresaba una vivacidad y una inteligencia extraordinarias; muchas personas, al verla por primera vez, habían experimentado una impresión intensa.

—No eres ningún bicho raro —dijo Amanda, con firmeza.

—Claro que sí. Lo dice hasta mi hermano, que me quiere tanto, porque prefiero leer a comer. Pero no hablemos más de mí. ¿Qué has decidido, Amanda? ¿Vas a quedarte aquí o volverás al sur para siempre?

—No sé. Me cuesta decidirme. Hay algo que me enfurece: nadie me dijo que ser bachiller en artes ya no significa nada. Cuanto menos en mi caso. Si supiera algo *definido*, como tú sabes latín, podría dedicarme directamente a enseñar, aunque sólo fuera en una escuela privada como la tuya, donde no es imprescindible tener un título de docente. Tal como están las cosas, si no hago los cursos de posgrado no sé de qué me servirá. —Amanda suspiró: —Ya puedo ir revoleando una moneda. O paso el verano aquí, achicharrándome en la sequía de Missouri, o cruzo el Mississippi y lo paso sudando en los calores húmedos de mi casa, mientras busco algún empleo, sabe Dios cuál.

Cecile le recordó:

—Decidas lo que decidas, tendrás que volver para mi boda. Tienes que ser doncella de honor. Voy a pagar los pasajes y los vestidos, así que no hay discusión.

—Ven a pasar un par de semanas conmigo —la instó Norma—. Tengo la corazonada de que eso podría ayudarte a solucionar tu problema. No sé si me entiendes.

—No, no te entiendo. —Amanda podía abandonar o retomar su acento provinciano a voluntad. Ahora, con los ojos ensanchados de inocente desconcierto, volvía a cruzar el Mississippi. —¿De qué estás hablando?

Norma rió.

—Lo sabes perfectamente. Larry, mi hermano. Está medio loco por ti. Piensa que eres absolutamente hermosa.

—Bueno, es cierto —aseguró Cecile, con firmeza.

—Larry, tu hermano, no sabe nada de mí. He estado en tu casa apenas dos veces, por dos días en cada oportunidad. ¿Qué puede saber de una persona en tan poco tiempo?

—Mucho —declaró Cecile, con la misma firmeza—. ¡Peter y yo lo supimos a tres días de conocernos, aquí en la universidad! Peter Mack, estudiante del último año, y Cecile Newman, recién ingresada. Era inaudito, pero los dos estábamos seguros, sin importar lo que dijeran los demás.

Amanda se estudió las uñas, óvalos rosa pálido, con las puntas pintadas de blanco al estilo francés; ella misma las mantenía así de hermosas. Pensaba en la última carta de Larry, que había llegado el día anterior. Si las hubiera guardado todas, a esas horas habrían sido doce o trece. Pero no las guardaba. Eran consideradas y muy correctas, pero también demasiado francas y efusivas. Ser admirada es grato, pero eso era tan súbito que llegaba a lo absurdo. Sin embargo, allí estaba su amiga, con su historia de los tres días.

Era obvio que Amanda estaba reflexionando, de modo que Cecile cambió de tema.

—¿No íbamos a hacernos fotografiar abajo, frente a la casa, antes de irnos? —preguntó.

Norma se apresuró a decir:

—Sí, pero hoy no. Y que no sea una foto de cuerpo entero. Antes tendré que planchar una falda larga.

Automáticamente, las otras dos echaron un vistazo a las piernas de Norma y apartaron la mirada con igual prontitud. Eran gruesas y sin forma; los tobillos abultaban tanto como las rodillas; juntos eran tan anchos como una cintura estrecha. Eran esas piernas las que arruinaban la existencia de la muchacha; en cierto modo, le habían *envenenado* la vida... o ella había permitido que se la envenenaran.

(En la escuela primaria los varones me llamaban "patas de piano", hasta que Larry, mi hermano, creció y pudo aporrearlos por decirlo).

—De cualquier modo ahora no puedo —dijo Amanda—. Me aguarda la Cafetería Sundale —agregó, burlona—. ¿Alguna de ustedes piensa pasar más tarde por Sundale?

—¿Estás segura de que no te molesta que vayamos? —preguntó Cecile, suave.

—¿Molestarme? No, ¿por qué? Vengan a ver lo bonito que me queda el uniforme celeste.

—De acuerdo. Si puedo avanzar un poco con lo de mi equipaje. Pero mira esto...

El pequeño ambiente, reducido desde un comienzo, estaba atestado de pertenencias. En los cuartos de Cecile y Norma (que bien podían llamarse cubículos) se amontonaban ropa y libros, todo arrojado al azar sobre las camas. En el suelo se apilaban cajas de libros. Había maletas a la espera de que las llenaran; Amanda notó que eran finas, de cuero y mezclilla, y calculó su precio.

—Oh, bueno, les guardaré unas bombas de crema —dijo—. Si no vienen a la cafetería las traeré a casa, para ponerlas en la heladera.

—De pronto sentí pena por ella —exclamó Cecile cuando la puerta se cerró—. No parece la clase de persona por la que puedes sentir lástima. Desde que la conozco, nunca se ha quejado de nada. Hoy ha sido la primera vez.

—¿Piensas eso? Ella parece obtener tanto placer de cada pequeña cosa... Es casi contagioso cuando estás a su lado.

—¡No, no, no! Lo que a ti te parece una pequeñez, para ella es una enormidad. Debe de haber sufrido muchas privaciones. Me cuesta creer que no te hayas percatado.

Cecile esbozó una sonrisa melancólica.

—Tal vez no me percaté por lo mucho que me han consentido en mi vida.

—Pero no tienes pizca de consentida, Cecile, pese a tus circunstancias. Sólo te falta experiencia.

—Bueno, de algo estoy segura: no ha de ser nada fácil tener una beca con empleo. Pero son tantos los que lo hacen que no parece tan...

—Ella tiene otros problemas —interrumpió Norma—. En su casa la situación debe de ser bastante mala. Y después de haber estado aquí ha de parecerle aún peor. Está muy indecisa entre volver e irse para siempre. Cuando está en mi casa me lo deja entrever, pero apenas.

—Qué extraño. Es tan hermosa, tan inteligente. Viéndola parecería que lo tiene todo.

A las once, cuando Sundale hubo cerrado, Amanda salió a una noche clara y templada. La mayoría de los empleados iban hacia la avenida, donde tomaban el último autobús del día para el largo trayecto de regreso a la ciudad. Sólo una muchacha que vivía en la aldea llevaba el mismo rumbo que Amanda para volver a la universidad. Aunque era bastante más joven (apenas estaba en el último año de secundaria), en esos quince minutos de caminatas, hasta llegar al punto donde debían separarse, habían ido entablando una especie de intimidad. Tal vez lo que la fomentaba era la tranquilidad de ese vecindario de casas dormidas y el retumbar de sus pasos en el sendero solitario.

—Esta noche tus amigas no vinieron —comentó Terry.

—No. Todavía están preparando el equipaje. Yo puedo llevar prácticamente todo en las manos.

—¿No te entristece partir?

—En un sentido, sí. Pero en otro, a veces me arrepiento de haber venido.

—¡No puede ser! Caramba, yo daría cualquier cosa por estudiar allí, aunque me alegro de ir a la universidad del Estado. Cuesta la mitad, quizá menos. Lástima que tantas cosas dependan del dinero, ¿no?

Bajo la débil luz del cielo nocturno, Amanda divisó la cara de la muchacha, vuelta hacia arriba. En su inocencia no tenía cuatro, sino cuarenta años menos que ella.

—Te irá bien, Terry —dijo suavemente, sintiéndose casi maternal.

Y en verdad, era lo más probable. Un sábado por la tarde, a instancias de Terry, Amanda la había visitado en su hogar. La casa era pequeña y sencilla, pero estaba muy bien cuidada por el padre de la muchacha, que era carpintero, y por su madre, que trabajaba en una pastelería; la cocina estaba siempre limpia y fragante de cosas ricas. El hermanito hacía su tarea, sentado a la mesa del cuarto delantero; un fox terrier dormía en su cesta, bajo la mesa. Al salir de la casa Amanda se había vuelto a mirarla. Por un momento tuvo una sensación extraña, una punzada de envidia, como si un círculo mágico rodeara esa vivienda y a todos sus habitantes.

Terry preguntó, curiosa:

—¿Cómo hiciste para conseguir la beca? Debes de haber sido la mejor de tu clase.

—Bueno, sí. Sólo tenía sobresaliente. Pero no todos los sobresalientes son iguales, ¿sabes? Donde yo crecí no tenía mucha competencia. Aquí me costaba mucho más llegar a distinguido.

La chica, aún llena de curiosidad, hizo otra pregunta:

—¿Y cómo llegaste a compartir alojamiento con esas dos amigas tuyas?

—Norma y yo teníamos tres cursos en común. Empezamos a conversar y simpatizamos. Más adelante, cuando Norma y Cecile consiguieron esos cuartos, pidieron que se me asignara el tercer dormitorio.

—¿Cómo se llama la bonita, la de pelo oscuro, que siempre usa faldas escocesas tableadas? ¿La que parece tan juvenil y atlética?

—Ésa es Cecile. Y es atlética, sí. Juega *lacrosse*.

—Y a la otra, ¿qué le pasa en las piernas?

—Una cuestión de glándulas, me dijo Cecile. La pituitaria, la tiroides... algo así.

—Con esas piernas una querría morir, ¿no?

—No sé. Sólo puedo decirte que es una de las mejores personas que yo haya conocido.

—Ah... —Se hizo una pausa; luego, otra pregunta: —¿Por qué dices que te arrepientes de haber venido?

—Te lo diré cuando sepa la respuesta correcta, Terry. Aquí está mi esquina. Que llegues bien a tu casa.

¿Cuál era la respuesta correcta, en verdad? Había dos fuerzas en pugna: una de ellas era la nostalgia del hogar; la otra, la necesidad de mantenerse lejos de casa e iniciar otra vida. A veces el conflicto llegaba casi a agotarla físicamente, sobre todo por el esfuerzo de mantener en reserva sus tribulaciones. Ese día había dejado entrever demasiado. No debía volver a ocurrir.

Todo estaba oscuro y silencioso en el alojamiento, exceptuando una luz tenue en el vestíbulo. Caminó en puntillas hasta la cocina, no más grande que un ropero; después de guardar las bombas de crema en el refrigerador, cerró la puerta sin hacer ruido, para no molestar a las que dormían. A veces, cuando se sorprendía caminando de puntillas, tenía la vaga sensación de ser una intrusa allí, aunque no hubiera ningún motivo sensato que lo justificara. En general, ese último año, en esas habitaciones, había sido estupendo. Lo recordaría como un *collage* de nieve deslizándose por los alféizares, de música en el reproductor de Norma, de platos y copas, salchichas, papas fritas y cerveza, y un agolpamiento de voces femeninas.

Había sido una época curiosamente femenina. Norma no tenía novio; Cecile, que llevaba el diamante de Peter en la mano izquierda, no necesitaba ningún otro, por cierto. "Y yo", pensó Amanda, "no tenía tiempo para novios: cuando no tenía que estudiar para no atrasarme, pasaba trabajando todos los fines de semana y la mitad de las vacaciones, para ganar algún dinero en Sundale". No, nadie habría pensado que un año pasado de ese modo podía haber sido tan estupendo. Y que, a pesar de todo, fuera tan penoso dejarlo atrás.

Ya inquieta, sin deseos de dormir, aunque era medianoche y había estado trajinando desde las cinco de la tarde, Amanda realizó lentamente la rutina de todas las noches: reparó el esmalte descascarado de sus uñas, se masajeó los pies con loción y atendió sus dientes, que eran fuertes y parejos.

—Tienes el labio superior corto —había comentado Norma, que reparaba en todos los detalles—, cuando sonríes se te ven los dientes. Es una suerte que sean tan perfectos.

Suerte. Había tenido mucho de eso, al fin y al cabo. Si estaba allí era sólo por provenir de Mill River y por ser un poquito... no, bastante distinta del resto de su clase. Probablemente era la única a la que le gustaban tanto los libros. Era el *bicho raro* de su familia, como Norma lo era de la suya. Y si el rector no hubiera sido viejo amigo de un miembro importante de la universidad...

Sí, y por añadidura había hecho dos amigas, sus primeras amigas de verdad. En cierto sentido, se sentía más unida a ellas que a sus propias hermanas. Detestaba pensarlo, pero era la verdad. Y eso no tenía nada que ver con todos los favores que Norma y Cecile le habían hecho.

"Aun así, a veces la gente cree lo que quiere creer, ¿no es cierto?", se preguntó. "Si Cecile no hubiera hecho tantas cosas dulces, como regalarme ese suéter..."

El pequeño tesoro azul descansaba en su lustrosa caja de origen, sobre la maleta. Era un duplicado del de Cecile, que ella había admirado inocentemente. Sin duda tenía el deseo escrito en la cara, pues en su cumpleaños su amiga le entregó esa caja elegante, con un lazo de cinta. Aún guardaba ese lazo bajo el suéter.

Venían de otro mundo, Cecile y Norma; ambas eran amigas desde el jardín de infantes, allá en aquella escuela privada rodeada por prados, al menos en las instantáneas. A juzgar por las apariencias, más de uno se habría preguntado qué tenían en común. Pero quien las conociera comprendería, pues Norma era extraordinaria en algunos aspectos. Tenía una memoria fotográfica, literalmente; algo increíble. Era capaz de recorrer con la vista una página de texto y luego repetirla de cabo a rabo. Tocaba muy bien el piano, era ingeniosa y sabía ser divertida. Tal vez todos esos dones eran una compensación por esas piernas horribles. Sabría Dios...

Pero, ¿no era también posible que el estilo de vida de Norma atrajera a Cecile? Siempre iba a visitarla; como vivía en una granja, a veinticinco kilómetros de la pequeña ciudad, probablemente aprovechaba cualquier oportunidad para salir de allí. Norma, en cambio, vivía en una bonita calle suburbana; tenía una casa estupenda, con un jardín encantador y un cuarto de huéspedes con baño privado. Hasta había una mujer, llamada Elsa, para cocinar y hacer la limpieza. A Amanda le había encantado estar allí.

Mi hermano está medio loco por ti.

Él era bastante agradable, muy sereno y cordial. Tenía veintiséis años, pero aparentaba más; era corpulento, de pelo ya ralo, ojos pardos y cara cuadrada, como los de Norma. Ninguno de los dos había heredado del padre la apostura distante y severa. Se llamaba Lawrence. Lawrence Balsan.

Una noche, en el porche, Larry había confesado a Amanda que detestaba ser Lawrence Balsan (hijo). Con gusto hubiera usado su segundo nombre, Daniel, a no ser porque a su padre le agradaba cómo sonaba eso de Lawrence (hijo). Parecía tonto que Larry cediera en eso, a menos que una tuviera en cuenta las ventajas de no enfadar al padre, cuyo nombre figuraba en carteles diseminados por toda la zona: Balsan Bienes Raíces.

La firma tenía tres oficinas; dos estaban a cargo de Larry. Cinco años antes se había graduado con honores en esa misma universidad. ¡Con honores! Norma estaba tan orgullosa como si no fuera la hermana, sino la madre. Bueno, eso era fácil de explicar: la madre había muerto, el padre era reservado y los hijos se habían aferrado el uno al otro.

Mientras reflexionaba, Amanda se cepilló el pelo hasta que le ardió el cuero cabelludo. La gente era fascinante, con sus motivaciones y rarezas. Por ejemplo: ¿qué había visto Larry Balsan en ella, para enamorarse así? Debía de conocer muchachas bonitas por decenas, a no dudarlo.

Pero sin duda ella podría "atraparlo", si se lo proponía. Era evidente que el hombre estaba tambaleándose en el borde. Pero de veras, de veras (como habría dicho Norma), no lo quería. Esos pocos abrazos en la hamaca del porche habían sido prueba suficiente. Amanda no había sentido nada. Y quería sentirlo todo.

Pocos días después, a mediodía, Amanda bajó del autobús al sol torrencial de Mississippi. En toda la calle principal había apenas diez o doce coches estacionados, el número de personas visibles en las calles no era mucho mayor. Cuatro años antes hubiera sabido quiénes eran, probablemente, y ella, a su vez, hubiera sido reconocida; pero esas largas ausencias entre sus breves vacaciones la habían convertido casi en una forastera. Inició la marcha, sin echar siquiera un vistazo a las tiendas, sabía de memoria lo que había en cada escaparate. Lo de siempre: jamones en la carnicería, artículos de tocador en el salón de belleza, pirámides de latas en el almacén, camisas y vaqueros en el local de Ben. La ciudad dormitaba. Era, en su letargo, extraordinariamente fea, exceptuando quizás el cielo de zafiro. Allí no había nada acogedor, nada que permitiera recrear la vista. Nunca antes se había percatado de eso.

La abultada maleta necesitaba ruedas nuevas, pero ella no había tenido tiempo de cambiarlas; su peso la inclinaba hacia un lado, obligándola a cambiar de mano cada cien metros. Del brazo le colgaba, bamboleante, el regalo de despedida de Cecile y Norma: un bolso liviano, a rayas blancas y negras, tan bonito que no había podido apartar su mirada de él durante todo el día. Contenía un libro para leer en el avión y en los tres autobuses que la habían traído a casa. Y también su diploma.

La familia no tenía idea de lo que significaba esa hoja de papel. Sólo sabían que era algo de lo cual enorgullecerse, puesto que la mayor parte de sus conocidos no tenían nada parecido. Mientras avanzaba penosamente, a través del calor que le pegaba la camisa a la espalda, Amanda se entristeció de que ellos no hubieran podido ver la grandiosa ceremonia, los birretes con borlas, las túnicas y las insignias. Tampoco habían oído los bronces de "Pompa y Circunstancia", no habían oído el anuncio de su nombre ni la habían visto ponerse de pie para recibir ese orgulloso papel.

Demasiado gasto. El pasaje de avión, el hotel y el tiempo no trabajado en la fábrica de camisas que empleaba a su padre y a su hermana Lorena. Aun así, papá y mamá habrían ahorrado para costearse el pasaje de autobús, a no ser porque esa misma semana él se había fracturado el fémur en una caída.

Tuvo que detenerse en un sitio sombreado y sentarse en una gran piedra para descansar los brazos trémulos. Allí estaba el familiar cruce de rutas. La fábrica estaba al otro lado de la ciudad, en la dirección de la que ella venía. La escuela, a la derecha; su casa, tres kilómetros más adelante. Todo parecía ser gris. Al parecer no había llovido en mucho tiempo; la ruta, pese a la brea, también era gris. Y lo mismo las casas, muchas de ellas necesitadas de pintura, como la suya.

Sus emociones eran confusas. Y lo dijo en voz alta: "Emociones confusas". El aquí y el allá. El aquí, donde una podía mostrarse como era, sin preocuparse por la impresión que pudiera causar.

—Si eres hermosa —había revelado Norma cierta vez, en un momento de melancolía—, no necesitas preguntarte qué estará pensando la gente sobre ti.

Pero Norma estaba muy, muy equivocada. Ser hermosa no bastaba, en absoluto. Por ejemplo: ¿qué impresión podía causar Amanda en el jefe de su padre o en su hijo? Una impresión muy fugaz, dos segundos, sin duda. Para empezar, eso requería un encuentro que jamás se produciría, pues esa gente solía vivir lejos de la aldea, en una casa con galerías y columas. Provenían de mundos diferentes. Había que ser realista.

Había dejado la maleta y el bolso en el suelo, junto a sus pies. Súbitamente se le ocurrió que el suelo estaba polvoriento y recogió el bolso para inspeccionarlo, temerosa de haberlo dañado. No estaba sucio, gracias a Dios. Adentro llevaba un paraguas plegable, que había comprado para protegerlo en caso de lluvia repentina. Y también el suéter azul, para mayor seguridad, por si la maleta se perdía. Las mejores cosas que poseía (el brazalete de plata, la bata de baño floreada y los guantes forrados de piel suave, que allí no le servirían de nada) eran todas regalos de Norma y Cecile. Sobre todo de Norma, cuya situación parecía ser mucho mejor que la de Cecile.

Se levantó. Sólo quedaba un recodo en el camino; allí la estaría esperando una de sus hermanas, bajo el roble. En casa habrían consultado el horario de los autobuses y calculado el tiempo de caminata, como hacían siempre cuando no había ningún coche disponible para traer a alguien desde la ciudad. Los autos que tenían eran siempre pocos para una familia tan numerosa, donde eran tantos los que iban a trabajar en distintos lugares. "No somos lo que se dice *pobres*, por cierto", reflexionó Amanda, "pero nunca hemos tenido suficiente de nada".

Por cierto, allí estaba por fin Lorena, con una sonrisa grande y alegre en la cara aún aniñada. Y, con gritos de alegría, cada una corrió al encuentro de la otra.

El cuarto de Lorena contenía una cama y una cuna para el bebé. Habían tenido que traer un catre para Amanda; Tommy, ya demasiado crecido para compartir el cuarto con otra de las niñas, compartía ahora la habitación de Hank y Bub. La casa estaba llena a reventar, sobre todo desde que Lorena estaba de regreso allí, con sus tres hijos. Ya no había aire en el cuarto, pues arreciaba la lluvia y la ventana estaba cerrada. Esa noche Amanda se acostó sin bañarse; papá, sus hermanos, su pequeña hermana Baby y los hijos de Lorena habían estado ocupando el baño hasta tan tarde que ella se sintió demasiado cansada para tomar uno.

La tormenta empezó. El estrépito de un trueno sacudió la casa, y el bebé se despertó. En la luz tenue, Amanda pudo ver a Lorena levantarse y abrazarlo. Como gemía, ella le canturreaba y lo acunaba. Eso podía durar hasta las dos de la madrugada, pero cada mañana Lorena se levantaba a las cinco y media para tener el desayuno preparado antes de salir junto a papá rumbo a la fábrica de camisas. Las dificultades habrían sido imposibles de superar para ella, a no ser porque mamá podía quedarse en casa y cuidar de los niños.

—Has cambiado —fue lo primero que dijo.

—¿En qué sentido?

—No sé, pero has cambiado desde la última vez que viniste, para Navidad. Siempre fuiste diferente, Amanda; ahora, más aún.

—Bueno, tú estás igual. Siempre bonita.

No era verdad. Lorena tenía bolsas bajo los ojos y huecos en las mejillas; estaba demasiado flaca; había envejecido. ¡Envejecer a los veintisiete años! Un nudo de compasión atascó la garganta de Amanda.

Claro que las cosas no tenían por qué ser así, sólo porque una viviera en Mill River. No había por qué casarse con un inútil, llevada por un enamoramiento ridículo e inconsciente. Ni era forzoso tener más hijos de los que se podían mantener, como habían hecho papá y mamá. Todo dependía de las decisiones que una tomara en tanto ser pensante.

Tendida en un delgado colchón lleno de bultos, sin poder dormir, la mente de Amanda volvió a la mesa de la cena donde, pocas horas antes, la habían envuelto en una amorosa bienvenida. Tal como ella esperaba, todos daban por sentado que volvía para quedarse.

—Ya casi no te conocemos —se había quejado papá—. El verano pasado viniste sólo por una semana y volviste inmediatamente a esa universidad.

La queja era evidente. Con toda la suavidad posible, Amanda replicó:

—Tenía que volver al trabajo, papá. Allí ganaba bastante bien, con las propinas y la cena gratis... Necesitaba trabajar.

—Ahora que tienes ese diploma podrías conseguir un buen empleo aquí mismo —dijo mamá. Su voz era quejumbrosa y tenía la frente marcada por arrugas de preocupación. Había hecho varios viajes para traer la olla y volver a llenar los platos. —Un buen empleo de oficina en la escuela secundaria. Si lo pides, Amanda, es seguro que te lo darán. Apuesto a que sí. —Mamá lo repetía en cada ocasión.

Luego papá:

—O en la oficina de la fábrica. ¡Imagínate! Tú, Lorena y yo, yendo juntos al trabajo. Yo y Lorena, de uniforme, mientras tú subes la escalera con tus tacones altos y diamantes en las orejas. —Rió entre dientes. —¿Qué te parece?

—Sí, pero que no se te ocurra casarte con algún inútil y volver a casa con chicos como los de Lorena. —Bub, el menor de los varones, que tenía la costumbre de gritar hasta para pedir la manteca: —La casa ya está llena a reventar.

Lorena, que tenía al bebé en el regazo, se inclinó para limpiar la salsa que Dottie tenía en la barbilla. Obviamente estaba demasiado cansada como para contestar.

Mamá intervino para calmarlos, preocupada:

—No hables así, Bub. Nuestras hijas siempre pueden volver a casa con sus pequeños, si nos necesitan.

—Mientras sean tan bonitos como estos tres... —dijo papá—. Mírenlos. ¿Por qué no los ponemos a actuar en el cine? Así todos podremos dejar de trabajar.

—Nosotros también —dijo mamá—. Tú puedes cantar, papá. Yo bailaré.

¡Que pudieran hacer bromas y estar tan alegres, viviendo allí! Sin embargo, allí había crecido ella, acostumbrada a todo eso: al olor a grasa frita, a la cocina atestada y en desorden. Y una podía volver a habituarse a todo eso, si era necesario. Y habituarse también a la ciudad, donde no sucedía casi nada, nunca jamás. El día de mañana sería como el de hoy, y todos los siguientes... Ella siempre se había sentido fuera de lugar allí. Y ahora más que nunca.

Una lluvia desolada castigaba la ventana. Según transcurría la noche, Amanda tuvo una extraña sensación de estar desconectada, quizá de flotar; experimentaba la temerosa necesidad de aferrarse a algo sólido. Por fin sintió que la única sustancia sólida con la que mantenía algún contacto era su amistad con Norma y Cecile. Una familia como la de Norma, especialmente (dejando aparte a su hermano) tendría una llave de oro con la que se abrirían muchas puertas.

Mucho antes de ese amanecer triste y lluvioso, Amanda ya estaba decidida. Norma la había invitado a pasar algunas semanas con ella, hasta la boda de Cecile. Bien, se quedaría en casa hasta el lunes. Luego, con algunas punzadas de pena, se despediría de todos con un beso para viajar a Michigan.

Capítulo Dos

La hamaca del porche se mecía espasmódicamente y crujía. Larry tenía la irritante costumbre de impulsarla demasiado alto con los pies. Amanda, sentada a su lado, hubiera querido que se detuviera. Tras pasar tres semanas allí, esas veladas comenzaban a provocarle cierta tensión interior. Había un clima de expectación, como si todos esperaran que sucediera algo, que algo se resolviera. Y todos sabían muy bien qué era eso.

—Mañana es la noche más breve del año —comentó Norma, en un brillante intento de conversación—. Ya son las diez pasadas y aún no parece haber oscurecido del todo, ¿verdad?

Larry dijo:

—Ojalá pudiera tomarme el día y pasarlo al aire libre. Pero tenemos dos ventas pendientes y no puedo permitir que se me escapen. Debería haberme dedicado a la docencia, como tú. Así tendría dos meses de vacaciones en el verano. Tú sí que supiste elegir, Norma.

Era un intento más de mantener la conversación, pero había hablado con afecto. Norma rió como si él hubiera dicho algo humorístico. Luego se levantó, disimulando un bostezo.

—Si me disculpan —dijo—, creo que voy a acostarme.

—¿Vas a abandonar a tu invitada? —la pregunta era una reprimenda. El padre la había hecho ya tres veces en el tiempo que Amanda llevaba allí. Lawrence Balsan daba la impresión de ser un perfeccionista.

—No me molesta —aseguró Amanda inmediatamente—. Conozco a Norma. Siempre era la primera en acostarse, en todo el alojamiento. ¿Y por qué no, si tiene sueño?

—Amanda me conoce muy bien —comentó su amiga, alegremente.

—Bueno, pero es mala educación —insistió el señor Balsan, como si tuviera que corregir a su hija.

—Apenas puedo mantener los ojos abiertos —respondió ella.

Y sin prestar atención a la crítica, abrió la puerta mosquitera. Amanda sabía que se retiraba por no estorbar. Probablemente Larry le había pedido que los dejara solos. Pero el padre no iba a retirarse. "Se pone al descubierto", pensó ella, "cuando habla de vender a 'gente bien' y 'de buena familia'. Por eso me ha hecho todas esas preguntas, tan corteses y desenvueltas, sobre mi hogar y mi familia. Sabe Dios que lo comprendo bien. ¿Quién podría entenderlo mejor? ¿Puedo criticar a alguien por desear todo lo bueno? Este hombre ha levantado su empresa desde la nada; ahora quiere que su hijo se case bien. Así de simple es la cosa. Lo curioso es que él sabe que yo sé. Lo veo observarme".

Un rayo de luz, desde adentro, mostró a Lawrence bien erguido en su silla, todavía de traje y corbata, aunque la noche era cálida. En su cara escultural no había redondeces excesivas que ocultaran los huesos, la nariz levemente aguileña, el mentón decidido, la estructura curva que rodeaba los ojos brillantes y juveniles. Era un rostro altanero. Probablemente sus empleados le tenían miedo.

Una sonrisa involuntaria le tocó la boca. Estaba pensando que esa escena parecía sacada de una novela del siglo XIX. Trollope o Dickens la habrían reproducido estupendamente, con todos sus elementos de tragedia potencial y humor, desencanto, ambición y conflicto ocultos bajo la tranquila noche veraniega.

¡Qué dulzura la de esa noche! Era azul oscuro y sombreada bajo los árboles, pero toda claro de luna en los espacios abiertos entre ellos. Un pájaro, perturbado en su nido, lanzó un único gorjeo. Los írises blancos relumbraban a lo largo del sendero, cerca del farol.

—He estado pensando, Larry —dijo Lawrence—, que deberíamos tomar un pequeño número de esos apartamentos con jardín. Ellos querrían que invirtiéramos una buena cantidad, por supuesto, pero prefiero ser cauteloso. Es probable que se vendan muy bien, pero hay peligro de competencia a poca distancia.

—Por ese lote vacío de la esquina. Sí, creo que debería salir pronto a la venta —concordó su hijo—. Calculo que tardarán un año, quizá dos, en avanzar sobre él.

A diferencia de su padre, que hablaba en tono seco y cortante, Larry lo hacía con calma, sin prisa. Amanda no se había percatado hasta esa semana, y sólo ahora se le ocurría que la voz estaba de acuerdo con su manera de ser.

—Hasta nuestro padre sabe lo mucho que él vale para la firma —le había dicho Norma—. Todo el mundo lo quiere mucho.

Sí, era lógico. Sus modales desenvueltos hacían que cualquiera se sintiera cómodo. Sin embargo había firmeza en esa actitud tranquila. Era sorprendente comenzar, de pronto, a reparar tanto en sus cualidades.

Mientras tanto, la hamaca se seguía moviendo, el crujido que hasta entonces le había resultado fastidioso empezó a adormecerla. Y eso también era sorprendente. Sabía que, en cuanto su padre los dejara solos, Larry la tomaría en sus brazos para besarla. Ese acto se había convertido en un patrón de conducta al que ella no oponía objeciones. En verdad, él no le entregaría ninguna llave de oro para que abriera otras puertas. Si hasta entonces no habían pasado de unos cuantos besos era simplemente porque, al fin y al cabo, estaban viviendo en la casa familiar. Larry no era hombre de conformarse con el asiento trasero de un auto, cosa que ella agradecía, después de haber vivido algunas de esas detestables experiencias.

Las dos voces masculinas, aunque sonaban tan cerca, le parecían tan remotas que apenas les prestaba atención; su mente comenzaba a llenarse de extraños pensamientos nuevos. Si él se lo proponía directamente (y ella tenía la sensación de que sucedería pronto, tal vez esa misma noche), ¿sería sensato rechazarlo? "Con el tiempo podría encariñarme", pensó. Y al pensarlo comenzó a avergonzarse de haber considerado, siquiera brevemente y para sus adentros, la posibilidad de usarlo como peldaño hacia algo mejor.

El cariño podía convertirse fácilmente en amor, tal vez en un sentimiento mejor que si estuviera tan locamente enamorada de Larry como lo estaba él, obviamente. La gente siempre se había casado por motivos prácticos y esos matrimonios funcionaban bien, mejor que la mayoría, en verdad. Había sucedido a lo largo de toda la historia humana y seguía sucediendo.

Mientras la hamaca se movía, empezó a resultarle bastante grato sentir un hombro masculino presionado contra el suyo. Como si él percibiera su buena disposición, el hombre se apretó un poco más. Su loción olía a pino o a algún arbusto aromático. "Sí", pensó otra vez, "realmente podría encariñarme con él". Se vio en rosadas escenas, convertida en una buena esposa, con medios para cursar estudios de posgrado y aprender a desempeñarse en algo importante. Con la imagen de esa vida tibia dentro de ella, se inclinó un poco más hacia el hombro de Larry. "Sí, sería muy buena con él y para él", pensó otra vez. "Jamás engañaría a un hombre tan bueno. Es tan confiado como Norma".

Cosa extraña: el hecho de que su padre no la viera con buenos ojos no hacía sino tornar más estimulante esa nueva visión, aumentando el desafío.

En esas breves semanas las cosas habían cambiado tanto, tan de prisa...

Por fin Lawrence dijo:

—Voy a entrar. Larry, tienes que levantarte temprano y con la mente despejada. No olvides que mañana vendrá esa gente, los Fleming. A las nueve en punto.

—No lo olvido, papá.

Cuando la puerta con mosquitero se cerró con un chasquido, Larry sonrió.

—Ladra, pero no muerde. ¿Le tienes miedo?

—En absoluto.

—Tiene un gran corazón. Hay que conocerlo. Tras la muerte de mamá él ha sido padre y madre para Norma y para mí. —Se puso de pie y tiró de ella para tomarla en sus brazos. —Ven aquí. Oh, Amanda, ven aquí. Ojalá pudiéramos ir a algún lugar... Me entiendes, ¿no? ¿Sabes que te amo?

Se estrecharon. Al abrir los ojos ella vio millares de estrellas por sobre el hombro de Larry. Y comprendió que se estaba dejando conmover por el encanto de la noche, por el aire templado y el susurro del viento en los árboles. Era como si hubiera salido de sí misma y se estuviera contemplando: una mujer que emergía de un bosque a la luz de las estrellas.

—Es como un sueño —dijo.

—No es un sueño. La primera vez que te vi, cuando viniste a casa con mi hermana, me dije: "Me gustaría casarme con esa chica". Y desde entonces no he dejado de pensar en ti. Norma lo sabe. Ella me habló de lo maravillosa que eres, de lo mucho que trabajas, de tu inteligencia. Aunque me bastaba con lo que yo mismo veía. Bueno... ¿puedes? ¿Querrás, Amanda?

—No me has tratado por más de seis semanas, en total. ¿Estás seguro?

—Tanto como si te conociera desde que naciste.

Cuando él se apartó para estrecharle las manos, su cara sencilla estaba radiante. A ella la conmovió ver allí tanto júbilo. Su mirada fue tan feliz, y al mismo tiempo tan melancólica, que la llenó de ternura y le humedeció los ojos.

Después de un rato, ya bien pasada la medianoche, Larry se hizo cargo de los asuntos prácticos.

—Nos casaremos en cuanto pase la boda de tu amiga Cecile. No estaría bien robarles importancia. Aunque no lo creas... no te rías, pero en este último mes, mientras soñaba despierto, he estado pensando en buscar una casa para nosotros. Hay a la venta cuatro o cinco que podrían gustarte: un par de coloniales y dos tipo finca, de una sola planta. Todas con un buen patio y árboles añosos. He notado que te gustan mucho los árboles.

¿Casa, desde el comienzo? ¿Boda y una casa, todo a la vez?

—Pareces muy feliz —comentó él.

—Estoy feliz, sí.

Y mientras los increíbles acontecimientos de las últimas horas se tornaban creíbles, mientras el impacto corría como fuego hasta por sus huesos, se sintió realmente feliz.

Estaban susurrando ante la puerta de la habitación de huéspedes.

—No sabes cuánto me gustaría entrar contigo, Amanda.

—No es buena idea —bromeó ella, echando una mirada hacia la puerta del padre.

—Ya verás cuando se enteren, por la mañana —Larry estaba jubiloso—. Para Norma no será sorpresa, pero es probable que mi padre quede estupefacto. O tal vez no. Sabe que tengo por costumbre tomar decisiones rápidas.

—¿Y mantenerlas?

—Y mantenerlas, mi querida Amanda.

Al día siguiente, cualesquiera fueran sus pensamientos íntimos (y ella podía imaginarlos muy bien), Lawrence Balsan actuó con educación, cuando menos en su presencia.

—Bueno, has elegido una bella esposa, por cierto. En cuanto a los planes para la boda, esta casa y el jardín les pertenecen. Adentro o afuera. Pueden escoger.

Amanda había explicado a Larry, con toda claridad, que casarse en casa de su familia era imposible, y era obvio que él había informado de eso a su padre. Luego, Larry había mantenido una buena conversación con los padres y los hermanos, uno por uno, instándolos cordialmente a viajar para la boda y a quedarse en la casa por tanto tiempo como desearan. Aceptó con elegancia las explicaciones de por qué no podrían ir, y prometió mantener el contacto y considerarlos a todos como su nueva familia.

—¿Te entristece mucho que no vengan? —preguntó.

—Bueno, sí, pero no tanto como alguna vez me hubiera entristecido. Después de cuatro años de universidad te sientes un poco alejada. En cierta manera, estoy tan cerca de Norma como de ellos. Sí, actualmente estoy muy cerca de ella, viviendo aquí juntas.

Generosamente Larry había ofrecido pagar a la familia de Amanda el viaje hasta Michigan, y también amablemente había aceptado las razones de ellos para no viajar: el dolor de pierna y todo el tiempo que ya había pasado sin trabajar. A eso Amanda hubiera podido añadir: falta de ropa adecuada y cierta timidez, pues nunca se habían alejado más de trescientos kilómetros del hogar.

No fue necesario que su madre lo explicara, pues se comunicaban muy bien sin palabras.

—Ya sabes, Amanda, debes saber lo mucho que nos alegramos por ti. Más adelante, en cuanto tú y Larry estén instalados en su propia casa... Será más íntimo, ¿comprendes? Oh, por teléfono parece tan buena persona... Sé que será muy bueno contigo.

En el negocio de bienes raíces, los meses de verano eran los de mayor trabajo; muchas veces Larry salía por la noche a mostrar casas, y también en domingo. Por eso Amanda pasaba la mayor parte de su tiempo con Norma y sus amigas, en la piscina de la ciudad o en las canchas de tenis del municipio. Eran días placenteros y tranquilos; por primera vez disfrutaba de un período sin obligaciones.

Larry le había dado el anillo de compromiso de su madre, un diamante redondo que despertaba admiración y, sin duda, cierta envidia disimulada en el grupo de Norma. Amanda no tenía idea de su valor, pues había leído que el mero tamaño puede resultar engañoso. También había leído en alguna parte que las piedras de corte redondo tenían un brillo especial. De cualquier modo, era un gran placer extender la mano a la luz, para que la gema chisporroteara. El pequeño diamante de Cecile había sido demasiado pequeño como para refulgir.

Cecile había desaparecido de la vista desde el día de la graduación. Primero había tenido que asistir a la graduación de Peter, en Nueva York; después, hacer las compras para la boda y para el apartamento que habían alquilado, cerca del lugar donde él trabajaba, a unos treinta kilómetros de la casa de los Newman.

—Una de estas tardes deberíamos ir a pasear en auto —dijo Norma, un día—. La verdad es que no has visto nada de esta ciudad, más allá del vecindario. Y ahora que vas a vivir aquí tienes que conocerlo. Podríamos llegar hasta la casa de Cecile, sólo de pasada, puesto que ella no está. A propósito: le envié por correo un recorte del aviso que publicó papá en el diario, sobre tu compromiso con Larry.

Amanda rió.

—Yo también le envié uno.

Y se extrañó de que cosas tales como ver el propio nombre en el diario, como Cecile, y usar un anillo en la mano izquierda, como Cecile, la hicieran sentir en un pie de *igualdad* con ella.

—Hemos crecido —le dijo Norma un día, mientras iban en auto hacia el centro—. En otros tiempos éramos una ciudad relativamente grande, entre las principales de Michigan; ahora somos una verdadera urbe, casi una metrópoli. Aquí comenzamos, a lo largo del río, con cargas fluviales. Cereales, principalmente; después, cubiertas, acero, cemento... de todo. Hoy en día, todas las grandes compañías al oeste del Mississippi tienen un dedo en nuestro pastel. En estos últimos años hemos estado modernizando la tecnología. Mira allí. Cada pocos meses hay una torre más que levanta su cabeza. —Norma, afecta a la historia, a explicar y analizar, era buena maestra. —Y como es natural, la gente se está diseminando por los suburbios, cada vez más lejos del río. Por eso la zona en la que estamos entrando se está viniendo abajo. Aquí está la vieja estación. Ya ves lo elegante que era, grandiosa como los antiguos baños romanos. Supongo que un día de éstos harán algo con ella. Y también con los patios de maniobras. Diez hectáreas de vías herrumbradas y cobertizos que se están echando a perder. Desde luego, el ferrocarril retiene esto a la espera del precio adecuado, los conservacionistas quieren tenerlo y todo es un desastre; nadie hace nada. Todo es política, claro. Aquí está la avenida Lane. ¿No es una desgracia que la gente viva en tugurios de esta calaña? ¡Mira esa escuela! ¿Te imaginas, pasarse el día entero en un basurero como éste? Lo único alegre que puedes ver por aquí son las prostitutas. ¡No te rías! Mira esas dos. Por muy prostitutas que sean, ¿no son bonitas?

—¿Y quién tiene dinero para pagarles, en este barrio? —preguntó Amanda.

—Los clientes no tienen por qué ser de aquí. Vienen de todas partes. Algunos de estos edificios alquilan cuartos, y hasta un apartamento entero. Un hombre, con su auto, llega desde su finca en media hora. Muy conveniente.

—Estoy aprendiendo mucho. No tenía idea.

Norma rió. No había pensado que Amanda fuera tan ingenua.

—¡Qué provinciana! Bueno, ya sabes: si alguien te invita a una fiesta en la avenida Lane, no aceptes.

—De acuerdo, no lo olvidaré.

—Aquí vamos, cruzando el puente hacia el fresco aire del campo.

El paisaje cambió abruptamente: de cemento a hierba. Primero la ciudad quedó atrás; luego aparecieron unos breves kilómetros de casas suburbanas, con sus pulcros jardines; después, como si se levantara un telón o se abriera una puerta, el espacio abierto. Amplio, libre, floreciente.

Largos caminos de entrada conducían a casas grandiosas, entrevistas apenas entre sus altos bosquecillos protectores. En un lote, circundado de cercas blancas, unos caballos trotaban por una pista de adiestramiento. Patos flotando en un estanque. Vacas pardas y blancas pastando cerca de un buen establo de ladrillos con una veleta en el tejado. Las colinas y la ruta que serpenteaba entre ellas estaban cubiertas de una dulce paz, suavemente dorada.

Amanda estaba desacostumbradamente callada. Norma, que empezaba a preguntarse si el paisaje la habría aburrido, preguntó:

—¿Estás disfrutando del paseo o no? Dime, si quieres podemos regresar.

—¡Oh, no! Es tan bello... Una especie de paraíso.

La humedad de sus ojos hizo que su amiga exclamara, de todo corazón:

—¡Cuánto me alegra que mi hermano te encontrara!

—A mí también —aseguró Amanda, sonriente.

—Están hechos el uno para el otro. Tú eres vivaz; él, tranquilo. Tú, emotiva; él, reservado. Los polos opuestos se atraen. Y así debe ser.

—Larry no es del todo reservado, te lo aseguro.

—Bueno, me refería a que... Oh, será mejor que te diga todo lo que pienso, ya que estamos. Larry es un hombre fuerte, pero no está empleando toda esa fuerza. Me cuesta decir esto, pero es la verdad, Amanda. Cuando un joven trabaja con su padre las cosas pueden complicarse. No se puede decir que papá no sea buen padre; nos ama con devoción, pero... Bueno, a estas horas, después de compartir la mesa con él tantas veces, debes de tener una buena idea de lo que quiero decir. Él *manda*. A eso se reduce todo. Manda. Para él debe de haber sido muy difícil, cuando mamá murió, encontrarse con un chico de doce años y una niña de ocho que criar. Pero hizo todo lo que pudo. Realmente, no tenemos de qué quejarnos. Se nos atendía bien y la casa era tranquila. Pero no se puede decir que fuera un hogar alegre, *feliz*. Por eso me alegro por Larry. Pero basta de eso. ¿Quieres que pasemos por la casa de Cecile? Está a pocos minutos de aquí.

La casa, larga y baja, relumbraba a la luz del sol. Norma detuvo el coche en el extremo de la calzada, donde los portones giraban hacia atrás en sus columnas de piedra.

Amanda dejó escapar una exclamación.

—¿Ésta? ¿Ésta es la casa de Cecile?

—Sí. Bonita, ¿no?

—Yo creía... ¡Pero ella dijo que vivía en una granja! No tenía idea... Esto no se parece a las granjas que conozco.

—Bueno, es una casa de campo, de las que aquí se llaman "granjas de caballero". Si hubieras venido antes te habría traído a verla. Es encantadora, realmente. Tienen animales y sembrados. Y se supone que la casa es de estilo campestre.

—¿Podemos entrar, sólo para echar un vistazo? —Amanda estaba atónita y entusiasmada. —¿Qué opinas? ¿Podemos?

Norma no esperaba que su amiga quedara tan estupefacta. Pero a veces (rara vez) uno logra meterse en la cabeza de otra persona. En ese instante, sólo por un momento, ella se convirtió en Amanda, con el uniforme azul de Sundale.

—No vamos a echar un vistazo. Subiremos hasta allí para tocar el timbre. Los Newman me conocen desde que tenía cinco años. Si ellos no están en casa, las criadas también me conocen. Vamos.

Quien atendió la puerta fue Harriet, la madre de Cecile. Norma se asombró al verla tan parecida a su hija, tal como le sucedía a menudo, cuando llevaba algún tiempo sin verla. Tenía el mismo pelo oscuro y suave; también la misma silueta, sólo que algo más ancha. Y ese día, en especial, la misma falda escocesa tableada, sujeta por un gran alfiler. Sin duda Amanda, que solía reparar en cosas como esa y recordarlas, también había observado el alfiler de la falda; tampoco se le había escapado la bienvenida que expresaban los ojos de la señora Newman. La casa misma era una bienvenida, con sus cómodos sillones, sus floreros y su pareja de perros de caza que ladraban todo el tiempo.

—Le presento a Amanda —dijo Norma—. La vio por un momento el día de la graduación. Ahora ha venido para quedarse.

—¡Amanda! —exclamó la señora Newman—. Te conocía muy bien aun antes de aquel vistazo. Sureña, muy inteligente, de muy buen carácter y muy bonita, nos dijo Cecile. Es una pena que ella no esté en casa. Ha ido de compras a la ciudad.

—Supuse que a usted no le molestaría que pasáramos por aquí —dijo Norma.

—¿Molestarme? ¡De ningún modo! Tengo que llamar a Amos. Está afuera, en el jardín, como de costumbre. Ese hombre debería haberse metido a jardinero. Vengan, acompáñenme. Voy a mostrarles dónde celebraremos la boda. Quiera el cielo que ese día no llueva. Oh, bueno, si llueve nos apiñaremos adentro. ¿Cómo están todos en tu casa, Norma? ¿Tu padre, tu hermano?

—Los dos bien, gracias. Larry, sobre todo. Piensa casarse este verano.

—¡Qué maravilla! Lo vi una sola vez, pero recuerdo que me gustó. Me causó buena impresión. ¿Quién es la novia?

—La señorita aquí presente. Amanda.

—¿De veras? ¡Qué encanto, Amanda! Las tres compañeras estarán cerca, como si fueran una familia. Recuerdo que mis mejores amigas y yo nos dispersamos por los cuatro extremos del país. Sí, será estupendo para todas.

Habían cruzado el ancho vestíbulo central para salir a la terraza; unos pocos peldaños llevaban a un jardín verde. Más allá, se veían algunas colinas.

Amanda se detuvo en el escalón.

—Nunca había visto colinas —dijo—. Donde me crié no hay ninguna.

—Bueno, la gente cree que en el Medio Oeste sólo hay llanuras de maíz y trigo, y en general así es. Por eso estas colinas son tan preciosas. Allí está Amos, en el rosedal. Se ve la copa de su sombrero de paja.

Amos Newman era tan alto que su sombrero asomaba por encima del muro de ladrillos. La cabeza era larga y estrecha, como si hiciera juego con su estatura. Mientras Norma y Cecile fueron muy pequeñas, él acostumbraba llevarlas montadas sobre sus hombros, por turnos. La muchacha volvía a recordarlo cada vez que lo veía. "Buenos recuerdos", pensó en ese momento, mientras le anunciaba el compromiso de Amanda y Larry y proseguía con las amabilidades de costumbre. "Buenos recuerdos y buena gente; sencilla y sin pretensiones, en medio de lo que casi todos consideran esplendor".

Amanda lanzó una exclamación al ver las rosas.

—¡Qué colores maravillosos! ¿Y la boda será aquí mismo?

—No, no. Esto es demasiado pequeño. Es mi jardín inglés, cercado por cuatro paredes de ladrillo para protegerlo del viento. Lo construí para mis rosas especiales. Y mira esto... he estado experimentando con algunos frutales, pero no tengo mucho éxito con la fruta. Olvidé que este clima no es el de Francia ni el de Inglaterra.

La sonrisa de Amos fue casi melancólica. Ahora, en cuanto estuviera seguro de tener una oyente, volvería a sus rosas. Norma esperó por un instante. Y como cabía esperar, Amanda percibió de inmediato lo que él estaba aguardando.

—Éstas son muy extrañas, señor Newman. No creo haberlas visto nunca.

—Es casi seguro que no. Son rosas del Cercano Oriente; se llaman Fenicia, y tienen bien puesto el nombre. Son muy, muy raras. Las estoy propagando en mi pequeño invernadero. Y éstas... Ven a ver. Son Damasco de Otoño. Florecen durante todo el verano hasta mediados de otoño. En el jardín principal tengo dos surcos, justo donde van a hacer un pasillo para la boda. Cualquiera diría que fueron plantadas pensando en eso, pero juro que no. Ven, te las mostraré.

—Amos —protestó su esposa—, no todo el mundo es fanático de las rosas.

—Oh, pero yo sí —se apresuró a asegurar la muchacha—. En realidad, no sé nada de ellas, pero me encantan estos colores. ¡Y qué fragancia!

—Para tener fragancia se necesitan rosales viejos —explicó el dueño de casa, mientras la pequeña procesión salía del jardín amurallado—. Estas enormes té híbridas parecen una gloria, pero casi no tienen perfume.

Las mujeres lo siguieron obedientemente, dejando atrás canteros de plantas perennes, setos de boj y matas de altea, que también eran de la familia de las rosas, según señaló él, aunque no lo parecieran.

Amanda seguía cada una de sus palabras con profundo interés. Norma, divertida, la imaginaba dedicando la misma atención a los negocios inmobiliarios de su hermano. La muchacha sabía complacer a la gente.

Terminada la recorrida del jardín, se las invitó (prácticamente fue una orden) a tomar el té en la terraza. Nada había cambiado desde la infancia de Norma. En la pradera de la izquierda, las Guernsey rumiaban tendidas bajo los árboles. Los perros esperaban un bocadillo junto a la mesa. Una criada trajo la tetera de plata, las tazas azules de Wedgwood y la gran fuente de plata en forma de concha, con las pastas que le eran tan familiares.

—¡Magdalenas! —exclamó.

Amanda también alzó la voz.

—¡Conque son éstas! Cuando estaba leyendo *En busca del tiempo perdido* me preguntaba siempre qué serían. Se parecen más a pasteles que a galletas.

La señora Newman preguntó, impresionada:

—¿Has leído a Proust?

—No llegué a leer los siete volúmenes, pero nunca lo menciono. Me gusta dejar que los demás piensen que los leí todos.

Se rió de sí misma, arrugando la naricita. Era encantadora.

La tarde era soñolienta. "Podría tenderme en la hierba, a contemplar cómo se estremecen las hojas en lo alto", pensó Norma. La conversación se redujo a un murmullo suave, sin significado, descontando alguna frase ocasional.

—Cuando la vaca se quebró la pata hubo que sacrificarla —eso dicho por Amos en tono de pesadumbre.

—Peter tiene un empleo de principiante, no lejos de aquí —comentó la señora Newman—. No me sorprendería que Cecile y él consultaran pronto a Balsan Bienes Raíces, en busca de una casa.

Por fin se oyó el roce de las sillas al levantarse sus ocupantes. Norma se despabiló. Amanda estaba dando un beso a la señora Newman, para agradecerle esa encantadora visita.

—Esto ha sido tan hermoso... Jamás lo olvidaré.

—No tendrás que pensar en olvidarlo o recordarlo. Seguramente vendrás con frecuencia en cuanto vuelva Cecile.

—¡Quiero echar un último vistazo! —exclamó la muchacha, con su voz de plata.

Se detuvo en el borde de la terraza para contemplar las colinas violáceas.

—Qué muchacha más hermosa —susurró Amos—. Tu hermano tiene buen gusto.

"Es extraño", pensó Norma, "que los hombres puedan hablarme, con toda inocencia, de la belleza de otra mujer. Sin pensarlo, él y tantos otros dan por sentado que no puedo notar el contraste. Me pregunto si Amanda puede tener idea de lo afortunada que es".

De regreso en el dormitorio principal de Balsan, Amanda miró por la ventana a través de la calle; con su barbilla apoyada en la mano, observaba fijamente la casa que Larry llamaba la "hermana" de ésta. Ambas habían sido edificadas antes de la Primera Guerra Mundial, y bien construidas, dijo él, hasta el último detalle. Podía ser, pero de pronto ellas la miraban con antipatía, cuadradas como cajas, con ventanas salientes como ojos de rana, y un porche asomado hacia adelante como la panza de un escuerzo. Los niños iban y venían por las aceras con sus pequeños triciclos, hablándose a gritos. Unos muchachitos pasaban en patines, con un ruido que crispaba los dientes. La calle era lúgubre y demasiado concurrida.

Se sentía deprimida, ¿o tal vez oprimida? ¡Con cuánta celeridad viaja el espíritu de un humor a otro! La casa que había visto por la tarde, con sus jardines. ¡Y ella, convencida de que Cecile era hija de un granjero!

"Granja de caballero", la llamaba Norma.

—Se podría decir que es un entretenimiento. Esa familia siempre ha tenido fortuna —había explicado con una sonrisa—, no como nosotros. Además son los más generosos de toda la comunidad, gente personalmente amable, siempre dispuesta a ayudar en todo sentido. Son famosos por eso.

"Bien puedo imaginarlos", pensó Amanda, "sentados allí todas las tardes, contemplando las rosas y las colinas mientras toman el té con pasteles. En días de lluvia o frío se quedarán adentro, con el fuego crepitando bajo la repisa. ¿Quién hubiera pensado que Cecile, tan sencilla, vivía de esa manera?"

"Dondequiera una miraba todo era tan bello... los perros corriendo por el prado... la tetera de plata monogramada... la fuente de pasteles, con forma de concha... La madre de Cecile, tan serena y simpática, sirviendo el té... *Elegante*, ¡todo era *elegante*!"

Aún estaba ante la ventana cuando alguien llamó a la puerta. Mientras iba a abrir, un pensamiento le cruzó por la cabeza: "En casa nadie toca antes de entrar".

Norma traía una caja grande y plana.

—¡Llegaron nuestros vestidos! Por ahora echemos un vistazo bajo el papel de seda, sin sacarlos de la caja. Mañana los llevaremos a que los retoquen, si hace falta alguna alteración. ¡Pero mira!

La seda lustrosa, color limón, formaba pliegues largos y planos. Era fresca y suave bajo los dedos de Amanda.

—Vamos a llevar pimpollos blancos, ¿no? —murmuró.

—Sí, ¿no te parece adorable? Es la primera vez que soy doncella de honor —dijo Norma.

—Yo también.

—Una de mis primas me lo propuso, pero los vestidos eran prácticamente minifaldas. Como no me imaginaba con uno de ésos, me rehusé. Creo que para ella fue un alivio.

—De cualquier manera, los vestidos largos siempre lucen más —comentó Amanda.

En una súbita oleada de piedad por su amiga, la rodeó con los brazos. Por segunda vez en ese día Norma exclamó, con la voz cargada de patética alegría:

—¡Oh, cuánto me alegra que mi hermano te haya encontrado!

Capítulo Tres

"Dichosa la novia en cuya boda brilla el sol", pensó Norma. En todo casamiento suele haber cuanto menos una persona que cita ese dicho; por lo general, una anciana bondadosa. Y hoy lo habían hecho ya tres personas.

El sol, en su marcha hacia el poniente, estaba detrás del grupo, de modo que tocaba la escena suavemente, sin deslumbrar: los viejos tejos que bordeaban el prado, la hiedra de los muros, los invitados en el semicírculo de sillas. Y por todas partes, las flores. La brisa también era suave; refrescaba el aire sin alterar el velo de encaje de Cecile. En el silencio, las palabras poéticas y graves del antiguo oficio sonaban a música.

"Tocada por el polvo de las hadas", pensó Amanda, en su encantamiento. Y en sus manos temblaron los pimpollos blancos.

"En éxtasis", pensó Norma, que la observaba. "Está en éxtasis. ¿Y por qué no?" Buscó una palabra que designara ese rito: ¿pináculo? ¿cumbre? Y toda esa belleza, ese deslumbramiento, culminaría en el acto de amor definitivo, en la cama. Poco importaba que, para Peter y Cecile, estuviera lejos de ser el primero; aun así esa noche sería diferente, una culminación. Los vio en su mente, despojados de ropas y de solemnidad.

Casi de inmediato se avergonzó de sí misma. ¡Estaba allí, en plena ceremonia! "Sonríe", se regañó. Todos los miembros del cortejo están sonriendo. ¿No ves cómo sonríe Amanda?

Amanda lo estaba absorbiendo todo, pues pasaría en pocos minutos. Debía ver y recordar sin falla. ¡Cómo brillaba Cecile! Los ojos oscuros, la piel blanquísima, las perlas... todo refulgía. Sus formas delicadas, a pesar del *lacrosse*, eran perfectas bajo la espuma del organdí. Tenía distinción. Ésa era la palabra: distinción. ¿Quizá por su elegante reposo? ¿O quizá, simplemente, era el hecho de haberse criado en un lugar así?

Peter le estaba poniendo el anillo en el dedo y la miraba a los ojos, en tanto decía:

—Con este anillo yo te desposo.

Era un hombre atractivo, de pelo espeso, facciones clásicas y una voz clara, pastosa: una versión masculina de Cecile, fuerte, pero sensible. "Bastante sensible", decidió ella. Sus ojos pensativos, su serenidad, eran inconfundibles. Al fin y al cabo era arquitecto, un artista. Un hombre como él debía de ser muy, pero muy interesante.

Las madres, sentadas en la primera fila de sillas, se estaban enjugando los ojos. Harriet Newman era una hermosa mujer, en verdad. Toda esa gente era digna y hermosa, a su modo. Todo se desenvolvía en orden y corrección. En el momento debido, los músicos, escondidos detrás de los arbustos, iniciaron la marcha triunfal de Mendelssohn; todos se levantaron para permitir que los novios y su cortejo pasaran por el corredor bordeado de flores. Sí, en orden y corrección, todo orquestado a la perfección hasta la línea de recepción, bajo la sombra de los gigantescos sicomoros.

Cecile estaba arrebolada por el entusiasmo.

—Peter, Amanda... ya sé que ustedes se conocen bastante. Pero tú apenas lo has visto, Larry...

—Dos veces —dijo Peter—. Un día en que Norma vino de visita me llevaste en tu auto. Yo estaba en el último año de la universidad. Me impresionó ver que eras todo un hombre de negocios, ya avanzando en el mundo.

Larry se echó a reír.

—Recuerdo que estuvimos bromeando sobre las chicas, aunque yo aún no conocía a Amanda. Dijimos que eran las tres mosqueteras.

—Sí, y seguiremos siéndolo, ahora que yo voy a vivir aquí...

Larry la interrumpió:

—Ahora que vas a casarte. Dilo.

—¿No es maravilloso que las cosas hayan salido así? —exclamó Cecile—. No he tenido un minuto para felicitarlos.

—La gente espera —le recordó Peter.

—Sí, sí —dijo Larry de inmediato, llevándose a Amanda de la mano—. Vamos, tesoro. Más tarde podrán hablar.

—Nos reuniremos todos los meses —anunció Cecile por sobre el hombro—. Por muy ocupadas que estemos. Reunión de negocios, una vez al mes. No se olviden.

Amanda, que se alejaba guiada por la mano de Larry, experimentó una sensación súbita, completamente nueva: allí estaba a sus anchas. Ése era el tipo de gente que le gustaba. Algo cálido le llenó el pecho. *Ya no era un ave de paso. Tenía un sitio propio.*

—Bonito, ¿no? —comentó Larry.

"¿Bonito? Qué palabra tonta. Esto es apasionante y estoy en el séptimo cielo".

—Todo esto ha sido muy bonito. Y tú estabas encantadora, tesoro.

—No debías mirarme a mí, sino a la novia —objetó Amanda, alegremente. Era una réplica coqueta, provocativa, y ella lo comprendió de inmediato. No le gustó oírla en su propia voz. Sin embargo, hablando con Larry daba esas respuestas a menudo, sin saber por qué.

—Cecile estaba encantadora, pero tú, más. Créeme —aseguró él, solemne.

—¿Dónde estaban? —exclamó Norma, corriendo hacia ellos—. Te he estado buscando, Amanda. Nos necesitan ahora mismo para las fotos.

Otra vez posar en hilera: los caballeros del cortejo, al lado de Peter; las damas, junto a Cecile. La gente los observaba y Amanda hacía otro tanto. Los distintos grupos paseaban por el prado, fundiendo sus voces en un murmullo sostenido y agudo. "Si cierro los ojos", pensó, "sonará como un murmullo de agua en movimiento".

Al otro lado del prado lateral se elevaba una enorme tienda verde, donde podrían cenar y bailar. Larry le había dicho que sería una comida familiar, sin formalidades, sin asientos asignados.

—Cada uno se sentará donde quiera, y eso me gusta. Lo bueno es que a los Newman les gusta la sencillez. Lo hogareño. Mira, hasta han dejado salir a los perros.

Y como si respondiera a una muda pregunta de su novia, prosiguió:

—Vine al baile con que celebraron los dieciocho años de Cecile. Las chicas tenían que traer a su pareja. Y Norma me trajo a mí.

Pobrecita, había tenido que ir con su hermano.

—La sentaremos con nosotros —dijo Amanda. La situación se había invertido abruptamente. Norma, que siempre había sido sutilmente la parte dominante, la que tenía a Amanda bajo su responsabilidad, ahora pasaba a ser su protegida, con la misma sutileza.

Ya dentro de la tienda, la música se le fue directamente a la cabeza. Se sintió conmovida. Su corazón comenzaba a galopar.

—Oh, me encanta bailar —exclamó.

—¿De veras? A mí también. Bueno, muchacha, deja ese ramillete y vamos, ¡vamos!

Larry tenía el mismo sentido del ritmo, del balanceo del cuerpo y el *rap-tap* de los pies contra el suelo.

—¡Caramba, qué bien bailamos juntos! ¿No es estupendo, Amanda?

Su risa era potente: una carcajada de muchacho, una explosión de gozo. "Es un niño", pensó ella. "Un niño inocente con el cuerpo de un hombre alto y fuerte".

—Es una suerte que vuelvan los bailes antiguos, ¿verdad? Ahora uno puede abrazar otra vez a las chicas —su brazo derecho la estrechó por la cintura—. ¿No es agradable?

Había algo en él que la conmovía: era dulce. Un hombre dulce. Ella lo miró con una sonrisa, dando a sus labios la forma de un beso.

—Te amo, Amanda —susurró él.

El movimiento, la música, los brazos del hombre... todo la iba embriagando con el mareo delicioso y burbujeante del champagne que había bebido sólo una vez en su vida. Sólo una vez... ¿cuándo? Ah, sí, en el alojamiento universitario, para su cumpleaños. Fue Cecile quien había llevado la botella.

Y ahora continuaban girando y girando dentro de la tienda. Algunos empezaban a reparar en ellos. Desde una mesa los aplaudieron.

—¡Eh, miren cómo vuelan esos dos!

Sí, era como volar, como partir el aire. La falda de Amanda se henchía. Uno de los músicos le guiñó el ojo al verla pasar. Ella se sorprendió dejando escapar una pequeña exclamación de placer.

—Te amo, Amanda —susurró Larry, otra vez.

"Soy feliz", pensó ella. "Por supuesto que sí. Tengo todos los motivos para ser muy, muy feliz".

Norma les había guardado asientos. También les había llenado los platos con lo más delicioso que había en la mesa de comidas, incluyendo una abundante porción de ensalada de langosta. La preferida de Larry.

—Como si fuera mi madre —le susurró a Amanda—. Y también te hará de madre a ti, ya verás.

Norma lo oyó sin molestarse en absoluto. Ambos tenían una relación duradera; tal vez él nunca se había detenido a pensarlo, pero ella sí. Y la complació ver que, como siempre, él se dejó atraer de inmediato por la conversación que serpenteaba en torno de la mesa.

—¿Usted es Larry Balsan? ¡Claro que lo conozco! Soy Jason Bates, de Hipotecas Century; caramba, lo oigo mencionar diez veces a la semana. Es un gusto conocerlo en persona.

—¿Y la señorita es Amanda? Me han hablado de usted.

—Y Norma, su hermana. Encantada de conocerlo.

En realidad, nadie había tenido intención de excluirla del diálogo, y Norma lo sabía. Simplemente, no habían pensado en ella. Estaba habituada a eso. A menos que la conversación fuera académica (o al menos muy seria) siempre la dejaban afuera. Las otras jóvenes de la mesa, casi todas primas mayores de Cecile, ya estaban casadas o terminando los estudios de posgrado. Y naturalmente, querían hablar de bodas, muebles y, posiblemente, de bebés. Sus voces de soprano se entremezclaban con las graves de sus novios o maridos, haciendo zumbar los oídos de Norma.

—¿Ya conocías a Peter? Yo no. Dicen que es un encanto, muy inteligente. Mi esposo conoce a un hombre que fue compañero suyo en Nueva York.

—¿Verdad que es un día absolutamente inolvidable? Forman una pareja tan perfecta...

—¿Peter? Viene del norte, de una pequeña ciudad que está prácticamente en Canadá.

—¿Y de su familia qué se sabe?

—Nada del otro mundo. No tienen dinero. Ha tenido que trabajar para pagarse los estudios.

—Dicen que fue como electricidad, la primera vez que se vieron.

—¿Habías visto flores como ésas? Me dijeron que las cultiva el padre de Cecile.

—Éstas, no. Este tipo de orquídeas viene de Hawaii.

Amanda disfrutaba de todos esos comentarios y reservaba los suyos. Su expresión corporal revelaba que no perdía palabra. Donde hacía falta participar, participaba. De vez en cuando echaba un vistazo a su anillo, tal vez para asegurarse de que aún estuviera en su dedo, tal vez sólo para disfrutar de su posesión. Norma la observaba, divertida, pero también emocionada.

"Supongo que si hiciera un esfuerzo, si fuera necesario", pensó, "podría participar de todo esto. Pero cuando la gente viene en parejas, como ahora, no puedo".

Consultó su reloj. Era más tarde de lo que pensaba, gracias a

Dios; pronto sería hora de volver a casa. En eso estaba pensando cuando el padre de Cecile, acompañado por otro hombre, se levantó para hacer su recorrida de anfitrión. Ese día Amos estaba más jovial que de costumbre, tal vez como resultado del champagne; eso era aun más obvio en su compañero.

—No, no, siéntense, por favor —dijo, al ver que los muchachos se levantaban—. A ti te conozco, Larry, pero mi amigo Alfred Cole quiere que le presente a tu hermana.

—Sí, sí, quiero conocer a Norma. Me han dicho que va a enseñar Latín en la Country Day. En septiembre mi hijo Lester será subdirector allí. Ah, Norma... en mis tiempos de estudiante, las profesoras de Latín no eran tan jóvenes ni tan hermosas —añadió, extendiendo la mano hacia Amanda.

Larry se apresuró a aclarar:

—La señorita es mi novia, Amanda. Mi hermana es esta linda damisela que tengo al otro lado.

Norma tuvo la sensación de que todas las caras enrojecían a su alrededor. Y la más roja era la de Alfred Cole.

—Ah, bueno, perdone, por favor —se disculpó él, sin dirigirse a nadie en especial—. Hay tantas caras bonitas... Uno se confunde. Bueno, espero que usted y Lester se... es decir... le diré que busque a la preciosa joven que enseña Latín... Es un muchacho muy especial, se lo aseguro. No está bien que me jacte, pero es mi único hijo y...

—Vamos, Alfred —dijo el señor Newman, llevándoselo firmemente de un brazo.

Norma volvió a mirar su reloj. Podía sentir bochorno, tristeza o enojo. ¿Enojo contra quién? El hombre no había tenido ninguna intención de ofenderla, ¿verdad? Mucha bulla por nada, desde luego... para todos, salvo para Norma. Entonces dijo en voz baja:

—Cecile y Peter deben tomar pronto el avión a Nueva York. Adónde irán desde allí es secreto de ellos. Esto ya va a terminar y no tengo interés en ir a despedirlos. Creo que me iré a casa.

—¿No quieres quedarte para el arroz y el papel picado? —preguntó suavemente Amanda.

—No tengo mucho interés.

Larry pidió:

—Baila una pieza conmigo antes de irte.

—Gracias, pero prefiero salir antes de que salga el tropel.

Era mejor reír.

* * *

—¡Esas malditas piernas! Ojalá los médicos pudieran hacer algo —gruñó Larry al terminar el día—. Esas piernas le han arruinado la vida. Ella hace lo posible. En general se las arregla muy bien, pero lo cierto es que han afectado la imagen que tiene de sí misma. Y así le afectan la vida.

Amanda suspiró.

—Ese estúpido...

—Estaba un poco bebido, eso es todo. Fue una tonta equivocación. A cualquier otra mujer no le hubiera importado mucho. Ese Alfred Cole es buen tipo, en realidad. Un abogado inteligente. Se dedica a grandes empresas, y de vez en cuando tiene que atender alguna operación de bienes raíces. Creo que lo invitaron porque estaba casado con la mejor amiga de la señora Newman. Desde que ella murió, según me han dicho, la señora Newman suele incluirlo en los festejos familiares. Supongo que se siente obligada. ¿Te has abrochado el cinturón de seguridad? No pondré el coche en marcha hasta que lo tengas abrochado.

Larry estaba alterado. Amanda ya había descubierto que era mejor no hacer preguntas hasta que él lo dijera todo. Recorrieron la calle en toda su longitud; ya estaban en la ruta cuando él volvió a hablar.

—Sabes tratar a la gente; tienes una personalidad estupenda, tesoro. Quizá puedas hacer algo por Norma, una vez que estés instalada aquí y tengas muchos amigos. Detesto imaginarla empantanada en esa escuela por el resto de sus días, con un montón de docentes maduros y rutinarios.

—Ella sabrá arreglarse bien, Larry. En la universidad todo el mundo la quería. La respetaban por su inteligencia. Y es una compañera divertida.

—¿Quién es "todo el mundo"? Sólo las mujeres. Ella me lo dijo. Norma quiere un hombre. Es natural, ¿no?

"Larry es tan buena persona...", pensó Amanda. "Todo corazón. El hombre que se preocupa así por su hermana ha de tratar bien a su esposa".

—Haré lo que pueda —dijo de corazón.

—Lo sé. Acércate, tesoro. Acércate —por un momento aquella manaza se cerró sobre la de ella—. Por Dios, qué encanto eres. ¿En qué piensas?

—En lo bien que me siento. Lo de hoy ha sido maravilloso. Y ahora, contemplar este paisaje tan bello...

Ambos costados desbordaban de vegetación; los árboles estaban densos de follaje; la hierba era densa y tierna. Todo prosperaba, bien atendido.

—Mira esos caballos, Amanda. Un bonito espectáculo, ¿no? Ésta es zona de caballos. ¿Quieres dar un paseo o volver a casa? —Sin esperar respuesta, viró rápidamente hacia un desvío. —Mira, ya que estamos aquí voy a mostrarte algo. Cagney Falls. La aldea más bonita que hayas visto en tu vida. Parece mentira que esté apenas a cuarenta y cinco kilómetros de casa. Me refiero a nuestra casa temporaria. Tú y yo tendremos que hablar de buscar una propia. Pero ahora no.

Llegaron abruptamente a Cagney Falls. De un minuto al siguiente dejaron de pasar frente a portones y calzadas como los de los Newman y, tras descender una colina por una ruta que se convirtió en calle, entraron en una gentil plaza de ciudad. A los lados se alineaban tiendas que, con sus planteros y sus toldos rayados, daban al todo un aspecto de complicado juguete; en una esquina, al otro lado, se levantaba una pequeña iglesia de madera, pintada de blanco, como salida de un paisaje de Nueva Inglaterra. En el centro había un parquecito florido, con unos cuantos bancos bajo viejos árboles de sombra.

—Recuerdo que este lugar era bastante feo en otros tiempos. Ferretería, farmacia, proveeduría, tienda de ropa, gasolinería... ese tipo de cosas, ¿me entiendes?

Ella lo entendía muy bien, por cierto.

—Y ahora se ha vuelto elegante —dijo— ven, vamos a echar un vistazo. Sin prisa. A las mujeres siempre les gusta curiosear en las tiendas, ¿no?

Había gente en las calles, pero nada parecido a una multitud; era grato caminar tranquilamente y detenerse a mirar los escaparates; pasaron de la ropa deportiva femenina a las botas para montar, vestidos infantiles bordados a mano, libros, joyas, antigüedades, bombones y, finalmente, un coqueto banco colonial con oficinas para corredores de Bolsa en el piso superior.

—Brilla como en Navidad —comentó Amanda—. Cualquiera diría que aquí se puede comprar todo lo necesario.

—Sólo se necesita efectivo —rió Larry—. Ven, te compraré un helado. A la vuelta de la esquina hay un buen lugar.

—¿Qué? ¿Después de todo lo que hemos comido? No, gracias. Volvamos por ese costado, para que pueda echar otro vistazo a algunas vidrieras. Con eso bastará.

—Te gusta, ¿no?

—Es encantador. Primoroso. Me encantaría vivir aquí.

—¿Verdad que sí? Te diré, aquí las propiedades valen oro. Son como diamantes. Bueno, vayamos por aquí y demos el paseo por terminado.

La calle era un pequeño cofre de tesoros: en un escaparate, un cárdigan rosado; en otro, un brazalete de margaritas de oro; en un tercero, un bonito juego de cacerolas con fondo de cobre...

—Una noche de éstas volveremos por aquí —dijo Larry—. Calle arriba hay un buen restaurante. En otros tiempos era un establo, pero ahora es tan *chic* que debes reservar mesa con dos semanas de anticipación. Demasiado pretencioso, ¿no? Pero la comida es buena, lo reconozco. Vale la pena llegar hasta aquí.

Mientras continuaban el viaje añadió:

—A propósito: tendremos que comprarte un auto, Amanda. En esta zona no se puede vivir sin auto. No tenemos autobús para ir al centro, a menos que subas al de los ancianos. Y dudo que te dejaran usarlo. ¿Qué clase de coche te gusta?

—No, no sé. Algo pequeño. Como ése que va adelante. Sí, algo así.

—Ah, es un BMW. Tienes buen gusto, ya veo. —Él se estiró para darle un beso en la coronilla. —Pero no importa. Ya encontraremos algo de tu agrado.

Amanda había perdido la exaltación inicial del baile, pero a cambio retornaba la serena sensación de alegría y seguridad que había estado experimentando de a ratos en la última semana. La somnolencia empezaba a vencerla. Así lo dijo:

—Me estoy durmiendo.

—Es el sol. Vamos hacia él. Apoya la cabeza en mi hombro y descansa.

Oyó vagamente que él tarareaba por lo bajo. Era un sonido hogareño, desafinado y satisfecho. Despertó a medias cuando cruzaron el puente para entrar en la ciudad.

—¿No te parece increíble, viniendo de donde venimos, que todo sea el mismo Estado? Y hasta el mismo Condado. ¡Qué desastre, por Dios! Desde las barriadas de la avenida Lane hasta la terminal, todo se está yendo a la ruina. Bien vistas las cosas, el problema es la estación de ferrocarril. Diez hectáreas de tierra desaprovechada, llena de basura. Es preciso hacer algo, y tarde o temprano se hará. Me encantaría meter las manos. Pero estoy hablando en vano, por supuesto. El ferrocarril pide una suma que cubriría la deuda externa. Y de cualquier manera todo es cuestión de política; si tienes buenas relaciones... Oye, ¿te desperté? ¿Seguías durmiendo?

—A medias —Amanda bostezó—. Sí, Norma me habló de esa estación ferroviaria. Lo recuerdo.

En un sector de la ciudad más nuevo que aquel donde habitaban los Balsan, las calles estaban trazadas como en una cuadrícula . Los árboles que daban sombra a las casas, pequeñas y limpias, no tenían más de quince o veinte años. Los jardines eran diminutos, la mitad del de los Balsan, pero parecían contener todos los aparatos de juego existentes.

—Si una casa puede parecer feliz, éstas lo parecen —dijo Larry, deteniendo el auto—. Ésta sale a la venta. El dueño hizo fortuna de la noche a la mañana. Hay que pintarla antes de exhibirla; de lo contrario pediría una cita para traerte a verla mañana mismo. Creo que te gustaría, Amanda —añadió, en tono serio—. ¿Por qué no le echas un vistazo por afuera, ya que estamos aquí?

Ella lo hizo. Tenía muy poco espacio, se dijo, pero al menos no era un cajón viejo, como la mole parda de los Balsan. Pensándolo bien, hasta era bonita. Y siempre era posible cambiarla por algo mejor, como iba a hacer esa gente.

Larry la rodeó con un brazo. Y ella vio que estudiaba ansiosamente su expresión; era evidente que se moría por complacerla. La recorrió un torrente de cálida gratitud, como agua caliente sobre las manos frías, como un té bien servido en un día glacial.

—¿Qué opinas? ¿Te gusta?

—Sí —respondió—. Me gusta mucho. Y te estoy agradecida por todo.

Era amada, amada de verdad. Sabía quién era. Sabía dónde estaba y dónde iba a estar. Como la novia en su día romántico, giró hacia él como para entregarle todo su corazón. Y le obsequió una brillante sonrisa.

Capítulo Cuatro

Estaban tendidos en el muelle flotante, lado a lado, bien protegidos por el filtro solar, con los sombreros de paja cubriéndoles la cara y los pies apuntando al cielo. El muelle se mecía al compás del ritmo de las olas. Las gaviotas estaban lanzando gritos apremiantes. Cecile apartó el sombrero para ver qué sucedía, pero era sólo un velero que reptaba a lo largo del horizonte. Un momento después las bulliciosas aves se deslizaron cielo abajo, dejando el aire azul tan sereno como antes.

Peter mantenía las manos quietas a los costados. En la mano izquierda, un anillo de oro igual al suyo. ¿Cómo era posible que un objeto tan pequeño, unas cuantas palabras pronunciadas por una persona autorizada en el jardín de casa, un documento firmado en el Ayuntamiento de la ciudad, cambiaran las cosas a tal punto? En estos tiempos la moda era asegurar que no tenían importancia; ella misma había pensado, cada vez que viajaban juntos a algún lugar, que eran dos personas ya unidas. Sin embargo la llenaba una especie de reverencia al ver el anillo en la mano de Peter, el otro en la suya.

Él se incorporó para desperezarse.

—¿Admirabas mi belleza mientras dormía?

—Estaba pensando en lo mucho que te amo. Si te lastimaras el meñique, creo que el mío sangraría también. ¿Comprendes?

—Sí —dijo él, con gravedad—. Sí. Yo siento lo mismo. Vamos. Te juego una carrera hasta la casa.

El oleaje pujaba contra ellos, pero Cecile nadaba bien. La carrera sería pareja, como siempre; Peter le ganaba sólo por uno o dos largos. La complacía estar tan a su altura en todo lo que ambos hacían bien: en una partida de tenis, en una caminata cuesta arriba o cuando bailaban, ambos armonizaban.

Al llegar a la ensenada protegida, por debajo de la casa, se sentaron juntos en el césped tibio, oloroso de mar, para abrir la cesta de picnic y conversar. Los temas de conversación no tenían fin. Estaban descubriendo un mundo nuevo, lleno de curiosidades y maravillas. Y el día dorado pasaba a la deriva, como todos sus días.

Por sobre ellos se levantaba la casa, en un círculo de palmeras. Los cuartos eran frescos al paso de la brisa. Los que daban al mar eran de color agua marina y estaban amoblados con descuidado encanto: antigüedades inglesas y ratán chino; por doquier había flores.

—¿Conoces esa famosa pintura de Winslow Homer, la de la casa color limón y techo blanco, deslumbrante? Podría haber sido ésta —comentó Peter—. No sé si él pintó esta casa o si tus parientes copiaron su pintura.

—Ambas cosas son posibles. Pertenece a la familia desde siempre; ya no recuerdo cuántas generaciones pasaron por aquí. La tía abuela de papá es muy generosa. Se va a otro sitio cada vez que algún pariente está en luna de miel o necesita pasar su convalecencia bajo el sol de las Bermudas.

—Tienes una familia muy interesante. Un primo tuyo, en la fiesta, me contó que tu madre está en la comisión gubernamental para erradicar las barriadas. ¿O era algo sobre los suburbios? La verdad es que ese día no prestaba mucha atención. No sé siquiera cómo me mantenía en pie. Sentía las rodillas flojas y bruma en la cabeza. Háblame un poco más de tu madre.

—No sé por dónde empezar. Bueno, puedo decir que pone las cosas en marcha. No es sólo cuestión de organizar almuerzos para recaudar fondos, ni de que su nombre figure en los membretes, aunque eso es parte del cuadro. Ella y papá son ciudadanos de verdad. Se ocupan. El departamento de cáncer infantil del hospital, por ejemplo, es obra de ellos. También pelearon por ese parque nuevo, contra el sindicato que pretendía levantar allí un edificio de oficinas. ¡Bonita obra habría sido! Me crié oyendo hablar de ese tipo de cosas. Y estoy segura de que ellos también crecieron así. Mis abuelos también eran generosos.

—No tenía idea de que hubiera una fortuna tan grande detrás de ti. ¿De dónde proviene?

Cecile se encogió de hombros. Tenía sólo la idea de que había muchos orígenes y muchos legados.

—Petróleo. Y acciones del ferrocarril, en parte. Además, uno de mis bisabuelos inventó una máquina para unir partes metálicas y... Oh, no sé, pero la usan en las construcciones de todo el mundo.

Peter sonrió, meneando la cabeza con cierta maravilla.

—Sin ver tu casa, nadie lo imaginaría.

—Hemos tenido suerte —dijo ella, sencillamente.

—¿Nunca te sientes incómoda por tener tanto dinero?

—No. ¿Por qué?

—No me hagas caso. Es que me extraña, porque a mí me incomodaría.

—¿Sí?

—No puedo estar seguro, desde luego. Pero creo que sí.

—Pero te casaste conmigo. Así que ahora...

—Ahora todo eso sigue siendo tuyo. No es mío.

—Esta conversación no tiene sentido —dijo ella, cambiando de tema—. Olvidé decirte que la criada me dio un mensaje. Una amiga de tía Susan nos invita a cenar en su casa, una noche de éstas.

—Sólo nos quedan cuatro.

—Bueno, ya me has respondido. Yo tampoco quiero ir. ¿Qué te gustaría hacer?

—¿Esta noche? Comer a reventar, como siempre. La mujer que cocina aquí... ¿cómo dijiste que se llama?

—Sylvestrina. Prefiere que la llamen Sally, y no puedo criticarla.

—Es una cocinera fabulosa. Esta mañana se lo dije.

—Bueno, hasta ahí estamos de acuerdo. ¿Y después de cenar?

—Sentarme contigo en el sillón de mimbre y escuchar música hasta que asomen las estrellas.

—Concuerdo otra vez. ¿Qué tipo de música? En el armario debe de haber un millar de compactos. Tú escoges.

—Un pianista. La noche es tan serena que una orquesta la haría pedazos. ¿Estás de acuerdo?

—Totalmente. ¿Y después de la música?

—Podríamos nadar. Desnudos como los peces.

—¿Y después?

—Oh, no sé —dijo Peter—. Pero tengo un par de ideas...

Un mes antes, cada uno de ellos habría jurado que lo sabía todo sobre el otro; sin embargo los descubrimientos continuaban. Paseaban a pie, nadaban o salían a navegar, siempre conversando. No había tema que dejaran afuera: desde el número de hijos que podían tener hasta lo que pensaban sobre la situación política en la China, pasando por sus gustos en cuestión de comidas.

—Yo necesito imprescindiblemente un poco de chocolate todos los días —dijo Cecile.

—Yo puedo pasar sin él. Lo que me gusta de verdad es el arroz indio con carne, bien cargado de especias y de curry.

Cada uno hablaba de su trabajo. Cecile estaba llena de seriedad y orgullo. Al menos por ahora, no planeaba iniciar una "carrera", en el sentido en que generalmente se da a la palabra. El mes siguiente se ofrecería como voluntaria en el Hospital de Niños, donde ya había trabajado los dos últimos veranos. Le encantaba; había presentado una solicitud para asistir cinco días a la semana, incluidos algunos cursos de asistencia social.

—Mis estudios de sociología me ayudaron a comprender los problemas familiares. A veces yo misma me sorprendo, porque mi trabajo merece respeto entre los profesionales del personal.

Luego Peter habló de sus planes. Su nuevo empleo era sólo temporario. Quería independizarse en cuanto ganara cierto renombre en su especialidad. Cecile había comenzado a interesarse sólo con oírlo hablar de restauraciones históricas u hojeando sus libros y fotografías. Todo se entretejía con la historia. Supuestamente, esa pequeña posada de ladrillos, construida en 1857, había servido una comida al asesino de Lincoln. Aunque no fuera verdad, valía la pena salvar el edificio. Y también la torre de observación que se alzaba en la costa atlántica, donde en otros tiempos llegaban y partían grandes ballenas. El año anterior Cecile lo había acompañado en una expedición a cierta estación ferroviaria de una zona rural, ataviada con encajes de madera victorianos; ahora la estaban transformando en un acogedor restaurante. También allí, en las Bermudas, él solía tomar rápidos apuntes mientras paseaban.

Sí: absortos en el trabajo y en el amor mutuo, los dos serían una pareja perfecta.

El penúltimo día se levantaron muy temprano, pues no querían perder una sola hora. Peter tenía que verificar algo en su boceto de la vieja iglesia gótica.

—Quizá te preguntes por qué estoy haciendo esto —dijo—. En verdad, tal vez nunca necesite muchos conocimientos sobre la construcción de una iglesia gótica, pero nunca se sabe. En ese curso que seguí el verano pasado, fuimos a una hermosa iglesia del siglo diecinueve, que había sido casi totalmente destruida por el fuego. Había una enconada disputa entre los que deseaban restaurarla y los que preferían derribarla para construir una iglesia nueva en el mismo lugar.

—¿Y qué sucedió?

—Lo de costumbre. Lo último que supe es que aún seguían discutiendo sobre los costos.

Después de un último desayuno tranquilo en la terraza, por sobre la playa, caminaron sin prisa hacia Hamilton. Había amarrado un buque de crucero y en las calles pululaban los compradores. Pero en la iglesia, bastante retirada de la multitud, había una paz celestial. En realidad, eran los dos únicos visitantes; no había voces ni pasos que los perturbaran, aparte de los propios, mientras caminaban junto a los muros, leyendo datos de historia nacional y conmovedoras historias personales en las placas y en los recordatorios de los vitrales.

Afuera el jardín estaba igualmente silencioso, exceptuando el piar de los gorriones. Cecile se sentó en la hierba, mientras Peter se dedicaba, por segunda vez, a examinar desagües, observar las gárgolas y estudiar la claraboya. Ella, a su modo, empleaba la misma atención en observarlo. Su alta silueta pasaba del sol a la sombra, en tanto él se movía en torno del edificio; cada vez que apoyaba su libreta de apuntes contra la pared, fruncía las cejas con apasionamiento. ¡Y ella se sentía tan orgullosa! En eso consistía todo: esa *unión*, esa *unidad*, como decía Norma, con su divertida manía de traducir del latín. Unidad, ser uno. Desde ahora en adelante cada uno era *responsable* del otro, este Peter y esta Cecile. No habría separación, nada de "hasta luego". Se levantarían de la misma cama y desayunarían juntos; juntos comerían al atardecer, antes de volver a la cama. Después de un tiempo vendrían los hijos y tendrían cosas importantes que discutir. Y también trivialidades cotidianas de las que ocuparse. Apenas unos días antes, cuando salían para almorzar en Hamilton, ¿no había impedido ella que se pusiera un suéter castaño con pantalones azul marino?

Cecile no pudo menos que reír, comparándose con su madre. Pese a lo mucho que trabajaba por importantes causas públicas, Harriet Newman era un ama de casa muy meticulosa. ¿Y por qué no? ¿Qué había de malo en tener la casa en orden, buena comida y ropa limpia?

"Nunca hubiera pensado", se dijo, "lo íntimo que sería este asunto del matrimonio, esto de estar cada uno en la cabeza del otro, esto de cuidarnos mutuamente por el resto de la vida".

—Listo —dijo Peter, al fin, mientras guardaba su libreta de apuntes en el bolsillo—. Ya lo tengo, aunque lo más probable es que no lo use jamás. Y ahora ¿Qué hacemos? Volver a casa y a la playa, supongo.

—Por supuesto. Pero con una pequeña parada. Sólo un momento. Tenemos que comprar un regalo de despedida para Sally, para agradecerle esas estupendas comidas.

—Tengo un bonito cheque para ella.

—Sí, pero también sería gentil llevarle un regalo, algo en una caja con una cinta. Aquí en las Bermudas son famosos por los suéteres, que son muy bonitos. Es algo que ella jamás se compraría.

La muchedumbre del crucero ya no era tan numerosa como por la mañana, probablemente porque ya era hora de almorzar. Con el regalo para Sally en la mano, Cecile caminaba lentamente con Peter, echando apenas algún vistazo rápido a los escaparates junto a los que pasaban. De pronto se detuvo.

—Mira, Peter. No creo haber visto candelabros tan hermosos. Por lo general no tienen colores tan atractivos.

Seis brazos de porcelana, cada uno con su vela blanca, se extendían a partir de un centro elegantemente decorado con flores rojo coral y hojas pardas.

—Un par perfecto. Este tipo de antigüedades suelen tener algo roto o desportillado. Quedarían preciosas en el aparador de un comedor, Peter.

—Deben de costar una fortuna.

—No. Llego a leer la etiqueta. El precio no está nada mal. ¿Por qué no usamos el cheque que nos dio mi primo Luke?

—Haz lo que quieras con los cheques de la boda, Cil, pero dime, ¿dónde vas a poner esos candelabros? No tenemos aparador ni comedor.

Peter sonreía, como divertido ante sus debilidades "femeninas". Tenía la misma expresión que el padre de Cecile, cada vez que su madre compraba algo frívolo, cosa que sucedía rara vez; en una oportunidad fue un par de chinelas de terciopelo rosado con tacones que parecían capiteles.

Ella sonrió a su vez. Desde hacía dos semanas guardaba un secreto maravilloso, esperando el momento en que él pudiera contemplarlo con sus propios ojos. Pero de pronto su decisión se quebró en un entusiasmo arrollador y le reventó en la boca.

—¡Lo tenemos, querido! ¡Una casa con comedor! No iba a decir una palabra hasta que regresáramos, porque quería darte una sorpresa, pero ya no resisto más. Te enamorarás de esa casa en cuanto la veas.

—¿De qué estás hablando, Cecile?

—En Cagney Falls hay un lugar estupendo. No está en el centro, sino dentro del municipio; una casa encantadora, en un lote de seiscientos metros cuadrados, tal vez más. Los dueños quieren vender y mi padre los conoce; no mucho, pero lo suficiente como para pedirles que esperen hasta que nosotros vayamos a visitarla. La he visto desde afuera; es como las que te gustan: muy sencilla, con piedra tallada, persianas blancas y entrada de estilo colonial. Cualquiera diría que la construyeron antes de la Revolución.

Peter, en una reacción extraña, no dijo nada. Parecía estar mirando la nada por sobre el hombro de Cecile.

—Bueno, ¿qué te parece?

—¿Ochocientos metros cuadrados? ¡Es una pequeña finca! No sé qué decir. Creo que no lo has pensado bien, Cil.

—¿Te refieres al precio? Nada. Es un regalo de bodas.

—Oh, no, Cil. Es demasiado. Ya nos han hecho regalos de sobra.

—¡Pero qué tontería! Éste es un regalo para toda la vida, un hogar. Mucha gente hace eso por sus hijos, si puede permitírselo.

—Tal vez, pero la idea no me gusta. El mes que viene comenzaremos en el apartamento que nos gustaba a los dos, tomando la vida paso a paso.

—Escucha, Peter. Como te he dicho, no es un casa complicada. Es bastante sencilla, muy adecuada para nosotros. Te lo aseguro.

—Para ti, puede ser. Pero yo no soy rico ni lo seré nunca. Y no quiero vivir a costillas de otro.

Esta decidida reacción era asombrosa. La desconcertó. Y dolía.

—Eso suena casi antipático, Peter —observó con suavidad.

—No quise ser antipático, sino franco. Te estoy expresando lo que pienso con toda sinceridad.

—¿Y si...? —ella vaciló—. ¿Qué harás cuando mi padre ya no esté?

—Por el momento tu padre es un hombre sano, todavía joven y en condiciones de trabajar. Y yo también, sólo que aun más joven que él. No quiero que él ni nadie trabaje para pagar mis cuentas.

La boca de Peter, apretada en una línea firme, parecía discordar con el resto de su cara. Ella nunca lo había visto así y se desconcertó.

—¿No quieres verla, siquiera? —preguntó.

—No. No tendría sentido. Ya he decidido.

Había levantado un poco la voz; ante su tono, una pareja que pasaba le echó un vistazo. Cecile comprendió que estaban fuera de lugar allí, detenidos frente a un escaparate lleno de piezas de plata y porcelana.

—Vámonos. Estoy muy desilusionada, Peter. No imaginas cuanto. Podrías ir a echarle un vistazo. No es mucho pedir, ¿verdad? Si la vieras, quizá cambiarías de opinión.

—Para empezar, Cil, no estás pensando con sentido práctico. No has tenido en cuenta el costo de mantener algo así. Una cosa es que te regalen una casa; mantenerla es otra muy distinta.

—Yo misma me ocuparía del jardín en los fines de semana. Cualquiera puede empujar una cortadora de césped.

—Ahora sí que estás diciendo tonterías. ¡Tú, cortar el césped! Nunca he oído tontería como... Vámonos. Ésta es nuestra última tarde de playa y la estamos malgastando en la calle.

Cecile comenzaba a sentir algo parecido a un enojo. No era sólo porque se hubiera enamorado de la casa, sus árboles añosos y su rosedal, después de entreverla apenas desde la ruta. Además estaba el hecho de que él rechazara tan abruptamente la afectuosa generosidad de su padre. Y así lo dijo.

—Francamente, me parece que eres muy desconsiderado. ¿Qué voy a decir a mi padre?

—No tendrás que decirle nada. Lo haré yo. Le diré que le estoy profundamente agradecido, lo cual es cierto, pero que no puedo aceptar su ofrecimiento.

—Se ofenderá muchísimo, ¿no te das cuenta?

—No lo creo.

—¿Qué sabes tú? No lo conoces. Yo sí.

—En ese caso, Cil, lo siento. Aprecio mucho a tu familia, pero no quiero que me mantengan. Guarda tu dinero para comprar todos los candelabros que se te antojen. Pero a mí me corresponde proporcionar un techo a la familia que hemos formado. Me corresponde a mí, Cil.

¡Qué manera de hablar! Con ese timbre de autoridad parecía un esposo victoriano. Ella habría querido decirle: "Te has quedado cien años atrás". Pero no lo hizo.

—¿Quieres que volvamos para comprar esas piezas? —preguntó Peter—. La tienda está a la vuelta de la esquina.

Ahora la apaciguaba, como si ella fuera su mujercita delicada e infantil.

—¿Dónde los pondríamos? Comprarlos no tiene sentido, ¿verdad? No, no quiero volver —añadió, acentuando el "no quiero".

—Preguntaba, no más —replicó él, con igual énfasis en el "no más".

Y allí estaban, mirándose con fijeza, como dos desconocidos a los que hubiera unido alguna rara circunstancia y no supieran qué hacer.

—No te entiendo —dijo ella.

—Inténtalo.

—¿Por qué no lo intentas tú?

—Yo te entiendo. Has visto algo que te gusta, está a tu alcance y yo me he puesto terco. Lamento negarte algo, pero...

Su manera lenta y decidida de hablar le provocó tanta impaciencia que tuvo que interrumpir.

—Pero, ¿por qué? ¿Por qué?

—Perdonen —dijo secamente una mujer, que intentaba observar mejor los candelabros de Cecile.

—Vamos, Cil. Estamos molestando a todos.

Se detuvieron en la esquina, esperando un taxi. Los turistas pasaban rápidamente en motocicletas, muchos de ellos lanzando gritos y risas, con obvia inexperiencia. Sin motivos razonables, esas tonterías la deprimieron.

—Desde que llegamos no hemos alquilado una moto —comentó fríamente—. Quiero ir en una.

—Nada de motos. Ya te lo he dicho. Nunca he conducido ninguna. Y no voy a experimentar llevándote en el asiento de atrás. Ya hemos visto tres accidentes graves.

Tenía razón. Lo que la enfurecía era su actitud regañona. Y el gesto severo de sus labios. En silencio subió al taxi tras él; en silencio hicieron el trayecto hasta la casa de la tía abuela Susan.

En aras de algún principio abstracto, él había arruinado sus amorosos proyectos. Durante esas últimas semanas, Cecile había dedicado sus momentos de ocio a pensar en aquella sorpresa, en los amplios cuartos de la casa: el dormitorio, la cama que tendrían; no sería uno de esos muebles gigantescos en los que las parejas duermen a distancia, sino una cama doble original, que los uniera; las bibliotecas pintadas de verde primaveral, en las que ambos sumarían sus tesoros individuales; el cómodo cuarto de trabajo donde Peter trazaría sus planos sin que nadie lo molestara. ¿Quién habría imaginado que él se opondría a todo? Y para colmo de males, ahora parecía haberse enfadado porque *ella* osaba enfadarse. Allí estaba, sentado junto a ella, examinando ostentosamente su libreta de apuntes. Por lo visto, esperaba que ella fuera la primera en hablar. Pues tendría que esperar bastante.

Entraron en la casa. Cecile fue a la cocina en busca de Sally y le entregó el suéter; luego, demorándose a propósito, le preguntó por sus hijos. Si Peter la esperaba en la playa, ¡que esperara!

Aquella última noche debería haber sido una celebración para dos. En cambio hubo invitados: amigos de la tía abuela Susan, de una generación más joven, que habían telefoneado ese día para invitarlos a cenar. Ella invirtió diestramente la propuesta, haciendo que vinieran ellos. De ese modo Peter no tendría más remedio que participar como anfitrión. Para él sería un enorme fastidio pasar la velada con dos desconocidos. Peor para él.

Esa noche, mientras leía en la cama, Peter entró en el cuarto y la miró desde arriba, cruzado de brazos.

—Te has perdido una tarde perfecta en el muelle —dijo.

—No estaba de humor.

—Te amargaste inútilmente.

—Aunque no lo creas, estaba muy contenta sola en la playa, leyendo un libro estupendo.

—No, no estabas contenta. Estabas hirviendo de furia. Y quisiste cobrártela invitando a esa gente. Lo gracioso es que me gustaron y la pasé bien. No lo esperabas, ¿cierto?

—Me daba lo mismo.

—Salí al porche con Mark y le hice una pregunta de hombre a hombre. Si él y Rose solían reñir. Le dije que era nuevo en el oficio.

¿Era sólo una impresión o le chisporroteaban los ojos?

—Me miró como si me creyera idiota. “Llevamos quince años de casados ¿y me preguntas si alguna vez reñimos? Mira, jovencito: si alguien te dice que entre él y su esposa nunca hay un sí ni un no, es un dominado o un mentiroso”.

—¡En nuestra luna de miel! —gimió ella—. ¡Reñir en nuestra luna de miel, cuando nunca habíamos discutido!

—Nunca pasamos tanto tiempo juntos en un mismo lugar.

—¡Tenías una cara de furia...!

—Cuando uno está enojado no pone cara de felicidad, Cil. Pero tampoco estaba tan enojado. Tú sí. Yo sólo me puse firme.

—Siempre hemos estado de acuerdo en todo. Ésta es la primera vez...

—¿Pensabas que íbamos a ser dos espejos toda la vida? Perdóname si fui duro y perdóname lo de la casa. Dios sabe que quiero darte todo lo que pueda, Cil. Pero eso es algo que no puedo darte. Es una cuestión de independencia, la necesidad de demostrarme lo que valgo. No sé por qué, pero así soy. Comprende, por favor.

Dos grandes lágrimas corrieron lentamente por las mejillas de Cecile, contra su voluntad.

—Ah, querida, no hay motivos para llorar. ¿Tanto has sufrido por esto?

Había sufrido, sí, pero no tanto como para derramar esas lágrimas. Hubiera querido decirle que de pronto se había abierto una ventana ante ella, que estaba contemplando la vasta planicie de la vida, el largo camino por el que viajarían dos pequeños seres humanos; atados el uno a la otra como estaban, a veces se harían daño y se arrepentirían.

—Deja ese libro —dijo él. Y le enjugó las dos lágrimas con los dedos.

Entonces ella le abrió los brazos.

Capítulo Cinco

Esa noche Lawrence Balsan, quien gustaba de demorarse en la mesa con una segunda taza de café, estaba de humor expansivo.

—Creo que ya lo he mencionado, pero ustedes dos pueden usar el jardín —dijo—. Hay suficiente espacio para una boda discreta. Cuando compré el lote doble, hace veintitrés años, debo de haber estado pensando en bodas.

Se sentía expansivo porque esa tarde Larry había cerrado una operación muy ventajosa. A esas horas Amanda iba en buen camino de entenderlo y de conocer, por cierto, la dinámica de la familia.

—Tendrá que ser discreta, por supuesto —repitió.

Y luego, en tono de mofa cordial:

—Por desgracia, no podemos organizar nada parecido a esa fiesta de los Newman. Debe de haber sido un espectáculo. ¿Quiénes fueron? ¿Algún conocido mío?

—Vi a diez o doce de tus conocidos, cuanto menos —dijo Larry—. Bates, el de Hipotecas Century, Ralph Fried, los O'Connors, Alfred Cole y...

—En pocas palabras, todos los que valen algo. Eso debe de haber costado una fortuna. Me alegro de no haber tenido que pagarlo.

"Sí, Lawrence", pensó Amanda, "sé perfectamente lo desilusionado que estás. Lo que deseabas era una nuera como Cecile Newman. Lo sé. Y lo que es más, tú sabes que lo sé".

Aquella cara altanera y aquilina tenía una expresión irónica, como si tratara de disimular alguna risa secreta. En ese momento la estaba evaluando: sus ojos penetrantes parecían atravesarla, recorrerla entera. La hacía sentir como si se hubiera manchado la cara con la salsa de frambuesas que acababa de terminar, o como si se le hubiera desabrochado la blusa.

—¿Estás segura de que no quieres invitar a tu familia? ¿A tus padres, por lo menos? —le preguntó Lawrence—. Tenemos lugar de sobra para alojarlos.

Ella no expondría a su familia al agudo escrutinio de ese hombre ni a su glacial cortesía. No coordinarían, simplemente: ni Lawrence con ellos ni ellos con los Balsan. Cuando estaba por decir, por tercera o cuarta vez, que no podían faltar al empleo, Larry contestó por ella.

—No, pero planeamos hacerles una visita.

No habían planeado nada de eso. Era él quien lo había sugerido. Pero aunque Larry no era esnob ni iba a criticar, ¿cómo permitir que viera el coche herrumbrado y maltrecho en el granero, el bebé gateando con los pañales sucios, la olla de guiso grasiento en el centro de la mesa, a la hora de cenar?

—No sé qué planes tienen, pero ya deberían comenzar a hacerlos —comentó su padre, levantándose de la mesa de caoba para abandonar la habitación.

Cuando quedaron solos Larry dijo:

—No tenemos por qué celebrar la boda aquí. Sé que no quieres.

—Es cierto, no quiero.

Si no iba a hacer las cosas como es debido, con familia, música, flores y amigos, era mejor no hacer nada. Un magro término medio no tenía ninguna gracia.

—¿Sabes, Amanda? He estado pensando que sería mucho más personal fugarnos discretamente a alguna aldea y buscar un juez de paz. Si te pones a pensarlo, es más romántico que tanto alboroto público. Claro que a las mujeres les gustan las mangas de satén y los velos de encaje, ya lo sé —dijo Larry, con una sonrisa condescendiente.

Pero el gesto encerraba también algo de preocupación. La comprendía.

En días y noches de trabajar en Sundale, Amanda había ahorrado unos cuantos cientos de dólares. Como ya había pasado la mitad del verano, los saldos de temporada estaban muy baratos en las tiendas; así pudo estirar el dinero.

—Compra ropa de baño —recomendó Larry—. Ese lugar está sobre el lago. Fui una vez y sé que te encantará.

Antes de que pasara una semana Amanda estaba lista, bien equipada con su propia ropa de diario, vestidos nuevos para la noche, dos *negligées* y un traje de hilo azul para la ceremonia.

En realidad, Larry le había preguntado adónde quería pasar la luna de miel; ella, que nunca había viajado a ninguna parte, respondió en tono vacilante: "¿En las Bermudas?" Pero él le explicó que era mejor reservar las Bermudas para cuando pudieran quedarse un tiempo más, de modo que ella dejó la decisión totalmente en sus manos.

La noche antes de la partida Larry, a escondidas, llevó las maletas al auto; al amanecer, dejando una nota en la mesa del desayuno, salieron subrepticiamente de la casa, sin hacer ruido.

—No les molestará —aseguró él—. Lo más probable es que nuestro pequeño truco sea un alivio para ellos. Este mes mi padre está sobrecargado de trabajo. Y Norma no es muy afecta a las bodas.

En una heladera portátil había puesto un ramillete anticuado, con encaje de papel, y dos botellas de champagne.

—El ramillete es para ahora. El champagne, para después, cuando lleguemos a destino.

"Larry tenía razón", pensó Amanda. "Hay cierta exaltación clandestina, cierto efecto de Romeo y Julieta, en esto de fugarnos juntos". Iban con rumbo norte. Tras cuatro horas de viaje llegaron a la ciudad donde, a pedido previo de Larry, los esperaban un juez de paz y dos testigos.

Subieron unos pocos peldaños para entrar en un edificio pequeño y triste, probablemente el ayuntamiento. Ella tuvo una impresión vaga, pues súbitamente había perdido por completo ese delicioso entusiasmo, reemplazado por una oleada de miedo. "Por muy fácil que sea divorciarse, esto sigue siendo tan definitivo..." El divorcio no entraba en sus patrones de vida, por cierto. Sus padres estaban celebrando veintinueve años de unión... si eso era "celebrar". Bueno, tal vez sí. Probablemente. Y Lorena esperaba reconciliarse con ese inútil.

"¿Qué hago pensando así en un momento como éste?"

Sin duda fue por ese horrible pensamiento que tropezó y dejó caer el ramillete.

—Con calma, tesoro —dijo Larry, en su tono amable, mientras volvía a ponerle las flores en la mano.

"Es la bondad en persona". Amanda, con la cabeza en alto, marchó con él hacia el anciano que los esperaba sentado tras una mesa. En la habitación había también un hombre joven, probablemente uno de los testigos; en sus ojos Amanda leyó que era hermosa. Cuando apoyó la mano en el brazo de Larry, el diamante de su suegra refulgió con los colores del arco iris.

Era extraño comparar las pocas palabras de esa breve ceremonia con los largos y solemnes mandatos de los clérigos. Aun así, el resultado era el mismo. Intercambiaron los anillos, se dieron un beso y salieron de ese cuartito vulgar, tan casados como si se retiraran con los compases de la marcha nupcial de Mendelssohn.

—¿Te sientes diferente? —preguntó Larry, ya en el auto, tras algunos minutos de atónito silencio.

—No sé. Creo que estoy aturdida —respondió ella. Y era cierto.

—Léeme el acta.

—Qué curioso. Parece tan... tan oficial como una declaración de impuestos. *Amanda Louise* y *Lawrence Daniel.*

—Siempre quise que me llamaran Daniel. Dan. ¿No suena mejor? Más aún, ¿no tengo cara de Dan? Larry es buen nombre para estar en el equipo de fútbol de la secundaria. Un apodo para quien lleva el mismo nombre que su padre. Pero a papá le gusta que yo lleve su nombre. Y no vale la pena provocar riñas y rencores.

Era sensible. Por su aspecto nadie lo habría dicho. Nadie habría pensado que algo tan simple como un nombre podía importarle tanto. De un hombre como Peter, por ejemplo, era fácil imaginar que le importaría. Qué extraño.

—Vas a ver montañas, querida. Esta posada está prácticamente en la frontera con el Canadá. No olvidaste traer el traje de baño, ¿verdad? El lago es una pequeña joya. Toda la zona está llena de espejos de agua, desde el Canadá hasta nuestros Grandes Lagos —parloteaba con nerviosismo—. En la posada se come muy bien. Algunas noches se enciende una fogata. Y sirven trucha, recién sacada del arroyo. ¿Te gusta el pescado? Son tantas las cosas que todavía no sé de ti...

Naturalmente, estaba pensando en la noche, para la que apenas faltaban unas cuantas horas. Le costaba esperar, por supuesto. Hoy en día era casi inaudito que una pareja se acostara por primera vez en la primera noche de casados. Y tampoco hubiera sido así para ellos, se dijo Amanda, a no ser porque el dormitorio de Lawrence estaba al otro lado del pasillo.

Larry tarareaba.

—¿Recuerdas esa canción? No puedo quitarme la melodía de la cabeza, pero por nada del mundo logro recordar la letra.

Una sensación de ternura llenó el pecho de Amanda y se quedó temblando allí. Era como si allí adentro se agitara todo tipo de emociones, yendo y viniendo durante todo el día. Claro que era natural. Después de todo, era el día más importante de su vida. El día más importante en la vida de cualquiera.

—Caramba, no recuerdo la letra —repitió él—. Sé que es vieja.

—Muy, muy vieja. De los años treinta, si no me equivoco. La he oído por cable. "Siempre y por siempre, adoraré..." Más o menos.

—¡Eso! "La gloria que eres tú". Así es.

Amanda siempre se había levantado temprano, ya desde niña, y en los años de universidad debía preparar su trabajo por la mañana, pues por la noche trabajaba en Sundale. No mucho después del amanecer, en su primer día de casada, se apoyó en la barandilla del porche para contemplar el paisaje.

A lo largo de la costa había varias cabañas de troncos, como la suya, diseminadas a cómoda distancia. Algo más arriba, en una elevación del camino de tierra por el que habían llegado la noche anterior, a sacudidas en la oscuridad, se elevaba una estructura grande, también hecha de troncos, con un prado circundante y una bandera que azotaba la brisa. El lago era calmo, el aire era límpido como un cristal. Hasta donde llegaba la vista, hacia todos lados, la tierra estaba cubierta de pinos.

—Píceas, en su mayoría —había explicado Larry—, pero si caminas un buen trecho verás también tejos y enebros. Aquí organizan caminatas guiadas de cinco o seis kilómetros; aun más largas, si quieres. Una vez hice una de dieciséis. Parece mucho, pero en realidad no lo es. Después me sentí de maravillas.

Una bandada de gansos canadienses pasó por arriba, perturbando la paz con sus graznidos, como si cien automóviles hubieran hecho sonar sus bocinas al mismo tiempo. Ella los vio volar raudamente con rumbo sur, dejando atrás el silencio que habían quebrado. Cuando se perdieron de vista, ella siguió contemplando el cielo distante que los había envuelto, el disco inmóvil del lago azul grisáceo y, luego, sus manos familiares con esos dos anillos extraños: esas manos que parecían pertenecer a otra persona.

Todo había resultado muy diferente de lo que ella esperaba. La adoración, los murmullos, las palabras apasionadas, los abrazos envolventes... Fue como verse invadida, poseída y devorada viva. Ninguna de sus experiencias anteriores la había preparado para esa fiebre de emoción; por cierto, aquellos pocos encuentros apresurados, en un automóvil o en la hierba dura de una pradera, podían haberla preparado para esto.

—Buenos días, tesoro. ¿Apreciando el paisaje? Hermoso, ¿verdad?

Él se había duchado y ahora estaba en el vano de la puerta, goteando. Amanda lo miró con curiosidad. Tenía una buena constitución: hombros fuertes, caderas estrechas y nada de flaccidez. Aun así no le inspiraba deseo alguno de abrazarlo.

—No veo a nadie abajo. Debe de ser demasiado temprano para desayunar. ¿Por qué no volvemos a la cama por un rato?

No había manera posible de negarse, ni siquiera de expresar renuencia. Ya en la cama, cuando él le susurró: "Te amo tanto...", ella le dijo lo mismo. ¿Cómo no responder a una declaración tan ferviente? Tendida allí, entre sus brazos, se sentía tensa y confusa. Era una falta de sinceridad fingir lo que no sentía, pero no fingir parecía extrañamente cruel. Larry creía en su amor. Confiaba en ella. Y en otro extraño sentido, en realidad ella lo amaba un poco.

Después se vistieron para ir a desayunar. El rústico salón era encantador, con manteles de guinga azul y, en cada mesa, una jarra de terracota con flores.

—Cuando sonríes eres encantadora —dijo Larry.

Debía tenerlo en cuenta y sonreír más a menudo. Ese día no le costó mucho. Fueron a nadar, navegaron en canoa y almorzaron en abundancia. Larry era sociable. Los otros pasajeros, todos mayores que ellos, eran matrimonios de jubilados y parejas con niños; eso fue una pequeña desilusión para Amanda, que esperaba tratar con gente de su edad. Sin embargo todos eran muy simpáticos y demostraban un cordial interés por los recién casados. Larry, según su costumbre, trabó amistad con todos; ayudó a un niño de diez años a mejorar su brazada de *crawl* y dedicó media hora a hablar de bienes raíces con un caballero anciano.

—Esta noche nos vestiremos bien y descorcharemos el champagne —dijo Larry—. Ésta es nuestra cena de bodas.

A veces Amanda se sentía decepcionada al mirarse en el espejo: ya necesitaba un corte de pelo, ya los zapatos no combinaban con el vestido, ya se veía pálida y cansada. Esa noche, en cambio, no se encontró defecto. El sol le había encendido la cara de salud, su pelo lucía mejor que nunca y el sencillo vestido de seda blanca, fruncido en el cuello y en el ruedo con toques rosados, era encantador. En el mejor estado de ánimo para una celebración, enlazó su brazo al de Larry y juntos entraron en el comedor.

En el umbral se detuvo, exclamando:

—¡No puedo creerlo!

Todo el mundo se había levantado para aplaudirlos. En su mesa, en vez de la jarra de terracota, había un ramo de flores blancas al estilo tradicional: gardenias y fresias, rodeadas de helecho plumoso. En un solo vistazo vio que el champagne estaba en el baldecillo de hielo, junto a la mesa; una segunda mirada le reveló que todas las mesas tenían su propio baldecillo. Arrebolada y sonriente, se volvió hacia Larry, exclamando:

—¡Fuiste tú! ¡Todo esto es orden tuya!

Enrojecido de placer y algo azorado, él lo admitió:

—No voy a negarlo.

—¿Y pediste champagne también para todas estas mesas?

—No voy a negarlo.

Como ella, en su sorpresa, no hizo ningún comentario, Larry añadió:

—Sólo hay una noche como ésta en toda la vida, Amanda. Es tu hora de brillo. Eres la novia.

"Está recordando la boda de Cecile", pensó ella. "Quiere compensarme". Curiosamente avergonzada, lo besó en la mejilla.

El gerente, muy considerado, había hecho trasladar la mesa de los recién casados a un rincón casi privado, así que, después de unas cuantas sonrisas y gestos de saludo dirigidos hacia ellos, los dejaron en paz. Sólo volvieron a convertirse en el centro de atención cuando entró un pastel enorme, traído en una mesa rodante. Se alzaron las copas, hubo brindis y, de pronto, los desconocidos del salón se convirtieron en familia y amigos, llenos de buenos deseos. Cada uno recibió su porción de pastel. La diminuta pareja nupcial fue retirada de la cobertura blanca, envuelta y entregada a Amanda, justo en el momento en que la orquesta llegaba al salón vecino, para el baile de todas las noches.

Entonces bailaron, girando y volando tal como habían girado y volado en aquella otra boda. El corazón de Amanda planeaba en las alturas. Por el vano de la puerta veía las flores blancas aún en la mesa. ¡Qué dulce, esa ocurrencia de Larry! ¡Qué dulces, todas esas personas! "Dulce, dulce... El champagne se me ha subido a la cabeza".

Los hombres preguntaron a Larry si les permitiría bailar con su novia. A él no le molestó. Era dulce, sí. Pero al cabo de un rato la obligó a tomar asiento y pidió café sólo para los dos. Reía.

—¡Qué noche! Vamos a dar un paseo, caminando despacio colina arriba. El aire fresco nos hará bien.

Ya de nuevo en el cuarto, mientras ella se desvestía, leyó en los ojos que la observaban lo que iba a suceder. Cuando él la rodeó con sus brazos, tuvo conciencia de un contacto reconfortante con un cuerpo tibio, pero no sintió otra cosa que ese contacto simple y la necesidad de dormir. Y durmió.

* * *

Larry no planeaba nada sin consultar primero a Amanda. Un día iban de picnic a esa isla, apenas una mota, que estaba cerca de la costa opuesta. Al día siguiente se anotaban para una caminata de ocho kilómetros. ¿Le gustaría montar a caballo? Poco importaba que no lo hubiera hecho nunca; en las sillas occidentales era fácil mantenerse; además, en esos estrechos caminos del bosque, con tantas ramas a baja altura, sólo se podía ir al paso. Los días pasaban encantadores, vigorosos y alegres.

Pero agosto llegaba a su fin. Allí, en el norte, un día sintieron un dejo de frío en el aire.

Ya avanzada la noche comenzó a llover; aún no había escampado cuando amaneció. La temperatura descendió súbitamente; la lluvia era como hielo contra la piel. En el comedor no se hablaba más que del clima.

—Para los que vivimos aquí arriba no es novedad. Si no han traído equipos para lluvia, tendrán que comprarlos. Es probable que esto siga durante toda la semana.

Fueron en el coche a la ciudad en busca de gabardinas. Al mediodía, cuando volvieron, la lluvia fría aún continuaba, opacando la vista del lago y oscureciendo la habitación. Y el agua siguió castigando las ventanas durante toda la noche y la mañana siguiente.

—Hoy no hay mucho que hacer —comentó Larry—. Si algo falta aquí es un televisor en las habitaciones. Bueno, iré a la recepción para traer algunas revistas. ¿Quieres algo en especial?

—No, gracias. Traje algunos libros.

Él echó un vistazo por sobre su hombro.

—*Shirley*, de Charlotte Brontë. ¿De qué trata?

—Bueno, la novela tiene más de cien años. Trata de una muchacha inglesa que va a Bélgica y se enamora de un maestro casado. Claro que hay mucho más...

—Claro, ya me doy una idea. No es el tipo de cosas que me gusta, pero ya veo que a ti sí. Has traído tres libros. Yo tendría lectura para seis meses, con todo eso. No me explico cómo haces.

Su tono admirativo la irritó. Parecía estar hablando con una criatura que apenas hubiera aprendido a leer su primer cuento sin ayuda.

—Lo cierto es que no leo mucho. En la escuela de comercio no hacía falta, salvo cosas de economía, claro. —Allí estaba, todavía con esa sonrisa admirada y benévola. —Norma y tú, con tantos libros... Pero ella es todavía peor. ¡Latín! Al menos tú lees en nuestro idioma.

La lluvia continuó por tres días, suave y sin pausa. Al cuarto día, después de haber amainado durante la noche, empezó a arreciar otra vez, hasta asumir una forma tangible; se henchía en el viento como una vela; como una cortina caprichosa, azotaba los cristales de la ventana; como un arroyo desbordado, chorreaba desde los desagües. Las paredes dejaban filtrar el frío. La oscuridad era tal que a mediodía debieron encender la luz eléctrica para leer.

Amanda terminó *Shirley* y comenzó con *Casa triste*. Larry ya había leído todas las revistas que se ofrecían en el edificio principal. Desde hacía un cuarto de hora estaba de pie junto a la ventana, mirando hacia afuera y haciendo tintinear las monedas en el bolsillo. A esa altura ella había descubierto que ése era otro de sus hábitos irritantes, junto con el de tararear desafinadamente mientras se afeitaba.

—*Casa triste* —leyó él. Leer por sobre su hombro: otro de sus hábitos irritantes.

—Triste, sí. Buen calificativo para estos últimos días.

—Lo sé, lo sé. Pero el clima no tiene arreglo.

—Los de la zona dicen que es lo habitual a esta altura del año.

—Bueno, puede ser. Pero aquí estamos cómodos. La comida no podría ser mejor. Y sigo pensando que es un lugar estupendo para pasar la luna de miel.

Y agregó, algo nervioso:

—Lo escogí porque me pareció que no sería tan divertido ir a un lugar elegante, donde tuviéramos que vestirnos bien. Aún prefiero esto y nuestra pequeña boda a la fiesta de los Newman, tan vacía.

—Esa boda fue perfecta, de muy buen gusto —adujo Amanda, apartando los ojos del libro. No tenía idea de por qué estaba defendiendo a Cecile, que no necesitaba defensa alguna.

—Oh, que tienen buen gusto es indudable —se enmendó Larry—. Son lo que se dice discretos, ¿no te parece? Siempre me ha parecido notable que sean de costumbres tan sencillas en esa casa. Nada rebuscados, pese a tener tanto dinero.

¿Qué había de maravilloso en ser "sencillo"? Tanto él como Norma se la pasaban elogiando lo sencillos que eran los Newman. ¡Como si fuera una gran virtud! Ella estaba harta de oírlo; al fin y al cabo, no era verdad.

En una de las fotos de Cecile se la veía con Peter en una terraza. Detrás de la balaustrada, palmeras y el océano. A un costado asomaba lo que debía ser un ala de la casa: amarillo limón, con su techo blanco, refulgente. Las Bermudas debían de ser un paraíso.

De inmediato una oleada de vergüenza le calentó las mejillas. ¡Ese lago también era bello! Salir al porche por la mañana, en medio del silencio, con ese fresco aroma a pinos en el aire... Y Larry era tan bueno, tan amable... Pan de Dios, según la anticuada expresión de Norma. "Es todo bondad".

—Oye, tesoro, ¿por qué no vamos a tomar el té con pastel? —propuso él—. Para entretenernos.

En los últimos días habían comido mucho; lo último que Amanda necesitaba era una porción de pastel, pero se levantó de inmediato y, después de ponerse la gabardina nueva, enlazó su brazo al de él y juntos subieron la colina, bajo la lluvia.

Los pasteles para el té se exhibían en un salón casi desierto. La mitad de los pasajeros había abandonado la posada; el resto, tras escuchar el pronóstico de que la temperatura descendería a menos de quince grados por la mañana, estaba en las habitaciones, preparando el equipaje.

—Deberíamos haberlo pensado mejor —comentó un hombre, al cruzarse con ellos—. Nadie en su sano juicio viene a fines de verano.

—Supongo que nosotros también deberíamos irnos —dijo Larry, desolado como un niñito al que se regaña—. ¿Quieres que nos vayamos, tesoro? ¿O prefieres esperar a ver qué pasa?

—Lo que tú decidas —respondió ella, alegremente—. A pesar de la lluvia lo hemos pasado muy bien, ¿no?

Ya avanzada la tarde cruzaron el puente y, dejando atrás la desierta terminal ferroviaria, cruzaron la avenida Lane para dirigirse a la parte alta de la ciudad.

Larry repitió su comentario:

—Es una vergüenza para el Estado tanta tierra desaprovechada. Y la misma estación, uno de los edificios más grandiosos del siglo diecinueve. Y la avenida Lane... ¡un estercolero, realmente!

Amanda se encogió mentalmente de hombros. Cada vez que cruzaban el puente, él y Norma hacían el mismo comentario. Era aburrido.

—¿A que no sabes adónde vamos? —preguntó Larry, alegremente.

—A casa, por supuesto —algo se estremeció en su pecho al decir "a casa". Le costaba creer que ese feo cajón pardo le hubiera parecido una *pleasance*. La palabra no se usaba desde hacía más de un siglo, pero le vino a la mente, salida de *Casa triste* o de algún libro aún más antiguo. *Pleasance*: un parque, un jardín, un lugar para el placer.

Durante el último verano había encontrado poco placer en esa casa. Cada vez que levantaba la vista de su plato parecía encontrarse con los ojos de Lawrence Balsan, que la confundían alternando la indiferencia con un vago interés. Ella siempre apartaba la vista, pero siempre volvía a cruzar la mirada con él, aun contra su voluntad.

Ahora que llevaba en el dedo el anillo de su heredero, el hombre tendría que tratarla con un poco de cordialidad, aunque fuera fingida. Pero cuanto antes abandonaran esa casa, tanto mejor. Allí el aire era demasiado denso.

Como si le hubiera estado leyendo los pensamientos, Larry dijo:

—Tenemos que mudarnos cuanto antes. Si estás de humor, podemos ir ahora mismo a ver esa casa que te mostré una vez. Los dueños la han desocupado y tengo la llave en el bolsillo. ¿Quieres ir? ¿O estás demasiado cansada, después de pasar el día viajando?

¿Pensaría ser siempre así, tan considerado? Los hombres, en general, no lo eran.

—Vamos ahora —decidió ella.

Las casitas formaban hilera tras hilera. Una tenía persianas de color azul verdoso; otra, una puerta roja; algunas estaban rodeadas de cercas de madera; en casi todas había juegos para los niños. Muchas tenían en el prado carteles que anunciaban: "En venta"; en otras se leía "Vendida". Y la gran mayoría de esos carteles decía "Balsan Bienes Raíces".

—Comprar y vender —comentó Larry—. Así es como se gana dinero. Aun así, me gustaría construir algo realmente espectacular, que me diera renombre.

Mientras detenía el coche ante una casa que centelleaba de blancura bajo el sol, explicó que la había hecho pintar por fuera, dejando el interior para que ella lo decorara a su gusto.

—Por si decidías que compráramos la casa. Creo... espero que te guste, porque es una gran oportunidad. Los propietarios hicieron muchas mejoras. La cocina es totalmente nueva. Y atrás construyeron una terraza de lajas, con bonitos arbustos, para darle más intimidad.

La cocina era nueva, en verdad, muy luminosa y con todos los artefactos, incluida una parrilla. Mientras seguía a Larry en su recorrido, Amanda tuvo que admitir que estaba impecable. Ni siquiera habría que cambiar el empapelado.

—Y no te dije lo mejor —comentó él—. La escuela está apenas a cinco calles.

Amanda se echó a reír.

—¡La escuela! ¿En qué estás pensando? Acabo de graduarme. Tengo veintidós años. ¡Y tú, hablando de escuelas!

—Bueno, con el tiempo...

—Dentro de mucho tiempo. Primero quiero buscar un trabajo. Y pronto, antes de que enloquezca encerrada entre cuatro paredes.

Tal vez había hablado con demasiada aspereza, pues él le echó un vistazo intrigado. Ella se corrigió, agregando con más suavidad:

—Ahora la gente espera mucho más para tener familia.

—Algunos; otros no. Tengo compañeros de estudios, con veintisiete años, como yo, que ya tienen un hijo. Pero eso no viene al caso. ¿Qué te parece la casa?

Amanda miró por la ventana. En el jardín trasero se erguía un arce encantador, ya bastante crecido y con denso follaje. El sol rociaba el césped.

—Podemos ocuparla inmediatamente. Si quieres, cerraré trato la semana que viene.

Bajo el arce, en una fuente para aves abandonada por los propietarios anteriores, chapoteaba un casal de palomas.

—¿Tan pronto?

—¿Por qué no? Bastará con firmar el cheque.

"Mi propia casa. No es algo fabuloso, pero sí bonita. Y yo puedo mejorarla aun más. Y es mía. Mi madre quedará estupefacta. Sacaré montones de fotos para enviar a casa. Y ésa donde estoy con mi vestido blanco, junto a Larry".

—No sé qué decir, Larry.

Él le guiñó un ojo.

—Di que te alegra escapar de mi casa. De mi padre.

—Jamás podría decir eso.

—Bueno. Di entonces que me amas.

—Eso sí, Larry.

—Bueno, entonces demuéstramelo.

Amanda lo abrazó para besarlo. Por largo rato él la retuvo, prolongando el beso. Cuando la soltó fue para sacar una libreta y un bolígrafo del bolsillo. Pasó uno o dos minutos tomando notas, mientras ella lo observaba. Cuando levantó la vista, sus suaves ojos pardos se habían entornado en un gesto de concentración.

—Lo tengo todo calculado. Lo que me queda de efectivo disponible alcanzará justo para amoblarla. Necesitamos un juego de sala completo, para comenzar a recibir amigos. Es preciso que hagas relaciones cuanto antes. Y un juego de comedor también. Bastará con ocho sillas comunes. Si alguna vez organizamos algo más grande, podemos agregar sillas plegadizas. El segundo dormitorio de la planta alta se puede convertir en cuarto de estar, con televisor, computadora y un par de sillones para mayor comodidad. Y en nuestro dormitorio... ¡nada de camas gemelas!

"Si al menos no le brillaran tanto los ojos..."

—Bueno, estamos de acuerdo, ¿verdad, querida? Caramba, es casi la hora de comer. En casa nos estarán esperando. Vamos.

A Amanda le gustó que Larry se hiciera cargo de ese modo. Su padre, el único hombre con quien había vivido hasta entonces, dependía por completo de su madre. "Trae el sueldo a casa", decía siempre mamá, "pero por lo que a él concierne el techo podría venirse abajo, siempre que no destrozara su sillón ni el televisor".

Ahora Larry estaba haciendo un rápido informe para la familia.

—Es una buena adquisición, papá. El tipo ganó bastante de la noche a la mañana; tenía prisa por mudarse a su nueva mansión y no quería perder tiempo regateando. En cuanto a los muebles, hablaré con mi amigo Tom Rich. ¿Te acuerdas de Tom? Tiene una mueblería frente al puesto de peaje. Él me hará un descuento con mucho gusto. A propósito, Amanda, mañana iremos a ver qué tiene en exhibición. Si no tiene lo que necesitamos, puede hacérnoslo enviar muy pronto.

—Me alegro mucho por ustedes —dijo Norma—. ¡Y parecen tan felices...! Es una maravilla. —Por la redondez de sus mejillas se extendió una cálida sonrisa. —Recuerden que la responsable soy yo. Será mejor que me lo reconozcan.

Amanda asintió con la cabeza.

—Sí, sí. Pero ahora hablemos de ti.

—¿Qué puedo decir? Las clases comienzan dentro de dos semanas. Yo dicto el segundo año de Latín, la Guerra de las Galias de César. Y algunos cursos de francés. Y algo que se llama Apreciación Musical.

—Qué programa —dijo Larry, enfático—. Todo un desafío.

"Pero Norma preferiría tener un esposo y estar amoblando una casa", pensó Amanda. En la actualidad no era algo que todas las mujeres quisieran, pero aún había muchas que sí, lo admitieran o no. Y Norma era una de ellas.

—Y tú, Amanda, ¿qué estás planeando? —preguntó Lawrence.

Aunque media hora antes la había recibido con un beso y deseos de felicidad, ésa era la primera vez que le hablaba directamente. En realidad, se dijo ella, rencorosa, prácticamente no le había dirigido la palabra desde que descubriera que ella no integraba la elite de la ciudad ni elite alguna.

Fue Larry quien respondió.

—Amanda piensa dedicarse primero a la casa.

—¿Y después? No es el tipo de mujer que puede quedarse encerrada en el hogar, lejos del mundo. Amanda quiere *vivir* —y al decirlo Lawrence posó en ella, por un breve instante, sus ojos brillantes y juveniles.

Pese a sentirse atónita y, sin motivo razonable, también incómoda, ella encontró rápidamente una respuesta.

—He estado pensando que podría seguir un curso de Auxiliar Judicial. Trabajar con palabras me encanta. Y podría terminarlo en poco tiempo. No es como estudiar para un diploma de posgrado. Tampoco cuesta tanto.

Larry exclamó:

—¡No me lo habías dicho!

—No estaba segura.

—Bueno, pero por el momento no puedes. Primero está la casa. Y eso te llevará un par de meses, sin duda.

—Larry tiene razón —dijo Lawrence—. Date tiempo, Amanda. Éstos son días preciosos. No los apures.

Lo último que esperaba del señor Balsan era un consejo tan considerado. Nunca se termina de conocer a la gente.

Larry llevó las maletas arriba y las puso en el cuarto de huéspedes donde, apenas unas pocas semanas atrás, habría sido un intruso.

—Todas las noches, cuando pasaba frente a esta puerta cerrada, me enloquecían los deseos de entrar. ¿Tú no te sentías sola en esta cama?

—Por supuesto, pero no había remedio, ¿verdad?

—A cualquiera le bastaría verte esa cara de felicidad para sentirse bien.

Y aquí volvía la confusión, el vago temor de estar representando un papel. De inmediato protestó para sus adentros: "¡Pero si lo amo! ¿No es así? ¿No hay distintas maneras de amar?"

Mientras se desvestía él la observaba, sonriente. Y ella le devolvió la sonrisa.

Capítulo Seis

La señorita Elizabeth Jenkins iba a jubilarse. Norma lo recordó repentinamente al pasar frente al aula de tercer grado, tras su última clase del viernes. Allí estaba Elizabeth, llenando una caja de cartón.

—Oh —exclamó—, ¡qué remordimientos! Tenía pensado hacer algo especial para su último día, pero el tiempo pasó volando y no miré el calendario. ¿Me perdona?

Los ojos cansados, demasiado envejecidos para la edad de su dueña, se elevaron hacia ella.

—Me has dado una alegría, sólo con venir —dijo la señorita Jenkins, con sencillez—. Es un gusto poder despedirse de alguien en el último día.

Al parecer nadie más había pasado por allí para marcar la ocasión. Estaban demasiado ocupados o se habían olvidado. Era horrible. Una tragedia muda. Norma no supo qué más decir. Sólo se le ocurrió ofrecer ayuda con algunas palabras tontas y superfluas.

—¿Tiene que embalar todos estos libros? ¿Necesita otra caja?

—No, gracias. Los libros son de la escuela. Sólo me llevo el contenido de mi escritorio.

Seguía de pie, menuda y delgada, de pelo castaño encanecido y una carita vivaz. Un gorrión.

—¿Cuánto tiempo ha estado aquí? —preguntó Norma, por decir algo—. ¿Cuántos años?

—Treinta y cinco. Parece casi imposible, ¿no? —La señorita Jenkins tenía la costumbre de formular preguntas retóricas. —A veces se me antoja mucho tiempo; otras veces, es como si hubiera comenzado ayer. Pero eso es lo que dicen todos, ¿no?

—La vamos a extrañar —dijo Norma—. A decir verdad, por lo

general no me gusta mucho ese nuevo programa de idiomas para los cursos inferiores, pero enseñar francés a su clase ha sido un placer. Sus niños parecen tan atentos, tan inteligentes. Son... diferentes de la mayoría.

—Oh. ¿Te parece? ¿De veras? ¡Qué alegría me das! Siempre he querido sacar a la superficie lo mejor que hay en ellos, hacer que presten atención a cuanto los rodea: la gente, los pájaros...

Norma siguió la dirección de su gesto; a lo largo de una pared pendía una hilera de grabados de aves bien enmarcados, cada uno con el nombre correspondiente.

—Oh, son encantadores. La ayudaré a retirarlos.

—No, voy a dejarlos aquí. Alegran el aula. Aquí estarán mejor que en mi casa.

Viendo un trozo de tiza en el suelo, bajo el pizarrón, Elizabeth Jenkins se agachó para recogerlo y lo dejó caer en el cesto de papeles. "En treinta y cinco años", pensó Norma, "ha de haber recogido miles de tizas rotas".

—Hay algo que quiero decirte, Norma. He visto a muchas profesoras de idiomas, pero desde el primer día en que entraste a mi aula, en septiembre, me di cuenta de que eras algo especial. Así, tan joven y sin experiencia, ya tenías ese toque especial.

—Gracias, Elizabeth. Gracias.

En el año transcurrido desde que Norma entrara allí, ya no como escolar sino como maestra, había mantenido contacto sobre todo con los docentes más jóvenes; le era incómodo tratar de igual a igual a sus antiguos profesores. Con Elizabeth Jenkins era más fácil, porque nunca había estado en su clase.

—¿Qué piensa hacer con todo ese tiempo libre? —inquirió.

—Oh, tendré bastante que hacer. Mi madre y yo vivimos en un bonito departamento de planta alta, pero las escaleras son empinadas. Tenemos que mudarnos. El mes pasado ella se cayó al subir esas escaleras. Tuvo suerte, gracias a Dios, pero aun así se fisuró un tobillo. El próximo martes vence nuestro contrato de alquiler. Por eso dejo el puesto con una semana de anticipación, porque debemos mudarnos.

Y Elizabeth Jenkins sonrió, aunque no había motivos evidentes para hacerlo. "Sonríe por costumbre", pensó Norma. "Es una manera de caer simpática. ¡Una anciana que vuelve a casa para encontrarse con su anciana madre! No tiene compañero, esposo ni hijos. Una tragedia muda, sí. Estamos rodeados por millones de estas tragedias personales; sólo que no las vemos porque son muy íntimas".

—Bueno, Norma, será mejor que me vaya. Conocerte ha sido un gusto. Sigue trabajando así de bien.

Juntas llevaron la caja hasta el auto. Allí se despidieron.

—Cuando sepa mi nueva dirección la informaré a la escuela, Norma, para que la gente pueda mantenerse en contacto conmigo.

"No serán muchos los que lo hagan. En este momento yo tengo esa intención, pero lo más probable es que la abandone después de dos o tres intentos. En todo el año transcurrido no hemos hablado tanto como ahora".

El auto retrocedió para salir, pero se detuvo.

—Me olvidaba, Norma. ¿Te molestaría volver de una carrera para ver si cerré la ventana? Creo que no la bajé del todo. Si llueve se manchará el suelo, y está recién lustrado.

—Voy en seguida. No se preocupe.

"Se preocupa de verdad por el suelo..." Ya en el aula, Norma se detuvo ante la ventana, percibiendo el silencio que reinaba en la escuela, desierta a las tres de la tarde. "Treinta y cinco años", repitió. "Los alumnos vienen y van; las caras nuevas aparecen y se esfuman, caen las hojas del roble, se abren los pimpollos rosados de las azaleas. Treinta y cinco años. Y después, a casa con mamá".

—¿Eres tú, Norma?

Al girar se encontró con el señor Cole. De vez en cuando, en las reuniones del cuerpo docente, cuando no había alumnos que pudieran oír, lo llamaba Lester. Por lo demás era el señor Cole. Y ella, la señorita Balsan. A dos o tres de las mujeres que estaban a punto de jubilarse aún se las llamaba "señoritas", por costumbre.

—Sí, vine a despedirme de la señorita Jenkins. —Él la había tuteado. Por lo tanto, era buena ocasión para expresar sus sentimientos. —No había nadie más aquí. Fue triste.

—Tienes razón. Estamos tan ocupados que no tenemos tiempo de dar importancia a las cosas. No sé. Pero ayer estuve conversando con ella en mi despacho, para expresarle mi reconocimiento. ¡Reconocimiento! Es difícil. ¿Cómo es posible agradecer tanta dedicación, tantos años...?

Lester parecía atribulado, como si en verdad se interesara. "Y se interesa", pensó Norma. Lo sabía por haber oído hablar de muchos incidentes que involucraban tanto a alumnos como a maestros. Era un hombre callado, de ojos y pelo castaños, que vestía a menudo de mezclilla parda; se lo veía castaño de pies a cabeza, con la calidez del bronce y el bermejo. Además, tenía cara de maestro, aunque resultara absurdo decirlo, pues ¿qué cara tienen los maestros, por Dios?

"Aun así", pensó ella, "si lo pusieras junto a mi hermano reconocerías de inmediato que el maestro no es Larry".

Melanie Fisher estaba enamoriscada de Lester. Nunca se lo había revelado a nadie, pero eso también era fácil de ver. Todo el mundo sabía que él la había invitado a salir una o dos veces; después, nunca más. También se lo había visto en restaurantes; una vez, con una pelirroja joven y deslumbrante, que hablaba con acento extranjero; en otra oportunidad, con una muchacha que bien podría haber sido modelo.

—Olvidó sus figuras de pájaros —observó Lester.

—No. Los dejó a propósito, para los niños.

—Son muy buenas, ¿sabes? El papagayo es una especie extinta. No es que yo sepa mucho del tema, pero me gustan los pájaros y he leído algo sobre ese tipo de papagayo. Bueno, por hoy basta. ¿Te vas también?

—No sé. Quizá me quede un rato para usar el piano del salón de música. Es mejor que el de casa. Si no te molesta...

—¿En qué puede molestarme? Pero cuida que el portero no te deje encerrada aquí toda la noche.

Ése no era su humor de viernes. Para Norma, como para la mayoría, el viernes representaba placer y un bienvenido descanso. Dejó el lápiz sobre el montón de exámenes de latín que debía calificar. Por lo general le gustaban esas tareas; el latín era su herramienta, su juguete, como lo son las matemáticas para otras personas. Pero ese viernes había vuelto a casa cargada de autocompasión y miedo.

¿Acabaría por convertirse en otra Elizabeth Jenkins? Empezaba a ver que su vida escapaba a su mando. En una oportunidad había visto una pelota de playa, liviana y despreocupada, redonda y colorida, atrapada en el oleaje que se retiraba; el agua se la llevaba mar adentro, la arrojaba de nuevo hasta la orilla y volvía a llevársela, cada vez más lejos, hasta que por fin desapareció de la vista para no retornar. Ella había pensado que la vida también podía alejarse flotando, simplemente.

Sin duda era absurdo tener esos pensamientos a los veintitrés años. No obstante eso era lo que pensaba en esos momentos.

Desde la acera de enfrente llegaban risas de soprano que mezclaban sonoridades y chillidos. En esa casa vivían dos chicas de dieciséis o diecisiete años, que atraían a bandadas de muchachos; en realidad, los atraían ya antes de terminar la escuela primaria. ¿Qué tenían? ¿Por qué ellas sí? ¿Por qué Amanda o Cecile? ¿Por qué Elizabeth Jenkins? ¿O ella misma?

La puerta del ropero tenía, en su cara interior, un espejo de cuerpo entero. En un movimiento brusco, se levantó de la silla para plantarse ante él y estudiarse, parte por parte. El pelo era bastante bonito, sobre todo después de pagar una exorbitancia por un buen corte, a instancias de Amanda. Su cutis era impecable. Los ojos no salían de lo común; eran simplemente agradables ojos pardos, como los de Larry. Los pómulos, demasiado anchos, también como los de su hermano. La nariz también era algo ancha, pero distaba de ser una monstruosidad como las que se ven por allí. La boca, simplemente una boca. Dientes fuertes, blancos, más brillantes que la mayoría; lucían bien en una sonrisa. Su silueta era esbelta, sin curvas tentadoras, pero bastante buena y mejor que muchas.

Pero allí estaban las piernas. "Dios del cielo, ¿cómo pudiste hacer semejantes piernas? Son columnas. No tienen forma. Los tobillos son tan gruesos como las rodillas; la carne se abulta sobre los zapatos. ¿Sabes acaso lo que significa, en los bailes de la escuela, ver que un muchacho se acerca con la invitación pintada en la cara... y luego baja la vista a mis piernas, cambia de idea y se va? *Planchar*: ésa era la palabra que aplicaban nuestras abuelas a la que se quedaba sentada, llena de esperanzas y sin que nadie la invitara a bailar... *¡como no fuera su hermano!*

"Está muy bien eso de protestar por la injusticia de juzgar a las mujeres por su grado de belleza. Cuéntaselo a la muchacha que va al baile. O a la mujer que asiste al baile de la vida. ¡Claro que es injusto! Pero así son las cosas, por muchos artículos que se escriban para explicar por qué no debería ser así. En realidad las cosas son muy simples: a todo el mundo le gusta la belleza. Y no sólo en las mujeres: también en los hombres, en los paisajes... o en los perros".

Con un gesto colérico, se arrancó la falda para reemplazarla por un par de pantalones. A no ser por ese terco del rector, el doctor Griffin, distinguidísimo erudito, los habría usado a diario. Pero mientras él permaneciera en el puesto las cosas se harían a su modo. Tal vez si alguien hablara con Lester Cole... No, no. Era sólo un joven asistente, nuevo en el cargo; no podía pedirle que desafiara a su jefe. No era justo.

Pero Lester la habría escuchado. Una se daba cuenta de que era amable y abierto. Se había conmovido por Elizabeth Jenkins.

"¿Estará enamorado de alguien? Se me ocurre que sería muy tierno. Dios sabe por qué, si no tengo ninguna experiencia. ¿Qué sé yo de estas cosas?"

Se sentó a contemplar la calle. La suave brisa de primavera movía las cortinas; la luz empezaba a cambiar, en tanto la tarde avanzaba hacia el anochecer. Los muchachitos que solían perturbar a Amanda con el chirrido de sus patines se estaban dispersando. Los pequeños que jugaban a la rayuela comenzaban a entrar, convocados a la cena. El anciano que se pasaba la vida trabajando en su jardín dejaba ya sus herramientas.

Norma no habría sabido decir cuánto tiempo llevaba sentada allí cuando sonó el gong en el vestíbulo de abajo. Su padre lo había instalado para llamar a la mesa, porque la gente de las casas importantes siempre tenía un gong para esas ocasiones.

Al levantarse para bajar tuvo la sensación de que su estado de ánimo cambiaba gradualmente. Tal vez la había reconfortado el contemplar esa vida sana y vulgar, en la calle. O tal vez era obra de su propia fuerza interior, que despertaba por cuenta propia. *Aprovecha el día*. Ella siempre lo aprovechaba, ¿verdad? Todas las mañanas. *Que la cabeza mande sobre el corazón*. También estaba habituada a eso.

Capítulo Siete

Al oír que Norma tocaba brevemente la bocina afuera, Amanda echó una última mirada de aprobación a su casa. ¡Por fin, por fin estaba lista! El juego de sala llenaba una pared: un sofá curvo, largo, y los sillones correspondientes; todo en color borravino, igual que las pantallas de las mesitas ratonas. En el muro opuesto se elevaba un mueble enorme, impresionante, hecho de una madera clara y muy pulida; el vendedor les había asegurado que era la última moda. Además de ofrecer espacio para libros y ornamentos, contenía un armario para bebidas, con lugar para todo tipo de botellas, y un bar espejado. Por el vano de la puerta se veía el juego de comedor: mesa, sillas, armario para vajilla y aparador, todo lustroso y coordinado.

"Míos", pensó, con satisfacción. Ser dueña de cosas como ésas le calentaba el corazón. Todo lo demás era secundario.

Ya en el coche de Norma, mientras se alejaban, no pudo menos que girar la cabeza para echar un vistazo a la casita blanca que le pertenecía.

—Es una suerte que a Cecile se le haya ocurrido lo de estos almuerzos mensuales —comentó su amiga—. Es como prolongar los años de universidad. Supongo que es un modo de mantenerse bajo la misma manta —rió—. Pero cuando la gente pasa mucho tiempo sin verse, acaba por distanciarse.

—No creo que pueda sucedernos a nosotras.

—Espero que no. ¡Cuando veas el departamento de Cecile! ¡Lo que se puede hacer con pintura y empapelado! Cuesta reconocerlo. El mes que viene cumplirán el primer aniversario y apenas acaban de poner la casa en condiciones. ¿No te parece increíble? —Norma volvió a reír con cariño.

—No, no me parece increíble. A nosotros también nos ha llevado bastante tiempo —dijo Amanda, displicente.

Media hora después, cuando se detuvieron frente a un cuadrado de departamentos con jardín, volvió a sentirse displicente.

—Qué horrible, estar encerrada aquí, en tan poco espacio —comentó.

—Tal vez cambies de idea cuando veas lo que han hecho con ese pequeño departamento. A mí me encantaría. Y pienso tener uno, lo antes posible. Quiero tener techo propio.

Cecile y Peter habían convertido el departamento de tres ambientes en un jardín interior. Unas enredaderas trepaban por los muros con un color verde primaveral, y formaban un borde contra el techo. En la alfombra color de tierra se veían capullos diseminados, como si hubieran caído de las enredaderas. En un rincón, junto a una mesa llena de libros, una poltrona escarlata. Al otro lado, un helecho vivo, enorme, que brotaba de un tiesto oriental, en el mismo matiz de rojo.

Amanda quedó boquiabierta.

—¿Qué has hecho?

—Son cosas sueltas que dejó mi abuela, más pintura y papel tapiz. Vengan a almorzar —respondió Cecile.

La mesa estaba puesta en un rincón verde y blanco; en el alféizar de la ventana había más plantas. En el suelo, un cesto de mimbre con capota, en el que descansaba una gata persa blanca. Cecile la presentó.

—Se llama Mary Jane. ¿No es preciosa? ¡Miren esos ojos azules! Peter la vio en el escaparate de una veterinaria y no pudo resistirse.

Amanda llevaba mucho tiempo sin sentirse tan incómoda. La última vez había sido, probablemente, durante su primera visita a casa de los Balsan. Ni siquiera se había sentido así al visitar por primera vez la casa de campo de los Newman.

Si la perfección existía, era todo aquello, incluida la gata. Los manteles individuales, de hilo blanco monogramado, tenían bordes tejidos a ganchillo. La platería estaba bien pulida; la ensalada, crocante; los panecillos, calientes. Cecile tenía un sencillo vestido de algodón rosado, con un ancho brazalete de oro por única joya. Aun en la universidad se la veía diferente, y eso se había acentuado en el último año. Lo cierto era que Cecile tenía distinción, algo que faltaba en la mayoría. Algo indefinible, pero que se reconocía a simple vista. "Tal vez no todos lo reconozcan", dijo Amanda, "pero yo sí".

Sus ojos iban de un lado a otro. En un estante, a la vista, encontraron la foto de bodas de Peter y Cecile, registrados para la eternidad frente al seto de rosas. Eran Damascos de Otoño, recordó, como recordaba todo lo referido a ese día. ¿No sería maravilloso tener algo así que recordar?

—Es una suerte que Peter no se haya integrado a esa firma de la ciudad. Tal como son las cosas ahora, sólo comparte el espacio y una secretaria con otro hombre. Eso le permite seguir cursos de especialización.

—¿En qué? —preguntó Norma—. ¿Conservación histórica?

—¿Qué otra cosa podía ser? Le encanta. Este verano estaremos en Washington. Un placer, por supuesto: los campos de Virginia, Fredericksburg, las plantaciones y casas encantadoras que observar. Pero voy a extrañar mi trabajo, aunque no me crean. ¡Las cosas que se ven allí te rompen el corazón! Hay una pequeña encantadora con cáncer de pulmón; la han operado y puede que se salve, pero la madre es prostituta. Viven en la avenida Lane. ¿Qué atención va a recibir cuando vuelva a su casa? Es enfermante.

Hubo un grave silencio, que rompió la misma Cecile.

—¿Estás mirando los libros apilados en el suelo, Amanda? Ya no tenemos espacio. Tarde o temprano necesitaremos una habitación, un cuarto grande, con estanterías de suelo a techo y de pared a pared, sólo para los libros de Peter.

—No sabes cómo te comprendo. Me la paso comprando libros. En rústica, porque las encuadernaciones de lujo son demasiado caras. Pero los libros en rústica son mejores que nada.

"Yo no tengo tiempo para leer mucho", dice Larry, "cuando llego a casa me gusta descansar mirando televisión". ¿Cómo sería Peter, en realidad? ¿De qué hablarían él y Cecile cuando se reencontraban, por la noche?

—¿Tienes algo en vista en cuanto a trabajo, Amanda? —preguntó ella—. ¿Has tomado alguna decisión?

—Estuve averiguando lo de Auxiliar Judicial, pero no me decido.

Norma hizo un gesto de asentimiento.

—Ya me parecía que no estabas muy entusiasmada.

—Larry dice que tal vez instalen otra sucursal en Derry. Tal vez podría trabajar allí con las computadoras, llevar los registros o algo así.

—No conviene que marido y mujer trabajen todo el día juntos —objetó Norma—. ¿Qué opina Larry?

—Ni siquiera se lo he mencionado.

Cecile preguntó:

—Pero, ¿qué es lo que te gustaría?

—Volver a la universidad para los cursos de posgrado. Literatura inglesa, probablemente. Eso es lo que más me gustaría, si pudiera. Pero hay demasiados problemas. No me imagino enseñando. Sólo me quedaría trabajar en editoriales. Y casi todas las editoriales están en Nueva York. De cualquier modo aquí no hay universidad. Y si la hubiera, costaría demasiado.

Amanda percibió cómo se apagaba su propia voz. ¿Todo el mundo tendría esas fluctuaciones de ánimo? Apenas unas horas atrás había estado muy cerca de la satisfacción, más que nunca en su vida.

—Tengo una idea para ti. —Cecile hablaba con decisión. —Pensaba reservar el tema para después del almuerzo, pero te lo serviré junto con el postre. Mi madre tiene una amiga, la señora Lyons, que es dueña de una hermosa tienda; está en Cagney Falls, frente a la plaza. Es una *boutique* de modas; en general vende cosas importadas de Europa, de mucho precio. Para ella es un entretenimiento: todos los años compra cosas y trae ideas de Europa. Ahora que está mayor trabaja mucho menos, pero quiere mantener la tienda abierta. Necesita una persona joven y enérgica para que la maneje. Y se me ocurrió que podrías ser tú.

—¿Quién? ¿Yo? Estás bromeando. ¿Qué sé yo de manejar tiendas?

—No, escúchame. Ya le he hablado de ti, aunque sin mencionar tu nombre, por supuesto, y está interesada. Para esto no necesitas ninguna preparación especial, Amanda. Basta con ser una persona responsable. Hay una costurera para retoques, que está allí desde el principio. Y una vendedora muy cordial, Dolly, que es estupenda con la clientela. Y un tenedor de libros que va con regularidad para mantener los papeles en orden. Tú sólo tendrías que ocuparte de que cada uno trabaje bien con todos los demás.

—¿Quién ha hecho ese trabajo hasta ahora?

—Una mujer joven, que va a mudarse. Te enseñaría todo antes de irse.

"Acabo de decir que me gustaría seguir estudios avanzados de Literatura Inglesa", pensó Amanda, "y ella me recomienda esto otro. Podría pensarlo mejor".

—El sueldo es muy bueno —continuó Cecile—. Me sorprendió. Y tú dijiste que tenías prisa por ganar dinero.

¿Acaso había hablado de prisas? Tal vez. Se le habría escapado. Pero era cierto. Tenía prisa por ganar dinero. Aun así, vender ropa...

Su amiga insistió:

—No sería para toda la vida, por si es eso lo que estás pensando.

Y aun trabajando puedes seguir tus cursos por la noche. Dentro de algún tiempo tendrás un bebé; entonces renunciarás.

Amanda seguía buscando una objeción válida.

—La única experiencia laboral que tengo es haber atendido las mesas de Sundale. Soy demasiado joven para tener experiencia.

—La mujer que renuncia tiene veintiocho años. Tú vas a cumplir veintitrés. No hay tanta diferencia. Y eres mucho más inteligente. Lo sé porque la conozco.

"Vender ropa", se repitió ella. "Aunque el sueldo sea muy bueno, no es lo que yo deseaba. Pero no sería cortés negarme sin ver la tienda".

—Bueno, iré a ver —dijo—. Dime cuándo.

—¿Por qué no vamos ahora? Es una tarde perfecta para dar un paseo por Cagney Falls.

—Hoy sólo vengo a mirar, Dolly —dijo Cecile—. No voy a comprar nada. Sólo quería que mis amigas vieran la tienda.

Dolly era de ese tipo de mujeres que, aun al acercarse a los cuarenta años, se comportan como adolescentes parlanchinas. No había dejado de seguirlas en los diez o quince minutos que llevaban allí. "Si trabajara aquí", decidió Amanda, "seríamos amigas". Obviamente era una persona muy simpática. Burbujeante. A las clientas debía de caerles simpática.

—Qué cosas bonitas —murmuró Norma—. Y qué precios.

—Cierto —dijo Dolly, que la había oído—. Pero cosas como éstas no se ven en cualquier esquina. —Mostró un cárdigan de cachemira blanca, embellecido con flores. —Miren esto. Bordado a mano. No es algo que una se ponga para cualquier ocasión.

"A estos precios no, sin duda", pensó Amanda, haciéndose eco de Norma.

En cada percha, en cada estante había un tesoro: un bolso de tela a cuadros con asa de carey; un traje de lana rústica color melocotón; vestidos de seda plisados desde el cuello hasta el ruedo; un vestido para noche, negro y sencillo, con una maravillosa cascada de encaje blanco. Amanda estaba fascinada. Después de todo, quizá fuera divertido por un tiempo, al menos...

Ya en la calle, mientras caminaban hacia el auto, dijo:

—Esto me abrió los ojos. Toda esta ciudad te abre los ojos.

—Bueno, ¿qué opinas? —preguntó Cecile.

—Creo que voy a darte una sorpresa. Yo misma estoy sorprendida. Sí, voy a hacer el intento, si me entiendo con la señora Lyon. Me gustaría mucho, aunque sólo fuera por un tiempo.

—Bien. Se entenderán. La llamaré en cuanto llegue a casa, para presentarlas. Bueno, ¿vamos?

—¿Podemos dar un paseíto por aquí? Vine un día con Larry, pero todo estaba cerrado. Además, él me apuró, como todos los hombres. En lugares como éste hay que darse tiempo y recrear la vista.

Cecile estuvo de acuerdo.

—Es una bella ciudad. No me disgustaría vivir en esta zona. No directamente en la ciudad, pero sí cerca.

Norma señaló un reloj, expuesto en un escaparate.

—Parece bronce, ¿no? Pero no: es madera laqueada. Vi uno en casa de un alumno mío donde fui a cenar. ¿No es bonito?

—¡Miren esas ranas de plata! ¡Y la caja de música! —exclamó Amanda—. ¡Qué cosas más bellas hace la gente con las manos! Entremos por un momento.

En el amplio interior se apiñaban cómodas, cuadros, sillas, relojes, objetos de plata y porcelana, todos en ordenada exhibición. La muchacha quedó deslumbrada.

Un digno y pulcro caballero se acercó a ellas.

—Sólo queremos mirar, si no le molesta.

—Cuanto gusten. Si desean saber algo, no tienen más que preguntar.

—¡Oh, miren ese gabinete! —exclamó Amanda—. ¿No es precioso? Nuestro juego de dormitorio tiene dos, pero uno es demasiado pequeño. Queda espacio libre contra una pared, y éste es encantador. Miren la delicadeza de esa pintura.

El caballero, que estaba rondando a poca distancia, la corrigió:

—Oh, Dios mío, no. No es pintura. Es marquetería, la más meticulosa de las artesanías. Incrustaciones en madera satinada de las Indias. —Hablaba en murmullos, con los ojos fijos en Amanda, y parecía excesivamente divertido.

—Sólo se necesita dinero —comentó Norma, empujando a Amanda hacia el otro lado del salón, donde Cecile, que no había escuchado el breve enfrentamiento, examinaba otro mueble.

El caballero se acercó a Cecile, que quería hacerle una pregunta.

—Esta cómoda. Tengo una muy parecida. Calculo que es de mil setecientos setenta. ¿Me equivoco?

—Ha estado cerca. Ésta data de mil setecientos ochenta y uno. Fue fabricada en Rhode Island, como casi todas las de este estilo.

—Eso pensaba yo. Es típica, ¿no? Por curiosidad, ¿qué precio tiene?

—La hemos valuado en siete. Está en excelentes condiciones, como usted verá. Los herrajes son originales.

—¡Setecientos dólares por eso! —exclamó Amanda, decidida a lanzar su desprecio a la presumida nariz de ese hombre—. ¿Por un mueble con cuatro patas y cuatro cajones, sólo porque es viejo y lleva el nombre de antigüedad? Es ridículo.

—Bueno, es cuestión de opiniones. —El caballero estaba indudablemente al borde de la risa. —Aun cuando no forme parte de un juego, hay quienes lo considerarían un verdadero hallazgo a ese precio... que en realidad no es setecientos, sino siete mil dólares.

—Vamos —dijo Norma—. Ya son las tres y media. Tenemos que volver a casa. No podemos perder tiempo aquí.

Ya en la acera, Amanda habló desde la cólera de haber sido humillada.

—¡Se estaba burlando de mí! ¿Le vieron la cara? Quería hacerme quedar como una tonta. ¡Como si él fuera...!

—Lo que es: un esnob insignificante —replicó Norma duramente—. No pienses más en él. —Sin duda vio las lágrimas que asomaban a los ojos de su amiga, pues agregó con más suavidad—. Es inevitable topar, de vez en cuando, con alguna persona totalmente insensible. Acostúmbrate.

"¡Ah, sí! Sus piernas. Pero ella todavía no se ha acostumbrado a la gente insensible!"

Cecile aconsejó, con la tranquila sinceridad de siempre:

—Era muy antipático, desde luego. Nadie tiene obligación de saber de antigüedades caras. A la mayoría no les interesan. Y de cualquier modo, si una quiere aprender basta con leer un puñado de libros. No es ninguna maravilla.

Norma tenía prisa.

—Vamos de una vez. No olvides que tú y Larry van a cenar con nosotros. Y mi padre es de los que no soportan los retrasos.

Larry había mirado con aire de reproche a Amanda y a Norma, que llegaron apenas dos minutos antes de la hora de cenar. Ahora escuchaba con grave desaprobación el relato de lo que habían hecho ese día.

—¿A qué viene todo esto, tan de repente? ¿No querías ser asistente judicial?

—Creo que no estaba muy entusiasmada.

—¿Qué? ¡Pero si me lo dijiste cien veces, Amanda!

Se habían sentado el uno junto a la otra; cuando ella se volvió a mirarlo encontró sus ojos a pocos centímetros. Era increíble que nunca los hubiera observado con tanta claridad. No eran pardos, como ella suponía, sino de un extraño tono amarillento.

—Hacer todos los días un largo trayecto en auto, sólo para estar de pie vendiendo ropa... No tiene sentido.

Norma acudió en ayuda de su amiga.

—La tienda no está tan lejos, Larry. Desde tu casa, sólo a tres cuartos de hora.

—No importa. Es una estupidez. ¿Por qué dijiste que querías ser asistente judicial si no te interesaba?

—Porque me vino a la cabeza. Tú querías una respuesta y yo dije lo primero que se me ocurrió.

Lawrence Balsan escuchaba. "Se diría que lo está disfrutando", pensó Amanda. Su expresión era irónica, como sucedía a menudo. Su hijo, por el contrario, parecía desconcertado.

—No entiendo nada —murmuró Larry.

—Te sugiero que no lo intentes más —interrumpió su padre, abrupto—. Esta discusión ya ha durado veinte minutos. —Se recogió la manga, dejando al descubierto un pesado reloj de oro. —Amanda quiere ese trabajo y no le hará mal a nadie. Si te lo ofrecen, Amanda, acepta. No es una obligación para toda la vida. Si algún día quieres hacer otra cosa, puedes renunciar. Basta ya de discusiones.

Era asombroso que ese hombre, justamente, acudiera en su rescate, lanzándole esa mirada brillante que tan rara vez iluminaba sus facciones austeras. Menos la asombró que Larry aceptara el dictamen de inmediato. Lo raro hubiera sido que él osara disentir con su padre.

Conque todo estaba arreglado. No obstante, Amanda ya no estaba tan segura de querer ese puesto. ¿Era posible que lo hubiera deseado tanto más por la oposición de Larry? Qué día extraño, en verdad; primero, el almuerzo en el departamento de Cecile; luego, esa tienda deliciosa; por fin, ese hombre horrible, con sus antigüedades. Aún sentía su aguijón en la columna vertebral.

Ya en casa, mientras se disponían a acostarse, Larry preguntó por tercera o cuarta vez:

—¿Así que la pasaste bien? Aquello es bonito, ¿no?

—Es bellísimo. Cecile quiere mudarse allá, con el tiempo.

Él se encogió de hombros, como aceptando lo obvio.

—¿Y por qué no, con todo el dinero que tienen los Newman?

Lo más probable es que no pasen más de dos años en el departamento. Me sorprendió que no compraran una casa desde el principio. ¡Caramba, si hasta nosotros lo hicimos!

"¡No estamos hablando del mismo tipo de casa", pensó ella, "ni del mismo tipo de nada!" Mientras se descalzaba contempló el juego "de estilo colonial": la cama, las mesas de noche y la cómoda, con la instantánea de bodas: ella y Larry, de pie entre las mesas de la posada. Nada de lo que había allí era barato, por cierto, pero resultaba anodino, falto de imaginación y encanto, sin gusto y banal, como todas las casas de esa calle. Eran cosas fabricadas en serie, por millones, para gente que no conocía nada mejor. Y ella había sido de ésos... Volvía a ver la cascada de enredaderas verdes, en el departamento de Cecile, y el retrato de bodas enmarcado en plata junto a la cómoda del siglo XVII. Volvía a ver la tienda llena de tesoros y a sentir el aguijón de aquel hombre, con su sonrisa insolente. Sin intención de estallar, exclamó:

—¡Si vieras el departamento de Cecile!

—Bonito, ¿no? Pero no puede ser mucho más bonito que esto. ¡Bien caras que pagamos nuestras cosas! Claro que vale la pena. Un buen mobiliario dura toda la vida y aún más. —Larry se desabotonó la camisa. Luego se desperezó con un bostezo. —Si nos mudáramos a una casa más grande, bastaría con agregar más muebles.

—¿Una casa más grande? Con los contactos que tienes en el negocio de los bienes raíces, no te costaría mucho hallar una casa cerca de Cagney Falls.

—Esas propiedades cuestan el doble cada vez que las miras, querida. No: si algún día nos mudamos (y no digo que vayamos a hacerlo), lo más probable es que ocupemos la casa de mi padre. Norma ha dicho que quiere vivienda propia, un departamento cómodo, cerca de la escuela. Entonces la casa será demasiado grande para mi padre solo. Caray, ojalá Norma encontrara un buen hombre, alguien como Peter, por ejemplo. Alguien que la llevara a cenar. Es demasiado joven para vivir así. No ha de ser fácil ver a sus amigas tan felices. Cecile y tú, en la cima del mundo. Ella no hace otra cosa que ir al cine con un par de mujeres o quedarse en casa a leer, a tocar el piano. Hasta mi padre sale más que ella.

Eso era interesante.

—¿De veras? ¿Con mujeres?

—¡Claro! ¿Qué creías? Es algo que nadie le pregunta a su padre, pero, al fin y al cabo, todavía es joven. Ha cumplido cincuenta y dos años. Y es buen mozo, ¿no te parece?

Balsan (así lo llamaba ella para sus adentros) era ante todo distinguido. Esa noche había sido una verdadera sorpresa ver que su rostro altanero, de aristocrática nariz aguileña y mirada fría, se encendía como una vela.

—Sí, en cierto sentido —dijo.

—No como yo. Hasta tiene más pelo. A él no se le cae como a mí —Larry sonrió de oreja a oreja, como si todo fuera un gran chiste.

Por un momento la sonrisa llegó al corazón de Amanda. Era patético, aunque no sabía por qué: Larry demostraba tenerse una gran fe.

Tendida en la cama, mientras él se duchaba, reflexionó sobre sí misma. "Cuanto más se envejece, menos se sabe", decían todos, y parecía ser la verdad. ¡Claro que ella quería ser feliz con ese hombre! "Quiero ser feliz, como todo el mundo", pensó, "pero también quiero belleza. Quiero escuchar buena música, leer, aprender, conocer el mundo, sentir un amor apasionado. Y por sobre todas las cosas, lo admito, quiero vivir rodeada de cosas bellas. Antes de abandonar mi casa para venir aquí, ignoraba que hubiera tantas cosas bellas".

Hacia fines de ese otoño, la madre de Amanda vino de visita.

—Papá no pudo venir —explicó— porque la fábrica ha sido comprada por una empresa importante y él tiene miedo de perder el empleo. Es que perdió mucho tiempo por esa pierna, claro. Tal vez quieran despedirlo.

Cuando salieron del aeropuerto caía una nevada ligera. Mamá se estremeció dentro de su abrigo liviano.

—Te compraré un buen abrigo —dijo Amanda—. Iremos mañana a primera hora.

—Gracias, pero no lo necesito. No gastes dinero, querida.

—Creo que puedo hacer un regalo a mi madre, ¿no? —Dio a su voz un tono alegre. Mamá parecía tan cansada... —Me alegra mucho que hayas venido, mamá. Para Larry también será una alegría. Ustedes dos simpatizarán en seguida.

—Oh, ya me cae muy simpático. Así, conversando por teléfono una vez a la semana, es como si ya lo conociera. Caramba, me parece increíble estar tan lejos, en Michigan, visitando a mi hija en su propia casa. En la foto que enviaste parece muy bonita. ¿Queda lejos?

—No mucho. Ponte cómoda y deja que te muestre lo que hay para ver.

Ese viaje entusiasmaba tanto a mamá como a las clientas de la señora Lyons un crucero por el Oriente. Quedó sobrecogida de admiración al ver la casa, el jardín y los dos autos nuevos en la cochera. Cuando Larry la abrazó ya parecía estar al borde de las lágrimas.

Él quería llevarla a cenar, al cine y a pasear por los alrededores, pero su suegra sólo deseaba quedarse "en esta casa maravillosa", jugando a las damas con ellos o viendo películas alquiladas en la tienda de videos. Un día hizo pastel de pecana, porque Larry nunca había probado esa auténtica receta sureña.

—Me recuerda a mi madre —comentó él a Amanda.

Una vez más la afectó su expresión de ternura; tras su personalidad poderosa parecía haber otra, vulnerable y frágil.

En el último día de su visita mamá preparó otros dos pasteles para congelar. Ese congelador, el horno eléctrico de pared y todos los artefactos de la cocina eran, a sus ojos, rubíes y esmeraldas.

—Hasta el suelo es hermoso —comentó.

Amanda bajó la vista a la pulida superficie de mármol. Larry, como si hubiera entendido el significado de ese gesto, esperó a quedar solo con ella para sacar un sobre del bolsillo.

—Dáselo a mamá en el aeropuerto, cuando parta. Es para que cambie el suelo de su cocina —dijo, todavía con esa expresión tierna.

Cuando subieron para acostarse, Amanda recibió de su madre un consejo inesperado.

—Cuida bien de lo que tienes. Ojalá mis otras hijas tuvieran maridos como el tuyo. Es un sol de bondad.

Sí, ella lo sabía, y también sabía perfectamente lo que habría debido sentir. Por eso comprendió de inmediato lo que él deseaba cuando se tendió en la cama a su lado. Larry tenía cierta manera de invitarla. Ella nunca estaba de humor para responder; esa noche, menos aún. Pero como él esperaba una respuesta gustosa, Amanda se la dio.

Capítulo Ocho

Unas nubes esperadas cruzaban el fulgor anaranjado del sol; desde el Mississippi comenzaba a llegar una brisa leve y húmeda, esperada también. A pesar del calor habían pasado un estupendo día estival, explorando Nueva Orleans. En el jardín sombreado del restaurante, Peter se mostraba nervioso y posesivo.

—Vamos a tomar un taxi para volver al hotel, Cil, y no quiero discusiones. Hoy has caminado mucho por culpa mía. No debería habértelo permitido.

—Por Dios, ¿no sabes que las embarazadas deben hacer ejercicio? ¡Me siento de maravillas! Estoy flotando en el aire.

Y así era, por cierto. En el tercer año de casados tenían un bebé en camino; Peter, tras haberse distinguido en el curso de posgrado, estaba en carrera. Esa misma semana, su trabajo lo llevaría a la zona de los riachos y a una original casa del siglo XVIII. ¡Cecile estaba tan feliz, tan orgullosa de él...!

—Todavía me asombra que me rastrearan hasta aquí, hasta Nueva Orleans —dijo él—. Me asombra y me entusiasma. ¡Sabían que yo estaba aquí! No lo hubiera pensado.

—Estás ganando renombre. Amas tu trabajo y eso se nota. Esa maravilla de casas antiguas, la historia, algo tan romántico...

—Por supuesto. Pero la preservación no es sólo romance y datos históricos, al estilo de "aquí vivió la madre de George Washington", por fascinante que eso resulte. También es saber cómo vivía la gente común; se vincula con la planificación de la ciudad, con la vinculación entre el edificio y su ambiente, el clima y la vida familiar. Además de ladrillo, cemento y estilos aceptados hay otras cien cosas. No hace mucho la gente fruncía la nariz ante el estilo victoriano; era poco elegante, complicado e ilógico. Y de pronto los urbanistas comienzan a copiar los porches victorianos; son buenos para la vida social y el contacto entre vecinos... —Peter sonrió, burlándose de sí mismo. —Caramba, te estoy dando una conferencia. No me lo permitas. No soy profesor.

—Pero podrías serlo, si quisieras.

—Ya veremos, ya veremos. Ahora prueba este *gumbo*. Ésta es la mejor cocina de toda Norteamérica.

En el crepúsculo gris rosado volvieron caminando hacia el hotel.

—Busquemos un término medio —dijo Cecile—. Cuando salgamos de la librería tomaremos un taxi. Vi un hermoso libro de fotografías de Nueva Orleans que quiero comprar para Amanda.

—Bueno, pero eso será todo. Quiero que te acuestes temprano.

En cierto sentido, la irritaba que le dieran órdenes, como si fuera una criatura o una anciana inválida; pero en otro sentido, a pesar de ser una mujer independiente, disfrutaba de esa pasajera infancia.

—Sí, jefe —dijo.

—Me gustaría llevarte mañana conmigo, pero es probable que pase una semana allá. Y tú debes volver a casa. Tienes cita con el médico.

—¿Quieres que vaya a ver otra vez esa casa?

Habían analizado y discutido a más no poder el tema de la mudanza. El contrato de alquiler del departamento estaba por vencer; si querían renovarlo, el propietario exigía que fuera por tres años. Pero dentro de tres años el bebé sería un niño activo, sin cuarto propio. Ese departamento no había sido diseñado para criaturas. Obviamente, Peter comprendía la necesidad de mudarse, pero estaba inquieto.

—Es pequeña y bonita —dijo él—. Sí, creo que puedo cubrir la hipoteca. Más aún: estoy seguro.

Bonita, lo era; pequeña, también. En la década de 1890 había sido la casa de guardia de una finca. No mucho tiempo antes, cuando se utilizaron las tierras para una gran urbanización, los constructores conservaron la casa, quizá porque era pintoresca; estaba hecha de la misma piedra y con el mismo estilo de la mansión original; la rodeaba un jardín pequeño y desnudo, que prácticamente no requería mantenimiento.

Ya en el hotel, Peter reflexionó:

—Tendremos que arreglar la cocina y poca cosa más. Es una buena casa para comenzar, sí: una buena sala-comedor y dos dormitorios. Justo lo que necesitamos. Cómprala, sí.

—Pienso usar parte de mi dinero para decorarla. Pintura, empapelado... ya sabes.

—Oye, no quiero ser fanático en cuanto a no tocar tu dinero, Cil, pero sé prudente. Que sea modesta. Gracias a Dios, estoy comenzando bien, pero no contemos los pollos antes de que nazcan. Deja que te ayude a hacer el equipaje. Este condenado libro pesa una tonelada. Puedo ponerlo entre mis cosas.

—No, ya me arreglaré. Es un regalo de cumpleaños para Amanda. Últimamente ha aprendido mucho de arte y decoración. Le encantará. —Cecile hizo una pausa para mirar a su esposo. —¿A qué viene ahora esa cara agria?

—Es que Amanda no me cae demasiado bien.

—¡Oh, no seas malo! Me extraña de ti. Siempre te entiendes bien con la gente.

—Cierto, pero no todo el mundo me gusta.

—Pero Amanda, ¿por qué no? Es una de mis mejores amigas.

Peter, que plegaba unas corbatas para ponerlas en la maleta, pareció reflexionar. Luego dijo, con el entrecejo algo fruncido.

—Tal vez porque Larry me da pena.

—¿Pena? ¿Por Larry?

—Sí. Creo que ella lo desprecia.

—¿De veras? No sé por qué lo dices. Parecen llevarse tan bien...

Peter meneó la cabeza.

—Es algo muy sutil. Cada vez que nos vemos, Amanda sólo habla de lo que otros tienen: vacaciones, casas, ropa, joyas... Cosas que escucha en esa tienda donde trabaja, supongo.

—Nunca tuvo nada, Peter. No es que haya debido cuidar mucho el dinero, como tú. Ella no tenía nada.

—Entonces debería cuidar mejor lo que tiene ahora —replicó él, seco—. Debería apreciar a Larry.

Eran palabras inquietantes. Cecile, al absorberlas, recordó ciertos incidentes; debían de haberla impresionado, puesto que ahora le venían a la mente. Ese vestido de seda floreada que Amanda se había puesto para cenar con todo el grupo, uno o dos meses atrás: novecientos dólares. Cecile lo había visto en la tienda, pero no lo compró porque el precio era excesivo. Y el brazalete que Amanda usaba; cierta vez, conversando con Norma, Cecile lo había mencionado con inocente admiración; su amiga cambió de tema demasiado abruptamente. ¿Acaso habría interpretado su comentario como una crítica? O peor aún, como chismorreo desleal. "No era una cosa ni la otra", se dijo, incómoda.

—Tú te apenas por Larry; yo, por Amanda —dijo—. O así sería si ellos no se llevaran bien.

—Bueno, puedes quedarte tranquila. De un modo u otro, Amanda sabrá cuidarse sola. Con ese cuerpo y esa cara no tendrá ningún problema.

—¿Cómo puedes decir eso?

—La he visto actuar con la gente. Es un imán. ¡No me digas que no lo notaste!

—Creo que no presto tanta atención.

—No te entristezcas.

—No me entristezco. Sólo estaba pensando en lo que has dicho. Ha de ser fantástico ser un imán —Cecile agregó, melancólica.

Él se echó a reír.

—¡Oh, así no, tesoro mío! Decididamente, así no.

—¿Estás sentado? —preguntó Cecile—. Tengo una sorpresa tremenda para ti. Quería reservarla hasta que estuvieras aquí, para poder ver qué cara ponías, pero no puedo esperar hasta la semana que viene. ¡Vamos a tener gemelos!

—¿Qué? ¡Estás bromeando!

—¿Cómo que estoy bromeando? Está confirmado.

—¿El médico está seguro?

—Por supuesto. Gemelos. ¿No es increíble?

—¡Gemelos! ¿Te imaginas? Los dos empujando un cochecito doble, y la gente acercándose a sonreírles. —Peter reía entre dientes. —¿Sabes una cosa? ¡Me gusta la idea! ¡De veras! ¿Estás segura de que el médico está seguro?

Cecile reía.

—¡Grandísimo tonto! Bien seguro, por supuesto. Oh, Peter, dos varoncitos que se parezcan a ti...

—No: un varón y una niña, y que se parezcan a ti. Sobre todo, la niña. ¡Cómo me gustaría estar ahora contigo! Si pudiera apresurar las cosas tomaría el primer avión, pero tengo que pasar algunos días más con los constructores.

—No hay prisa. Mantendré el champagne bien helado. Pero no podemos comprar la caseta de guardia, Peter. Sólo tiene dos dormitorios.

—¿No caben dos cunas en un solo dormitorio?

—Por supuesto que sí. Pero los bebés crecen y ya no caben en las cunas. Necesitan espacio para jugar. Y si son varón y niña, tarde o temprano necesitarán dormitorios separados.

—¿Qué hace la gente que no puede pagar dormitorios separados?

¿Estarían por repetir aquella discusión de las Bermudas? ¿Acaso había un dejo de tozudez en la voz de Peter? Cecile respondió con calma.

—Si no puede, se las arregla. Ponen una cama en la sala; no es lo peor del mundo, pero tampoco resulta muy cómodo. ¿Por qué hacerlo, si se puede evitar?

—Bueno, supongo que tienes razón.

—En realidad, por ahora podríamos comprar la caseta de guardia. Es encantadora y serviría por un año, quizá por dos. Pero después tendríamos que volver a mudarnos. No creo que tenga sentido.

—Sí, sí, tienes razón. Oh, Cil, estoy feliz. Algo aturdido, pero feliz. —La risa familiar resonó en los cables. —Bueno, tendrás que salir a buscar una casa cuanto antes. Eso sí... ya debes de estar cansada de oír esto, pero que sea modesta. No olvides que apenas estoy comenzando.

—No lo olvidaré.

Más de una vez su padre había alabado a Peter por su independencia. "En su situación, muchos hombres no pensarían más que en disfrutar de la fortuna de su esposa. Admiro a Peter. Me gustó en cuanto lo vi por primera vez. Ya lo sabes".

Fue así que, atenta al deseo de Peter de bastarse solo, Cecile inició la búsqueda. Su primera idea fue llamar a Larry, pero luego se le ocurrieron dos cosas. Una de ellas fue que la firma Balsan no actuaba en ese lado de la ciudad; la otra, que Amanda parecía vagamente disconforme con su propia casa; ambicionaba vivir justamente en la zona en que Cecile iba a buscar vivienda.

La sorprendió que hubiera tantas casas inadecuadas. Algunas eran demasiado pequeñas; otras, demasiado grandes. Las había excesivamente formales o llamativas; algunas tenían jardines hermosos, amplios, pero muy costosos de mantener. Otras costaban demasiado, simplemente. Sólo al quinto día, después de haber visto más de treinta, dio con la casa perfecta. El agotado agente, que probablemente había perdido las esperanzas de satisfacer a su clienta, la miró con fijeza al oírla anunciar, tras una inspección de diez minutos:

—La compraremos.

—Pero apenas ha tenido tiempo de pensar. Y su esposo no la ha visto. ¿Está segura?

—Muy segura. Me encanta. Y a él también le encantará.

Eso era indudable. Un arquitecto había duplicado, para su propio uso, una casa de Williamsburg. Era sencilla, auténtica y lo mejor que se podía conseguir, después de la original. Durante su recorrida, ella había dado vida en su mente a todos los planes que dormían allí desde hacía tiempo. Éstas serían las habitaciones de los niños, con cortinitas en las ventanas; en ese rincón, a la izquierda, el piano que tenían en un depósito; al fondo del pasillo, en esa habitación de atrás, Peter podría estudiar y dibujar en paz, bajo la luz del norte, filtrada por las ventanas que abrían al porche.

Visto su entusiasmo, el agente se puso a la altura de la situación.

—Como usted ve, la casa está desocupada; puede ocuparla de inmediato. Es raro tener tanta suerte.

No era tan raro, pero había tenido suerte, sí. Cecile, con una apacible sensación de haber logrado su meta, extendió un cheque para señar la casa hasta el regreso de Peter.

Era un hogar para toda la vida. Allí crecerían sus hijos y los nietos vendrían de visita; cenas festivas, reuniones de padres y maestros, asambleas comunitarias, tertulias políticas... y esos cuartos se llenarían. Oh, se estaba dejando llevar por los sentimientos, pero ¿por qué no? Era un acontecimiento tremendo en la vida de cualquiera.

Aun así, no pasó mucho tiempo sin que una vaga sombra empezara a cubrir subrepticiamente el sol. A pesar de todos sus cuidados, el precio superaba los límites de Peter. Ella no había olvidado la lección aprendida en las Bermudas: esta vez no se trataba de una "finca en miniatura" regalada por su padre. El dinero faltante saldría del legado de su abuela. La suma nunca había sido grande y ella ya había recurrido a esos fondos. Con esta compra quedarían agotados. En adelante tendrían que vivir de lo que Peter ganara, administrando con muchísima prudencia.

Pero ella no era derrochona. Se arreglarían.

—No puede ser —dijo Peter—. Creía que habíamos aclarado esto en las Bermudas, dos años atrás. Y ahora has vuelto a las mismas.

Acababan de ver la casa. Sus maletas estaban todavía en el suelo, sin abrir, junto al cesto de Mary Jane; la plácida gata parecía desconcertada por esas voces coléricas, que no le eran familiares.

—¡No he vuelto a nada! Mi padre no tiene nada que ver con esto. —Cecile estaba furiosa. —¿Cuántas veces debo decirte que voy a usar mi...?

—No vuelvas a mencionar el legado de tu abuela. Deberías guardarlo para esos gemelos en vez de malgastarlo en una casa lujosa.

—¡No es lujosa! Estabas encantado con ella hasta que te dije el precio. Te enamoraste de esa casa.

—Es cierto. La gente se enamora de muchas cosas que no puede pagar. Es el gran problema de la mayoría. Y yo no quiero ser de ésos.

—Escúchame. Ahora me toca a mí. Como parece que no me entiendes, voy a buscar papel y lápiz para anotar todo, hasta el último centavo. Entonces verás que con un poco de economía... Porque no pienso gastar un céntimo para mí. Los muebles pueden esperar. Te está yendo muy bien. Y tú siempre eres pesimista; nunca pensaste que comenzarías tan bien. Ojalá no fueras así. Un bolígrafo... No, no encuentro ninguno. Dame el tuyo y te demostraré que podemos arreglarnos...

—Sí, apenas al día. Qué bien, vivir apenas al día en una casa llena de cuartos vacíos. Estupendo.

Sonó el timbre.

—Oh, por Dios, ¿quién es? Ve a abrir, Cil. No quiero ver a nadie. Me he pasado el día viajando de un aeropuerto a otro. Y quiero guardar mi ropa.

—Son mis padres. Apenas te han visto desde que te graduaste, en mayo. Querían darte la bienvenida.

Amos y Harriet Newman parecían azorados. En esos departamentos de endebles paredes, uno oía absolutamente todo. Cecile, al recibirlos, comprendió de inmediato que habían oído la discusión.

Peter también lo entendió, pues se disculpó inmediatamente.

—Lamento que llegaran en medio de un pequeño problema. Pero les agradezco la bienvenida, de cualquier modo.

Tal como la muchacha esperaba, su padre fue directamente al grano:

—Supongo que es por la casa. ¿Quieren discutir el tema o no? Sean francos; después de todo, no es asunto nuestro.

Peter suspiró.

—Puedo decirlo en pocas palabras: Cil ha encontrado una casa estupenda, pero cuesta más de lo que puedo pagar. A eso se reduce todo.

—Y no quieres que ella use su propio dinero.

—No, señor, no quiero.

Amos asintió.

—Eso pensaba. Estás decidido a avanzar sin ayuda de nadie. Y eso me parece admirable. Te lo he dicho más de una vez. Pero, ¿puedo ser igualmente franco?

Los dos hombres estaban aún de pie en el centro de la habitación; ambos eran fuertes; uno, muy joven; el otro, aún notablemente juvenil. Los dos eran fundamentalmente gentiles, pero también podían exhibir una cólera justiciera en ciertas ocasiones. Y Cecile, en la niebla de su propia ira, estaba tensa de expectación.

—¿Puedo ser igualmente franco? —preguntó Amos otra vez.

—Eso espero.

—Bien. Al igual que las vitaminas, el ejercicio y hasta la caridad, la independencia puede ser mala si se la exagera. Las cosas buenas, exageradas, pierden su valor. Se tornan falsas.

Por algunos segundos Peter pareció analizar esas palabras.

—Falso orgullo, dice usted.

—Sí, puede ser.

—Para mí es muy difícil aceptar regalos —el murmullo era apenas audible.

—No sé qué te hizo así —dijo Amos—, si algo en tus genes o en tu pasado. No puedo saberlo y tal vez tú tampoco. De cualquier modo no importa. Lo cierto es que no vine sólo para darte la bienvenida, sino para traerte una idea —sonrió—. ¿Podemos usar la mesa del comedor, Cecile? Y a tu madre no le vendría mal una taza de café y una porción de pastel, si tienes. La saqué de casa sin darle tiempo a comer el postre. Y ya sabes lo golosa que es.

Amos sacó de su bolsillo una hoja de papel, que una vez desplegada era casi tan grande como la mesa, y comenzó a explicarla.

—Aquí tienes un boceto muy somero de esa enorme estación de ferrocarril inutilizada: diez hectáreas que se extienden desde la vieja terminal desierta hasta el río. Allí está: una tierra prístina en el que se acumulan coches herrumbrados y chatarra. Llega hasta la avenida Lane, que también es una extensión de chatarra, aunque habitada. Es una vergüenza para la ciudad y para el Estado. Y ya ha durado demasiado tiempo.

Cecile, después de servir café y pastel a Harriet, se acercó a Amos para observar. Aún estaba demasiado irritada y dolorida como para hacerlo junto a Peter.

—Esta herida sangra desde hace tanto tiempo que la mayoría de los habitantes de la ciudad se han acostumbrado a ella. Los que no se acostumbran están divididos... Pero debes de haber leído todo esto en los diarios. De vez en cuando, algún editorialista presenta el tema desde su punto de vista: podemos conservar los pantanos para las aves migratorias, hacer un parque, construir viviendas decentes a precios razonables en el extremo de la avenida Lane, crear una pequeña zona comercial cerca del puente. En otras palabras, construir una comunidad, o convertir todo eso en altos edificios para oficinas de alta tecnología y con grandes utilidades.

—Sí, sesenta pisos —dijo Peter, con cierto desdén—. Cajas de vidrio puestas sobre un extremo. ¿No sabe esa gente que esas cosas ya han pasado de moda? Son frías en el invierno y verdaderos hornos en el verano, a menos que uno esté dispuesto a malgastar dinero y energía eléctrica en calefacción y aire acondicionado.

—Hay mucha gente bien dispuesta a hacerlo. Tú lo sabes.

—¿Quién va a ganar la batalla?

—Eso depende mucho de las elecciones. Un gobernador, acompañado por la legislatura, casi puede agitar una varita mágica. Todo es una maraña. Bancos, ambientalistas, peleas por la zonificación... una maraña. Pero tarde o temprano habrá que hacer algo. —Amos hizo una pausa. —No me has preguntado por qué te hablo de todo esto. ¿No te intriga?

—Bueno, sí, creo que sí. El asunto está muy fuera de mi especialidad.

—Hay algo que está dentro de ella, Peter. Ya se hagan las cosas a mi modo, con el santuario para aves y todo lo demás, o de la otra manera, con las cajas de vidrio, habrá que tener en cuenta la terminal. En todo el país se están restaurando esas viejas terminales, ¿no? ¿Y tú no te dedicas a restauraciones?

Desde el otro lado de la mesa, Cecile pudo ver una luz en los ojos de Peter.

—O sea que... —tartamudeó él, aparentemente abrumado—. Soy sólo un principiante... ¿La gente no querrá un nombre famoso, una de esas firmas grandes?

—Todos tuvieron que comenzar. Y si tú eres capaz de hacer un buen diseño. ¿Por qué no tú? Estás bien preparado y tienes talento; un trabajo como éste te daría renombre nacional. —Antes de que Peter pudiera replicar, Amos continuó, agitando el lápiz con entusiasmo: —La terminal debería convertirse en museo, ¿no? En esta ciudad no tenemos ninguno bueno. —El lápiz hizo un ademán garboso en el aire. —Las posibilidades son tremendas. Y se haga lo que se haga, la terminal siempre será el eje. —Hizo otra pausa para estudiar la cara de su yerno. —Bueno, ¿qué opinas?

Peter parpadeó.

—Creo que estoy aturdido. Su confianza me honra y se la agradezco. Sí, estoy aturdido.

—Debo repetir que esto no sucederá mañana mismo. Harán falta un par de años, sin duda, pero llegará, forzosamente. Tengo muchos contactos que se mantienen alerta. Cuando suceda será lo más grande que haya ocurrido en esta ciudad en el último medio siglo. Pero no importa. Tendrás tiempo de sobra, robado de tus compromisos actuales, para reflexionar sobre lo que harías. Baja hasta allí, camina por el lugar. Haz algunos bocetos para ti mismo. —Con mucho cuidado, Amos volvió a plegar el papel y se lo guardó en el bolsillo. —Pero debo hacerte una advertencia. Lo que he dicho no debe salir de este cuarto, nunca jamás.

—No, por supuesto —dijo Peter.

—De este cuarto —repitió su suegro—. Me alegra que tú también lo oyeras, Cecile. Pero ni una palabra de esto. Una sola palabra, dicha sin pensar, en total inocencia, puede iniciar una cadena de pensamientos en la mente de alguien que también haya oído con total inocencia. Como un tren que marcha velozmente y acaba estrellándose. No lo olvides. ¡Bueno, Peter! La idea te gusta, ¿no? Ya me lo imaginaba.

—Me gusta mucho. ¿Cómo puedo agradecerle esto?

—Ya que me preguntas cómo, te lo diré: deja que tu esposa compre esa casa. La quiere. Le encanta.

—A él también le encanta —exclamó Cecile.

Peter bajó la vista al suelo; luego levantó la vista para mirarla a los ojos y murmuró, como lo había hecho antes:

—Quiero dártela, Cil. Quiero dártelo todo. Pero no puedo.

"Cuando volví a casa, tras mi primera visita a tu familia, me pareció que estaba por cometer una terrible equivocación. Esto es mucho para mí, pensé. Las pinturas, el tamaño de la casa... Esta chica no es para mí. Había oído decir que los Newman eran gente sencilla, que no se daba aires, y eso era verdad. Pero la sencillez depende del punto de vista. Pasé días reflexionando y discutiendo conmigo mismo, pero siempre volvía a lo mismo: nos llevábamos tan bien..."

Ella parecía estar escuchando su voz. Y así permanecieron, mirándose a los ojos. Por fin Amos, obviamente conmovido, volvió a hablar con deliberado énfasis.

—Podrías aceptar el dinero de Cecile como préstamo, Peter. Cuando puedas le repondrás el legado de su abuela, si así te sientes mejor.

—¡Como si yo fuera a aceptarlo! —exclamó la muchacha—. Yo no aporto nada. Él trabaja y me da de comer. ¿Acaso tengo que devolverle ese dinero?

Amos y Harriet habían empezado a reír.

—Dense un beso y reconcíliense. No sean tontos —dijo Harriet—. Y cuiden a esos gemelos.

Capítulo Nueve

De vez en cuando, camino a Cagney Falls, Amanda hacía un desvío de cinco minutos por un camino vecinal serpenteante, que pasaba por la casa de Cecile. Aun en las crudas mañanas del invierno, le resultaba extrañamente grato verla allí, cuadrada y sólida, como si llevara dos siglos en ese lugar. También era inquietante, y ella sabía bien por qué.

La casa tenía una elegante simplicidad. Los cristales de las ventanas, seis arriba y nueve abajo; la puerta verde oscuro, con su guirnalda de hojas otoñales y espigas segadas; los bajos peldaños semicirculares que llevaban a ella: todo era exactamente como debía ser. Amanda ya había tenido suficiente contacto con lo que consideraba "distinción" y sabía reconocerla. Cuanto Cecile y Peter poseían, decían o hacían era exactamente como debía ser. Hasta habían sabido escogerse mutuamente.

Con cierta depresión, continuaba su camino. Sólo recobraba su buen ánimo natural después de entrar a la plaza de la ciudad y aparcar el auto, un auto pequeño y muy elegante, que parecía importado, aunque no lo era.

Después de todo, ese empleo era lo mejor que habría podido pasarle. ¿Quién habría pensado que trabajar en una *boutique* podía ser tan satisfactorio para una mujer que, en otros tiempos, había pensado en estudiar Literatura Inglesa? Nunca se le habría ocurrido que ella tuviera "cabeza para los negocios", pero al parecer así era, pues la señora Lyons le cedía cada vez más responsabilidad. La señora Lyons, por su actitud, su estilo y su manera de hablar, parecía una copia de la madre de Cecile, pero además era astuta. Quería conservar a Amanda porque, con ella a cargo, tenía libertad para viajar y ausentarse durante semanas enteras; además la muchacha atraía clientes, sobre todo a los hombres que buscaban regalos. Amanda, por su parte, quería quedarse, y la señora Lyons lo sabía. También sabía que ansiaba tener ropa fina. Y si con un pequeño descuento (no tan pequeño, a veces) podía mantenerla contenta, el costo valía la pena. De ese modo las dos mujeres llegaron alegremente a un contrato tácito.

La atmósfera de la tienda era alegre. Hasta la costurera tarareaba al trabajar. Dolly seguía siendo ruidosa y no muy inteligente, en opinión de Amanda, pero aun así muy simpática; además, por algún motivo, su nueva jefa parecía inspirarle respeto. Por las mañanas, antes de abrir las puertas, las tres compartían el café y las rosquillas en la trastienda; entonces la pequeña tienda era casi como un hogar.

¡Era un lugar tan bonito para pasar el día! En el invierno, sobre todo, era acogedor y abrigado; en la plaza, la lluvia y la nieve podían oscurecer el paisaje a un gris opaco; adentro, en cambio, en la mesa donde se exhibían los objetos pequeños, siempre había un ramo colorido que se cambiaba todas las semanas, por órdenes de la señora Lyons. Hasta las ropas eran brillantes. La señora Lyons tenía gusto para los tonos extraños y las combinaciones llamativas. Las prendas eran irresistibles, en verdad. Asombraba comprobar que, pese a los precios exorbitantes, muy pocas personas salían sin comprar algo, aunque sólo fuera un pañuelo.

Casualmente, la primera compra de Amanda fue un pañuelo de seda blanca, con amapolas y centauras.

—Úsalo con un traje blanco —aconsejó la señora Lyons, que recién llegaba de Francia, con una pequeña selección de tesoros.

Cuando la muchacha respondió que no tenía traje blanco, ella agregó otro consejo:

—Te conviene tener uno. Lleva uno de los nuestros. Puedes comprarlo con un veinticinco por ciento de descuento.

Así de fácil fue el comienzo. Tan fácil que se convirtió en hábito. Con la ropa adecuada una se siente otra. Esas prendas compensaban (o casi compensaban) cualquier otra cosa que pudiera faltarte en la vida.

Una tarde, a principios de diciembre, Amanda cerró el local a las cinco. Ya estaba casi oscuro cuando echó a andar hacia el aparcamiento. En la plaza aún se veían algunas luces; las de la tienda de porcelanas en la esquina eran una refulgente invitación. En el escaparate había un precioso cuenco verde, que llevaba semanas enteras llamando la atención de Amanda. Su precio debía de ser escandaloso, puesto que aún no se había vendido. Sin embargo, ese anochecer se detuvo nuevamente a contemplarlo.

Desde el otro lado de la calle, probablemente desde la tienda de música, le llegó el sonido de un antiguo y familiar villancico. Por lo demás, la plaza estaba casi desierta. Unos pocos caminantes se habían detenido cerca de ella, en la oscuridad vespertina, como para escuchar esa melodía pura y exaltada. Luego fue una pareja que pasaba de la mano; ambos le sonrieron como si ellos también sintieran la belleza del momento, ese repentino golpe en el pecho.

"Ah, sólo se vive una vez. Toma toda la belleza que puedas, mientras puedas". Y entró para comprar ese cuenco encantador.

—Es una pieza especial —dijo el joven vendedor—. De principios de siglo, según creo. De mil novecientos diez, a lo sumo. Es caro, pero vale la pena.

Su cara era sensitiva, de facciones serenas y armoniosas que le hicieron pensar en Peter Mack. Su mano, con un anillo de bodas, descansaba en el mostrador, junto al cuenco. El puño estaba raído. Cuando levantó la vista hacia Amanda sus ojos se encontraron por un instante inconfundible; luego rompieron velozmente el contacto. Ella sabía lo que ese hombre estaba pensando; él, en cambio, no podía conocer los pensamientos y las sensaciones de su clienta: que era un simple vendedor, comerciando con objetos que jamás podría pagar. Que tenía en casa una esposa y probablemente un par de hijos. "Es pobre", pensó, compadeciéndolo.

Como había que decir algo mientras él envolvía el cuenco, Amanda comentó que le encantaban las porcelanas, aunque no sabía nada de ellas.

—Hay mucho que aprender —respondió el vendedor—. La porcelana se remonta a los griegos... no, antes aún, a Egipto. ¿No querría comprar un libro sobre el tema? Están en ese estante.

Fue así que ella compró un pesado volumen, lleno de ilustraciones; con una sensación de poderoso derroche, lo llevó también consigo.

Era un gran placer llegar a casa con algo nuevo a desenvolver con cuidado y, después de un cuidadoso análisis, ponerlo en el sitio que le correspondía. Ese libro espléndido, lustroso, demasiado alto para cualquier estante, debía estar en la mesa ratona, por supuesto. Con el libro y la bella planta en su maceta, la mesita parecía menos fea. Con el cuenco debía experimentar: ¿en el aparador del comedor o en la repisa, entre las dos ventanas?

Al retirar la etiqueta del fondo, el precio le saltó a los ojos, provocándole un escalofrío de intranquilidad. En realidad, Larry no tenía derecho a oponerse: si ella quería gastar en ese cuenco dos semanas de sueldo... o más, era asunto suyo, ¿no? De cualquier modo, sería más prudente no decirle nada.

Cuando él llegó, Amanda aún seguía admirando esos dos elegantes agregados a la vulgar habitación. Primero Larry le dio un beso en la mejilla; luego, como de costumbre, paseó una rápida mirada de orgullo por el interior.

—Eh, ¿cuándo compraste eso?

—Hoy. ¿Te gusta?

—No sé. ¿Para qué es?

—¿Para qué son los cuencos? Para lo que quieras ponerles adentro. Yo pienso usarlo para flores.

—¿Caro?

—No mucho. En absoluto.

—Menos mal. Debes de tener una buena suma ahorrada, con ese bonito aumento que te han dado. —Se acercó al bar color mostaza para servirse una copa. —Quieres mantenerla en secreto, ¿eh? Bueno, está bien. Pero no me molesta que veas todo lo que yo tengo ahorrado. Está en el cajón izquierdo del escritorio de arriba. —Se sentó en el sillón, estirando las piernas sobre la otomana. —Cuando venía hacia aquí me vino a la cabeza lo que dijiste. Que la señora Lyons quería retirarse pronto. Quizá te convendría comprar el negocio, ya que te gusta tanto. No me costaría nada conseguir algo de efectivo. Y con un poco de ayuda de tu parte, podríamos hacer la operación sin que yo toque el verdadero capital. Te gustaría, ¿verdad?

"El verdadero capital". Amanda se preguntó cuánto habría. "Mucho", pensó. La firma era antigua y sólida. Todos los Balsan eran persona frugales, prudentes y sagaces. Ella lo sabía por haber escuchado muchas conversaciones de sobremesa entre padre e hijo, analizando operaciones, acciones conservadoras y bonos sin riesgo. Sí, sería estupendo que le permitieran tener un negocio propio.

—Me encantaría —dijo.

—¡Imagínate yendo a Europa de compras, algún día! Yo podría tomarme una licencia para acompañarte. Pero eso es adelantarse mucho. Antes deberíamos tener un par de niños.

—Ya vendrán. No hay prisa.

—Oye, ¿qué es eso en la mesa ratona. ¿Compraste otro libro? Déjamelo ver.

—No te interesará. Es una historia de las porcelanas.

Él rió. No tenía ninguna curiosidad intelectual.

—¿De las porcelanas? ¡Al diablo! Quiero verlo.

Después de volver unas cuantas páginas, cuando iba a devolvérselo, exclamó con cierta indignación:

—¡Sesenta y cinco dólares! ¿Pagaste sesenta y cinco dólares por esta basura?

Ella respondió en voz baja:

—No es basura. Y tú lo sabes. Es arte. Es historia.

—Como quieras, historia, arte. Pero pagar sesenta y cinco dólares por un libro es un disparate, Amanda. —Estaba indignado. —A diez minutos de casa tenemos una excelente biblioteca.

—Uso esa biblioteca. Pero, ¿cómo puedes decir que comprar un libro de vez en cuando es un derroche? Los libros son una inversión. —La necesidad de defenderse la llevaba a hablar con pasión. —Nutren la mente. ¿Eso te parece derroche?

—Me gustaría ver cuánto vas a nutrir tu mente con éste. Le echarás un vistazo de vez en vez, cuando tengas que quitarle el polvo. Y la casa ya está llena de libros que compras y no lees.

Era raro que Larry se enfadara tanto por algo; en todo caso, pronto se le pasaría. La mejor respuesta era siempre el silencio. Mientras Amanda bajaba las persianas, él volvió a hablar.

—No quería mencionarlo, porque no me gusta pelear. Pero ayer, al pasar, eché un vistazo a tu ropero. Parece una tienda. Debes de ser la mejor clienta de la señora Lyons.

—¡Eso es ridículo! Tengo que vestirme bien para estar allí, ¿no? Además, deberías alegrarte de que yo me esmerara en lucir decente, no sólo por mí, sino por ti también.

—Sin duda. Pero la semana tiene sólo siete días. ¿Cuánta ropa necesitas? ¡Y a los precios que me has estado diciendo!

—Compro al costo. No gasto prácticamente nada. Lo sabes perfectamente. ¿Por qué no aprovechar la ventaja?

Según ella elevaba la voz, él suavizaba la suya. Su irritación era un globo que se iba desinflando.

—Bueno, está bien, es cierto. Me lo dijiste. Supongo que lo olvidé. Pero sigo pensando que ese libro es una tontería.

—Lo devolveré, si eso te hace feliz —ofreció ella, ya con suavidad.

—Oh, deja. Escucha, mi padre quiere celebrar el cumpleaños de Norma, mañana por la noche. Será un doble festejo. Hoy cerré una operación estupenda y está muy orgulloso de mí, realmente emocionado. Es una finca, por la zona donde se va a extender la autopista. Probablemente tardarán otros cinco años en construirla, pero mientas tanto tengo un inquilino. Un ricachón que quiere criar búfalos.

"Realmente emocionado", L.B. (así lo llamaba Amanda, en sus pensamientos íntimos) se estaba ablandando visiblemente. Parecía buscar la compañía de ambos; los invitaba a ver encuentros deportivos, a reuniones familiares con los primos (jóvenes vivaces o viejos aburridos) o los llevaba a restaurantes costosos. "Vístete bien, Amanda", le decía, "lúcete".

Ella recordó la frialdad con que la había inspeccionado, cuatro años antes. Nunca habría imaginado que L.B. pudiera pronunciar esas palabras.

—Vamos a cenar a Français, más allá de Cagney Falls. Cuesta un ojo de la cara, como te he dicho cincuenta veces, pero vale la pena. Y de cualquier modo, al viejo le gusta ser buen compañero.

La descripción era totalmente errónea. L.B. no era viejo; nadie habría pensado que tenía edad suficiente para ser el padre de sus hijos, pues ambos parecían mayores de lo que eran. Además, no era "buen compañero"; por mucho que se ablandara, seguía siendo demasiado remoto y altanero como para eso.

—Ojalá Norma tuviera un muchacho a quien invitar —se quejó Larry, como siempre—. ¿No hay en esa escuela alguien que le guste, caramba?

¿Alguien que le gustara? Más de uno, muy probablemente. Allí estaba, por ejemplo, Lester Cole, asistente del rector. De un modo u otro, Norma parecía mencionar su nombre cada vez que hablaba de la escuela.

—Creo que alguien le gusta.

—¿Y...?

—El camino tiene dos puntas, ¿no?

Larry suspiró.

—Es tan buena chica... Lástima.

Lástima, sí. Por alguna razón, ser "una buena chica" nunca era suficiente.

Cecile miró satisfecha a su alrededor. El hogar del comedor estaba enmarcado por una variedad de flores de Pascua; entre las habituales rojas se intercalaban sus favoritas, de color verde pálido. En la mesa, en el lugar destinado a Norma, había puesto su regalo de cumpleaños: un par de sujetalibros de cristal que reproducían la estatua de Lincoln, la del Monumento. Se decía que él había sido feo, pero no era cierto; a los ojos de Cecile, ese rostro grave y gentil era singularmente bello. Y sin duda Norma pensaría lo mismo.

Era un hermoso día de invierno: frío, pero sin viento; cada ramita se dibujaba contra el cielo, como si una pluma trazara líneas de tinta sobre el papel. Desde cualquier ventana de la casa se veía ese paisaje. Por todas entraba luz; en esa casa nunca había un cuarto a oscuras. Al recorrerla se sintió satisfecha de todo.

En esos tres meses habían avanzado mucho. De los cuatro dormitorios, dos estaban terminados. Apenas el día anterior habían llegado los muebles de la habitación para los niños, justo mientras pegaban el último rollo de empapelado, con escenas de Winnie-the-Pooh. Los estantes estaban llenos de animalitos de paño y libros, pues en la actualidad la gente reconocía la importancia de leer a los bebés. En cuanto Norma y Amanda llegaran, las llevaría arriba para que vieran todo.

Lo malo era que no se sentía del todo bien. Desde hacía algunos días estaba algo afiebrada. En el vecindario abundaban los resfríos, como ocurre siempre cuando se acercan las Fiestas. Y le dolía la espalda; a veces no era una simple molestia, sino un dolor fuerte. También comenzaba a sentir el peso de su enorme panza. En ocasiones tenía la sensación de que iba a estallar.

Nuevamente abajo, al pasar junto al espejo del vestíbulo, se miró de perfil. ¡Parecía un elefante! Peter solía divertirse midiendo su crecimiento casi día a día. Le gustaba percibir en la mano los movimientos de los gemelos. Sin embargo, en los últimos días estaban muy quietos. "Comiendo, probablemente", decía él. "Ya están hambrientos. Nos comerán hasta la casa".

Oh, sería un hogar tan feliz... Ya lo era, pues Peter se alegraba aun más que ella de haber comprado la casa, una vez superadas sus dudas. El cuarto de trabajo que ella le había reservado daba a lo que sería el jardín. Sin duda el padre de Cecile los ayudaría a plantarlo. Unas rosas quedarían perfectas contra la cerca; allí recibirían sol en abundancia. El escritorio de Peter estaba bajo la ventana, en el lado de la sombra; así podría dibujar lejos del resplandor directo. Y para cuando quisiera trabajar de noche, ella había encontrado una doble lámpara de escritorio perfecta.

Pasó un minuto allí, con la cabeza llena de pensamientos agradables. Él estaba haciendo una gran carrera; había comenzado a restaurar una antigua iglesia de madera y estaba convirtiendo una vieja fábrica de medias en apartamentos individuales. Además, pensaba seriamente en la propuesta de Amos.

De pronto Cecile tuvo que sentarse. Allí estaba de nuevo el dolor de espalda, que se había vuelto tan agudo en los últimos días. Pero esta vez era distinto, un verdadero ataque. Gritó, aferrada a los brazos del sillón. Un par de minutos después comenzó a ceder, dos minutos más y había desaparecido. Entonces, todavía estremecida por la impresión, se puso de pie.

"Es parte del negocio", pensó. Caramba, no era la primera vez que sufría dolores musculares. En cualquier tipo de ejercicio atlético (y ella los había practicado casi todos) siempre se padecen dolores bastante fuertes, penetrantes como agujas.

Eran casi las doce y media. Las otras dos mosqueteras siempre llegaban puntualmente. Pero aún tendría tiempo de retirar de la puerta la guirnalda de la cosecha para reemplazarla por el adorno navideño. Cuando lo estaba colgando pasó Judy Miller, su vecina, y bajó la ventanilla del auto para preguntarle:

—¿Cómo estás? ¿Siguen los dolores?

—Oh, no mucho, aunque hace un momento tuve uno bastante fuerte.

—Tendrías que ir al médico, Cil. Al menos llámalo para preguntarle.

—Se ha ido de viaje por esta semana, y no conozco al que lo reemplaza. Esperaré a que él regrese. De cualquier modo no es nada.

—Eso no lo sabes.

—Detesto ser hipocondríaca, como esas embarazadas que obligan al esposo a salir en medio de la noche, a comprar fresas, helados o algo así.

—¡Qué tontería! ¿Se lo has dicho a Peter?

—No. ¿A qué molestarlo por unos pocos dolores? Es lógico que los tenga, ¿no? ¡Si parezco un elefante!

—No sé. No soy médica. Y tú tampoco. Si no se lo dices a Peter, lo haré yo.

—Está bien, está bien. Quizá tengas razón. Se lo diré esta tarde. Creo que vendrá temprano.

—Yo no esperaría tanto. No seas tonta, mujer.

—Está bien, se lo diré.

Cecile siguió con la vista al coche que se alejaba. Tal vez Judy estaba en lo cierto. Pero nadie puede pasar nueve meses sin sentir algunos dolores. Por otra parte, tal vez el médico supiera si le convenía o no... ¡Oh, Dios, allí estaba otra vez!

Le desgarraba la espalda. No, no era la espalda, sino el enorme bulto que cobijaba a sus bebés. Tironeaba, rompía. Era inhumano. Se oyó gritar. Los alaridos rebotaron, levantando ecos.

Dejando la puerta principal bien abierta, con el enorme bulto apretado entre las manos, corrió escaleras arriba. Entre sollozos y súplicas, frenética, aterrorizada, entró violentamente en el baño y se estrelló de cabeza contra la pileta. Mientras todo se convertía en negrura y oscuridad, Cecile cayó.

Norma esperaba en el auto, no lejos de la tienda de Amanda, preguntándose por qué a veces se sentía vagamente apenada por su amiga. El motivo era realmente insondable. Bastaba con recordar cómo había llegado a casa de los Balsan, con una maleta vieja, y verla ahora, casada con un hombre que estaba loco por ella, con casa propia y un empleo del que disfrutaba. ¿Por qué la compadecía?

El tener un defecto que consideraba casi una incapacidad había hecho a Norma muy sensible a matices que habrían pasado desapercibidos para muchos. Cuando estaba frente a su clase, aun concentrada en la gramática latina, un fragmento de su mente podía detectar las risas disimuladas u otras señales de disturbios. Por ejemplo, durante mucho tiempo la había desconcertado el desaliño de una muchachita solitaria, llamada Jessie, a quien no le faltaban medios para arreglarse bien. Todo quedó en claro el día en que la madre se presentó en la escuela con el aspecto de una modelo de alta costura; entonces comprendió que Jessie era una hija patética y falta de amor.

Bueno, ¿qué tribulaciones podía tener Amanda? Allí venía, sonriente y agitando la mano, con un andar de mujer independiente y hermosos rizos rozando el cuello de cachemira.

—Me muero por algo dulce —anunció, con su vivacidad habitual—. Es seguro que Cecile tendrá un estupendo pastel para celebrar tu cumpleaños. Me he pasado la mañana pensando en eso. ¿Te gustó mi regalo?

—Ya te dije que sí. Lo tengo puesto —y Norma desabotonó su chaqueta para exhibir una elegante blusa bordada.

—Sugerí a Cecile que reservara una para después de que nacieran los bebés, pero dijo que era demasiado cara. ¿Puedes creerlo?

—Bueno, tal vez en estos momentos no pueda pagarla.

—¡Estás bromeando! ¡Como si hubiera algo que ella no pudiera pagar! Los Newman han de tener millones guardados. No es que los envidie, pero...

Pero los envidiaba, por supuesto, desde el día en que había visto aquella mansión campestre. "¡Cuánto hemos cambiado desde aquellos inocentes días de universidad, desde la ropa sucia diseminada por el suelo del baño y los restos de pizza en la mesa!"

—Se está ciñendo a los ingresos de Peter. Creo que es meritorio.

—Bueno, a mí me parece tonto. Suelen ser un poco tacaños, esos dos. ¿No lo has notado?

Norma se concentró en la ruta, sin contestar. Antes ninguna de ellas criticaba a las otras, ni aun inofensivamente. Pero en los últimos tiempos ella había notado esas pequeñas insinuaciones espinosas, sobre todo por parte de Amanda. Por cuenta de Cecile, casi nunca. De cualquier modo era un mal precedente. Una amiga de verdad no chismorrea sobre otra amiga.

Su silencio debió de hablar por ella, pues Amanda se apresuró a agregar:

—Claro que no es asunto mío, y ya sabes que adoro a Cecile. Quería decir que ella, tan considerada con los sentimientos ajenos... no debería privarse de nada.

—No creo que se prive.

Continuaron el viaje en silencio, algo raro en ellas. A cada lado se veían casas agradables con coches en las calzadas; allí, una pista de patinaje y niños con coloridos gorros de lana; aquí, una joven pareja que paseaba a un par de Golden Retrievers. Y de pronto en la mente de Norma pareció abrirse una ventana.

"Es el monstruo verde, por supuesto. Así de simple. Ahora que Amanda tiene más de lo que nunca tuvo, quiere más. ¡Pobre! Bueno, pobre de mí, también. ¿Para qué voy a casa de Cecile, donde en cada habitación hay algo que me recuerda lo que no tengo, ya sea una foto de Peter o los muebles para bebés? Todos vivimos hambrientos, cada uno a su modo. Tal vez Peter y Cecile no, porque su vida transcurre sin problemas. Pero la mayoría sí".

—Nos está esperando —dijo Amanda, mientras el coche aminoraba la marcha—. Mira, ha dejado la puerta de par en par.

—¿Con este frío?

Después de entrar y cerrar la puerta, llamaron:

—¡Ya llegamos! Y con sólo cinco minutos de retraso.

No hubo respuesta.

—¿Estás en la cocina?

Recorrieron toda la planta baja, llamándola sin obtener respuesta. Se detuvieron al pie de la escalera.

—¿Cecile? ¿Cil? ¿Dónde estás?

Nadie respondió. Ambas se miraron, inmóviles.

—¿Asaltantes? —susurró Norma.

—No habrían dejado la puerta principal abierta.
Su corazón galopaba. El aire se llenó de preguntas.
—¿Llamamos a alguien? ¿A los vecinos, a la policía?
—Tal vez esté durmiendo una siesta. Voy a ver.
—Esto es muy extraño. No subas, Amanda.
Pero Amanda era audaz y Norma tuvo que seguirla. Al tope de la escalera, lo primero que vieron fue el baño abierto. Lo siguiente, a Cecile. Estaba en el suelo, inconsciente, en un charco de sangre.

Fue una semana de lo peor, un período que Norma recordaría y reviviría eternamente, con cada detalle de las caras y las voces; aun el clima se recortaba nítidamente contra un borrón de miedo. Fue como la semana en la que había muerto su madre, como cuando la familia vecina perdió a su hijo, al estrellarse un avión en el Atlántico, y toda la manzana lloró con ellos.
Si la escuela no hubiera estado cerrada por vacaciones, ella habría buscado una excusa para no asistir. Nada importaba, en este continente ni en lugar alguno del globo, salvo que Cecile sobreviviera. ¿Cómo había podido pensar que Peter y Cecile estaban tocados por alguna varita mágica, que los mantenía libres de todo daño?
Allí estaba, tendida en una de esas camas de hospital, blancas y altas; por alguna razón, al verlas Norma siempre pensaba en un catafalco de piedra, en el cual dormía una reina fallecida largo tiempo atrás, cuyo joven rostro pedía compasión. Peter, sentado a su lado, era casi como una figura tallada en piedra. Su mano cubría la de Cecile; sus ojos rara vez se apartaban de ella.
—No sé cuándo se va —respondió una enfermera, a la pregunta de Norma—. Por la noche, cuando termina mi turno, aún está aquí. Y ya está aquí cuando llega el turno de la mañana.
Una vez dijo a Norma, durante su visita diaria:
—Su presión arterial sube y baja. Ahora me dicen que hay una infección. ¿Cuál es la causa? Hablan y hablan. Al final todo se reduce a alguna "disfunción interna" que no entiendo. Yo sólo sé que estoy aterrado... Perdona; no estoy pensando con mucha claridad. —Su voz sonaba extraña; extraños eran la palidez y el rubor que se alternaban en su cara. —¿Qué voy a hacer si...?
Ese sufrimiento era quizá peor que cuanto Cecile estaba soportando, pues ella, misericordiosamente, podía dormir, ignorante del terror de Peter. Sólo hablaba de sus bebés perdidos.
—Parece no comprender que puede tener otros —dijo él—. Ésa

es la diferencia entre nosotros. A mí no me importa. De veras. Sólo me importa ella... mi mundo... desde el primer día.

"Perderte en otro ser humano", pensó Norma, "estar tan unido a otra persona, es abrir el corazón a dolores como éste. ¿Por qué ansiamos hacerlo? Y no obstante, si pudiera sentir siquiera una vez algo así, ¡con cuántas ganas aceptaría el riesgo!"

Y salió caminando en puntillas.

Al final, gracias al milagro de los antibióticos, Peter pudo llevar a Cecile a casa. Era una mañana neblinosa y húmeda; sólo se oía, ocasionalmente, el sombrío reclamo de un cuervo. Arriba, mientras esperaban la llegada del auto, Norma había puesto las cosas en orden; retiró los juguetes de sus estantes y cerró la puerta de la habitación infantil, para que Cecile no viera ese triste cuarto. ¿Qué podían hacer las mosqueteras, sino estar listas para ayudar en lo posible?

Amanda estaba abajo, preparando un almuerzo liviano.

—Qué curioso —dijo al entrar Norma—, mi hermana va a tener otro hijo que no puede mantener y que no deseaba. No tiene mucho sentido, ¿verdad?

—Me gustaría saber si Cecile tendrá otro.

—Otra pregunta sin respuesta. Oh, allí está el auto, en la calzada. Ya han llegado.

Cecile, apoyándose en Peter, subió lentamente los peldaños bajos de la entrada.

—¡Las dos aquí! —exclamó—. Oh, qué buenas son.

—¿No lo esperabas? Somos las tres mosqueteras.

Capítulo Diez

Hay días en los que todo sale mal. El despertador falla y te quedas dormida. El clima, que al acercarse Navidad debería ser frío y luminoso, es en cambio húmedo y oscuro; el aguanieve convierte la ruta en un tobogán peligroso y grasiento.

Así se quejaba Amanda para sus adentros, al acercarse a la tienda. Seguramente estaría llena de clientes de último momento; en su mayoría hombres que necesitaban comprar un regalo con urgencia y no tenían idea de lo que deseaban. Los clientes eran necesarios, claro, pero a veces fastidiaban.

Hasta cuando se mostraban simpáticos, el parloteo inútil llegaba a fastidiar. Esa era su costumbre de lanzar apellidos, por ejemplo: "Oh, no se parece en nada a la familia de su madre; son todos mucho más altos y más delgados", insinuando que conocía íntimamente a alguna familia encumbrada. O la manera de sugerir que se había nacido en cuna de oro: "Ellos ganaron todo lo que tienen en el último *boom* del mercado accionario, ¿sabes?" Y los aires de superioridad del viajero: "Fiji es deliciosa, pero no tiene punto de comparación con Bora-Bora".

¡Y las cosas que esas mujeres compraban, descartaban y reponían en un abrir y cerrar de ojos! Otro mundo, eso era en verdad. Otro mundo.

Qué grato habría sido alejarse por un tiempo, ir a *algún lugar*, casi a cualquier lugar, para pasar las Fiestas. Peter había llevado a Cecile a pasar algunas semanas en una isla del Caribe. En verdad, ella había estado muy enferma y merecía un buen descanso. Amanda no iba a compararse con Cecile, por cierto. Pero Larry estaba siempre muy ocupado para ir a ninguna parte; a veces, hasta el cine del vecindario parecía estar demasiado lejos para él. Como si estuviera empantanado.

Así que esta Navidad sería igual a la del año pasado. Según la tradición, la casa de los Balsan se llenaría de primos. El padre de Larry obsequiaría los acostumbrados vales de compra de la gran tienda local. Sin duda alguna, el asado y el pavo serían deliciosos. Y la casa estaría muy bien decorada con acebo y muérdago, de acuerdo con la tradición. Todo en esa casa respondía a la *tradición*, hasta el vestido rojo que Norma le había aconsejado usar en su primera Navidad con la familia.

Súbitamente y contra su voluntad, Amanda no pudo menos que reír. El tiempo y el exceso de trabajo, junto con un vago e incalificable aburrimiento, pesaban sobre ella y alteraban su ánimo. Pero en realidad eso era imperdonable. ¡Caramba, bastaba con pensar en la pobre Norma! Había pasado un año más; para ella había sido igual que el último y el precedente. Y un estremecimiento conmovió a Amanda.

Una vez en la tienda, tras tantos inconvenientes, el ajetreo la alegró. Habían contratado a una empleada extra para que envolviera los regalos en papel rojo y dorado. Tenían galletas y ponche de huevo para los clientes. Y además, algunas cosas nuevas en la trastienda.

—Lo creas o no —dijo Dolly—, ya están entrando modelos de primavera. Esto llegó ayer, apenas cinco minutos después de que te fueras. Comencé a desembalar algunas cosas.

—¿Qué hay allí?

—Lo de costumbre. Ya conoces los gustos de la señora Lyons.

Amanda los conocía, por cierto. Sintiéndose como Alí Babá en un deslumbramiento de riquezas, levantó cada uno de los tesoros con tanto cuidado como si fuera una obra de arte. Y de pronto exclamó:

—¡Dolly! Ven a mirar esta chaqueta, ¿quieres? ¿De qué color dirías que es? ¿Melocotón? ¿Albaricoque? No, ninguno de los dos, exactamente. Pero ¿No es precioso? Deberíamos poner una en exhibición ahora mismo. No creo que tarde cinco minutos en salir por la puerta.

—No estoy muy segura. ¿Has visto el precio?

Al verlo Amanda lanzó un suspiro.

—Oh, Dios.

La primera en verla fue una joven clienta habitual, que podía permitirse cualquier gasto. Comentó que estaba "para comérsela", se la probó, la admiró y, vacilante, dijo que debía pensarlo.

Al caer la tarde, cuando se retiró el último cliente, la chaqueta aún estaba colgada allí. Dolly se la puso y se miró al espejo.

—Es una maravilla, ¿no te parece? No hay nada como París, ¿verdad?

—Esto viene de Milán —corrigió Amanda.

—Bueno, como sea. Es una maravilla. Casimir. Toca... qué suavidad... Ahora pruébatela tú.

Ella quería hacerlo y no quería. Ese color tan apetitoso, la curva de las solapas, la caída de la espalda... Era algo tan bonito que agitaba un conflicto en su interior, como si la mente le ordenara correr, pero también sentarse.

—¡Oh, póntela!

Si se la probaba no podría renunciar a ella. Si la compraba la acosarían los remordimientos. Si no la compraba lo lamentaría.

—La deseas. Se te ve en los ojos.

—La gente desea muchas cosas que no puede pagar.

—Tú puedes. Siempre estás comprando cosas. Date el gusto una vez más, como regalo de Navidad para ti misma. A ver, abotónala. O déjala abierta, como quieras. Mírate. Parece hecha para ti, Amanda.

Sí, era verdad. Los hombros, la curva trasera, el raro color contra su pelo claro, todo era perfecto. Y se quedó muy quieta frente al espejo.

Dolly seguía insistiendo, sin pizca de envidia, como si reconociera respetuosamente que semejante lujo no era adecuado para ella, pero sí para Amanda.

—El precio es una locura, sí —dijo ella. Al mismo tiempo se decía que, en realidad, la chaqueta era muy práctica. Se la podía usar para la noche y para la calle; era un modelo clásico que jamás pasaría de moda; combinaba con muchos colores. Los contó con los dedos: gris, pardo, azul marino, tostado, blanco, negro...

—Dejaré una nota para cuando regrese la señora Lyons —dijo, por no darse tiempo a cambiar de idea—. La deduciremos de mi sueldo todas las semanas, como siempre.

—Ya no llueve, pero acerca el auto a la puerta, Amanda. Yo te llevaré la chaqueta de una carrera.

"Dolly no ambiciona; trabaja aquí y no desea nada", pensó Amanda, mientras caminaba hacia el estacionamiento. "Su vida debe de ser menos complicada de ese modo. Desde ahora en adelante tendré que ponerme límites. Estoy hablando como los alcohólicos: una copa más, la última antes de abandonar el vicio".

En el baúl tenía otra caja, resultado de la última visita a la tienda de porcelanas. "Cuando tenemos invitados a cenar", reflexionó, "nuestra mesa es una obra de arte". Admitía francamente que había aprendido a ponerla observando a Cecile. Probablemente, la mayoría de los invitados no reparaba en las servilletas de hilo ni en la Royal Doulton. Para Larry daba igual, sin duda. Pero eso no tenía importancia: eran sus tesoros y le alegraban la vida. Y así fue que regresó a casa mucho más animada que por la mañana.

Norma estaba sentada en su auto, frente a la casa. Amanda había olvidado que vendría a cenar, tal como lo hacía algunas veces cuando su padre no estaba en casa. Era comprensible que no quisiera sentarse a solas en ese enorme comedor.

—¿Saliste de compras?

La entonación era dudosa. Podía ser una afirmación o una pregunta. Indiferente... o no tanto. En varias ocasiones, últimamente, Amanda había creído detectar una expresión raramente crítica en la cara de Norma.

—Sí, compré algunas cosas —respondió en tono ligero. Y cuando Norma se ofreció a ayudarla, añadió: —Cuidado, que no se te caiga esa caja. Son platos.

Apenas había colgado la chaqueta en el ropero cuando oyó la voz de Larry. Era su costumbre saludar dando voces. A menudo gritaba tanto que ella sentía el impulso de taparse los oídos. Otras veces se mostraba sólo campechano, sobre todo cuando saludaba a Norma. Comparándolos con su propia familia y con otras que había conocido, Amanda no dejaba de sorprenderse ante la relación de esos hermanos.

—Ya llegué, tesoro. Y vengo famélico. —La voz subió rugiendo por la escalera, junto con los fuertes pasos.

—En seguida bajo. En media hora comeremos.

La complacía sentirse eficiente, con las comidas siempre a tiempo. Y comidas excelentes, además, en una casa muy ordenada. Estaba ya en la cocina cuando oyó otro rugido en la planta alta.

—¡Amanda! ¡Sube inmediatamente!

Estaba de pie en lo alto de la escalera, mostrando la chaqueta nueva en su percha.

—¿Qué cuernos es esto?

Amanda se estremeció de pies a cabeza al verlo enfurecido; eso era tan raro en Larry que ella no sabía qué esperar.

—Te he preguntado qué diablos era esto.

—Una chaqueta. Para mi hermana Lorena. Ya sabes que envío regalos a casa.

—Pero no como esto. No se compra un regalo de este precio para alguien que vive en una aldea retrasada como la que describes.

—Estaba en oferta. No era tan cara. Ni remotamente, Larry.

—Antes de mentir deberías haberle quitado la etiqueta. No nací ayer. Escúchame: eres una compradora compulsiva, algo tan malo como ser alcohólico o jugador compulsivo, ese tipo de cosas. Sí, te veo con claridad. No quería decir esto, ni siquiera pensarlo, pero ya veo que tus deseos no tienen límites. Pero yo sí, y en este momento he llegado a mi propio límite. Usas el dinero como si fuera agua, aunque hasta con el agua deberíamos ser más cuidadosos.

Habían caminado hacia el dormitorio; los ojos de Amanda se fijaron en la cama, donde su acolchado, centelleante de hojas y pimpollos, disimulaba lo feo del cabezal barnizado de la cama. Ni una sola vez, en centenares de noches, había experimentado un momento de placer en esa cama, salvo mientras dormía. ¿Y él decía verla con claridad? No la conocía ni un poquito.

Ver esa cama, ver a Larry allí, en esa postura absurda, con la chaqueta balanceándose en la mano, iba convirtiendo su miedo en desafío.

Pero en cierto sentido también podía compadecerlo; era demasiado viejo para sus treinta años escasos; había aumentado de peso y quedaría calvo en pocos años. Ese arranque de cólera no le sentaba bien. Sin embargo, ella se extrañó de sentir que aumentaba su poder sobre él, al mismo tiempo que lo compadecía.

Respondió con suavidad:

—Aunque yo sea muy gastadora, Larry, no tienes por qué ponerte así. Es mi dinero el que gasto.

—No: es cuestión de principios. Cuando una persona trabaja ocho horas por día debería ahorrar algo; de lo contrario, lo mismo daría trabajar por nada. Hay algo estúpido y pecaminoso en el asunto.

—¡Pero, si ahorro...! Y envío cosas a mi familia.

—No me refiero a eso. Está bien que lo hagas. Hablo de ti... Pero ya hemos pasado por esto en otra ocasión. No te creí entonces y no te creo ahora. Si es verdad, demuéstramelo.

—No tengo por qué.

—Acordamos que ambos ahorraríamos para comprarte esa tienda. Dijiste que la querías. Bien, ¿por qué no me muestras cuánto tienes? Yo estoy muy dispuesto a mostrártelo otra vez. No tengo nada que ocultar.

De una caja que guardaba en el fondo de su ropero sacó una carpeta, que apoyó en la cama para volver las páginas.

—Aquí, en la última línea. Lee. Esto es lo que tenía, neto, al treinta de junio.

Amanda leyó con sorpresa. La suma era patética. Ella esperaba que fuera mucho mayor; así lo dijo.

—Teniendo en cuenta lo mucho que trabajas y los negocios que consigues para la firma, no estás cobrando lo que mereces. Tu padre debería tratarte mejor.

Larry contestó en tono cortante, profundamente ofendido:

—Eso es algo entre él y yo.

—Bueno, a mí también me incumbe.

—Sí y a mí. Si quieres trabajar, estás en tu derecho. Pero si de todo lo que ganas no ahorras nada para nuestro beneficio mutuo, yo tengo el derecho de pedirte que te quedes en casa y me des uno o dos hijos. Yo los mantendré a todos con mucho gusto, a ti y a ellos.

—Algo se quema en la cocina —anunció Norma, desde abajo—. He apagado la hornalla, pero me parece que el guiso está arruinado.

Ambos corrieron a la cocina; estaba llena de humo; la cacerola, chamuscada.

—¡El guiso de carne! —se lamentó Amanda—. Lo había puesto a calentar.

—Dame unas hamburguesas para hacer a la parrilla. —Larry se hizo cargo, todavía enojado. —Tendré que hacerlas afuera. ¿Dónde están mis guantes? Hace un frío terrible. Eh, ¿qué hay en esta caja?

—Deja eso, ¿quieres? Toma tus guantes.

—Quiero saber qué hay en esta caja.

—No tiene importancia. Estoy muy ocupada para abrirla ahora.

Norma, de pie en el rincón más próximo a la puerta, parecía nerviosa.

—Por si quieres saber lo que pasa —le dijo su hermano—, me inquieta la manera en que mi esposa gasta el dinero. Tiene tanta ropa que bien podría abrir una tienda en la casa.

¡Sabroso bocadillo para que masticaran sus amigas! Aunque Cecile no lo disfrutaría, pensó Amanda. Norma, probablemente sí. Con la vida monótona que llevaba, no debía de tener mucho de qué hablar. Y de su propia boca surgieron las palabras como si fueran balas.

—¿Crees que tengo demasiada ropa? No sabes lo que dices. ¡Deberías ver lo que compran algunas mujeres! ¡Lo que veo yo todos los días!

—Estás hablando de un vecindario donde la gente es rica desde hace tres generaciones. Si no puedes aceptar que somos de otra clase, renuncia al empleo. Quien no soporta el calor no debe entrar en la cocina.

—Hablando de cocina, mira a tu alrededor. Tenemos que cambiar el piso. Mira esto. Y ya que estás, echa un vistazo a los armarios, las persianas nuevas, el juego de comedor diario... Las mejores cosas que hay en esta casa son las que compré yo.

—¿Yo te las pedí? Eres tú la que quiere tener cuanto artefacto anuncia la publicidad. No digo que yo no quisiera comprarlos, si estuvieran razonablemente a nuestro alcance. Pero no podemos. ¡A ver si lo entiendes!

—Podríamos, si tu padre te pagara lo que mereces.

—¿De qué diablos estás hablando? Me paga muy bien.

—No es cierto. No es justo contigo. ¿Recibiste algún premio por esas dos grandes operaciones que hiciste? No. Deberías hablar con él.

—No te metas en esto, Amanda.

—Si no tienes coraje para hablar con él, tal vez deba hacerlo yo.

—Me parece que estás perdiendo la cabeza. Te he dicho que no te metas en esto.

Larry salió al jardín dando un portazo. Siguió un silencio largo, hasta que Amanda lo quebró.

—No vayas a pensar que siempre pasa este tipo de cosas entre nosotros, Norma. No es así. Últimamente ha estado muy tenso —dijo, aunque no era cierto.

—Oh, ¿quién conoce a Larry mejor que yo? Es encantador, pero terco. Una vez que se convence de algo no hay quien le haga cambiar de opinión.

Amanda sonrió para sus adentros. Larry era tan maleable como la masilla; bastaba con poner un poco de paciencia y él cedía. Claro que lo mismo pasaba, en cierto grado, con casi todos los hombres, ¿no?

—Desde que era niño ha tenido que adaptarse, ¿sabes? Y yo también, sólo que la situación del varón es psicológicamente distinta de la de una niña. No siempre era fácil convivir con nuestro padre, como has visto. En los últimos tiempos ha cambiado mucho, pero cuando éramos niños solía ser muy crítico. Quería que todo se hiciera correctamente. Probablemente ahora Larry está actuando así contigo.

"Más psicología de aficionados", pensó Amanda. "Ahora todos son expertos. Si lees un artículo de cualquier revista, inmediatamente pasas a ser psicólogo".

Mientras ella ponía la mesa, Norma iba tras ella de un lado a otro, hablando con seriedad.

—Pese a lo que acabo de decir, él siempre fue un padre muy responsable. Cuando un hombre enviuda tan joven, generalmente vuelve a casarse. Él, nunca. Sin duda le preocupaba que una madrastra quisiera hijos propios y nos descuidara a Larry y a mí. Tampoco nos levantaba la voz. Nunca. Siempre fue bueno, pero frío y callado... Oh, Dios, no necesito decirte más, ¿cierto?

No, por cierto.

Pero Norma aún no había terminado.

—Te cuento todo esto por lo que dije antes: que el padre puede influir sobre el hijo, convirtiéndolo en su opuesto o en una copia de sí mismo. Pero este último año se diría que el padre está copiando un poco al hijo, ¿no? Eso de llevarnos a cenar, a espectáculos, es algo tan novedoso... —Se interrumpió. Luego, con nerviosismo en la voz, preguntó a Amanda si realmente pensaba lo que había dicho sobre el sueldo de Larry. —Él no querría ofender a papá ni encolerizarlo, ¿comprendes?

—Por supuesto que comprendo —replicó su amiga, disimulando la impaciencia. Norma tenía buenas intenciones, pero a veces aturdía diciendo cosas que ya se sabían.

El aire frío debió de aclarar la mente de Larry, pues cuando entró, trayendo una bandeja con hamburguesas, parecía algo apaciguado.

—¿Patatas fritas? ¡El mejor perfume que se pueda comprar! —exclamó, olfateando—. Bueno, como estaba famélico, ya he probado una hamburguesa y me siento más normal.

"Al corazón del hombre se llega por el estómago", dijo Amanda para sus adentros, citando a su madre.

Larry invirtió el frasco para echar ketchup a sus patatas; de pronto parecía sólo un niño hambriento. Cuando su mirada se cruzó con la de Amanda sonrió débilmente, apocado.

—No me has dicho qué hay en esa caja.

—Porcelanas. Voy a devolverlas.

—¿Qué clase de porcelanas?

—Un par de platos.

Tenían un diseño en relieve, hecho en el siglo XVIII para un aristócrata inglés que era ciego. Ella, que había leído sobre esas piezas, las reconoció a primera vista.

—¿Te gustan? ¿Las quieres de verdad?

—Me gustaban, pero ya no me interesan tanto —y era verdad.

Él asintió.

—¿Y la chaqueta anaranjada?

—No es anaranjada. Y no la quiero. —Pero eso no era verdad.

Él dijo en voz baja:

—Consérvala. Debes de haberla deseado mucho para pagar tanto por ella.

Media hora antes ambos ardían de cólera. "La cólera es simple", se dijo Amanda; "es fuerte y te llena. Pero cuando se va, todo tipo de sentimientos confusos se precipitan a ocupar su lugar: vergüenza y culpa, arrepentimientos y ansias, piedad y... sí, también una especie de amor".

Por algún motivo, la cena de Navidad, que siempre se celebraba a la manera tradicional, fue ese año sutilmente distinta. Amanda miró en derredor, enumerando las diferencias.

El salón estaba iluminado exclusivamente por velas. Debían de ser dos docenas, cuanto menos; lanzaban un resplandor vacilante sobre las rosas, raramente opulentas, que adornaban el centro de la mesa, y también a las caras que la rodeaban. El champagne era, esta vez, una marca importada de las más costosas; la divirtió pensar que unos pocos años antes no habría reconocido ese nombre. Trabajando diariamente en la *boutique*, una recogía una pasmosa cantidad de información.

Ese año también había cambiado la distribución de asientos. Los sitios de honor, a ambos lados del anfitrión, siempre habían sido asignados a dos respetables primos ancianos. Esa noche, en cambio, eran Norma y Amanda (con Larry al otro lado) quienes los ocupaban.

—Bien —dijo L.B.—, ¿qué opinan del postre?

En una bandeja de plata, ante él, tenía un largo *bûche de Noël*, de rico y suave chocolate, en un marco de acebo. Ella también lo reconoció, pues lo había visto cierta vez en que L.B. los llevó al mejor restaurante francés de la ciudad.

—Es mi favorito —le dijo.

—Eso me parecía. El tuyo y el de Norma.

—Lo de esta noche es un festín, un banquete —murmuró Larry al oído de su mujer, como si él también percibiera algo diferente en la atmósfera.

L.B., más conversador que de costumbre, retenía la atención de todos. En realidad, se mostraba vivaz; su cara aguileña, bien torneada, relajada por las sonrisas, parecía más joven que nunca; habría podido pasar por el hermano mayor de Larry. Amanda se dijo que era como si, de pronto, hubiera decidido ser el centro de la reunión, en vez de mantenerse en el papel de espectador agudo, tal vez crítico. De pronto tuvo una sospecha totalmente infundada, que descartó de inmediato: tal vez su suegro tenía alguna aventura amorosa. Pero más probablemente era sólo efecto del champagne.

Después de la cena siempre se repartían regalos en la sala. Los primos recibían recuerdos adecuados: libros, corbatas y objetos diversos (o más prácticamente, vales de compra), siempre escogidos por Norma. Pero esa noche, al final de la lista, hubo una gran sorpresa, pues L.B. obsequió a Norma, Larry y Amanda tres cajitas de terciopelo.

Los tres intercambiaron una mirada de sorpresa, mientras L.B. esperaba, complacido y expectante como los adultos en un cumpleaños infantil.

—¿Qué esperan? —interpeló, disfrutando de aquello—. ¡Ábranlas!

Larry encontró en su caja un par de gemelos de oro; después de agradecerlos, comentó que ahora tendría que usar puños franceses.

—Tendré que comprar camisas nuevas —dijo, fingiéndose quejoso.

Norma sacó de su cajita una hermosa cadena de oro, con un pendiente de diamantes engarzados en forma de corazón. Amanda había recibido lo mismo. Después, ante la sonriente mirada de los primos ancianos, L.B. abrochó la cadena al cuello de su hija, donde desapareció bajo el cuello alto del suéter rojo.

—No se luce —comentó, besándola en la mejilla—. Tendrás que usarlo con otro tipo de vestido.

El vestido de Amanda, de terciopelo rojo, estaba cortado de tal modo que el pendiente quedaba chispeando exactamente donde se iniciaba su discreto escote. En el alto y anticuado espejo que pendía entre las ventanas, ella tuvo una fugaz visión de sí misma, con L.B. inclinándose hacia su cuello para abrocharle la cadena. Por su cabeza cruzó un pensamiento ridículo: "Nunca he sentido su contacto". Y rogó que no la besara en la mejilla. Aunque se avergonzó de esos extraños pensamientos, fue un alivio que él no lo hiciera.

Cuando todos abandonaron la casa, había comenzado a nevar. Los primeros copos, vacilantes, se arremolinaban en el suelo. A lo largo de la ruta, las casas expulsaban a la gente que había estado celebrando, como ellos. Amanda experimentaba un grato entusiasmo, que no esperaba sentir.

—Te fue bastante bien —comentó Larry, ya en el dormitorio—. Es una buena alhaja.

Y le hundió un dedo frío en el escote, riendo. A veces actuaba de un modo muy irritante.

—Me estoy congelando. Acostémonos pronto, ¿quieres, tesoro?

—Tengo que prepararme un té caliente y tomar una aspirina, Larry. No me siento del todo bien.

—Tal vez comiste demasiado. O bebiste mucho champagne, como yo.

—No, lo más probable es que sea un virus. Lo que necesito es una aspirina y descanso.

Simplemente, esa noche no quería lo que él deseaba. Pero mañana se portaría bien y lo compensaría.

"En realidad no me conozco, pero casi siempre pienso que sí. Sé que deseo demasiado y creo entender por qué, pero tal vez no lo entiendo. Por ejemplo, habría supuesto que ese pendiente me haría enormemente feliz, porque los diamantes estaban muy fuera de mi alcance; sin embargo, cuando lo miro me siento abatida. Sí, ésa es la palabra: abatida. ¿Acaso creo no merecerlo? Sin embargo, eso no tiene sentido, porque en realidad nadie *merece* lujos".

Tales eran los pensamientos de Amanda el domingo siguiente a la Navidad. Larry había ido con un cliente a visitar una propiedad; Norma la había invitado a patinar sobre hielo, pero estas ideas la ocupaban demasiado como para aceptar. Por eso prefirió salir a dar un paseo en auto.

¿Qué habría inducido a L.B. a hacer eso? Posiblemente sentía un poco de pena por Norma. Larry siempre comentaba que él estaba preocupado por su hija. De cualquier modo, obviamente podía permitirse el gesto. De lo contrario no habría gastado tanto.

Por fin, sus pensamientos volvieron a la horrible pelea de la otra noche. Las peleas le daban miedo. Se había criado en una casa llena de ellas, ninguna tan seria como para provocar una ruptura; sólo riñas nerviosas, rápidamente resueltas... pero nunca olvidadas. (¿Tal vez por eso, una vez lejos de casa y en la universidad, se había destacado por su buen carácter?) De cualquier modo, la reyerta con Larry no debía repetirse. Él tenía razón al atacarla por no haber ahorrado casi nada de su sueldo. Y ella estaba en lo cierto al quejarse de que trabajaba demasiado por muy poco.

Larry temía a su padre y temía reconocerlo. Oh, sí, tanto Norma como él se apresuraban a asegurar que L.B. siempre los había tratado muy bien. Pero en ese caso ¿qué era lo que temían? Sólo su actitud orgullosa, cierta altanería, como la del jefe de familia en siglos ya pasados. Los dos eran demasiado sensibles, aunque superficialmente Larry no lo pareciera; ella había convivido con él por el tiempo suficiente como para saberlo. Su madre debía de haber sido un alma tímida. Y los hijos se le parecían; en todas sus fotografías se veía a Norma y a Larry.

"En verdad creo que debería hablar con L.B.", se dijo al rodear la esquina, cuando la mole parda que era la casa de los Balsan apareció en lo alto de la calle. "Sí, hablaré con él", declaró, acercándose. Ahora tenía sus propios ingresos y, en caso necesario, podía mantenerse sola; no era ya la visitante de aquella primera vez, con aquella inolvidable maleta, vieja y ruinosa. Muy consciente de la diferencia entre el entonces y el ahora, subió los peldaños del frente.

El ama de llaves, al abrir la puerta, pareció sorprendida por esa irrupción de Amanda.

—Bueno, sí, el señor Balsan está en casa —la amonestó—. Como usted sabe, todos los domingos lee su diario temprano por la mañana.

—No lo entretendré por mucho tiempo.

—Bueno, está en el jardín de invierno.

Parecía un cuadro, el tipo de tema que Wyeth habría podido pintar: un hombre en un sillón de respaldo alto, que sólo dejaba ver su coronilla y sus largas piernas, sentado con sus dos perros frente a una ventana, tras la cual se veían ramilletes de nieve apretados en los tejos. Al oírla se levantó, con expresión de alarma. Ella se apresuró a decir:

—Todo está bien. Sólo quería hablar un minuto con usted.

—Bien, siéntate. A las diez tengo que salir —añadió él, señalando el reloj de la pared.

Ahora que estaba allí ya no sentía tanta confianza en sí misma. De perfil, la cara de su suegro parecía adusta, como esos rostros altaneros de las monedas antiguas. Se arrepintió de no haber ensayado una manera de abordar el tema antes de ese impetuoso intento. Y abruptamente, con un pequeño sobresalto, se le ocurrió que nunca antes había estado sola con L.B.

—¿Y bien, Amanda?

Algún instinto le ordenó mantener la espalda erguida, ir directamente al grano y acabar de una vez. Lo peor que podía suceder era recibir una respuesta negativa y áspera. La desaprobación podría tornar incómodos los contactos futuros, pero eso sería todo.

—Creo que Larry debería recibir un sueldo más alto. Es el único responsable de la nueva sucursal y nunca se le ha dado un aumento.

—¿Está disconforme? —Los ojos brillantes se ensancharon con la pregunta. —¿Y te ha enviado a hablar conmigo? ¿En vez de hacerlo él mismo?

—Oh, no. Él no tiene la culpa. No sabe nada de esto. Y no está disconforme. Adora su trabajo. Ahora mismo, domingo por la mañana, ha salido con un cliente.

—Entonces la insatisfecha eres tú.

—Pero no por mí misma.

Hubo una larga pausa. Ella se mantenía inexpresiva, consciente de un silencioso escrutinio.

—No te creo. Esto es por ti. Tienes gustos caros. Tengo ojos y sé ver.

Amanda tuvo la curiosa sensación de que él no estaba enfadado; por el contrario, se reía secretamente de ella.

—No es por mí —insistió—. Le estoy diciendo la verdad.

—Oh, qué coraje el tuyo, Amanda. Nunca viviste tan bien. Y sin embargo quieres más.

Eran palabras hirientes. Los ramilletes de nieve habían empezado a centellear, al pasar el sol más allá de los tejos, y le estaban provocando un dolor de cabeza. ¿Cómo se le había ocurrido venir a suplicar por Larry? Los magros ahorros de su marido, la extravagante chaqueta anaranjada (que no era anaranjada, por cierto) se habían unido en mutua oposición. No obstante, eran parte de lo que la había llevado hasta ese lugar.

—Qué coraje tienes —repitió él—. No creo que haya muchas mujeres capaces de presentarse ante el jefe de su esposo para quejarse del sueldo.

—Pero usted es su padre. No es lo mismo.

—¿Tan íntima te crees?

Él había contraído los labios en algo que podía ser el comienzo de una sonrisa o de una carcajada. En todo caso, era un gesto cáustico, que hizo subir una oleada de sangre caliente a la mareada cabeza de Amanda.

—Respetuosamente íntima —dijo, complacida por hallar tan pronto una respuesta adecuada y cortante—. Sólo trataba de que se hiciera justicia.

Otra vez esa contracción de los labios. ¿Revelaba una diversión sarcástica o sólo diversión, sin sarcasmo?

L.B. se puso de pie y Amanda lo imitó. Ambos quedaron enfrentados. Como era obvio que ella esperaba una respuesta, él la dio.

—Digamos que has hecho un buen intento.

—¿Eso es todo?

—Eso es todo.

La había hecho pasar por tonta. Ahora ella sólo quería huir de su presencia. Sin ninguna intención de despedirse, giró para caminar hacia la puerta. Pero recordó algo que la hizo detenerse.

—Por favor, que Larry no sepa que vine. Prométame eso, por lo menos.

—Te doy mi palabra.

En el vestíbulo del frente había otro espejo. Al parecer, a la madre de Larry le había gustado decorar la casa con ellos. En el instante que L.B. tardó en hacer girar la llave, el cristal reflejó su cara patricia, alerta, justo por encima de la de ella, que aún estaba arrebolada bajo una diadema de cabellos revueltos por el viento.

—Ten cuidado. Los peldaños están resbaladizos —advirtió él.

Amanda no respondió. La puerta se cerró tras ella con un chasquido agudo. La entrevista había sido breve, pero le llevaría mucho tiempo olvidar el bochorno, si acaso lograba olvidarlo.

Ya avanzada la tarde del lunes, Larry llegó a casa con una novedad. Apenas hubo cruzado el umbral la anunció a gritos.

—¡Tesoro! No vas a creerlo, pero me han aumentado el sueldo. Diez mil dólares al año. ¡Así nomás, como llovido del cielo! Más aún, papá dijo que debería haberlo pensado antes. ¿No te parece increíble?

Allí estaba, sonriendo de oreja a oreja en su entusiasmo. No parecía otra cosa que un niño grande, gordo y bonachón. Y Amanda se alegró por él.

Pero ¿qué demonios había conmovido a L.B.? ¡Oh, la gente! Nunca se sabe lo que pasa dentro de una persona. En realidad, con frecuencia no se sabe lo que pasa dentro de uno mismo.

Capítulo Once

—¿Dónde estás? —preguntó Cecile.

—En la escuela; es la hora del almuerzo y estoy usando mi teléfono celular. No veía la hora de hablar contigo. ¿Cómo estás? ¿Cómo marcha todo?

—Estoy bien, todo está bien. Llegamos ayer, ya pasada la medianoche, pero fue estupendo. Nos hizo mucho bien estar lejos, al sol. En realidad, Peter lo necesitaba más que yo. ¿Sabes que perdió cuatro kilos mientras estuve enferma? Y si hay alguien que no necesitaba adelgazar, ése era él.

Ante Norma pasaron horribles imágenes de Cecile en el suelo, ensangrentada, y Peter en el hospital, inclinado hacia su cara blanca.

—Me alegro. Les hacía falta a los dos.

"Hasta la amiga más querida", pensó, "sobre todo la que parecía bendecida con la invulnerabilidad, se torna más preciosa después de sufrir una desgracia".

—Nadé, practiqué buceo, bailé. Lo único que no he hecho es jugar al tenis, pero lo haré muy pronto.

—Me alegro —repitió Norma.

—Cuando nos cansamos de la isla, en el camino de regreso, nos desviamos para pasar algunos días no lejos de Nueva Orleans, donde Peter ha remodelado esa serie de casas victorianas. ¿Recuerdas que te mostramos algunas fotos? Bueno, ahora no las reconocerías. Cada casa tiene un pequeño jardín entre la puerta principal y la acera, de modo que toda la calle está llena de flores; hay de todo, desde malvas a pensamientos. Peter sacó una tonelada de fotos para mostrar a unas personas que están tratando de restaurar otros vecindarios antiguos.

—Tal vez algún día se ocupe de la Avenida Lane. ¡Falta le hace! —rió Norma—. Recuerdo cuánto temía no poder pagar esa casa.

—Bueno, aún tenemos que manejarnos con mucho cuidado, Norma. Le dije que tal vez ahora convendría venderla —hubo un suspiro audible—. Es demasiado grande para nosotros dos. Pero él no quiere oír hablar del tema. Está seguro de que la próxima vez tendremos mejor suerte. Y no quiere que toque el cuarto de los bebés. "Deja la puerta cerrada, para que no sea un recordatorio constante", dice, "hasta que necesitemos todo eso otra vez". Pese a su cautela, Peter es un verdadero optimista.

—Y tiene razón.

—Lo sé. Me maravillan las cosas que se ven en el hospital donde trabajo, el esfuerzo que hace la gente, lo valientes que son muchos de ellos. Pienso volver el lunes próximo. Lo echo de menos. Pero no hablemos más de mí. ¿Cómo está Amanda? Esta noche la llamaré. ¿Pasaron la Navidad juntos, como de costumbre?

—Como de costumbre, sí. En casa de papá. Fue encantador. —Algo la obligó a continuar. —En cuanto a Amanda, está muy cambiada. Las dos comentamos que gastaba mucho. Pero últimamente eso ha empeorado hasta lo repulsivo. Ella y Larry tuvieron una pelea horrible, justo antes de Navidad.

¿Por qué se sentía compelida a hablar de Amanda? Por lo general desdeñaba ese chismorreo vulgar "entre mujeres". Aun así continuó:

—Casualmente yo estaba allí. Y lamento haber ido, porque de verdad, de verdad, fue horrible. ¿Puedes creer que no ha ahorrado un centavo de su sueldo? Ha estado comprando de todo en esa tienda, y ya sabes los precios que tienen. Con lo que compra, cualquiera llenaría tres veces su ropero.

—Trata de comprender. Nunca tuvo nada.

—Siempre dices lo mismo. Hay mucha gente que nunca tuvo nada... cuando menos, de las cosas que ella quiere. ¡Ni que fuera la amante emperifollada de algún antiguo potentado, en medio de la feria!

—Norma, te estás tomando las cosas demasiado en serio. Como siempre.

"Tal vez me tome las cosas demasiado en serio", pensó Norma, "pero Cecile simplifica demasiado. Como siempre".

—En realidad, Norma, la verdad es que te preocupas por tu hermano. Temes que ella no lo haga feliz. ¿Cómo acabó la pelea?

—Bueno, debo admitir que ahora todo parece estar bien. Desde el estallido ella no ha comprado gran cosa.

—¿Cómo lo sabes?

—Me lo dijo ella. Ha de lamentar que haya sucedido delante de mí.

—Sin duda. Pero escucha: las parejas se pelean y un momento después ya no lo recuerdan. Como bien sabes, Peter y yo reñimos mucho por la compra de la casa. Sin embargo, ahora apenas recuerdo cómo empezaban esas reyertas ni qué nos decíamos.

—Esto es diferente. Lo siento en los huesos cada vez que nos reunimos. Y ya no nos vemos tan a menudo. A ella le encantaba que papá nos invitara a todos a cenar en un buen restaurante francés, pero las últimas veces siempre ha dado una excusa: que tenía un compromiso previo con amigos, que se estaba por resfriar... Es que no quiere vernos.

—Como sea, no se puede hacer nada. Analizas demasiado, Norma. Hurgas demasiado a fondo. Ocúpate de ti misma.

—Oh, me estoy ocupando, sí. He comenzado a escribir un libro de latín para principiantes, algo muy distinto de lo que se utiliza ahora... Oh, allí suena la campana. Llámame en el fin de semana, si tienes tiempo.

Después de cortar, Norma pasó algunos minutos con el teléfono en la mano. Tal vez era cierto que analizaba demasiado. En lo referido a esos últimos acontecimientos, había hecho sus buenos análisis, en verdad. Le molestaba algo de lo sucedido durante aquella cena de Navidad, y ella permitía que siguiera carcomiéndola.

¡La pinta que tenía Amanda con ese pendiente de diamantes, el vestido de terciopelo rojo y el fuego de su mirada! En la sala, después de cenar, jóvenes y viejos miraban por igual, con abierta maravilla, la imagen sonriente que ofrecía, mientras papá le abrochaba la cadena al cuello.

La carcomía, sí. Al recordarlo, Norma se extrañó de que pudiera perturbarla tanto. "Tal vez", pensó, "porque resulta fácil no envidiar la belleza de una mujer cuando es tan pobre como lo era Amanda en la universidad. Pero ella ya no es pobre... Y yo debería avergonzarme".

Esa misma tarde, mientras corregía una pila de exámenes, Lester Cole pasó por el corredor. Al verla sentada a su escritorio, entró diciendo:

—Debes de querer mucho a la escuela, puesto que sigues aquí a estas horas.

No era la primera vez que hacía un comentario similar. Tal vez lo intrigaba el motivo por el que ella se quedara a menudo hasta tan tarde, pensó Norma. Y ella no podía explicarle que el aula, aun en oscuros días de invierno como ése, era más alegre que su casa, siempre vacía, salvo por la presencia invisible de Elsa, en la cocina. El silencio era tal que hasta el crujido ocasional de la madera la sobresaltaba. Aquí, en cambio, había gente que caminaba y dialogaba en los pasillos; los maestros se reunían con los padres, los alumnos se demoraban trabajando en el periódico escolar.

—La escuela me encanta, sí —respondió sencillamente—. Ha sido mi hogar desde el jardín de infantes.

Para sorpresa suya, él acercó una silla y tomó asiento.

—Me han contado algunas cosas interesantes de ti —dijo, cordialmente—. Así que estás escribiendo un libro de latín. Impresionante.

Ella se sintió ruborizar.

—Es muy elemental. No soy una gran clasicista.

—No te desprecies —reprochó él, suavemente.

—Nada de eso. No hago más que verme con claridad. Cuando visitas Roma o la antigua Grecia y ves...

Él la interrumpió:

—¿Has estado allá?

—Sí, y también en Sicilia; en Agrigento, el verano antes de iniciar la universidad. Me arrepentí de no haber estudiado griego. Tal vez lo haga algún día, pero ahora no.

Se preguntaba qué hacía él sentado allí, tan relajado como si pensara quedarse un rato. ¿Tal vez ella habría cometido alguna ofensa? ¿Algún padre se habría quejado de ella? Sin duda Lester estaba allí para una conversación muy seria.

—Otra cosa interesante que me han contado es que tienes memoria fotográfica. ¿Es cierto?

Aun desconcertada, ella respondió:

—Sí, parece que recuerdo todo con mucha facilidad. Pero no es mérito mío. Es como nacer con facilidad para correr de prisa.

Lester sonrió.

—Yo diría que es algo diferente. Siempre me ha fascinado la memoria, el hecho de que un actor pueda repetir cientos de líneas, por ejemplo. No me explico cómo lo hacen, si diez veces al mes yo no recuerdo dónde puse las llaves del auto. Por eso me gustaría saber cómo lo haces. Claro que estoy diciendo una tontería, porque no puedes decirme cómo. Pero ¿te molestaría hacerme una demostración?

—No es ninguna molestia —aunque Norma se sentía naturalmente halagada, aquello también la divertía, aunque sólo un poquito.

Cole se acercó a una estantería y retiró, al azar, un ejemplar de la Constitución.

—¿Qué te parece esto?

—Cualquier cosa sirve. ¿Qué página?

—Cualquiera. Veamos ésta. ¿Cuánto tiempo necesitas?

—Dos minutos, digamos.

Consciente de que él la estaba observando, la muchacha recordó súbitamente que no se había peinado desde la hora del almuerzo. Bueno, ya era demasiado tarde. Y comenzó a concentrarse en la página.

De cara al muro opuesto, cerró los ojos, dejando que la vívida imagen de la página se irguiera sola, sin obstáculos.

—Se acabó el tiempo —dijo Lester, recuperando el libro. Él también parecía divertido.

—Aquí va. Comienza en medio de una frase: "... nadie que detente cargos públicos puede aceptar regalos de rey alguno o de Estados extranjeros sin el consentimiento del Congreso. Ningún Estado puede establecer tratados, acuñar moneda ni otorgar títulos nobiliarios. Ningún Estado, sin el consentimiento del Congreso, puede cobrar aranceles de importación. Ningún Estado puede hacer pactos con otro Estado, ni trabarse en guerra, mantener tropas ni naves de combate en tiempos de paz". Luego, en el medio de la página, dice: "Artículo Dos", el dos en números romanos. Luego dice cómo se elige el Presidente... Pero así no sirve. Los dos sabemos todo eso.

—Yo no sabía todo lo de la primera parte, en realidad. Pero voy a buscar otro libro. Aquí hay un cuento de Hemingway. Probemos.

Una vez más ella leyó hasta el anuncio: "Se acabó el tiempo". Luego habló.

—Alguien ve a un anciano sentado y le pregunta qué clase de animales eran ésos. La respuesta es tres, dos cabras, un gato y cuatro casales de palomas. Luego le dice que debe dejarlos. Hay guerra. Dice que el gato se las arreglará. Los gatos se cuidan solos. Está preocupado por los otros. En respuesta a una pregunta, dice que no es un político. Está cansado y se sienta. Pregunta adónde van los camiones. La respuesta es que van a Barcelona. Luego vuelve a decir que el gato se las arreglará, pero que está preocupado por los otros. El narrador cree que todos los animales se las arreglarán, dice. La última frase, al pie de la página, es una pregunta del anciano: qué harán cuando llegue la artillería, pues le han ordenado partir a causa de la artillería.

—¡Estupendo! —exclamó Lester—. Noventa y nueve por ciento de exactitud. Bueno, noventa y cinco. Omitiste la edad del viejo.

Norma arrugó el entrecejo y reflexionó por uno o dos segundos.

—¿Setenta y seis? —preguntó.

—Setenta y seis, correcto.

Después de reponer el libro en el estante, él añadió:

—Me asombras. Tienes una maquinita maravillosa dentro de la cabeza.

Tal vez era cierto, pero en ese caso, ¿por qué se sentía tan torpe? Tan torpe que no podía aceptar un cumplido con elegancia y pasar a algún tema entretenido. No sabía desempeñarse en sociedad. La inhibía la mera presencia de ese hombre tan simpático. Y allí quedó, mirándose las manos extendidas sobre el montón de papeles. Estaban bien manicuradas, gracias a la insistencia bien intencionada de Amanda.

—No te avergüences —la regañó Lester.

—Nada de eso. —Tenía que defenderse. —No me avergüenzo —aseguró.

—De acuerdo.

Norma se preguntó qué pensaría de ella, en realidad. Cuando empezaba a desear que desapareciera, él le preguntó si tenía hambre.

—Olvidé el reloj —dijo ella, sin que viniera al caso.

Él señaló el gran reloj de pared, por encima del pizarrón.

—¿Qué tiene que ver la hora? ¿No puedes tener hambre cuando te parezca, sin mirar la hora?

—Creo que sí, un poquito.

—Bueno, yo no almorcé y tengo hambre, decididamente. ¿Me acompañas a comer una hamburguesa en Stuffy? Nada del otro mundo; una simple hamburguesa.

¡Qué extraño era todo eso! ¿Qué pretendería de ella?

—Sí —aceptó.

—Deja esos exámenes. Puedes terminar mañana.

A la entrada de Stuffy había un espejo; al pasar, Norma vio que su pelo estaba en orden y sentadoramente curvado a lo largo de la mejilla. Le rodeaba el cuello un bonito pañuelo blanco y negro, regalo de Amanda, quien le había enseñado a atarlo.

"Las francesas saben hacer maravillas con tan poca cosa como un pañuelo", había dicho.

Ese breve vistazo a sí misma la animó. Más de una profesora joven quedaría atónita al verla allí con Lester Cole. Atónita y malhumorada, sí.

"Me asombras", había dicho él.

Si había un hombre que respondiera a la definición de intelectual, ése era Lester. Tal vez le interesaba conversar con ella porque, debido al libro de latín que ella estaba escribiendo, creía erróneamente que ella también lo era. Probablemente esa noche estaba de humor para una buena charla y eso era todo.

¡Por Dios, qué irritante, no tener idea de cómo comenzar! ¿Podía mencionar los titulares del diario? ¿O tal vez hablar de la segunda guerra púnica? Simplemente por estar con un hombre, no con otra mujer, su mente se detenía.

Súbitamente, a su azoro se mezcló el enojo. Vino con uno de esos claros vistazos a sí misma que habrían debido ser más frecuentes. ¡Pero si era absurdo sentirse tan intimidada por la vaga atención de ese hombre! Aun así, esperó pasivamente a que él hablara.

—Es obvio que te gusta enseñar —comenzó él—. Por desgracia, muchos lo hacen porque es una profesión respetable, con vacaciones largas.

Norma sintió que se le enarcaban las cejas ante ese raro comentario del vicerrector.

—¿Lo dices de veras?

—Bueno, no digo que sea la mayoría, pero hay muchos. Para quienes no gustan de competir, es más fácil. No es como estar en un bufete de primera, luchando por llegar a ser socio, por ejemplo. —Lester sonrió; en sus ojos había reminiscencia. —Mi padre siempre me acusó de buscar lo que él llamaba "el camino más fácil". Es abogado, desde luego.

—Bueno, yo no diría que la docencia es el camino más fácil, por cierto —protestó Norma.

—No, pero no hay choque de ingenios. No tienes que pasarte el día luchando. Lo que hacemos es ayudar a la gente. Enseñar es una tarea compasiva. Humana.

¡Ese tema sí que tenía vida! Le trajo a la mente un problema crónico con el que había vuelto a tropezar esa misma mañana.

—Pero cuando tratas de ayudar y te encuentras con oídos sordos, ¿qué puedes hacer? ¿Sentarte a observar mientras un ser humano va hacia la ruina? ¿Una chica de quince años que mira por la ventana con lágrimas en los ojos?

—Por casualidad, ¿se llama Jessie?

Norma quedó atónita.

—Caramba, sí. ¿Cómo lo supiste?

—He tenido algunas entrevistas con su madre. —El tono de Lester era sombrío. —Es todo un personaje, ¿no? Pobre criatura.

—He hablado con ella muchas veces, y también con su madre. Jessie sabe que necesita asesoramiento psicológico, pero su madre opina que no es necesario. Cree que Jessie debería "dominarse", simplemente.

—Dominarse. —Lester suspiró. —Sencillo, ¿no? Bueno, ¿hay algo que podamos hacer por Jessie? ¿Qué piensas?

Otra parte de la mente de Norma corría en sentido paralelo a la conversación. "Es realmente simpático. Creo que hay una timidez fundamental tras la autoridad que demuestra en la escuela. Ha de tener diez trajes diferentes, en todos los tonos del pardo, desde el tostado al caoba. Es curioso, lo diferente que se lo ve aquí, echando crema agria sobre su patata al horno y manchándose la corbata con una gota de café. En cambio, cuando está detrás del podio en las asambleas escolares, parece tan digno, casi austero... Sí, es realmente simpático. Y dialogar con él es fácil, muy fácil".

La concurrencia de Stuffy había llegado a su punto máximo y ahora el local empezaba a vaciarse; en el reservado, donde Norma apenas tenía conciencia del tiempo, la conversación había derivado de la escuela a un concierto, a una película vieja y a un campamento en Alaska.

Viendo que el camarero rondaba la mesa, Lester echó un vistazo a su reloj y se disculpó:

—Te he retenido más de dos horas, Norma. Ya no queda nadie más aquí. Están por cerrar las puertas.

Era inevitable caminar delante de él hacia la salida. Desde atrás sus piernas debían de parecer horrendas. Pero ¿por qué sólo desde atrás? Además, ¿era concebible que nunca, en esos tres años, hubieran llamado la atención de Lester? Aunque tal vez él nunca había reparado en ella tanto como para observarlas. En ese caso no habría una próxima vez. Después de darle las gracias, entre complacida y perturbada, Norma volvió a su casa.

—No viniste a cenar —dijo su padre—. Temía que te hubiera sucedido algo.

—Lo siento, papá. Debería haber telefoneado, pero nos pusimos a conversar y el tiempo se me pasó volando.

—¿Tú y quién?

Al enterarse, él hizo un gesto de aprobación. En sus ojos había un pequeño destello.

—¿Sabes quién es? El hijo de Alfred Cole. Cole, el de Armistead. Uno de los cinco o seis bufetes más importantes del estado. Tenemos mucho trato con ellos; por cuestiones de bienes raíces, desde luego. Se dice que él siempre quiso que su hijo se incorporara a la firma, ¿sabes?

Cole, el que había cometido esa *gaffe* horrible en la boda de Cecile.

—Sí, él me lo dijo.

—Bueno, mientras sea feliz allí, en la escuela... ¿Te gusta?

—Sí, pero... —Como la expresión de su padre revelaba demasiada ansiedad, ella se ocupó de sofocarla con las palabras siguientes: —Por favor, papá, no te hagas ilusiones. Por favor. Comimos una hamburguesa juntos y discutimos cosas de la escuela. Eso fue todo.

—Bien, bien. Cada cosa a su tiempo, como siempre digo. Y nunca me hago "ilusiones".

Claro que no era cierto. ¡Se había hecho grandes ilusiones con respecto a Larry! Le costó tiempo aceptar a Amanda y, finalmente, recibirla bien.

"Y ahora que lo pienso", recordó Norma por segunda vez en el día, "desde Navidad Larry y Amanda casi no han pisado esta casa. Bueno, tienen su propia vida y sus propios asuntos, como debe ser. ¡Qué poco sabe una de los demás! Presentamos la superficie y, a menudo, bastante más que eso. Pero el motor, esa potencia ardiente y vibrante que nos mueve, permanece invisible".

Capítulo Doce

Abril fue frío. El cielo estaba muy bajo y cercano a tierra, como una manta gris, empapada. Los árboles goteaban. Luego comenzó una llovizna incesante. Amanda se levantó la capucha. Había salido a trotar, sin esperar tan mal tiempo, y estaba demasiado lejos de casa. Súbitamente cansada, se detuvo a descansar, recostada contra un alto muro de piedra.

A su modo, la escena era encantadora. Para empezar, el silencio. Nunca había mucho tránsito en las calles serpenteantes de ese suburbio; en mitad de la semana, a mediodía y lloviendo, era casi nulo. En el prado de la acera opuesta había narcisos que empezaban a florecer. Una pequeña familia de petirrojos buscaba lombrices entre el césped mojado. Pasaron dos niños en bicicleta, silbando; detrás de ellos volvió a cerrarse la quietud. "Un gran artista podría pintar este silencio", pensó Amanda. ¡Qué extraño concepto, pintar el silencio! Pero ella sabía lo que intentaba decir.

Mientras esperaba a que la lluvia cesara, su mente pasó sin meta de una cosa a otra: de la tienda, de los problemas que la buena de Dolly tenía con su novio actual, a la casa que todavía consideraba su hogar. ¡Qué lejos en el espacio y en el tiempo parecía haber quedado! Sus pensamientos saltaron al paquete que esa tarde llevaría a la oficina de Correos, antes de las cuatro, la hora de cierre. Luego pensó en las tres mosqueteras; ahora que lo pensaba, últimamente nadie mencionaba ese nombre. Más aún: hacía cuatro meses que no se reunían a almorzar. "Si todo hubiera salido bien, los bebés de Cecile ya tendrían casi cuatro meses". Norma salía con Lester Cole bastante a menudo, según los informes de Larry. "¿Por qué no me lo ha contado?", se preguntó Amanda. "De cualquier modo me alegro por ella. Es un alma buena, como Larry. Él quiere tener familia. Yo no. Mis mejores ratos son los que paso en el trabajo. Aun ahora, en mi día libre, preferiría estar trabajando".

Un coche pasó aminorando la marcha. Luego se detuvo y retrocedió.

—¡Amanda! Eres tú, ¿no? ¿Qué haces aquí? —la llamó L.B.

Ella habría preferido que no la viera, pero tuvo que acercarse al auto y responder.

—Espero que deje de lloviznar.

—¡Qué día para salir a trotar! Sube antes de que te empapes.

La radio del auto transmitía un concierto para piano de Mozart. La sorprendió que él escuchara música clásica; más aún, tuvo la sensibilidad de esperar a que terminara antes de apagar.

A partir de entonces pasó un par de minutos sin que ninguno de los dos hablara. El asiento delantero era un espacio cerrado y demasiado estrecho para dos cuerpos altos; al menos, eso pensó ella. Sin razón alguna recordó que, desde su casamiento, sólo había estado dos veces a solas con L.B.; la primera, aquella mañana en que había ido a pedirle un aumento para Larry. Se sentía tan incómoda que parecía retorcerse dentro de su ropa.

—¿Vas a tu casa, supongo? —preguntó él.

—Sí, pero ya casi no llueve. Si me deja en la avenida, me gustaría seguir trotando hasta allí.

—Es una tontería. De cualquier modo paso por tu casa al ir a la oficina. Pero antes debo hacer una pequeña parada; diez minutos, a lo sumo.

Era difícil contradecir a L.B. Ella lo sabía bien.

—Es una casa victoriana, construida sobre tres lotes. Ha estado en la misma familia por cuatro generaciones, pero los dueños actuales la han puesto en venta para mudarse al este. Son conservacionistas y sentimentales, por añadidura; gente muy interesante. No quieren venderla a cualquiera que pueda dividir el lote. Desde luego, en estos tiempos sería lo más práctico. Así que debo encontrar a alguien que quiera vivir en esta reliquia y mantenerla tal como está. Sería más fácil hallar una aguja en un pajar. Aun así, nunca se sabe.

En una calle ancha, donde se habían levantado casas nuevas entre viejas mansiones, L.B. se detuvo frente a una de las más grandiosas: una sombría mole de ladrillo oscuro, con su puerta cochera y un par de venados de hierro en el prado delantero.

—Pasa —invitó a Amanda—, así me dirás qué opinas. Sólo se me ocurre que podría comprarla una pareja joven, con mucho dinero, muchos hijos y mucha energía para gastar arreglándola. Tal vez.

Entraron en un ambiente amplio y alto, penumbroso y frío como el interior de un granero vacío. Pero a cambio del olor simple y penetrante del heno, allí se percibía una mezcla: polvo limpio, un leve aroma a especias de cocina, vaharadas de talco y perfume; ella imaginó que eran residuos y recordatorios de las vidas que habían transcurrido allí.

De pie en el centro del enorme vestíbulo, giró la cabeza hacia los grandes espacios vacíos a los costados. La ancha escalera debía de conducir a otros espacios inmensos. De pronto experimentó una vaga y romántica melancolía, como si desde algún rincón de esa casa desierta le llegaran voces y compases de música.

L.B. la miraba con curiosidad.

—¿En qué piensas? —preguntó.

Demasiado tímida para decir la verdad, ella dio una respuesta prosaica:

—En la construcción. Ya no se hacen casas como ésta.

—¡Muy cierto! Mira esas puertas: castaño macizo. Ven al comedor. Mira ese enmaderado. ¡Qué artesanía! —parecía entusiasmado—. Y el hogar de mármol. Supongo que esta coloración parda y blanca ha de ser bastante rara. Para mí es nueva, ¡y mira que he visto casas anteriores a la Primera Guerra! Fíjate en esos hogares. Hay uno en cada habitación; hasta en la cocina, frente a la cocina de carbón. Ven a ver.

La cocina era como un gran oso agazapado, se dijo Amanda, dejando que su imaginación se desmandara.

—La conservaban por sentimentalismo, supongo. La bisabuela debió de cocinar con ella. —L.B. se estremeció. —Aquí debe de hacer mucho frío en el invierno, aun ahora, con gas natural. Todo es demasiado grande: las ventanas y los techos, demasiado altos. ¿Quieres ver la parte alta?

Ella no tenía mayor interés, pero lo siguió por la empinada escalera. Recorrieron un largo pasillo, grandes dormitorios de techos altos y enormes baños anticuados, mientras él le señalaba cada detalle de estilo y construcción, como si estuviera tratando de venderle la casa. Amanda se desconcertó ante esa cordialidad, tan diferente de su distante actitud anterior (por no mencionar la réplica cortante de aquel domingo por la mañana) . De cualquier modo, no importaba.

¿O acaso importaba? Bueno, sí. Cuando una persona se comporta de manera inconsistente, llevando al desconcierto, es lógico que se quiera encontrar la explicación.

—Ten cuidado —dijo él, bajando la escalera delante de ella.

Bajo la chaqueta azul oscura, de buen corte, su espalda y sus hombros eran impresionantes. La reflexión podía ser absurda, pero no más que el comentario común de que los uniformes son afrodisíacos.

Él se detuvo al pie de la escalera para volverse hacia ella; como Amanda estaba todavía un peldaño más arriba, sus cabezas quedaron a la misma altura. La luz acerada de la ventana cayó sobre la cara de L.B. Asombrosamente, ella notó por primera vez que tenía la barbilla hendida. Era casi un hoyuelo, un rasgo extrañamente suave para ser visto en esa cara autoritaria. Resultaba extraño descubrirlo sólo ahora, después de tanto tiempo.

—Bueno, ¿la comprarías? —preguntó él, con un toque de risa en la voz.

—Con unos cuantos millones de dólares para refaccionarla —respondió ella, devolviéndole el humor—, se la podría convertir en algo delicioso. Lo primero que necesita son metros y más metros de colores intensos para eliminar este aire lúgubre. Después, alfombras, platería y muchas pinturas en estas largas paredes. La escuela del río Hudson vendría bien. Cuadros grandes, que cubran media pared cada uno.

—Sí, bastante. Para haberte criado en el campo, has aprendido mucho desde que viniste a vivir aquí. Hablas como si fueras decoradora de interiores.

—Me crié en el campo, sí —reconoció ella—. Pero en la *boutique*, entre esas mujeres, he visto cómo se vive en la otra mitad del mundo.

—Y aprendes de los libros. Dice Norma que tu casa se está llenando de libros.

Como él seguía bloqueándole el paso, Amanda no podía descender los dos últimos peldaños. Su mirada directa y audaz, tan típica en él, era un agudo recordatorio de aquel domingo humillante. Pero algo más, quizá la visión del hoyuelo recién descubierto, provocó en ella una audacia propia.

—Podría venir a ver la casa con sus propios ojos —dijo sin rodeos—. ¿Por qué se mantiene a distancia?

—Yo podría preguntarte lo mismo.

A falta de respuesta, la dio él:

—Porque tú (no Larry, sino tú) tampoco quieres verme.

—¿Qué deseos de verlo puedo tener? Cuando fui a pedirle por Larry me trató muy mal. Y luego le dio lo que yo le había pedido. Le dio más de lo que yo jamás habría pensado pedirle.

L.B. no respondió directamente. En cambio dijo:

—No estaba enojado contigo, sino conmigo mismo.

—¿Por no haber pensado en aumentar el sueldo a su hijo?

—Por eso... y por otras cosas —él se apartó para darle paso. Luego dijo, abruptamente. —No lo has visto todo. Atrás hay un porche grande, con buena vista a los jardines. Están descuidados, pero se los puede restaurar con facilidad.

En el tejado del porche, la llovizna había cedido paso al tamborileo de una lluvia fuerte; las nubes pasaban a toda carrera, oscureciendo visiblemente el este.

—Esto parece una tormenta, Amanda. Menos mal que pasé; de otro modo aún estarías trotando bajo la lluvia, a tres kilómetros de tu casa. Ven, te mostraré la biblioteca. Tiene estantes de piso a techo. Si compras esta casa tendrás que aprovisionarte de libros.

Ella no se sentía a gusto. La desconcertaban esas extrañas risas ocasionales, junto con el comentario hecho algunos minutos antes: "Estaba enojado conmigo mismo". No eran lo que fingían ser.

—Por lo que a mí concierne, ésta es la mejor habitación de la casa. No me molestaría tener una así. ¿Alguna vez viste ventanas como éstas?

No, por cierto. Un par de ventanas en ángulo recto llenaban el rincón, tocándose mutuamente, y traían al interior el cielo del oeste, aún rojizo ante la tormenta que avanzaba. El cielo, los árboles sacudidos, la lúgubre mansión, todo acentuaba su estado de ánimo; aquello parecía el temible escenario para un cuento de hadas de Grimm.

—Ojalá esa tormenta venga y pase de una buena vez —dijo.

—No parece que vaya a ser así.

Mientras él hablaba se oyó el estallido de un trueno; fue como si cien puños gigantescos, brutales, hubieran aporreado el techo. Un relámpago desgarró el cielo, como si apuntara hacia las ventanas.

—¡Apártate de esos vidrios, Amanda! Si te has criado en el campo, deberías saberlo. Ven hacia aquí.

L.B. estaba sentado en un sofá. Ella no se había percatado siquiera de que hubiera un sofá contra la pared opuesta.

—Es el único mueble en toda la propiedad. Deben de haberlo armado dentro de la casa. Tal como están puestas las puertas y los rincones, no hay modo de entrarlo ni de sacarlo de esta habitación. Mide cuatro metros y medio, cuanto menos. Cosa de locos.

—De locos, sí.

—Pero es cómodo y todavía está limpio. Los dueños se mudaron apenas la semana pasada.

Obviamente, si había un lugar donde sentarse no tenía sentido quedarse ante la ventana, contemplando la tormenta. Aun así ella vaciló.

L.B. volvió a hablar.

—Cambiaste de peinado.

—Me he dejado crecer el pelo. Ya no se riza tanto.

—De ambas maneras te sienta bien.

—Gracias —dijo ella, formal.

—¿Así que vuelve a usarse el pelo lacio?

La provocaba con humor, burlándose cordialmente de lo que probablemente llamaría "debilidades femeninas". Ella respondió en el mismo tono.

—Por supuesto. La última moda. Así soy yo. Paso la mejor parte de mi vida en una tienda de modas.

—¿La mejor parte? ¿De veras?

—Sí. Sí, de veras.

—Me parece triste, Amanda —dijo él, ya serio.

—¿Por qué?

—Significa que no estás contenta con el resto de tu vida.

¿Qué podía decirle? ¿Que su vida en casa era opaca y aburrida? ¿Que carecía de sentido? Larry era buen hombre, sí, el mejor; pero su contacto, que nunca la había seducido, era ya un fastidio; no, era algo aún peor, algo tan desagradable que ella hacía todo lo posible por evitarlo. Y Larry era demasiado obtuso como para percatarse de lo que estaba sucediendo. Por otra parte, era demasiado decente como para que ella le dijera la verdad. Así Amanda se enfrentaba a una pregunta sin respuesta, a una situación que, por orgullo, compasión o una mezcla de ambas cosas, no podía discutir con nadie, mucho menos con ese hombre.

Pero era culpa suya, por haber dejado deslizar ese imprudente comentario sobre "la mejor parte de su vida". Se había metido en ésas por un tonto desliz sobre la moda.

—¿Qué pasa, Amanda? ¿Qué problema tienes?

Las lágrimas afloraron sin que pudiera dominarlas, súbitamente.

—Nada —dijo, sacudiendo la cabeza—. No es nada.

—Tiene que haber algo. ¿Por qué no me lo cuentas?

—¿Cómo voy a decirle nada, después de la manera en que me trató?

—Ahora no te estoy tratando mal, ¿o sí?

—¿Qué importancia tiene? Fue cruel, horrible, y sin motivo.

—Lo sé y te pido perdón, Amanda. Pero debería explicarte por qué estaba enojado conmigo mismo y... ¿Por qué me miras así?

—Bueno, no hay aquí nadie más a quien mirar.

—O sea, si hubiera otras personas no me estarías mirando.

—Yo no dije eso —replicó ella.

Aquello era un duelo de esgrima. Se encontraban al borde de algo... ¿qué?, jugando a algo... ¿a qué?

—Qué descaro el tuyo —dijo L.B., con aquella mueca familiar de diversión en los labios—. Pero me gusta. Hasta aquella mañana, cuando viniste a verme, me gustó tu descaro.

Un segundo trueno salvaje sacudió la casa. Ante el relámpago que iluminó las ventanas, él gritó:

—¡Nunca te acerques a una ventana cuando hay tormenta eléctrica! ¡Ya te lo he dicho!

—Lo sé, lo sé. Me crié en el campo, ¿recuerda?

El viento y la lluvia repiqueteaban contra el vidrio. Se podía imaginar que la tempestad estaba dirigida contra ella misma, que ese viento quería azotarla, que sus rayos venían a quemarla hasta la ceguera. Silenciosos por la tormenta, se sentaron juntos, sin hablar.

De pronto, a pesar de sus advertencias, L.B. se levantó para acercarse a la ventana. Pasó largo rato allí, con las manos en los bolsillos. Amanda, desde el sofá, veía su cara de perfil. "Es el rostro de las monedas antiguas", pensó como tantas otras veces. "Orgulloso, cambiante, y también apasionado". Nunca hasta entonces se había permitido utilizar la palabra "apasionado" en relación con L.B. ¿Era acaso la tormenta, la casa extraña y vacía, las que sacaban a relucir, para desconcierto suyo, esos pensamientos locos, prohibidos?

No quería imágenes inesperadas, como las que experimentaba de vez en vez ante Peter Mack, o con el vecino que cortaba el césped en la casa de al lado. Quería borrar todo eso, borrarlo por completo; eran ideas inútiles; de ellas no podía surgir nada bueno. Y mucho menos cuando se referían a L.B., a su denso pelo negro, a su espalda alta y estrecha, a su contacto.

Sin embargo, en ese momento se estaba preguntando cómo sería sentir sus brazos rodeándola, y con quién se acostaría él, pues sin duda...

—Ya ha pasado lo peor —dijo él súbitamente—. Ahora es sólo lluvia, lluvia intensa.

—¿Ya podemos salir?

—Todavía es demasiado torrencial para los limpiaparabrisas. Espera un poco. —Volvió a sentarse. —Tal vez deba explicarte por qué dije que ese día estaba enojado conmigo mismo. ¿Quieres saberlo?

Aunque ese ridículo sofá podía dar cabida a ocho o nueve personas, su cara estaba a medio metro de ella. Frente a esa mirada fija, Amanda supo la respuesta. Como no dijo nada, él continuó:

—Estaba enojado conmigo por lo que pensaba de ti.

Se miraron con fijeza. Los ojos de L.B., clavados en los de ella, eran oscuros y vívidos. Ella habría querido apartar la vista, pero no podía.

—No quería verte. He estado luchando contra esto desde hace un año, cuanto menos. Después de esa Navidad... Estabas tan hermosa... Comprendí que no debía verte. Y a ti te sucedía lo mismo, Amanda. No lo niegues, porque lo sé bien.

Su corazón se agitaba de tal modo que debía de ser visible a través de la blusa fina. Y esas lágrimas renuentes, escondidas hasta entonces detrás de los párpados, fluyeron por fin, rodando por las mejillas.

—Ah, no —susurró él, acercándola a sí—. Mi encantadora Amanda...

Con facilidad, de buena gana, ella se movió entre sus brazos, encerrada en su calor, con su boca apretada a la propia. Supo vagamente que él le desprendía los botones y los cierres de la ropa; oía su voz murmurante. Y notó apenas su propio suspiro profundo, el palpitar de su corazón, el torrente de su sangre.

Cuando abrió los ojos, él la estaba mirando desde arriba, totalmente vestido. La había cubierto con su impermeable. Presa de pánico, exclamó:

—¿Cuánto tiempo he dormido?

—Unos diez minutos, quizá. No sé. Oh, Amanda, ¿qué puedo decir? Sucedió...

Ella se estaba ahogando en una oleada de terror.

—Oh, Dios mío —susurró.

L.B. se derrumbó con la cabeza entre las manos. Luego se dio una palmada en la frente; su cuerpo se sacudió.

—La culpa fue mía. Sólo mía —repitió.

Pese al espanto, ella pudo refutarle:

—No, fue mía también. Yo quería... —se interrumpió.

Sí, lo había querido y ahora lo sabía. Eso era lo que había imaginado, lo que le había faltado y, si hubiera dependido de Larry, jamás habría conocido.

Sin embargo se estaba ahogando; se debatía bajo las olas, llena de terror. Y seguía sentada allí, mirando fijamente a L.B.

Al cabo de un rato él reaccionó.

—Esto fue una locura —dijo—. Veámoslo de este modo: fue simplemente algo que sucedió. Estas cosas ocurren. Y luego —concluyó en tono firme— no vuelven a ocurrir.

—Lo sé.

El agua corría a borbotones por los desagües. En contraste con ese ruido, el silencio de la casa resultaba fantasmagórico. Por las largas ventanas entraba la luz de una tarde avanzada. La hora tardía aumentó en Amanda la sensación de fatalidad.

—Debo ir a casa —dijo—. Ahora mismo.

Cuando se levantó para abrocharse la ropa, L.B. trató de ayudarla, pero ella se apartó. Comprendiendo de inmediato, él dejó caer las manos. Mientras caminaban hacia el auto, Amanda miró con nerviosismo a ambos lados de la calle. Y él, comprendiendo también, le aseguró que nadie tenía motivos para sospechar.

—Soy sólo el agente de los propietarios, la única persona que tiene la llave, aparte de ellos. No temas, Amanda. Sólo tú y yo sabemos lo que sucedió. Nadie más lo sabrá nunca.

Ya estaban en el coche y ella seguía temblando. ¡Con el padre de Larry, por Dios! Si hubiera sucedido con otra persona habría sido deshonesto y desleal, pero así... *¡así!* ¡Oh, con cualquier otro hombre, pero no con el *padre de él*!

Viajaban en silencio; el perfil de L.B. se mantenía severamente fijo en la ruta. Pasaron varios autos: un transporte escolar cargado de chiquillos, el camión de la correspondencia y una camioneta de reparto que decía, con letras rojas: "Mercado de la Reina".

Pasada la tormenta, la gente estaba saliendo a la calle. Todo era normal. Tan normal como había parecido todo desde afuera, el día en que encontraron a Cecile en el suelo del baño, tendida en un charco de sangre.

—Voy a dejarte en la esquina de tu casa —dijo L.B.—, para que llegues a tu puerta caminando. Si alguien te pregunta dónde has estado hasta estas horas, di que saliste a trotar, di lo que se te ocurra, pero no ocultes que yo te traje a casa. Me crucé contigo en la calle hace algunos minutos y, como es natural, ofrecí traerte.

El corazón de Amanda empezaba a enloquecer otra vez.

—¿Y el tiempo intermedio? ¿Qué estuve haciendo durante la tormenta?

—Estuviste en la biblioteca. Te refugiaste allí cuando comenzaron los relámpagos —la miró—. ¿Estás bien? —y ante su gesto afirmativo—: ¿Segura de que estás bien?

—Forzosamente —dijo ella, enderezando los hombros encorvados.

—Eso es. Recuerda lo que te dije. Estas cosas pasan. La vida no siempre resulta como la planeamos. Pasan cosas. Pero siempre se recobra el rumbo.

—¿Qué aspecto tengo? ¿Se nota que he llorado?

—No. Finge que estás exhausta. Caminaste mucho, te encontraste en medio de la tormenta... Bueno, tú sabrás qué decir.

Cuando detuvo el auto le cubrió las manos con las suyas.

—Te aprecio mucho, Amanda; si te he hecho daño, si te he dado motivos de preocupación, lo siento profundamente —su voz, aunque disimulaba un leve temblor, era todavía grave y fuerte—. Sólo puedo decirte que no te preocupes. Por favor. Olvídalo. No sucedió. ¿Podrás hacerlo? ¿De acuerdo?

—De acuerdo.

Ella bajó del auto y lo siguió con la mirada hasta que él desapareció por la avenida. Luego giró en la esquina, hacia su calle. Apenas había dado unos pocos pasos cuando se encontró con otra desagradable sorpresa. El enorme y viejo sicomoro, frente a su casa, había caído cruzando el jardín en diagonal, con las ramas superiores a pocos centímetros de las ventanas del comedor. Unas cuantas personas se habían reunido a observar el desastre.

Larry, al verla, lanzó un grito y corrió hacia ella.

—¿Dónde cuernos estabas? Una mujer me telefoneó a la oficina para decirme lo del árbol, pero no fue muy clara. Temí que esto hubiera destrozado la casa contigo adentro —jadeaba—. Acabo de llegar, medio enloquecido, todavía no he entrado, ¿dónde estabas? —la aferró para besarla en ambas mejillas.

—Trotando, hasta que estalló la tormenta. Entonces me refugié en la biblioteca. Después, mientras venía caminando hacia casa, me encontré con tu padre, que pasaba por la Avenida Hampton. Él me trajo hasta aquí.

—Ah, bueno. Gracias a Dios.

Bien, la mentira había sido dicha y recibida sin dificultad.

—Caramba, qué suerte —comentó con calma—. Nos salvamos por centímetros. Voy a extrañar ese viejo sicomoro. Era encantador.

Los vecinos cloqueaban, maravillados.

—Vaya, vaya. Qué manera de arruinar el jardín, ¿no?

—Tendrán que volver a sembrar, pero crecerá muy pronto.

—Habrá que buscar quién serruche esto y se lo lleve. Costará unos cuantos dólares.

—Miren: el rayo partió el tronco hacia abajo, por el medio. Menos mal que no estabas en casa, Amanda. Te habrías llevado el susto de tu vida.

Sin embargo, habría sido mucho mejor quedarse en casa todo el día.

—Todo está bien si termina bien —dijo Larry.

Ella habría podido apostar a que diría eso. Lo repetía con cada desgracia, por leve que fuera.

La cena había terminado, y también el informativo de la noche. Larry había hecho y Amanda había escuchado los habituales comentarios sobre las noticias. Tanto la puerta principal como la trasera estaban cerradas con llave. Ya no quedaba nada por hacer para dar fin al día, salvo acostarse.

—¿Por qué no nos servimos un poco de helado, para variar, antes de subir? —sugirió él.

Ella habría querido advertirle que estaba engordando demasiado, pero sabía que eso lo resentía; además, no estaba de humor para discusiones. Y para ser justa, en realidad él no había engordado tanto; su constitución era regordeta; tenía huesos pesados, que lo hacían parecer muy ancho. De pronto recordó que, en otros tiempos, eso le había parecido "viril"; al menos, eso había querido creer. ¡Oh, cómo habían cambiado sus gustos! Ahora, al estudiarlo, sintió pena por él... y por todo.

—¿Qué te sirvo, querida? ¿Fresa, chocolate o qué?

—Escoge tú.

—Fresa. Voy a buscarlo.

—No, quédate sentado —Amanda le dedicó una sonrisa benigna—. Te has pasado el día trabajando.

—Es cierto. Y tú has tenido el día libre. ¿Te divertiste?

Ya había cruzado la puerta de la cocina; fingió no haber escuchado. El pánico volvía; era horrible, horrible. ¿Qué pasaría si, en alguna situación pasajera, ella perdía su autodominio? ¿Si enfermaba y caía en el delirio? ¿O si necesitaba una operación? Se decía que la anestesia hace hablar a la gente. ¿Sería verdad?

—¿No te gusta el helado? —preguntó Larry.

Amanda cayó en la cuenta de que había dejado la cuchara intacta en el plato.

—No, no es eso. Es que no tengo hambre. Mi estómago... Comí una salchicha en Stuffy. Debe de haberme sentado mal.

Larry arrugó el ceño.

—¿Cuántas veces debo decirte que vayas al médico y empieces a cuidarte? A tu edad no puedes tener tantos dolores de estómago y de cabeza. Te la pasas diciéndome que necesitas un té, una aspirina o algo así antes de acostarte. Te descompones demasiado a menudo. ¿Qué te pasa?

Esta vez se había impacientado. Y al verlo así, ella comprendió que debía aplacarlo.

—No creo que sea nada grave —dijo alegremente—. Exageras mucho, Larry. Pero ya veré qué hago, sólo para dejarte tranquilo.

Ya ablandado, él se acostó sin más exigencias, cosa que Amanda agradeció. Esa noche no habría podido soportarlo.

"¡Dios mío! ¡Con su padre! Si al menos pudiera decírselo a alguien", pensaba, sin poder dormir. Y se preguntó si también L.B. permanecía despierto, con el mismo pánico y la misma necesidad de hablar con alguien. Probablemente no. L.B. era fuerte.

El claro de luna blanqueaba la habitación; no era benigno para con Larry; ponía al descubierto su pelo ralo y su boca abierta, de la que surgía un ronquido suave y rítmico.

"¡Dios mío! ¡Con su padre!"

La cara, los ojos, la boca, los brazos, ¡el milagro! ¿Qué habría querido decir con eso de "recobrar el rumbo"? ¿Olvidar y no tenerlo nunca más? Era eso, por supuesto. ¿Qué otra cosa podía significar?

Al día siguiente Larry le recordaría que hiciera su llamada semanal a su familia. ¿Cómo haría para dominarse y hablar con naturalidad de cosas naturales? La visita reciente de mamá, el embarazo de Doreen, su hermana menor. ¿Cómo haría para mirar a su madre a la cara, en el futuro?

El reloj de abajo tocó doce notas claras, y Amanda aún seguía despierta. No obstante, al fin debió quedarse dormida, pues (más tarde lo recordaría con espanto) abrió los ojos para encontrarse con una enorme luna de color blanco verdoso, aterrorizante, que se había posado en el alféizar de la ventana. Bloqueaba la noche. ¡Había chocado con la tierra! ¡Iba a absorber y destruir el planeta!

Gritó y volvió a gritar, despertando a Larry, que la sacudió con suavidad.

—Despierta. Tienes una pesadilla. Algo debe de haberte asustado, posiblemente la caída del sicomoro. Cierra los ojos y duérmete otra vez.

Capítulo Trece

El autobús dio una sacudida, se detuvo y continuó reptando, rugiendo a través de la ciudad, a lo largo de un trayecto que pareció de muchos kilómetros. En verdad había cubierto una distancia larga desde el borde de los suburbios, serpenteando por vecindarios que Amanda, pese a haber vivido cerca de la ciudad durante casi cuatro años, nunca hasta entonces había visto. Esos barrios, en su mayoría, tenían una deprimente monotonía de color mostaza; una vez fuera de las avenidas prósperas, las calles se convertían en una repetición de viviendas apretadas y ruinosas, pequeñas tiendas, cocheras y gasolineras, restaurantes y oscuras escuelas de ladrillo.

De vez en cuando cerraba los ojos. A veces, cuando el autobús se detenía, ella se levantaba a medias en el asiento, como si se dispusiera a descender, y luego volvía a sentarse. Sus manos apretaban el bolso con fuerza, revelando su tensión con tanta claridad que, al cabo de un rato, notó que la gente la estaba observando.

Un grupo de cuatro muchachas, sentadas de a dos al otro lado del pasillo, la miraban con fijeza. Les había llamado la atención a tal punto que conversaban en susurros. Una de ellas soltó una risotada ruidosa, haciendo que un anciano caballero se volviera a mirarlas. "Se ríen de mí", pensó ella, indignada. Con esos pantaloncitos cortos y esas minifaldas escandalosas, que apenas les cubren la entrepierna, con los gruesos muslos al aire, las pantorrillas velludas y los dedos de los pies, no muy limpios, asomando entre las correas doradas de sus sandalias. Rudas. Rudas y groseras, así eran. Y ella irguió la espalda aún más, apretando el bolso de charol; sus pies, calzados también de charol, descansaban decorosamente en el suelo.

Las chicas seguían susurrando y riendo. "Piensan que soy una presumida porque no me parezco a ellas".

Luego vio que una de ellas mostraba una revista a sus compañeras. ¿Sería posible que no se estuvieran riendo de ella, sino de algo que traía la revista? ¿Y si por algún motivo la estaban criticando? ¿Acaso ella no había hecho lo mismo? ¿Y qué sabía de ellas, salvo que no estaban bien arregladas y que no tenían buenos modales? ¿Qué sabían las chicas de ella, salvo que vestía ropa moderna y cara?

"No saben lo que voy a hacer", se dijo. "Si lo supieran, tal vez se horrorizarían. O tal vez no sentirían horror, sino sólo entusiasmo. En realidad, nadie sabe mucho de los demás. Somos sólo extraños reunidos por un rato en un autobús; cada uno proviene de un lugar distinto y va a un lugar diferente".

Sus labios se movieron: "¿Adelante o atrás? Un pie trata de avanzar, mientras el otro intenta retroceder. Pero de ese modo no haces otra cosa que estarte inmóvil. Decide. Decídete ahora. Soy un mujer hambrienta que quiere romper la vidriera y robar el pan. Soy un sediento que no tiene agua y está debilitado por la sed. Soy una mujer necesitada a la que le bastaría con estirar la mano para tomar lo que necesita. ¿Importa acaso que no tenga derecho a hacerlo, aunque nadie va a saberlo y nadie saldrá perjudicado si lo hago? Y siendo así, no tiene tanta importancia, ¿verdad?"

¿Por qué, entonces, debía continuar esforzándose por resistir? De cualquier modo, comenzaba a ser evidente que, en realidad, no tenía la facultad de resistir. Por semanas enteras, todo el día y la mitad de la noche, no había tenido sino un pensamiento, suspendido entre una extraña tristeza y una gran alegría.

Su corazón echó a galopar; su cabeza empezó a dar vueltas: el autobús estaba aminorando la marcha para girar en la esquina del puente y entrar en la Avenida Lane. Había visto esa calle por última vez al regresar de su luna de miel. Por primera vez, aquella ocasión en que Norma hizo uno de sus chistes: "Si te invitan a una fiesta en la Avenida Lane, no aceptes".

Y de pronto se aterrorizó. ¿Y si él no estaba allí? ¿Habría autobús para regresar? Había hecho mal en no venir en su auto. "No", le había dicho él; "si tienes algún inconveniente con el auto, si pinchas un neumático o abollas un guardabarros, tendrás que explicar qué estabas haciendo en la Avenida Lane. No conoces a nadie que venga aquí. Por eso es un lugar seguro para nosotros".

Él pensaba en todo; con él estaba a salvo. Estaría allí, por supuesto, justamente en la esquina. Amanda se levantó; en cuanto el autobús se detuvo, ya estaba lista para apearse.

—Llegas tarde —dijo él—. Estaba preocupado; se me ocurrió

que habrías cambiado de idea. Desde aquel día no he pensado en otra cosa. Es como si hubiera sucedido hace un año, no un mes.

Sus ojos le imploraban; en ellos había una profunda ternura. Aun así no dejaba de estar al mando. Ella lo miró a la cara; majestuoso, como siempre. Le dedicó una sonrisa pequeña, tímida, y echaron a andar tomados de la mano.

—Tu sonrisa, Amanda, ilumina el cielo.

A comienzos de otoño, Cecile telefoneó a Norma para invitarla a ir al aeropuerto. Una amiga común, de viaje hacia Europa, estaría allí dos horas entre un vuelo y otro. Pese a sus maravillosas cualidades, a veces Cecile era un fastidio. Liz debía de haber insistido y ella cedió, como siempre. Y Norma no era mucho mejor para decir que no. De allí que hicieran el largo trayecto hasta el aeropuerto y pasaran una hora (muy grata, en realidad) tomando café con Liz, a quien no veían desde la graduación. Ahora volvían hacia la escuela, donde Norma había dejado su auto para mayor comodidad.

—El tránsito es cada vez peor aquí, a la salida del puente —se quejó Cecile, mientras el auto viraba en la esquina, avanzando a gatas.

Norma bostezó.

—Menos mal que conduces tú. Yo apenas puedo mantener los ojos abiertos.

—Lástima que Amanda no pudiera venir. Debía tener el sábado libre, pero dijo que estaban demasiado atareadas. La verdad es que trabaja mucho.

El coche quedó en punto muerto tras un camión, del que estaban descargando mercadería; estaban casi en la esquina de la Avenida Lane.

—Mira allí abajo —resumió Cecile—. Debe de hacer cien años que nadie da una mano de pintura a esas casas. Es horrible. Mira.

Norma estaba mirando. Cuando sus ojos soñolientos se espabilaron, su corazón dio un salto terrorífico. “No puede ser Amanda la que está allí, y mi padre con ella, caminando del brazo... La chaqueta, esa famosa chaqueta coral, anaranjada o como la llames. No, es una locura. Es imposible. Están a media calle. Debo de estar viendo mal”.

Observó a Cecile por el rabillo del ojo. ¿Estarían viendo lo mismo? Pero no: si Cecile hubiera reconocido a Amanda habría lanzado alguna exclamación. ¿O tal vez no? El concepto era tan absurdo que nadie lo creería ni querría cometer una tonta equivocación.

De cualquier modo, el camión había empezado a avanzar y ellas pudieron virar en la esquina. Cecile encendió la radio.

—Pongamos un poco de música —dijo.

El corazón de Norma palpitaba con fuerza, rítmicamente; todo su cuerpo estaba alterado. ¿Podía dudar de lo que había visto? Tal vez era sólo su imaginación. Los ojos y la mente pueden jugar sucio.

Sus nervios palpitaban junto con la música. Esa cabellera larga y vívida, la chaqueta color coral, no se veían en cualquier parte. ¡Y su padre! ¿Era posible que una no reconociera a su propio padre, aunque fuera a cincuenta metros de distancia?

Así se debatía; su deseo de no creer estaba en horrible conflicto con la creciente certidumbre de que así era. Se secó las manos sudorosas con un pañuelo. El lento avance del auto la impacientaba; habría querido apearse de un salto, correr, hacer algo. Pero ¿hacer qué, si *sabía*, *sabía* bien lo que había visto?

¿Qué estaban haciendo allí, si Amanda estaba supuestamente en el trabajo? ¿Qué podían estar haciendo en ese vecindario? ¿Qué podían hacer juntos, en cualquier parte? No tenía sentido. Esos dos nunca se habían tenido el menor afecto.

Cecile comentó.

—Estás muy inquieta, ¿no?

—¿Te parece? No me di cuenta.

—Estás incómoda. Ha sido un viaje tedioso. Dentro de cinco minutos estaremos en la escuela; entonces podrás subir a tu coche y volver a casa. Pero la hemos pasado bien, ¿no?

En ese momento, hablar de "volver a casa" era preocupante. Su padre podía regresar antes de que ella hubiera tenido tiempo de ordenar sus pensamientos. Necesitaba tiempo. Tenía miedo de sí misma, de algún fenómeno extraño que pudiera estar produciéndose en su mente; tal vez tenía alucinaciones, como los que ven agua en el desierto.

En cuanto Cecile se perdió de vista, ella condujo hasta el edificio del teatro, al otro lado del recinto. No estaba cerrado. Junto a él estaba la casa del rector, que debía de haber organizado alguna reunión, pues a la entrada había diez o doce coches. Su presencia la hacía sentir a salvo, pero como al mismo tiempo necesitaba estar sola, entró en la sala de música y allí se sentó a pensar.

Se le ocurrió que estaba actuando con una suspicacia indebida. Necesitaba comprobar los hechos. Sacando el teléfono celular de su bolso, telefoneó a la tienda de Cagney Falls y preguntó por Amanda.

—Hoy no ha venido —respondió la voz burbujeante de Dolly.

—¿No? Habla Norma. ¿Me recuerdas, Dolly? Tenía entendido que estaba allí.

—Debía venir, pero se quedó en su casa. Llamó con un resfrío espantoso, bronquitis o algo así. Apenas podía hablar. Acabo de telefonear para saber cómo está, pero no atiende nadie.

—Gracias, Dolly.

Con el sudor vino un miedo frío. "No es posible", murmuró para sus adentros. Tras un par de minutos de total desconcierto, llamó a la casa de Amanda; no obtuvo respuesta. Luego volvió a tomar el teléfono para llamar a la oficina central de Balsan.

—¿Señora Flanagan? Habla Norma. ¿Está mi padre allí? Tengo que darle un mensaje.

—No, querida, ¿no te dijo nada? Tomó la tarde libre para ir a Creston. Quería ver una propiedad que hay allí.

—Gracias, señora Flanagan.

Su voz sonaba natural y serena, lo cual era un milagro. Creston estaba a ochenta kilómetros, lo bastante lejos como para justificar una tarde de ausencia. ¿Podía aún decirse que no había visto lo que había visto? Estaba en shock, como sucede cuando se ha presenciado un desastre. Apoyó la cabeza en el respaldo de la silla, con la vista perdida en el techo.

—Vi tu auto afuera —dijo Lester Cole— y me extrañó que estuvieras sola aquí. ¿Te sientes bien?

Ella se incorporó.

—Sí, sí. Sólo cansada, de pronto.

—Perdona, pero no te creo.

—Si no me crees, lo lamento —replicó ella, casi enojada. Debía de estar hecha un espantajo: acalorada, roja y con el pelo revuelto. Era una falta de tacto, una indecencia, irrumpir de ese modo. Él tendría que haber sido más prudente.

—¿Qué estás haciendo, sola aquí?

Allí estaba su expresión severa, como corresponde al vicerrector. Tal vez había alguna regla que prohibiera entrar al edificio sin un motivo legítimo. Ella no la conocía.

—Quería tocar el piano para practicar —mintió—. Te expliqué varias veces, ¿recuerdas?, que los pianos de la escuela son mucho mejores que el de mi casa. Dijiste que no te molestaba.

—Y no me molesta. ¿Por qué no tocas algo para mí? Lo que estabas tocando antes.

¡Cuando no le pedía que memorizara para él, quería que lo entretuviera con música! Norma habría querido gritarle: "¡Déjame en paz! ¿No ves que estoy sufriendo? No sé si voy o vengo".

Pero fue hacia el piano, obediente, y empezó a tocar de memoria la Serenata en Re Menor de Mozart. Las notas surgían enérgicas, brillantes, vibrando hacia la puerta y el sol. Abruptamente cesaron. Súbitamente abrumada, ella había tenido que detenerse.

—Me avergüenza que me veas así. Ésta no soy *yo* —tartamudeó.

—Eso ya lo sé, por supuesto. No te haré ninguna pregunta, no quiero ser curioso, pero no te dejaré sola hasta que te sientas mejor.

¿Habría algo que pudiera hacerla sentir mejor? A menos que algún tipo de prueba pudiera dar vuelta las cosas. Mientras tanto ese hombre, ese hombre simpático y bien intencionado, estaba sentado allí. Y ella también, mirando las teclas del piano.

—Quería decirte —comentó, obviamente para romper el silencio— lo agradecidos que estamos contigo, por haber asumido la clase de apoyo de Francés cuando Madame Perrault enfermó. ¡Qué bien se desempeñaron esos chicos en los finales! Mereces una recompensa.

—Fue cosa de nada.

—Muy por el contrario. Era un momento crucial. Y tú ya tenías cuatro clases de Latín, sin mencionar el tercer grado de Francés. Naciste para maestra, Norma, y por añadidura eres una lingüista innata. ¿Por qué no estudias urdu o búlgaro en tu tiempo libre?

Como ese pequeño intento humorístico no causara efecto alguno, Lester se inclinó hacia adelante para mirarla con más atención; tres arrugas paralelas marcaban su frente atribulada.

—Lo siento —dijo—. Eso no fue divertido.

Luego volvió el silencio. "¿Por qué no *se va*, simplemente? ¡Quiero llorar! Quiero estarme sentada aquí hasta que todos los coches se hayan ido; entonces podré correr al mío sin que todos me vean con la nariz y los ojos enrojecidos".

—¿Nunca te dije que muchas veces me detengo en el corredor para oírte tocar?

—No, nunca.

—Eres una mujer talentosa, Norma, en muchos sentidos.

Una vez más, ella habría querido decir algo, pero no lo hizo: "Aun si fuera cierto, ¿de qué me serviría ahora?".

—Gracias —dijo—, aunque no estoy de acuerdo.

—A propósito, dime, ¿qué sucede con Jessie?

¡Pobre Jessie, perdida y solitaria! Al menos de ella valía la pena hablar.

—Creo que está mejor. Más feliz.

—Eso me pareció el otro día, cuando la vi en el patio grande.

Tenía puesta una de esas camisas tontas que todas las chicas usan este año; iba acompañada por uno de los muchachos y estaba casi bonita. ¿Qué has hecho con ella? Tengo la corazonada de que has buscado la intervención del padre.

—¿Cómo adivinaste?

—No fue adivinación. Como la madre no tiene remedio, era la única salida lógica.

—Bueno, le aconsejé hablar con su padre para que le diera algo de dinero; así podría elegir y comprar su propia ropa y vestirse como todas las demás. Esa madre es tonta, egoísta y tiene un problema grave, en mi opinión. Tal vez quiere que Jessie siga siendo el patito feo, a fin de poder exhibir sus propias plumas de cisne. Suele suceder.

¿Por cuánto tiempo más insistiría en quedarse? "Se está comportando como buen samaritano", pensó ella, "habla de Jessie para distraerme. Y se quedará mientras no averigüe qué me pasa. Pero no lo revelaré jamás, ni aunque me torturen". De pronto se oyeron voces afuera y ruido de motores poniéndose en marcha. Un par de personas que pasaban echaron un vistazo hacia la pareja sentada en el interior del teatro desierto.

—Deberíamos ir a otro lugar —observó Lester.

Norma se levantó de inmediato, comprendiendo que no era muy decoroso estar allí. Iba ya hacia su auto cuando la detuvo el tono autoritario de Lester.

—Caminaremos hacia el campo de juegos. Podemos ver la práctica de *softball*.

Ella comprendió también eso. Era natural que los docentes, en esas tardes doradas, llegaran hasta la escuela para descansar en el campo de juegos. También comprendió que él tenía autoridad para hacerle una solicitud razonable y esperar que ella cumpliera.

Cuando estuvieron sentados en un banco, a la sombra, él volvió al tema.

—Creía que éramos amigos, Norma, o quería creerlo. Pero si he de serte franco, a veces tengo la sensación de que tú no quieres que lo seamos.

Ella quedó atónita.

—¿Qué he hecho para darte esa impresión?

—En realidad, no haces nada. Pero te muestras distante.

—¿Yo? —exclamó ella, todavía estupefacta—. Nunca he tenido intención de mostrarme distante. Siempre he sido una persona reservada. Me has interpretado mal.

—En ese caso, discúlpame. Pero a veces, cuando nos cruzamos en la escuela, finges no verme. Y te estoy mirando de frente.

Ella siempre había pensado que le estaba mirando las piernas. No supo qué decir. Ese día todo le salía mal. Todo.

—En este momento no estoy muy en mis cabales —balbuceó—. He tenido una mala experiencia y estoy terriblemente confundida.

—¿Una mala experiencia? ¿Aquí, en la escuela? —inquirió él, inmediatamente preocupado.

—No, no tiene nada que ver con la escuela.

Si había una persona a quien pudiera revelarle la verdad, bien podía ser ese hombre amable e inteligente. Con mucho tacto, notando que a ella se le quebraba la voz, Lester apartó la vista hacia el campo, donde unas niñas de uniforme amarillo corrían por el césped. Ella exclamó:

—¿Qué harías si sorprendieras a dos personas queridas, dos personas de confianza, haciendo algo muy malo? Supongamos... —buscó dificultosamente las palabras adecuadas—. Supongamos que ves a tu abuela robando algo en una tienda. No se trata de eso, por supuesto. Pero fue algo igualmente feo y descabellado. ¿Qué pensarías?

—Bueno, pensaría que la pobre anciana está enferma y necesita ayuda.

Norma sacudió la cabeza.

—No, no. Te he dado un mal ejemplo. Estas personas no están enfermas. Yo confiaba en ellos. Es increíble. Apenas pude dar crédito a mis ojos.

—Sospechar no es lo mismo que saber. Tal vez no deberías dar crédito a tus ojos.

—¿Qué quieres decir? Sé lo que vi.

—¿Sabes cuántos testigos de casos criminales, gente honrada y segura de lo que creía haber visto, resultan estar equivocados?

—Sí, pero de veras, de veras sé lo que vi.

—Esos testigos creen lo mismo. Más aún, están dispuestos a jurarlo.

—No, no, Lester. —Sin embargo, apenas tres días antes había visto a Larry y a Amanda juntos, como siempre. ¿Cómo podía ser si... si lo otro era verdad?

Sí, tal vez.

Lester insistió.

—Pero digamos que realmente viste algo chocante. Digamos que tu abuela, habiendo perdido la razón, se dedica a robar en las tiendas. Aun así tendrías que continuar con tu propia vida, ¿no es así? Eso esperaría yo.

Ella no respondió. Lester estaba razonando con ella como todo buen maestro razona con un niño atribulado. Quizá tuviera razón. Tal vez había sido una ilusión, aquello visto en la esquina de la Avenida Lane.

—Aun así tendrías que continuar con tu propia vida —insistió Lester.

Norma sonrió débilmente. Si eso era cierto, no había nada que ella pudiera hacer. No era posible enfrentarlos: "¿Eran ustedes la pareja que vi en la Avenida Lane, cerca del puente? En todo caso ¿qué estaban haciendo juntos allí?".

—No saques conclusiones precipitadas. Eso es lo que te aconsejo, Norma. Las cosas siempre se aclaran, para bien o para mal. Créeme. Algún día descubrirás si fue una alucinación o si realmente viste lo que crees. Mientras tanto, ¿cenarías mañana conmigo?

Cecile llevaba prisa. La excursión al aeropuerto le había llevado más tiempo de lo que esperaba y aún debía hacer algunos preparativos para la reunión de esa noche. Su padre llevaría a algunos banqueros inversores; quería presentarles a Peter para discutir lo de las tierras del ferrocarril. El tema estaba despertando, después de haber pasado mucho tiempo en estado más o menos latente; en los últimos días, el matutino había publicado un notable editorial, protestando por la larga demora en dar buen uso a "esas valiosas hectáreas".

Mientras regresaba a casa iba pensando en el simple refrigerio que había preparado para la reunión. Su padre, siempre juez acertado de la naturaleza humana, quería que la presentación fuera informal, en la casa del propio arquitecto. "Quiero que él sea el centro inolvidable de la discusión, en su propio ambiente", había declarado. "Hay muchísimas firmas que pueden obtener una enorme ganancia con lo que Peter llama 'cajas de vidrio', pero queremos que eso sea una obra de arte. No digo que no se puedan obtener ganancias con las obras de arte; a largo plazo, pueden rendir más que lo simplemente prosaico. Debemos crear aquí algo que la gente de todas partes quiera venir a ver, quizás a emular. Queremos algo de lo que podamos estar orgullosos".

Pensando en todo eso, Cecile llegó a su casa llena de entusiasmo, pero también vagamente preocupada por otra cosa. Una escena parecía persistir en su mente, tal como la picadura de un jején continúa molestando mucho después de que el insecto se haya perdido de vista. ¿Qué era, en realidad, lo que había visto esa tarde? Era (o parecía ser) extrañísimo: el señor Balsan y Amanda, caminando del brazo por la Avenida Lane. Era en verdad tan raro que sólo cabía achacarlo a su imaginación. Sin embargo, ahí estaba esa chaqueta, de un color tan hermoso y raro. Y el señor Balsan, que se distinguía por su estatura. Y también Norma, que la había irritado removiéndose en el asiento, desacostumbradamente silenciosa. Claro que sólo tenía conjeturas. Ningún tribunal las habría aceptado. Lo más probable era que no los hubiera visto.

De cualquier manera, por ahora tenía demasiado que hacer como para pensar en eso. Peter ya estaba en casa, muy excitado. Había esparcido sus papeles en la mesa de la biblioteca, acomodado los sillones e inspeccionado el bar portátil.

—Dice Amos que al señor Baker le gusta el whisky con soda. Roland bebe agua mineral.

—Cuando se inicie la reunión, ¿puedo escuchar o es estrictamente privada? —inquirió Cecile.

—Es estrictamente privada, como las reuniones de la CIA. Pero tú eres de confianza, querida Cil. Puedes quedarte. Más aún: me encantaría exhibirme ante ti.

Hacia las ocho los cuatro hombres estaban reunidos en torno de la mesa. A pedido de los otros, Peter tomó la palabra para explicar, responder preguntas e ilustrar con gestos elocuentes. El público se reducía a Cecile, sentada en el sillón de cuero, contra la pared.

—Según mi plan, el museo debe ser el eje, el centro, como lo fue la terminal en sus buenos tiempos. La terminal restaurada se convierte en museo, un centro cultural para la ciudad, así como la estación original, rodeada de hoteles, oficinas y grandes tiendas, era antes el centro de la actividad comercial. No sé si ustedes han explorado últimamente esa vieja mole, pero yo le he dedicado unos tres meses en total, sumando días dispersos. Y permítanme decirles que está llena de tesoros. El techo... ¿alguno de ustedes lo recuerda? ¡Dios mío, sí que sabían gastar el dinero, antes de la Primera Guerra Mundial! Los murales, por sí solos, son magníficos. Cada sección representa alguna maravilla natural norteamericana, desde las cataratas del Niágara a las montañas de Sangre de Cristo. La que ustedes quieran. Sólo necesitan un poco de limpieza y la iluminación adecuada, que nunca tuvieron. Ahora bien: lo bueno es que estos murales no cubren todo el techo, sino que se concentran en el centro de la cúpula, formando un casquillo bastante grande, pero no demasiado.

Peter sonrió con un gesto brillante, casi juvenil. Se estaba divirtiendo. Era la primera vez que Cecile lo veía en acción; su fluidez, su elegancia, le provocaban una cálida emoción. A veces se preguntaba si alguien podía pensar que conocía a otro ser humano. Pero aunque no tuviera sentido, a menudo estaba segura de conocerlo de cabo a rabo.

Peter insistía en ser independiente. ¿No lo sabía ella por experiencia propia, casi desde el primer día? Pero en ese inmenso orgullo no había arrogancia; lejos de compararse con otros, él se comparaba sólo con un ideal que tenía en la mente. Una vez le había dicho que todo ser humano debería tener derecho, al abrir los ojos por la mañana, a ver algo bello, aunque sólo fuera una hilera de árboles frondosos en una calle estrecha. Y ése era su objetivo: preservar y crear algún tipo de belleza donde no la había.

—En esa vieja terminal —estaba diciendo— veo un salón de ciencia, un museo, un teatro comunitario y más aún. Añadiría alas para salones de conferencias, para cualquier otra cosa que podamos pensar. Aquí —continuó, señalando el boceto— está el eje de la rueda. Estas calles, partiendo de él, la conectan con el centro de la ciudad y con las tierras húmedas del río. A lo largo pondría viviendas a precios diversos, de tres plantas a lo sumo; pequeños hoteles para alojar a quienes vengan para visitar el gran museo, para caminar por la costa o para ambas cosas.

Hizo una pausa, entornando los ojos por un instante; parecía estar viendo el proyecto terminado, muy a lo lejos: ese magnífico centro, las calles arboladas, la gran circunferencia que llegaba hasta el río. Y sin duda alguna se veía a sí mismo, el creador aclamado. ¿Y por qué no? El compositor debe de imaginar, en su mente, a la multitud que lo aplaude en el salón de conciertos. El pintor, a la muchedumbre silenciosa que se alinea frente a las puertas de la galería.

—Esto será una maravilla para la ciudad —dijo el señor Roland—. Con sólo limpiar la zona de la Avenida Lane mereceríamos una medalla.

Todo el mundo rió. Amos se volvió hacia los otros dos hombres, con cara de "¿No les dije?"

—Hace un tiempo, cuando mi suegro me habló de este proyecto —dijo Peter—, una de las primeras cosas en que pensé fue esa zona enferma de la Avenida Lane. Necesita remedio de inmediato. Nadie tiene por qué vivir de ese modo.

Todos asintieron con la cabeza. El señor Baker les recordó que lo siguiente era obtener financiación.

—Pero estoy seguro de que, con un plan magnífico como éste, no tendremos dificultades.

—Si logramos que una de las cadenas importantes instale un hotel entre el museo y el río, será cosa hecha —dijo Amos.

—Pero el hotel tendría que vincularse con el resto del plan —advirtió Peter.

Amos lo provocó:

—¿Nada de cajas de vidrio con setenta pisos?

—Ni casinos —concordó el joven, riendo—. Ni imitaciones de palacios orientales.

Al terminar la reunión, Roland dijo:

—Bien, estamos de acuerdo. Nos pondremos en marcha. Pero ni una palabra fuera de esta casa. Hablo muy en serio. Es importantísimo.

—Todos lo sabemos —dijo Amos—. No se preocupe.

Una vez que sus acompañantes se retiraron, se mostró jubiloso.

—Has avanzado de un modo sorprendente —dijo a su yerno—. Estoy orgulloso de ti, sobre todo considerando que has estado trabajando en muchas otras cosas. Y lo que les ha pasado este último invierno... —añadió, serio.

Eso era muy cierto. A pesar de las vacaciones bajo las palmeras, a pesar del decidido empeño que ambos ponían, esos últimos meses habían distado mucho de ser felices para Peter y Cecile. El cuarto vacío de la planta alta era un recordatorio constante de la pérdida. Casi parecía hacerles una pregunta, cada vez que pasaban por el corredor: "¿Podrán llenarme de vida?" A Cecile le gustaba pensar que ese grandioso proyecto tenía algo bueno: ocupaba la mente de Peter casi todas las noches, cuando trabajaba en su escritorio. En cuanto a ella, durante todo el día contaba con la bendición de su trabajo. Pero las noches, al menos mientras Peter no abandonaba el escritorio, eran demasiado silenciosas.

Amos dio a su yerno una palmada en la espalda.

—Si logras esto serás uno de los arquitectos más destacados de Norteamérica. Y dicho eso, me voy a casa. Buenas noches.

Más tarde Cecile comentó:

—Cuando papá te habló de esto por primera vez, no soñabas que ibas a interesarte tanto, ¿verdad?

—No, es cierto. A decir verdad, comencé a trabajar en este proyecto porque me sentía obligado. No parecía ser mi tipo de trabajo. Pero ahora veo que sí lo es. Me parece un desafío, Cil, y lo disfruto.

—Lo sé. Esta noche se te veía feliz. Mereces ser feliz.

—Los dos lo merecemos, Cil. Y lo seremos. Volveremos a ser como antes.

Mucho más tarde, ya acostada, ella recordó lo que la había perturbado horas antes. Y tocó a Peter en el hombro para contárselo, antes de que se durmiera.

—Hoy sucedió algo extraño. Al menos, eso me pareció. Lo recordé cuando ustedes mencionaron la Avenida Lane. Estoy casi segura de haber visto a Amanda con el señor Balsan, caminando del brazo por allí.

—¿Por la Avenida Lane? ¿Estás segura?

—Bueno, creo que sí. Lo que me llamó la atención fue esa chaqueta color coral. El resto de la escena era tan descolorido que se destacaba como una mota brillante en una masa de barro oscuro. Y creo haber reconocido también al señor Balsan. Un hombre tan alto, con un traje de calle oscuro, en la Avenida Lane... No puede dejar de llamar la atención, ¿cierto?

—Sí, cierto.

—¿Qué estarían haciendo allí? ¿Y juntos? No tiene sentido, ¿verdad? Cuanto más lo pienso, más segura estoy de que vi mal. Es imposible. Sin embargo...

—No, Cil. Cuando se trata de asuntos humanos, casi todo lo que se te ocurra es posible. Pero yo no se lo mencionaría a nadie, decididamente. No pienses más en eso.

—Por supuesto —dijo ella.

Capítulo Catorce

En la Avenida Lane, al otro lado de un vidrio sucio, se erguía un viejo roble, que algún granjero debía de haber plantado antes de la Guerra Civil, cuando la avenida era un camino de tierra. El árbol llameaba en rojo bajo el sol de otoño. Adentro, el cuarto había sido rudimentariamente higienizado por una aspiradora de mano pero, por lo demás, seguía siendo un tugurio: la pintura verde amarillenta se descascaraba llena de manchas; los zócalos rayados y los apliques rotos servían como recordatorios de las numerosas familias que lo habían alquilado.

Nada de todo eso perturbaba a Amanda, ni siquiera los apliques rotos. Para empezar, nunca ocupaban el apartamento por la noche: era estrictamente un sitio para encontrarse por la tarde, y sólo dos o tres veces al mes. Pero era secreto y seguro; además, uno podía traer lo que se necesitara para estar cómodo.

Había un diván barato, lo bastante ancho como para dos, un par de sillones mullidos, igualmente baratos, y en el centro una mesa plegadiza baja. Sobre ella había ahora una bonita cesta de mimbre con cubiertos, porcelana fina y copas decorosas, tan aptas para beber agua como Château Lafite-Rothchild, si lo hubiera en el menú.

El menú del día, proporcionado por L.B., consistía en uvas, queso importado, pan francés y un vino que, sin ser exactamente Château Lafite, no estaba muy por debajo de él. El señor sabía celebrar.

—Es nuestro aniversario —dijo—. Mejor dicho, medio aniversario. Han pasado exactamente seis meses desde aquella tormenta de abril, Amanda. ¿Habrías podido imaginar que llegaríamos a esto?

Estaba tendido en el sofá, envuelto en un batín a cuadros, mientras ella comía uvas ante la mesa. Al levantar la vista se encontró con sus ojos fijos en ella; tenían una expresión de profunda ternura.

—No, nunca.

¿Cómo habría podido soñar con esa traición, ese crimen? Era un crimen ante Dios, nada menos, y ella lo recordaba todos los días. No obstante, la vida nunca había sido tan plena y gratificante como ahora.

Amanda nunca había conocido el amor. Lo ansiaba, trataba de imaginarlo; había llegado a pensar que el amor romántico era sólo un truco del arte, inventado y vívidamente sostenido por dramaturgos y músicos geniales, que se inspiraban en los trovadores de antaño. Pero este cinismo sólo venía a ella en estados de profundo desaliento; por lo general no hacía sino ansiar y esperar. Y de pronto se había producido el milagro.

Su memoria volvió a aquella noche de horror: la luna en el alféizar, aquello asombroso que había ocurrido en la casa vacía y... sí, antes de eso, su creciente reacción física ante ese hombre, que antes le inspirara temor y antipatía. ¿Quién habría podido explicar el cómo y el por qué de todo eso?

Durante el largo verano, de cien maneras distintas, grandes y pequeñas, ese hombre y esa mujer se habían encontrado en ese departamento. Al principio sólo era una vaga esperanza, un vago miedo de que él la llamara. Él también había luchado entre la esperanza y el miedo de llamarla y de ser aceptado. Como ella, luchó contra sí mismo y perdió. Y desde entonces, radiante, se alegraba de haber perdido.

—Sabía que me deseabas tanto como yo a ti —le había dicho—. Los dos sabíamos que estábamos hechos el uno para la otra.

¡Qué diferente era del Lawrence Balsan que se sentaba a la cabecera de la mesa, en su sombrío comedor! Amanda echó un vistazo al pequeño regalo de ese día: un libro de poesía norteamericana y al lado, un pimpollo de rosa envuelto en papel húmedo.

—Lleva la rosa a tu casa —le dijo él, siguiendo la dirección de su mirada—. Puedes decir que la encontraste en una cerca: la última de la temporada. Tal vez se conserve hasta que volvamos a encontrarnos. Y en esa antología hay algunos poemas de Edwin Arlington Robinson. Tal vez te gusten. Salen de lo común.

Y captó la sonrisa de Amanda; sus ojos oscuros y vigilantes lo veían todo.

—¿Sonríes?

—Sí, porque no acabo de acostumbrarme a que seas tan diferente de lo que yo pensaba.

—Supongo que he estado reprimiéndome, quién sabe por qué. No soy psicólogo. No tiene importancia. Lo pasado, pisado. —Hizo una pausa. —De todos modos, ¿quién sabe qué es causa y qué efecto? Sólo puedo decirte que me casé demasiado joven; éramos muy diferentes. Luego ella murió y yo traté de hacer lo que pude por los niños. No he sabido del amor desde los veinte años, Amanda. Y aun entonces no se parecía a esto.

L.B. hizo otra pausa; el nombre de *Larry* pareció escribirse solo entre ambos, en grandes letras.

—Sabía que estaba mal y me resistía. Una vez cedí; la última vez, en Navidad. Esa cena, ese súbito capricho, fue por ti. ¿Lo sabías? Ya no podía postergarlo. Quería verte brillar, aunque tú no necesitas un ambiente ni una ocasión para eso; brillas hasta en este tugurio. Y cuando viniste a casa, aquel domingo por la mañana, no quería estar solo contigo y me comporté de un modo espantoso.

—Sí. Fuiste altanero y frío. Pero así creí siempre que eras, desde la primera vez que te vi.

—¿Sabes qué pensé yo la primera vez? Vi un fuego que no sería difícil encender. Y me sentí muy incómodo... dadas las circunstancias.

—¿Cómo pudiste saber algo así? Ese día yo era una señorita muy correcta. Hasta tenía un par de guantes en la mano. No los llevaba puestos, pero los tenía.

—No puedo explicártelo. Es como si presintiera las cosas. La segunda vez, por ejemplo. Aquella tarde de tormenta, en abril, cuando entramos en la vieja casa vacía. Presentí lo que iba a suceder. No tenía intención de que pasara, te lo juro. Pero aun así lo percibí.

Ese diálogo se había repetido en más de una ocasión. Era como si aún estuvieran aturdidos por los hechos y necesitaran reverlos una y otra vez. ¿Se repetían sólo para maravillarse o para exonerarse, si acaso fuera posible? Eso se preguntaba Amanda.

En los últimos tiempos, mucha gente revelaba sus transgresiones por radio o televisión, en programas de confesiones. Sin vergüenza, sin temor de hablar en público, narraban sus amoríos. Un joven con su suegra, por ejemplo. Un diario hablaba de una mujer que había tenido una aventura con el padre de su esposo y se suicidó al descubrirse el asunto. Y Amanda se estremeció.

Acurrucada bajo su bata de seda, tuvo la sensación, demasiado familiar, de que algo se le hundía en el pecho. Era triste que una pudiera estar tan profundamente enamorada y, al mismo tiempo, sufrir esos patéticos momentos de congoja. Si todo eso debía terminar, ¿cómo haría para soportarlo? Ese hombre, ese amor, se habían convertido en el núcleo mismo de su vida.

—¿En qué estás pensando, Amanda mía?

—En que tú y yo somos un cuento sin terminar. No lo estamos escribiendo ni leyendo: lo vivimos. Y ruego desesperadamente que tenga un final feliz.

—Así será. Sé que está mal. Es como cualquier adulterio, sólo que peor aún. Pero escúchame: recuerda que no hacemos daño a nadie ni lo haremos jamás. Mientras nadie sufra, cualquier pecado es perdonable. Si no fuera así, medio mundo estaría condenado. Oh, ven aquí, querida. Quítate esa bata y ven.

—No quiero irme —susurró ella.

—¿De un lugar como éste?

—Ni siquiera de un lugar como éste.

En algún lugar, no muy lejos, una fogata de leña hacía entrar su penetrante fragancia a través de la ventana abierta. La luz del sol moteaba el techo, filtrada por las hojas móviles del vetusto roble. Amanda pensó: "Una mujer descansa junto a su amante en paz y satisfacción perfectas, pero la muchacha ignorante da por sentado que así será siempre". Y el rápido, desagradable contraste con su luna de miel, cien años antes, oscureció su memoria.

La voz de L.B. dispersó la oscuridad.

—Mereces un lugar mejor. Este cuarto está muerto. Y tú eres la vida, Amanda.

—Sí; contigo, sí.

Toda la energía que en otros tiempos poseyera (y estaba segura de haberla tenido en cantidad muy generosa, no sólo porque otros lo dijeran, sino también porque ella misma la había sentido) se le había ido escurriendo durante esos últimos años. Tan gradual había sido ese escurrimiento que no se había percatado de su pérdida total hasta que L.B. la revivió tan espléndidamente.

Su deseo no tenía fin. Ella lo llevaba y se dejaba llevar por el deseo que marcaba su propio ritmo, tal como un oleaje declina y vuelve a hincharse.

—Es la hora —dijo él—. Tenemos que irnos.

—¡Ah, no! Toda una semana. Es como un año.

—Me preocupo —comentó él, pensativo—. Tratas con tanta gente... Estoy celoso, sí. Una mujer como tú, tan radiante, con tus ojos, tu cabellera... ¿Qué hombre no estaría celoso?

—No digas eso. No tienes ningún motivo y jamás lo tendrás —aseguró ella, clavándole una mirada larga y firme.

—Te creo. Es hora de irnos, querida. No podemos correr ningún riesgo. Date prisa.

Viendo que ella se levantaba inmediatamente a buscar su ropa, le sujetó una mano para besársela. Y cuando levantó la cara, en sus ojos había un brillo de lágrimas.

—Es hermosa, esa chaqueta coral —comentó él, mientras salían—. Pero ¿no necesitas una nueva?

—No. Ésta es mi chaqueta de la buena suerte y me encanta. No sé por qué, pero ya no siento esa locura por la ropa. Ahora tengo otro amor. Hasta Larry ha notado que ya no gasto tanto. Casi nunca llevo nada a casa.

L.B. hizo una mueca.

—Por favor, no menciones nunca a Larry. Por favor.

—Perdona. No me di cuenta.

Debía poner más cuidado. Debía recordar (y lo recordaba, por supuesto) que él tenía con Larry una relación muy diferente de la suya.

El coche rodaba ya por la Avenida Lane cuando L.B. volvió a hablar.

—¿Crees que no sé, en cada uno de estos días maravillosos, cuánto mal estamos haciendo? Lo sé con toda mi alma. Pero dime, ¿podemos cortar?

—Ya lo hemos discutido muchas veces —exclamó ella, afligida.

—Sí, y sabemos que no es posible cortar. Ni tú ni yo podemos. No es posible —repitió—. Oh, a veces me siento tan indefenso... Me gustaría mostrarme contigo ante el mundo entero. Hacer todas esas cosas que un hombre hace. Traerte otros regalos, no un libro inocuo...

Ella lo interrumpió:

—Me encantan los libros.

—O encontrarme contigo y hacerte el amor sin tener que escondernos aquí abajo, en un agujero donde nadie pueda descubrirnos.

—¡Pero si eso es lo mejor! ¿No te das cuenta? Da una sensación de seguridad y permanencia. Eso es lo que se quiere cuando se está enamorada. Hablo de las mujeres. Queremos permanencia.

—Muchos hombres también. Al menos yo.

Con una mano en el volante y la otra ciñendo la de Amanda, L.B. condujo lentamente por rutas poco frecuentadas. Como siempre, la dejó a cinco o seis calles de su casa y se alejó de inmediato.

—¿Cuándo? —preguntó, cuando se acercaba el momento de separarse.

—Este sábado no. Me toca trabajar. Llámame el jueves o el viernes al teléfono del auto. Por entonces ya sabré qué pasará el próximo sábado.

No había necesidad de ser más específica. Quedaba entendido que, si Larry iba a jugar al tenis, ella podría decir que iría al gimnasio.

—Si pudiera llevarte a casa conmigo... —empezó él. Y se interrumpió.

Ella sabía lo que no podía decir: "Saldríamos a caminar antes de que oscureciera, iríamos a cenar afuera y llevaríamos los platos al jardín de invierno, y podríamos..." Pero era inútil. Además, el auto ya estaba en un sitio más allá del cual no se atrevían a llegar. Bajó de prisa y él se alejó con la misma celeridad. Luego Amanda apretó el paso para llegar a casa antes que Larry.

—¿Otro libro? —Después de la cena, Larry se estiró en el sofá y, con un bostezo, tomó el control remoto. —Esta noche no hay nada decente. Déjame ver ese libro.

—Es poesía —dijo ella, entregándoselo—. Poetas norteamericanos. Lo compré de segunda mano, pero parece nuevo.

Después de hojearlo un poco, él se lo devolvió.

—Qué bien. Estas cosas te dan mucho placer, ¿no? Siempre he pensado que la poesía era un placer muy femenino.

—Qué extraño, considerando que la mayoría de los grandes poetas han sido hombres, desde mucho antes que Shakespeare.

Amanda no había tenido intención de hablar con aspereza, pero con demasiada frecuencia, cuando él decía algo que le resultaba irritante, se le escapaban palabras como ésas. De inmediato las corrigió con una pregunta amistosa y sonriente:

—¿Cómo te fue con el tenis?

—Bien. Phil y yo formamos un gran equipo. Descontando las interrupciones, nos fue bien. Es como si fuera un médico: me buscan hasta en el campo de tenis. El abogado del comprador quería preguntarme cuándo se cerraría la operación. ¿No podía esperar hasta el lunes?

Bostezó otra vez. Nunca se cubría la boca; dejaba al descubierto todo el interior, rosado y húmedo, casi hasta las amígdalas. Norma nunca actuaba así. ¡Qué diferentes eran esos dos hermanos! Ella, una enciclopedia ambulante; él, lo que era. L.B. tampoco actuaba así. ¿Cómo era posible que padre e hijo fueran tan diferentes? ¡Claro que era posible! Larry había tenido también una madre, ¿no? "Me casé demasiado joven", había dicho L.B. Debían de haber sido una pareja bastante desgraciada.

—Dios, qué cansado estoy —gruñó Larry.

Un ratito antes (eso parecía) era un hombre fuerte, lleno de energía. El vigor y el ánimo alegre habían sido sus grandes atractivos. Algo le había sucedido; así, despatarrado de esa forma, parecía haberse convertido en una persona vulnerable, de las que despiertan piedad: un niño o un anciano.

"Es cierto que trabaja mucho", pensó ella. "La gente dice que lleva la mayor parte de las operaciones. Dicen que es inteligente e innovador, que tiene cabeza para los negocios".

—A veces —dijo él, interrumpiendo sus pensamientos— tengo la sensación de que, en realidad, no me amas.

Amanda sintió un revoloteo enfermizo en el estómago. La habitación se encogió, encerrándola. Pero se las compuso para responder.

—Eso es ridículo. ¿Qué he hecho para que pienses así?

—No podría decirlo con exactitud. Antes bien, es lo que no haces.

—Nunca he sido una persona muy demostrativa, ya lo sabes. No puedo evitarlo. Pero demuestro mis sentimientos de muchas otras maneras, ¿no es cierto?

—Sí. Me tratas muy bien y eres muy buena. Pero... oh, bueno, no importa. Olvídalo. Creo que estoy cansado y digo tonterías... En este momento estás más hermosa que de costumbre, Amanda. Arrebolada, como si hubieras pasado el día al aire libre.

—Hice una buena caminata.

—Bien. A propósito, estaba pensando que ya casi no vemos a papá. Yo lo veo en la oficina, claro, pero no tan a menudo. Él me mantiene mucho afuera, en las sucursales. No es que me moleste, desde luego. Pero ¿no sería bueno volver a cenar con él? ¿Y con Norma y su novio? Me parece que entre ella y ese tal Lester las cosas se están poniendo serias. ¿Qué opinas?

—¿De Lester? Ella no me ha dicho nada definitivo, pero se nota algo cada vez que lo menciona.

—¡Me alegro! Merece tener un buen hombre, una vida. Bueno ¿qué me dices de la cena?

"¡Sería insoportable, imposible!", había exclamado L.B. en cierta ocasión, cuando Amanda le transmitió ese mensaje de su hijo.

—Bueno, un día de éstos —respondió—, pero todavía no. No creo que Norma y Lester hayan llegado a ese punto. —Se levantó. Aún tenía el estómago revuelto.

—Nunca te quedas quieta. ¿Adónde vas ahora?

—Afuera. Olvidé llenar los comederos de los pájaros.

—Bueno, llénalos y sube, ¿quieres? Esta noche quiero acostarme temprano.

Las luces se estaban apagando en los patiecitos y en las casas de toda la cuadra, pero arriba centelleaba el cielo. Amanda se detuvo a contemplarlo. El nombre de "universo" estaba mal puesto: no era uno, sino muchos. Eran innumerables, pues cada nuevo telescopio, más potente que el anterior, revelaba otro universo.

"Más allá", pensó, "siempre más allá. No sabemos nada. No conocemos nuestro propio yo, mucho menos las galaxias. No entendemos por qué hacemos lo que hacemos. Sin duda otra mujer habría sido mucho mejor para el pobre Larry, pero él me quiso a mí. Ahora está triste y deprimido, muy probablemente por culpa mía. Entiendo lo que quiere, pero su contacto me es casi insoportable. Aun así, ¿abandonarlo, cuando ha sido siempre tan bueno conmigo? Imposible. A menos que... a menos que L.B. y yo... Pero L.B. jamás lo haría. Es su padre".

A falta de pañuelo, se limpió las lágrimas con una hoja de arce caída y volvió al interior. En la repisa de la cocina había quedado la rosa, todavía húmeda; apenas empezaba a marchitarse. La puso en un florero estrecho con agua fría y la llevó arriba, para ponerla en la mesa de luz, junto a la cama. Allí estaría cuando ella abriera los ojos, por la mañana. ¡Y con qué gozo recordaría quién se la había regalado!

Capítulo Quince

También Norma estaba conmemorando una fecha. Hacía justamente seis meses que, impresionada por lo que había visto o creído ver en la Avenida Lane, se refugiara en el teatro de la escuela, donde había sido descubierta por Lester Cole.

—Ese día rompiste el hielo —dijo a su compañero.

Era cierto. La cena de la noche siguiente inició una cadena de salidas, marcando una nueva y colorida era en la vida de Norma. Después hubo muchas cenas a la luz de las velas, conciertos y conferencias que enriquecieron la amistad. Ambos eran personas introvertidas y reservadas; por eso, probablemente, se sentían tan cómodos en mutua compañía. Ambos miraban la vida de igual manera.

A veces ella se preguntaba si estaba enamorada de él, pero no podía responder a su propia pregunta. No sabía siquiera cómo era estar "enamorada". Muchas de sus conocidas se pasaban la vida iniciando y cortando relaciones apasionadas; aunque salían de cada una enojadas y con el corazón destrozado, nunca tardaban mucho en "enamorarse" de otro. ¿Qué podía sacar una en conclusión? Desde luego, allí estaban Peter y Cecile como excepción.

Por el momento se divertía, en especial esa noche; el famoso restaurante campestre de Cagney Falls, uno de sus favoritos, estaba más agradable que nunca. En el hogar de piedra ardía una fogata, no para entibiar esa templada noche de primavera, sino estrictamente para ofrecer una atmósfera rural. Las diminutas rosas de invernadero constituían un grato cambio con respecto a los habituales narcisos y tulipanes.

—¿Así que yo rompí el hielo? —preguntó Lester.

—Sí. Esa tarde yo había tenido un problema muy serio, como sabes. Creo que no habría podido admitirlo ante nadie más.

—Aún no me has dicho qué pasaba.

Era una nube, una de ésas que penden en el cielo diáfano, amenazando los eventos del día; pero cuando las festividades se están por cancelar, la nube desaparece más allá del horizonte y el sol hace su reaparición.

"No basta con una impresión", le había dicho Lester, aquella tarde horrible. "La gente está dispuesta a jurar que vio determinada cosa, pero después se le demuestra que estaba equivocada; sucede todos los días". Ella lo recordaba. Tenía sentido, como todo lo que él decía. Lester era dueño de una sabiduría firme y serena. Escuchándolo una no podía equivocarse. Norma decidió limpiar de su mente aquella nube importuna, de una vez por todas.

—No puedo hablar de eso —dijo, meneando la cabeza.

—De acuerdo, no voy a pedírtelo. Pero en cuanto a romper el hielo, ¿te molestaría si quebrara un poco más?

—No. Adelante.

—Como este hielo puede ser muy delgado, voy a pedir otra taza de café para fortalecerme.

—Oh, por Dios, ¿de qué se trata?

—De tus piernas —dijo Lester, sin rodeos.

Ella no habría podido describir sus propias reacciones. Sintió que se le enarcaban las cejas y su frente se arrugaba; sintió las mejillas arreboladas y un brutal bochorno que la recorría. La habían sorprendido desnuda en la calle. Habría querido levantarse, correr y esconderse de aquellos ojos. Estaba furiosa. Y no se le ocurría nada que decir.

—No quiero ofenderte, pero es hora de tocar el tema —prosiguió él—. ¿Acaso piensas que, en todos estos meses, no te he visto tironear de la falda, tratando de esconderlas? ¿Ni mirártelas subrepticiamente a cada instante?

Ella seguía sin poder hablar. Nadie había mencionado nunca lo de sus piernas. Nadie, salvo Amanda y Cecile, en la intimidad del departamento de la universidad, desde la temprana adolescencia, cuando fue entregada a los médicos, ninguno de los cuales había sido capaz de hacer algo por ella.

—¿Por qué te encoges? —preguntó casi con enojo—. ¡Porque tienes piernas enfermas! Mírate a ti misma, a tu refinada y sensible cara y a tus hermosos ojos. ¿Qué pasaría si tuvieras la nariz de Pinocho? ¿O mis orejas?

Involuntariamente, ella miró las orejas de Lester mientras él continuaba:

—Hubo un tiempo en que en la escuela me llamaban "Taxi". Comenzó cuando alguien dijo que yo parecía un taxi circulando por la calle con las portezuelas abiertas.

Si una miraba bien, era cierto. Las orejas asomaban en ángulo y eran demasiado grandes para el tamaño de la cabeza.

—Qué, ¿no lo habías notado?

Bueno, sí, pero al mismo tiempo, no. Como en general era un hombre atractivo, probablemente una no reparaba mucho en sus orejas.

—Bueno, sí, pero al mismo tiempo, no —dijo.

—Estas orejas no me han impedido avanzar en el mundo. Y tus piernas tampoco te detuvieron.

¡Qué poco sabía de las duras pruebas sufridas en los bailes de la escuela y la universidad! Aún pasaba malos momentos cuando debía sentarse en un escenario o, peor aún, posar allí para una foto grupal.

Él habló con indignación.

—Está bien, voy a corregirme. Es cierto que las mujeres sufren más por este tipo de cosas. Y no debería ser así. Cuando tienen algún defecto que el maquillaje no puede esconder, se sienten inferiores. Es injusto, pero así es —y continuó con su sermón, agitando un dedo admonitorio ante Norma—. ¡No seas como Elizabeth Jenkins! ¿Te acuerdas de ella, que todos los días, al salir de clase, volvía a casa con mamá? Era prisionera de su madre, tal como tú has sido prisionera de tus piernas. Hace meses que quiero decírtelo, pero hasta ahora no había tenido valor. ¿Estás muy enojada conmigo, Norma? —preguntó, melancólico.

Estaba enojada, pero al mismo tiempo, ¿tenía derecho? Él había sido torpe y demasiado franco, pero en sus ojos se veía que su intención era la mejor, que jamás la ofendería a sabiendas.

—Eres una mujer encantadora. Eres notable, Norma.

Ella se enjugó los ojos, sollozando:

—En verdad, la vida en la escuela sería mucho más fácil si el doctor Griffin nos permitiera usar pantalones.

—Escucha: es una persona maravillosa, aunque en algunos sentidos viva en la Edad Media. Pero basta de esconderte bajo pantalones, Norma. Usa libremente tus faldas. ¡Usa minifalda, y que la gente se vaya al diablo! ¡Que miren, si quieren! ¿Sabes una cosa? Noventa y nueve personas de cada cien están muy ocupadas con sus propios asuntos como para interesarse por tus piernas. Ven, salgamos de aquí.

Ahora que hemos despejado el ambiente, vamos a casa. Podemos sentarnos en tu porche, a mirar el surgimiento de la luna. Siempre que no estés demasiado enojada conmigo, claro.

—No estoy enojada —respondió ella, con suavidad. Y sacó la polvera para retocarse la nariz.

La había sacudido, por cierto, pero lo había hecho con una emoción sincera. Y con el correr de los minutos, su propia impresión fue cediendo. Desapareció junto con cualquier incomodidad semiconsciente que hubiera sentido nunca estando con él. Sus piernas, al menos en lo que concernía a Lester, ya no serían problema.

Sentada con él en la vieja hamaca, se dijo que nunca lo había oído hablar con tanta vehemencia. Aun en las reuniones del cuerpo docente, en las que solía expresarse con inconfundible firmeza, el efecto no era éste.

—Una casa vieja y cómoda —comentó Lester, entre los crujidos de la hamaca—. ¿Cuánto hace que vives aquí?

—Desde que nací. Pero estoy planeando dejarla muy pronto. —No sabía por qué le contaba eso, pero prosiguió: —Pienso que ya es hora de vivir sola. Es cierto que mi padre quedará solo aquí cuando me vaya, pero no puedo evitarlo. Hay algunos apartamentos muy bonitos a poca distancia de la escuela; eso es lo que estoy analizando. Lo tengo en la mente desde hace tiempo y creo que ha llegado el momento de actuar.

Como él no hizo ningún comentario, lo cual era extraño, Norma continuó para cubrir la pausa:

—Aun así no estaré muy lejos de papá. No quiero abandonarlo. Pero lo que gano es más que suficiente para mantenerme sola. Y, de pronto, he comenzado a verme como una adolescente malcriada, viviendo aquí en su casa.

—No tienes pizca de malcriada, Norma, pero podrías pasar por adolescente sin gran dificultad. No creo que hayas cambiado en absoluto desde que te graduaste.

Hubo otra pausa, durante la cual él hizo un ruido que parecía una tos forzada, luego dijo:

—Es buena idea, pero en tu lugar no me apresuraría. No firmaría nada sin estar seguro. Me refiero a que es un gran cambio y deberías sentirte absolutamente segura antes de hacerlo.

Ella esperó, intrigada. Después de toser otra vez, él pasó a hablar de sí mismo.

—Sí, hay que estar siempre cien por ciento seguro. Ahora bien: confidencialmente, debo decirte que el doctor Griffin va a retirarse al terminar este año escolar. Es decir, en mayo —explicó, como si ella no lo supiera—. Y me dice que es casi seguro... En realidad, utilizó la palabra sin atenuantes: "Es seguro", dijo, "que tú ocuparás mi puesto".

—¡Pero eso es estupendo! —exclamó Norma—. ¡Estupendo, Lester!

—Por eso pensaba que tal vez tú y yo... que tal vez tú querrías... que podríamos hablar de...

—¿De ascenderme? —sugirió ella, ansiosa.

—No sé a qué llamas ascender. En realidad, bajo ciertas circunstancias no sería decoroso que siguieras formando parte del plantel docente. Podría originar complicaciones: siendo yo el rector de la escuela, y si tú me aceptas (espero por Dios que así sea), que mi esposa trabaje también allí.

En el verano el jardín de los Balsan sufrió una transformación. Allí instalaron una enorme carpa a rayas verdes y blancas, con aire acondicionado, una pista para baile y orquesta de primera, mesas con manteles rosados y guirnaldas de rosas oscuras. Todas esas muestras de alegría y celebración eran producto, no del cerebro de la novia, sino de su padre. Dentro y fuera de la tienda todo era de un gusto excelente: desde un camino de flores recién plantado hasta la glorieta donde se llevaría a cabo la ceremonia. Nada había sido exagerado; era perfectamente espléndido, pero con una elegante sencillez.

"Si esos términos no son contradictorios", pensó Norma, que observaba los preparativos desde una ventana del piso alto.

Ella habría preferido una pequeña reunión familiar, una cena elegante para esos pocos invitados y quizá, para respetar la tradición que tanto su padre como su hermano querían para ella, unos puñados de arroz cuando los novios partieran hacia el aeropuerto, donde abordarían el avión a Grecia.

Lester la instó para aceptar todos los planes.

—Están felices. ¿Eso no te alegra? Tu padre hizo fortuna por sus propios medios y ésta es la oportunidad de demostrar lo que puede hacer por su hija —dijo, con su discernimiento habitual—. Y lo mismo vale para mi padre.

Tomó la mano de Norma para acercarla a la luz, donde el diamante de cinco kilates, cortado al estilo de las esmeraldas, pudiera exhibir su magnificencia. Ambos echaron a reír, pues estaban pensando en lo mismo: el asombro de la muchacha y la explicación casi tímida de Lester, el día en que él se lo entregó.

—¡Por el amor de Dios —había exclamado—, no puedes pagar esto con tu sueldo!

—Con mi sueldo no, pero sí con los ahorros de toda mi vida. Regalos de cumpleaños y de graduación, y una pequeña herencia de mis abuelos, de la que nunca toqué un centavo. Y ahora todo eso centellea en tu dedo.

Norma quedó estupefacta. Y por algún motivo pensó en Amanda; su anillo era apenas la mitad de éste; ella habría apreciado mucho más tanta gloria.

—Espero que no hayas gastado todo —dijo.

—Sí, por cierto. No era mi intención, pero mi padre me hizo entrar en razones —sonrió con diversión, fingiendo vergüenza—. "Vive mientras puedas", me dijo. "Tú y Norma disfrutarán todos los días cuando lo vean. Tienes un buen empleo y no te falta efectivo. ¿Por qué dejar que junte moho en el banco, donde no puedas verlo?". Soy muy prudente y mi padre también lo es, pero en esta oportunidad tenía razón.

Habiendo dicho todo eso, Lester le había dado un beso memorable.

"Una vez que empezamos", recordaba ella ahora, "todo se ha precipitado". Cuatro años observándose con disimulo; luego, un año más tanteando la situación, como podría decirse. Y después de la tranquila cena habitual, sin ninguna insinuación previa, él le había hecho su proposición como si fuera algo común, que ambos debieran haber sabido desde un principio.

¿No era raro que Alfred Cole, el hombre que había cometido ese detestable error en la boda de Cecile, cinco años antes, se convirtiera ahora en su suegro? En realidad Norma simpatizaba con él, no sólo porque él le tenía aprecio, sino por lo orgulloso que estaba de su hijo. ¡Y con buenos motivos!

Conque allí estaba ahora el anillo. Y en el ropero, el vestido de novia: tafeta blanca, salpicada al azar con rosetas de cinta. La elección había corrido por cuenta de Cecile y Amanda. Por su parte, se habría puesto un vestido blanco de calle, de falda corta, ahora que por fin había triunfado sobre lo que Lester denominaba, francamente, su "neurosis". Y nada de velo, por cierto.

¿A qué venía todo esto? Dos personas disfrutan tanto de la mutua compañía que les parece muy sensato continuar con la relación. Y se comprometen a hacerlo ante todo el mundo. Eso es la suma total. Para la mayoría, la religión es un elemento esencial, aunque para muchos, en la actualidad, ya no lo es: simplemente se van a vivir juntos. No, ésa no sería la manera de actuar de Norma. Pero todas estas complicaciones costosas... Fotos, participaciones, regalos y damas de honor (a eso se había negado), ¿qué tenía todo eso que ver con la esencia del hecho?

Pero Lester y Norma estaban en medio de todo eso. Y extrañamente era él quien no se oponía a nada, cuando muy a menudo era el novio quien objetaba o habría querido hacerlo.

Pero él sólo tenía que ponerse un traje y cuidar de no perder los pasajes de avión, mientras que ella estaba ahora esperando a la peluquera y al florista que debía entregar el ramillete, mientras rogaba que no lloviera, con carpa o sin ella.

Según el reloj de la mesa de noche, eran las once y cuarto. Aún quedaban cinco horas y quince minutos hasta las "dieciséis treinta". ¿Por qué no se ponía en las invitaciones "cuatro y media", como dice todo el mundo? ¿Por qué? Bueno, porque no se hace, por eso.

"¿Y por qué estoy sonriendo para mis adentros? Porque soy muy feliz, por eso. Muy feliz".

—Qué bonita se ha puesto Norma —comentó Harriet Newman a Cecile. Y bajó la voz. —Hay que reconocer que nunca fue una niña linda. Es como si se hubiera transformado.

La ceremonia había terminado con las notas finales de la Marcha Nupcial de Mendelssohn. La numerosa multitud caminaba por el jardín, con bebidas y entremeses en la mano. Norma y Lester recibían los besos y las congratulaciones; viendo la buena pareja que formaban, uno habría podido jurar que ellos, entre tanta gente, se mantendrían unidos.

Una conocida había comentado a Cecile: "Deben de pasarla muy bien en la cama, a juzgar por lo dulce que está Norma. Eso siempre cambia a la mujer, sobre todo si ha vivido tan necesitada, no sé si me entiendes". ¡Eso era algo que Harriet Newman jamás habría dicho!

—Fue muy gentil al invitarnos a tu padre y a mí —dijo la señora Newman.

—Oh, ella quería tenerlos aquí. Ustedes son viejos amigos. Recuerda tantas cosas de ti... Lo buena que fuiste con ella cuando murió su madre, y que la llevaste a comprar el vestido de graduación... No ha olvidado nada.

—Bueno, debo decir que entra a una buena familia. Alfred Cole es un hombre destacado.

Cecile, divertida, calculó que ya había oído eso seis o siete veces, ese día.

—Ahora vamos a entrar. Ya eché un vistazo; han puesto mesas largas, para doce personas cada una, me parece. Igual que nosotros, o tal vez más.

—Parece que hubiera sido ayer —dijo Harriet—. Y al mismo tiempo parece que hubieran pasado cien años, aunque se cumplieron apenas cinco el mes pasado.

Al oírla suspirar, su hija comprendió que estaba pensando otra vez en la gran mácula de esos años: los cien nombres que habían discutido, el cochecito doble que aún tenían en el sótano, envuelto en plástico. No era buen momento para hablar de eso, si acaso había algún buen momento para lamentaciones inútiles.

—Vamos —dijo —; ya se están sentando.

A la cabecera, juntos y serenos como una pareja de muchos años, se instalaron los novios, que habían pasado a ser pareja apenas media hora antes. "En cambio Peter y yo", pensó Cecile, "debemos de haber sido los novios más nerviosos de la historia. Yo estaba en las nubes y él tenía la cara tan caliente como si acabara de correr diez kilómetros".

Naturalmente, había algo invariable en esas fiestas de bodas, sobre todo en ese tipo de mesas en las que se termina buscando conversación con perfectos desconocidos, para que no se sientan excluidos entre quienes ya se conocen. Los desconocidos, en este caso, eran gente de la escuela: miembros nuevos del plantel docente, muy jóvenes, junto con el doctor Griffing, recientemente jubilado y muy anciano. Por suerte, todos eran conversadores interesantes.

Claro que para Cecile (por suerte para ella) casi todas las conversaciones eran interesantes, y también la vida de los conversadores. A veces pensaba que, si hubiera tenido el talento necesario, habría intentado escribir una novela. Pues en su experiencia cotidiana, desde el departamento de servicios sociales del hospital hasta las damas con las que mantenía contacto en Cagney Falls, había una rica variedad de caracteres humanos, suficientes para una interminable serie de novelas.

También sabía escuchar; estaba llena de curiosidad y, en ciertas situaciones, le gustaba limitarse a contemplar la escena. Esa tarde la acción era animada. La gente interrumpía la comida para levantarse a bailar. Todos visitaban otras mesas para saludar a alguien. Y sobre todo, se conversaba. De vez en cuando reconocía la voz de Peter, en medio de la charla cruzada al otro extremo de la mesa. Lester y él discutían seriamente sobre algo; era evidente que estaban muy de acuerdo. Eso era estupendo, pues muy a menudo dos grandes amigas descubren que sus esposos no simpatizan. Peter y Larry, por ejemplo, eran menos compatibles de lo que ella hubiera querido, no porque hubiera desacuerdo entre ellos, sino porque eran muy diferentes.

La mirada de Cecile recorrió la mesa hasta llegar a Larry y Amanda, que estaban sentados junto a Alfred Cole. Larry escuchaba atentamente a Alfred y a Amos, que comentaban sus experiencias de la Segunda Guerra Mundial. Amanda estaba más callada que de costumbre. Pero a ella le bastaba con estarse quieta y esperar que todas las miradas viraran hacia ella, pues tarde o temprano así era; hasta los ojos del viejo rector jubilado se desviaban hacia aquella clara corona de cabellos y ese rostro vivaz.

—Cierto —estaba diciendo Alfred—, nadie puede entender a menos que haya estado allá. El Día D yo iba en un tanque, en la primera oleada; por muy buenos que sean la película o el libro, no se acercan remotamente a la realidad.

—Tú estabas allí, en el barro y la sangre —dijo Amos—. Yo, a seiscientos metros de altura; pero allá arriba también había sangre. En mi undécima misión por sobre Alemania (¡Dios mío, no la olvidaré en mi vida!) estaba de pie junto al ingeniero de vuelo, un muchacho simpático de Pawtucket, Rhode Island. El fuego antiaéreo le hizo volar la cabeza. Yo recibí unos arañazos; algunos todavía me molestan, pero a veces sueño con esa muerte.

Alfred asintió.

—Lo sé. En nuestro cuarto día en Normandía ya habíamos avanzado unos tres kilómetros tierra adentro. Llegamos a una aldea que estaba desierta, con excepción de algunos perros y gatos, y nos detuvimos en un granero vacío. Alguien dijo: "Por aquí tiene que haber algo de comer. Tal vez en esa tienda que está calle abajo. Huevos, queso, algo". Yo me ofrecí para ir. Cuando volvía, con una bolsa de comida... melocotones maduros, según recuerdo... vi que el granero había volado, con todos los que estaban adentro.

—Tuvimos suerte —comentó Amos—. Salimos con vida, volvimos a casa y seguimos con suerte. Hemos vivido bien, tú y yo. Aquí estamos, con salud y rodeados de tanta felicidad.

"Ahora va a ponerse emotivo", pensó Cecile, afectuosamente, "como sucede siempre cuando se habla de la guerra". Y así fue: Amos alargó el brazo por sobre la mesa para estrechar la mano de su interlocutor.

—Tendríamos que vernos más a menudo, Alfred. Ya sé que decimos lo mismo cada vez que nos vemos. Pero el tiempo pasa, los dos estamos ocupados y no lo hacemos. ¿Sigues jugando al tenis?

—No tanto como me gustaría. O como debería.

—Bueno, ven a casa a jugar. Mantengo la cancha en condiciones y es una pena que la usemos tan poco. Estamos apenas a media hora en coche, desde el puente de la Avenida Lane.

Era muy raro que Cecile oyera mencionar el puente y la Avenida Lane; en ese momento le provocó una impresión fea, la misma que sentía cada vez que pasaba por allí, camino a su antiguo hogar. Era exasperante que la naturaleza jugara esas malas pasadas, como la de retener en la memoria, contra su voluntad, algo desagradable y sin sentido que se hubiera preferido olvidar.

Larry, que había estado prestando mucha atención a los dos hombres, comentó que Alfred Cole era el abogado ideal cuando uno tenía un problema serio.

—Eso me decían todos cuando empecé a trabajar. Mi padre, sobre todo. Es un gran admirador suyo, señor Cole.

—Oye, Larry, ahora que tu hermana se ha casado con mi hijo, podrías empezar a tutearme, ¿no te parece? Nada de "señor Cole".

—De acuerdo, Alfred —respondió Larry, galante—. Será un placer.

—A propósito, ¿dónde está tu padre? ¿Por qué no se ha sentado con los novios?

—Está por allí, con unos parientes.

A dos mesas de distancia, Lawrence Balsan presidía una serie de cabezas grises y calvas.

—Seis de esos familiares vinieron desde Vancouver —explicó Larry—. Son los primos canadienses de mi madre. Hace años que no nos vemos, pero decidieron venir al casamiento de la hija de Ella; así se llamaba mi madre.

Al volverse para indicar el grupo, su mirada se cruzó con la de su padre y ambos se saludaron agitando la mano. Inmediatamente Lawrence se levantó para acercarse a Norma. En ese momento la orquesta, que había permanecido en silencio por un momento, empezó nuevamente a tocar. Él tomó a la novia por los hombros, le dio un beso y se la llevó.

—Te robo a tu esposa, Lester —dijo—. Búscate otra chica con quien bailar.

Y así se inició el baile. Duraría un largo rato, como siempre, para poner la necesaria pausa entre el plato principal y la llegada del pastel de bodas. El día en que las tres salieron en busca del vestido, Norma había mencionado a sus amigas que habría música de verdad, con piezas románticas, "nada de tam-tam y andar saltando, cada uno por su lado". Eso estaba diciendo Cecile a su esposo cuando pasó

Amanda, bailando con el señor Balsan. "¡Qué pareja notable!", pensó.

—No deberías haberme invitado —gimió Amanda—. ¿Cómo se te ocurrió?

—Por Dios, mujer, pueden oírte.

—No he gritado. Hablo en voz baja. Suéltame. Quiero sentarme.

—¿Qué? ¿Sola a la mesa? O mejor aún, ¿quieres que nos sentemos juntos? ¿Cómo se te ocurre eso a ti? Y ahora sonríe, hazme el favor. Estamos conversando alegremente, bailando y pasándola bien. ¡Sonríe!

—Bueno. Perdona. Ya pasará. Pero duele mucho.

—Sí. Trata de pensar en otra cosa.

—No puedo.

Pero podía. Y cada cosa que pensaba no hacía sino aumentar las palpitaciones de su corazón, el nudo que tenía en la garganta y el escozor de todas las lágrimas reprimidas tras los párpados. Allí estaba el recuerdo de la boda de Cecile, y verla ahora, bailando con Peter. Probablemente ellos también estaban hablando del mismo tema; ella había levantado la cara y él la besaba en el cuello. Cinco años después seguía haciéndolo, y ella seguía deseando que lo hiciera.

—Piensa en Norma, tu mejor amiga, y en lo estupendo que es esto.

"Estupendo, sí. Porque hasta un ciego vería que ha encontrado al marido perfecto para ella, el tipo de hombre que necesitaba".

—Se ha casado con un hombre que responde a todos tus requisitos, L.B., en mejor situación que ella, hijo de uno de los abogados más ilustres de la ciudad.

—No seas amarga, Amanda. Y sigue sonriendo. La gente repara en ciertas cosas.

—¿Cómo pretendes que no sea amarga? Estoy en tus brazos, donde quiero estar, y no tengo ningún derecho.

Esa noche Norma compartiría con Lester una ancha cama en el hotel. Al día siguiente estarían en Grecia, juntos bajo el sol, escalando colinas o tendidos en la arena. Y hablarían del futuro, quizá de esa casa que estaban pensando comprar. Ella, Amanda, sólo había tenido esa parodia de luna de miel, el desencanto absoluto. Y ahora, un lugar vacío y triste.

—¿No va a terminar jamás esta música? Necesito sentarme, L.B., Hiciste mal en...

—Te invité a bailar porque Larry me lo pidió. Le pareció extraño que yo hubiera bailado con todas las mujeres de tu mesa, salvo contigo.

No hubo respuesta.

—Ojalá pudiéramos ir juntos a algún lugar y quedarnos allí para siempre —murmuró él—. Me gustaría tener la conciencia limpia.

—No, L.B. Voy a llorar, te lo advierto. No puedo evitarlo.

—No te aferres. Estás demasiado cerca de mí. Y sonríe, te lo repito. Esto es una boda.

—¡Como si no lo supiera!

Cuando levantó la cara para mostrarle su correcta sonrisa, vio una tierna preocupación bajo la mirada de su compañero, igualmente decorosa.

—¿Qué piensas de lo nuestro? —preguntó él—. ¿Crees que deberíamos cortar?

—¿Si deberíamos cortar? Por supuesto.

—Pero ¿podemos? ¿Puedes?

Amanda, apenada, sacudió la cabeza.

—Está mal, es perverso, pero así son las cosas. Me repito que no perjudicamos a nadie. Y tú debes hacer lo mismo. Nos amamos y no podemos evitarlo.

Capítulo Dieciséis

Cecile llegó a casa poco antes del mediodía. Cuando llegó a la puerta del cuarto donde trabajaba Peter, él levantó la vista.

—Nada —informó ella.

—¿Qué dice el médico?

—Nada. ¿Qué puede decir? Oh, sí, que tenga paciencia.

Habían pasado casi tres años desde el aborto. Allí estaba, con los músculos flojos, como si fuera demasiado trabajo levantar una pierna para dar un paso, demasiado trabajo hasta mover los labios para hablar.

—Bueno, es cierto —dijo Peter—. La paciencia puede ser justamente lo que haga falta, según se dice. O podríamos darnos por vencidos y adoptar.

—Quiero uno propio, Peter —protestó ella, con brusquedad.

Él bajó la vista al tablero y trazó una línea.

—Peter...

—¿Sí, querida?

—¿Esto te aflige tanto como a mí?

Él suspiró.

—Como no soy mujer, supongo que mis sentimientos pueden ser distintos de los tuyos. Me siento desencantado, sí, pero no voy a dedicar el resto de mi vida al desencanto. Nos tenemos el uno al otro. Y si alguna vez te decides a adoptar, como tal vez suceda, lo haremos.

El tono suave de su voz, la piedad de sus ojos, la inquietaron. ¿Qué estaba haciendo? ¿Por qué extendía sobre los dos la nube de su tristeza?

—Cada vez que me pasa esto siento remordimientos —dijo, disculpándose de inmediato—. Espero no hacerlo demasiado a menudo. ¿O sí? Es sólo cuando voy al médico y vuelvo vacía.

—No necesitas dar explicaciones. No, no eres quejosa. Y te comprendo.

—Gracias. —Cecile le plantó un beso en algún punto entre la mejilla y la oreja, inclinada sobre su hombro. —Juraría que te has enamorado de este proyecto. Sin embargo, en un principio lo aceptaste sólo por complacer a mi padre.

—Bueno, fue por más que eso. Pero debo admitir que, en estos meses, esto me ha llenado la mente, tanto aquí como en la oficina. Este mes rechacé dos trabajos para poder dedicarle más tiempo.

—Anoche desperté pasadas las once y no estabas en la cama. Entonces miré por la escalera. Como la luz de este cuarto seguía encendida, no te molesté.

—Genio trabajando, ¿eh? Qué curioso, no soy paisajista ni tengo la menor idea de qué haría uno de ellos aquí. Aun así, en mi mente veo árboles en el lado interior de los caminos, dando sombra a los peatones sin afectar la vista de los automovilistas que pasen por la ruta.

—No creo haber visto nada parecido a este diseño. Los rayos de la rueda llegan hasta el borde, hasta el río, las casas de la Avenida Lane, y más allá, hasta el refugio para aves. Y los círculos dentro de la terminal, esos bellos murales redondos por sobre las puertas... No, podría jurar que esta obra no tiene igual. ¿Cuándo crees que podrás terminarla?

—Me llevará un año, un año y medio más. De cualquier modo, la parte comercial no estará lista hasta entonces, según dice Amos. Oye, ¿no es el día en que las tres mosqueteras se reúnen aquí para almorzar?

—No vendrán hasta la una. Amanda trabaja medio día.

—Bueno, me iré en cuanto guarde todo esto. Voy a reunirme con unas personas que quieren remodelar un granero de mil ochocientos noventa, allá en Jefferson. Calculo que volveré alrededor de las cinco, a tiempo para llevar a mi novia a cenar. Dame un beso, ¿quieres? Pero esta vez que no sea en la oreja.

Amanda se quitó la chaqueta en el vestíbulo.

—Esas malditas lluvias de otoño —protestó—. Qué suerte, tener un lugar para dejar los abrigos mojados. En mi casa entras directamente a la sala con los abrigos y las botas empapados.

—No te quejes —dijo Norma—. Tu casa es el doble de grande que nuestra cabaña.

—Pero ustedes quisieron una cabaña —replicó Amanda.

—Pasen —las calmó Cecile—. El almuerzo está listo. Caliente, para contrarrestar el clima.

Tenía la sensación de que siempre había una vaga animosidad entre esas dos, cierta tendencia a saltar por el comentario más inocente. Se preguntó si se remontaría a aquel viejo asunto de los derroches de Amanda y la actitud protectora de Norma para con su hermano.

—Siempre he dicho que esta casa debería ser fotografiada para las revistas de decoración —comentó Amanda.

En cierto sentido, ese comentario molestó a Cecile; sonaba casi como si ella acostumbrara exhibir sus posesiones.

—Sin esfuerzo de mi parte —dijo.

No era cierto, desde luego. Todo lo que había en el comedor, salvo las flores del centro de mesa, eran cosas heredadas. Lo importante era saber combinar, como todo el mundo sabía. Las hermosas sillas, que antes estaban tapizadas de brocato mohoso, lucían ahora un estampado de pájaros en tono verde suave; los cortinados de la misma tela habían sido reemplazados por cortinas blancas, que se recogían con lazos del tejido estampado.

—Todo aquí es viejísimo —repitió—. Viene de la casa de algún pariente muerto.

—No es ninguna ventaja, Cil —comentó Norma—. A mí también me han ofrecido lo que quiera llevarme de casa. Cualquier viejo tesoro que se me antoje, porque mi padre quiere mudarse a una casa más pequeña, ahora que me he ido.

Rió al pensar en aquella mole oscura, paquidérmica, que era el mobiliario de los Balsan. Las otras no pudieron menos que reír con ella. Norma estaba cultivando una veta humorística que nadie le conocía.

—Me encanta tu casa nueva —dijo Cecile—. Tal vez pienses que no me gustan tus muebles, porque no tengo predilección por lo moderno, pero lo cierto es que los tuyos me gustan mucho. No combinan con Peter y conmigo, pero están muy bien para Lester y para ti. Me gusta mucho, sobre todo con tantos libros y grabados para añadir calidez. Es como si ustedes hubieran vivido muchos años allí.

—Me sorprende que hayan comprado una casa con sólo dos dormitorios —dijo Amanda—. ¿Qué harán cuando tengan familia?

Norma respondió con prontitud:

—No vamos a tener familia.

Cecile quedó estupefacta.

—¿Qué quieres decir?

—Lo que he dicho. No queremos tener hijos. No creemos que una pareja deba tenerlos a menos que los desee de verdad. Y no es nuestro caso. Y si no los quieres, traerlos al mundo es un error. —Un pensamiento extraño, desagradable, un pensamiento viejo, le cruzó por la cabeza: "Sobre todo si tienes una niña con piernas como las mías". —En la escuela estamos rodeados de niños. Al menos Lester, ahora, y a él le encanta. Con ellos tenemos suficiente familia. Y además de trabajar en mi libro y en mis traducciones, doy clases particulares, como ustedes saben.

—Aun así, me cuesta entenderlo —dijo Cecile, melancólica.

—A mí no —aseguró Amanda—. Yo preferiría no tener hijos. Me gusta mi trabajo, salir al mundo todos los días. En vez de estar encerrada en casa, escucho y veo cosas notables.

Norma dijo, áspera:

—En tu caso, puede ser, pero dudo que Larry vea las cosas de ese modo.

Amanda se encogió de hombros; el clima de la mesa cambió de modo abrupto. Al parecer, lo que estaba bien para Norma no lo estaba para Amanda. "Antes no nos maltratábamos así", pensó Cecile, por segunda vez en el día.

—¿Caliento más panecillos? —sugirió.

Amanda se apresuró a decir:

—Espero que tengas alguna noticia alentadora, Cil.

Eso era algo a favor de Amanda: captaba los sentimientos ajenos, como si hubiera visto lo que había en la cabeza de su amiga. Y Cecile se lo dijo:

—Tu sí que comprendes. Sientes mis deseos, aunque no los compartas. Pero no hay cambios. Existe todo tipo de cosas, píldoras, lo que sea. Ya lo sabes. Lees los diarios.

—Ten cuidado con lo que hagas, no vayas a tener séxtuples —bromeó Amanda.

—Lo creas o no, no me molestaría.

Ese triste comentario pareció quedar resonando en la habitación. Consciente de eso, Cecile dijo alegremente:

—He visto que en el escaparate de tu tienda se anuncia una liquidación, Amanda.

—No es nada. Una tontería. Sólo nos quedan unas pocas prendas de verano. Después de todo ya estamos en otoño y van a llegar las cosas de invierno. La señora Lyons quiso que se pusiera el letrero, y mientras no se retire, ella manda. Después se verá... Oh, quería contarles algo realmente descabellado. ¡Las cosas que oigo! Mejor dicho: no yo, sino Dolly. La gente le confía las cosas más locas. ¿quieren enterarse de lo último? Es sobre esta mujer... No voy a divulgar su nombre porque vive en Cagney Falls, pero ya ha tenido cinco esposos. Y el último... no me van a creer...

Amanda relató el absurdo caso hasta que las tres quedaron sofocadas de risa.

"Como por arte de magia, cuando ella está presente el clima cambia", pensó Cecile. Y lamentó que, poco después del almuerzo, Amanda se retirara, diciendo que tenía cita con el médico.

—Es sólo para mi control anual, pero cuando pedí turno olvidé completamente lo del almuerzo. Y ahora es demasiado tarde para cambiar la fecha. Muchas gracias, mi querida Cil. Un beso a Peter de mi parte. Hasta pronto.

Cuando ella se hubo ido, la dueña de casa comentó:

—Desde hace algún tiempo la he notado algo melancólica. Pero hoy parece haber recuperado su vivacidad habitual.

—Sí, he visto algunos cambios, en un sentido y en otro.

—También veo uno en ti, si no te molesta que lo diga.

—¿Qué ves?

—Oh, nada fundamental. Sigues siendo una enciclopedia ambulante, pero... Bueno, ya no hablas de tus piernas. ¿Es obra de Lester, por casualidad?

—¡Muchacha inteligente! Sí, es todo obra suya. Eso y más.

—Me alegro mucho por ti, Norma. Por ti y también por Amanda. Todo les ha salido muy bien a ambas. Cuando vivíamos en esas habitaciones, sobre el claustro, ¿quién habría imaginado dónde estaríamos hoy?

Enfrente del correo había una plaza mínima, con bancos instalados entre los arbustos. Aunque la lluvia había cesado, los bancos seguían húmedos; aun así Amanda se sentó, ciñéndose la gabardina.

Junto a la oficina de correos había una breve hilera de tiendas: una papelería, una farmacia, un bazar y una gasolinera. Pasó un rato sentada, observando la actividad, aunque no era mucha. Los coches entraban en la gasolinera, recibían el servicio y se iban. Una mujer entró en la papelería, llevando un perro pequeño y peludo, con su collar y su cadena rosados. Tres niños salieron del bazar, llevando cada uno un helado doble. Y cada una de esas personas recibió de Amanda una atención absoluta, como si estuviera por pintarlos o escribir algo sobre ellos.

Tarde o temprano tendría que levantarse y continuar camino; de lo contrario, alguien pensaría que le pasaba algo y que necesitaba ayuda. Y en realidad la necesitaba. Habría querido llamar a su madre o correr a verla. Se dice que los soldados jóvenes, combatientes valerosos, llaman a menudo a su madre cuando están heridos o aterrorizados: "Mamá, mamá, ayúdame".

Y allí seguía, temerosa de moverse y sin saber adónde ir. Aún le resonaba en los oídos el cloqueo amistoso y paternal del médico. ¡Se había reído por lo bajo, nada menos! En medio de una frase había reído por lo bajo.

—Tiene una buena noticia para dar esta noche a su esposo, señora Balsan. En abril serán tres. Un bebé para el día de los Inocentes. Son mejores los bebés nacidos en Año Nuevo, porque se los menciona en el diario, pero no deja de estar bien el mes de abril.

Probablemente se creía muy chistoso. Obviamente no se había percatado de lo que sucedía con su paciente.

—Supongo que esas pruebas de embarazo caseras no siempre son exactas —le había dicho ella—. Por eso he venido.

—Bueno, quédese tranquila. No hay ninguna duda. Ya está bien entrada en el segundo mes. —De pronto le entró prisa. En la sala de espera había, cuanto menos, seis mujeres de vientre enorme. —Afuera, en el escritorio, le darán una lista de instrucciones y una cita para el mes próximo. Felicitaciones, señora Balsan.

En el bolso tenía una pequeña libreta con su lapicera. Con ella en la mano, luchó con las palabras. Como tantas veces sucede, gran parte dependía de las palabras que una utilizara: densas y ominosas, como para provocar miedo en quien las escuchara, o dichas en el tono de quien niega la fatalidad, ve el vaso medio lleno y lleva las riendas de la situación. Pero ¿cómo se hace para decir que el vaso está medio lleno cuando en verdad está vacío?

También tenía en su bolso un teléfono celular. Con mano trémula marcó el número de L.B., rezando por que estuviera en el auto. No hubo respuesta.

"Media hora", pensó. "Lo intentaré otra vez dentro de media hora. Mientras tanto debo estabilizarme, contemplar la vida de esta callecita, imaginar cosas sobre los transeúntes y conservar la cordura. Pensar en la gente de la que habla Cecile, en lo horrible de sus tribulaciones y en lo valientes que son. Esa anciana que entra en la tintorería, por ejemplo, tan incapacitada por la osteoporosis; cuando se mira en el espejo debe de preguntarse cómo llegó a merecer esto. O ese coche derrengado que sale de la gasolinera. Una temería salir con él a la autopista, por miedo a que se desarmara. Hay que estar en grandes aprietos para arriesgar la vida en una chatarra como ésa".

Intentó nuevamente llamar a L.B.; esta vez se comunicó, pero sintió que se le quebraba la voz. Bien, la haría corta.

—Necesito verte hoy mismo. ¿Puedes estar allí hacia las cuatro?

—¿Hoy? Es imposible. Estoy apuradísimo. No, no puedo.

—Es preciso —dijo ella.

—¿Qué? Habla más alto. Apenas te oigo.

—Dije que es preciso. Es muy importante, muy grave.

—No puedo, Amanda. Sólo faltan tres días para el sábado...

—Oh, por favor, por favor...

Dicho eso rompió a llorar y cortó.

Él fue el primero en llegar. Mientras la ayudaba a quitarse la gabardina la sintió temblar y se enfadó.

—¿Qué pasa? Habla. ¿Alguien enfermo? ¿Un accidente? ¿Qué pasa? ¿A qué viene este misterio? Cortarme así, llorando... ¡Casi me matas del susto! ¿Qué podía pensar?

Ella se dejó caer en un sillón, con la cabeza entre las manos.

—No te enojes conmigo, L.B.

—No, no estoy enojado. Es una reacción al terror. Esas lágrimas... ¿Qué pasa?

—Estoy embarazada —dijo Amanda, en voz baja.

—¿De veras? Oh, por Dios —él suspiró—. Oh, por Dios. Pero no llores así —agregó en un susurro, acariciándole la cabeza inclinada—. Ah, no, no. ¡Ah, pobre Amanda! No es lo peor que pudiera pasar. Ya sé que no lo quieres, pero no es tan malo, de veras.

Unas grandes lágrimas se desprendieron y echaron a rodar por sus mejillas.

—No comprendes —sollozó—. Es tuyo.

Y levantó la cabeza para mirarlo a los ojos. Él la miró fijamente.

—¿Cómo diablos puedes estar segura? —interpeló. Él, que casi nunca usaba ese lenguaje.

—¿No te parece que sé contar?

L.B. había quedado demasiado estupefacto como para responder. Seguía frente a ella, esperando, mirándola con fijeza.

—Él estuvo con gripe, recayó... Y de cualquier modo, trato de evitar... —con un sollozo, se limpió los ojos con la manga y tragó el resto— de evitar... Se enoja, pero aun así... pasamos semanas enteras sin... Por eso sé que no es posible.

—¿Alguien sabe...? Quiero decir... ¿Hay alguien que pueda darse cuenta?

—¿Si él se dará cuenta, quieres decir? Absolutamente no. Pero yo lo sé. Que Dios me ampare, yo lo sé. No tengo dudas.

—¿Segura?

—Sí. No hay modo de equivocarme.

—Estoy tratando de pensar... ¿qué sucedió, cómo? Pusimos cuidado...

—No hay cien por ciento de seguridad, como bien sabes.

L.B. dejó escapar un gemido grave. Esta vez fue él quien se sentó con la cabeza entre las manos. El silencio era sofocante. Amanda tuvo una súbita visión: estaba en un túnel cerrado por ambos extremos, sin salida.

El despertador matraqueó un poco y dio la hora. Ya habían pasado treinta minutos cuando ella alzó los ojos suplicantes.

—No sé qué hacer. ¿Qué voy... qué vamos a hacer?

Pasaron más minutos antes de que llegara la respuesta. Al fin L.B. se levantó para arrodillarse a sus pies.

—Escúchame —dijo, casi en un susurro—. Es horrible, pero no lo peor que podría pasar. Cuando te oí llorar por teléfono... No supe qué pensar. No sé qué haría si te sucediera algo. Perdóname la impaciencia, cuando entraste. Perdona. Te pido disculpas. Comprende, por favor, y perdóname.

—Pero ¿qué vamos a hacer? —insistió ella.

—Nada. ¿Recuerdas ese caso que publicaron los diarios, hace algún tiempo? Tú me lo mencionaste; hacía quince años que estaban enamorados.

—Pero ella no quedó embarazada, L.B. ¿Qué voy a hacer? —repitió Amanda, implorante.

No la engañaba su tono sereno y lógico. Él se puso de pie y fue hacia la ventana. Allí se estuvo, en su postura contemplativa acostumbrada, con las manos en los bolsillos. No había cedido a ninguna emoción, no caía en lamentos ni en recriminaciones; mantenía todo reprimido, controlado. "La cabeza antes que el corazón", como solía decir Norma. Sí, ahora usaría la cabeza, porque era fuerte y capaz, pero ella sabía que su corazón estaba destrozado. Sabía que él estaba viendo la cara de su hijo y que se despreciaba a sí mismo.

Ella se levantó para apoyarle las manos en los hombros, murmurando:

—Yo también me siento mal.

Él le tocó las mejillas.

—Estás enrojecida por el llanto. Voy a traerte agua fría.

En un gesto tierno, le apretó un paño frío contra los ojos.

—Ya nos arreglaremos, Amanda —dijo, con la misma ternura—. ¿No te digo siempre que nadie sufrirá mientras nadie lo sepa? Eso es lo importante. Limítate a recordarlo. Ahora tenemos que volver a casa.

—No estoy segura de poder. Todavía estoy temblando. ¿Te das cuenta de lo que tendré que hacer cuando llegue? ¿Cómo voy a hacer para decírselo y fingir que estoy feliz?

—Descansa un rato y espera a mañana. Ahora vas a seguirme. Conduciré con mucha lentitud, observándote por el espejo retrovisor. Todo saldrá bien, querida. Créeme. Haremos lo que debamos, porque es necesario. No lo olvides. Es necesario.

Pasó la noche. Amanda pudo dormir, probablemente por el agotamiento; estaba exhausta. Pasó también la jornada de trabajo, hasta que, alrededor de las tres de la tarde, la voz alegre, la actitud animada y la fortaleza se derrumbaron súbitamente. Dolly lo notó.

—Pareces descompuesta —dijo—. No tienes color en la cara. Espero que no te hayas enfermado.

—No sé. Pero me siento como si estuviera por enfermarme.

Al mirar a la vendedora se le ocurrió algo totalmente extraño. ¿Qué pasaría si de pronto barbotaba: "Dolly, ayúdame", y le contaba todo? La imaginó petrificada allí, con los ojos dilatados y la boca abierta. Dolly no disimulaba una vida que muchos (no todos) habrían calificado de irregular, pasando de un hombre a otro, pero hasta la buena y despreocupada de Dolly se habría horrorizado.

Amanda volvió a su casa, pero en vez de acostarse fue a la cocina; allí, en un frenesí de nervios, se dedicó a preparar una cena digna de una celebración. Era eso o salir a correr alrededor de la manzana, se dijo. También se dijo que quizá, si postergaba por algunos días el anuncio a Larry, tal vez pudiera dominarse mejor. Luego se corrigió: postergarlo era pura cobardía.

—¿A qué viene el festín? —preguntó Larry, arrugando la nariz al percibir los aromas a salsa de carne en la sartén y pastel en el horno.

—En la tienda no había mucho que hacer, así que salí temprano. Y cuando entré en la cocina me sentí súbitamente inspirada.

—Bueno, menos mal que no tienes estas inspiraciones todos los días. Ya estaría hecho un tonel. Pero por ahora no voy a pensar en eso. Voy a comer.

Él disfrutaba de la comida. Si las cosas hubieran sido distintas, si ella hubiera sido distinta, si todos esos condicionales no hubieran sido lo que eran, habría sido un placer verlo disfrutar. Entre un bocado y otro, él elogió los bizcochos y describió un encuentro con cierto cliente excéntrico.

Una parte de Amanda escuchaba y ofrecía las respuestas adecuadas. Otra parte revivía el almuerzo de las tres mosqueteras, el día anterior. ¡Qué lejos habían quedado aquellos días de inocencia en que las tres se sentían ya tan maduras y sabias! Ahora Cecile ansiaba un hijo que tal vez no pudiera tener; Norma había tomado la firme decisión de no tenerlos, y ella, Amanda, había vivido temerariamente...

Desde su asiento llegaba a ver, en la sala, una mesita redonda, llena de fotografías de quienes formaban parte de sus años: la familia, en el porche delantero de su casa; ella cuando niña; Larry, miembro del equipo infantil de fútbol; las tres mosqueteras, de birrete y toga; ella misma, con su largo vestido blanco, de pie junto a Larry y el pastel de bodas, en aquella gélida luna de miel.

Y gritó para sus adentros: "¡Ah, Amanda, pórtate como adulta que eres! *Enfrenta las cosas*, dicen. *Sé hombre*, dicen. En tu caso: *sé mujer*, anda".

Lo interrumpió:

—Larry, tengo que darte una noticia. Estoy embarazada.

—¿Qué?

Él se levantó de un salto. El tenedor cayó ruidosamente al plato. Su silla se tumbó con estruendo.

—¿Estás segura? ¿Cuándo te enteraste? ¿Por qué no me lo dijiste en seguida? —corrió en torno de la mesa para abrazarla y besarla en las mejillas, los labios, el cuello y las manos, en un frenesí de entusiasmo—. ¿Estás segura? ¿Cuándo te enteraste? —repitió.

—Hoy. Fui al médico y vine directamente a casa —mintió ella. Y volvió a mentir: —Preparé esta cena para celebrar.

—¡Oh, Dios mío! —exclamó Larry—. Acabo de ganar la lotería. Me han elegido presidente. Voy en un cohete a Marte. ¿Cuándo será?

—En abril.

—¡Dios mío! —repitió él—. ¡Y ni siquiera lo buscamos! Me he pasado prácticamente todo el invierno engripado semana por medio. Y tú, trabajando tanto, no estabas de lo mejor... ¡Mira cómo son las cosas! Pero ¿te sientes bien? ¿Está todo normal?

—Todo normal. —Ella sonrió. ¿No era un milagro poder hacerlo? Algún hada buena debía de estar sosteniéndola.

—¿Te sientes bien, de veras? Estás muy callada.

—Supongo que estoy aturdida —respondió ella, sin dejar de sonreír.

Larry echó un vistazo a su reloj.

—Oye, tengo que llamar a papá y a Norma.

—Deja que tu padre disfrute la noche en paz. Puedes decírselo mañana, en la oficina.

—¿Crees que va a molestarlo enterarse de que va a ser abuelo por primera vez? ¡Se pondrá ancho de orgullo! —Larry caminó hacia el teléfono, pero se detuvo. —Caramba, ¿qué estoy haciendo? Tú primero; es lo que corresponde. Llama a tu familia. Luego lo haré yo.

—Gracias, pero prefiero llamar a mi madre mañana, cuando todos hayan salido a trabajar, para poder charlar a gusto. Lo hacemos a menudo, como verás por las cuentas de teléfono.

—¿Segura?

—Segura. Llama tú, mientras yo lavo los platos.

—No, no. Tú cocinaste. Yo lavaré los platos. Tú te sientas y descansas.

De nada serviría discutir con él. Obviamente, iba a tratarla cómo a una princesa o una inválida por el resto del embarazo. Lo mejor era no hablar más y hacer lo que le viniera en ganas. Y lo que le venía en ganas, en ese momento, era no oír lo que él hablara por teléfono. Sola en la cocina, cerró la puerta.

Pocos minutos después él abrió para anunciar.

—Mi padre quedó estupefacto. Me di cuenta porque apenas dijo palabra.

—¿No dijo nada?

—Oh, qué sorpresa y felicitaciones, por supuesto. Ya sabes cómo es. Nunca dice gran cosa. Pero se notaba que estaba feliz. Muy, muy feliz. Y Norma, emocionadísima. Ella es tan diferente... Bueno, deja que friegue esa sartén. Requiere fuerza. Tú puedes poner los platos en el lavavajillas, si insistes en hacer algo.

—Te estás portando como un tonto, Larry. Encantador, pero tonto. No estoy enferma y no soy una reina.

—Eres mi reina. Y aquí —añadió, dándole una palmadita en el vientre— está el heredero del reino.

¡Ah, Larry, pobre Larry! Amanda habría querido llorar por él, pero no podía.

* * *

—Me emociona verte tan feliz con la noticia —comentó Lester, al entrar por segunda vez en la habitación donde Norma trabajaba en la siguiente edición de su libro de Latín—. Nunca he visto que nada te alegrara tanto.

Ella lo notó algo intrigado. Por su expresión parecía estar preguntando, amablemente, a qué venía tanta alharaca. Después de todo, la mayoría de la gente que quiere niños los tiene sin mucha dificultad, así que no era un suceso tan extraordinario, ¿cierto?

Cierto. Pero dadas las circunstancias, que ella hubiera querido explicarle, aunque jamás lo haría, aquello era un alivio exquisito. Un bebé, esperado con el gozo que Larry obviamente sentía, era la mejor prueba posible de que la pareja estaba sólidamente unida. Eso le indicaba la razón.

—Me muero por ver la cara de Larry —comentó—. Hace tanto tiempo que deseaba esto... Claro que nunca lo dijo directamente, pero se notaba por las indirectas y por su modo de tratar a los pequeños.

La nube que pendía sobre ella desde aquella tarde memorable, en el teatro de la escuela, había desaparecido para siempre. En verdad, se había reducido a un jirón gracias a la suma de su propia facultad racional y al excelente consejo de Lester sobre las malas pasadas que puede jugar la vista. Sin embargo debía admitir que a veces, cuando cambiaba el viento, la nube reaparecía en el cielo claro y quedaba acechando allí, como una pequeña y oscura amenaza sobre el horizonte.

Sólo restaba, para atribularla, un estremecimiento de vergüenza al recordar sus propias sospechas, tan horribles, sucias y obscenas. Al menos nadie más las conocía. Ahora podría arrojarlas simplemente a la basura, como correspondía.

Afuera, por la Avenida Lane, pasaban ruidosamente los camiones. A través de la ventana abierta entraba el calor cargado con vapores de gasolina. Amanda y L.B. estaban tendidos en el diván polvoriento, completamente vestidos, sin deseos ni energía de ningún tipo. Llevaban varios minutos sin hablar.

Pasado un rato L.B. preguntó o dijo, pues era imposible saber si estaba haciendo una afirmación o una pregunta:

—Así que él está feliz.

—Mucho.

—Bueno, se ha pasado los últimos días hablando de eso por toda la oficina. Yo me voy a la otra sucursal. Me mantengo lejos tanto como puedo. No puedo mirarlo.

—¿*Tú* no puedes? ¿Y qué hay de mí? Yo tengo que hacer mucho más que mirarlo, ¿sabes?

—Lo sé, sí. ¿No ha dudado de tus fechas? Dices que muy rara vez...

—No, nunca. ¿Qué motivos tendría para desconfiar de mí? De cualquier modo, somos las mujeres las que llevamos ese tipo de cuentas.

Recorrió con la mirada esa habitación, el refugio seguro contra el mundo exterior. El tiempo mismo, cada hora pasada fuera de él, había sido sólo un marco. Un espacio dorado, bello y amado como una tarde de verano en el campo. ¿Podría ser restaurado?

Era imposible quitar esa culpa que llevaba colgada del cuello, ese albatros aferrado a ella. La acompañaría por los siete meses siguientes. Y después, por el resto de su vida. Por una parte deseaba que esos siete meses pasaran de prisa; por otra, habría querido que no tuvieran fin. La presencia física del niño, de esa pobre e inocente criatura, sería un recordatorio cotidiano, incesante, de que había llegado sin que su madre lo deseara.

¿Cómo haría para amarlo, para mirarlo siquiera, sin pensar así? ¿Cómo podría atenderlo sin dejarle sentir que había algo antinatural en sus cuidados maternales? Por muy intenso que fuera su esfuerzo, seguramente no sería jamás como otras madres, que abrazan, besan y ríen, que discuten apasionadamente de quién ha heredado el niño los ojos y la boca.

El día anterior había recibido una tarjeta de felicitaciones, firmada por toda su familia, incluido el vagabundo marido ocasional de Lorena. La semana anterior, por teléfono, su madre comentó, entre la tristeza y el humor, la diferencia entre sus dos yernos: uno se la pasaba haciendo bebés sin desearlos; el otro, que los deseaba, había tardado años en hacer uno.

Después de cortar, Amanda había quedado sumida en angustiosos pensamientos sobre la familia y las complicaciones. Naturalmente, habría que llamar a L.B. "abuelo", "abuelito", "nono" o algo así. Cuando ambos estuvieran sentados en la misma habitación, ¿cómo podrían volver a mirarse?

—¿Vas a seguir trabajando? —preguntó él.

—Seguiré trabajando hasta el final, y volveré a la tienda en cuanto pueda. De lo contrario me volvería loca. Aun así es posible que me vuelva loca —añadió amargamente.

Él le estrechó la mano.

—Nada de eso. Eres demasiado fuerte.

Y luego, como si sufriera, exclamó:

—Lo siento tanto... No imaginas cuánto lo siento. ¿Qué te he hecho?

—Me has dado los mejores años de mi vida, L.B.

—No me refería a eso. Hablaba de este asunto.

—¿Qué culpa tienes tú? Nunca hay una seguridad absoluta, querido.

—Lo último que querría es hacerte sufrir. Ni a Larry.

En dos años apenas habían pronunciado su nombre diez o doce veces. Siempre daban rodeos para evitarlo, buscando otra manera de decir lo que necesitaban.

De mil maneras distintas, todo había cambiado y continuaría cambiando. Los contactos que ambos evitaban ya volvían a iniciarse: Norma había insistido en que L.B. llevara a sus dos vástagos y a sus respectivos cónyuges a una cena de gala, para celebrar la novedad. Una vez en el restaurante, ellos no se atrevieron a mirarse a los ojos. Amanda pasó todo ese tiempo conversando seriamente con Lester, mientras L.B. se las componía para concentrarse en Norma. Cuando llegara el niño habría más encuentros forzados. Siendo el padre de Larry, ¿cómo no desempeñar su amoroso papel en la vida de la criatura?

¿Y qué pasaría con ese cuarto, ese refugio seguro? Cuando el niño cumpliera dos años, ¿representarían ambos sus papeles en la fiesta del martes, para luego encontrarse allí el miércoles?

Como si hubiera allí alguien que pudiera escuchar, L.B. susurró:

—Te veo lagrimear. Escucha, esto ha sido demasiado repentino; es demasiado pronto para pensar con claridad. Sólo debemos recordar lo que hemos estado diciendo desde un principio: que nadie tiene por qué sufrir. Ya nos arreglaremos.

—Abrázame. Consuélame —susurró ella, a su vez.

—Siempre. Te consolaré siempre. Te amo tanto, Amanda...

A pesar del calor, a pesar del ruido del tránsito, ella cerró los ojos; deseaba, necesitaba, alejarse flotando en una paz familiar. Y siguieron tendidos, en silencio, con las manos entrelazadas.

De pronto un presentimiento horrible malogró la paz de Amanda: "Serás castigada"... Pero como lo amaba, no se lo dijo.

Capítulo Diecisiete

Amanda contemplaba los copos de nieve que caían ante la ventana del hospital. Ya había comenzado la primavera; esa nevada tardía era una extraña manera de recibir a Stevie Balsan en el mundo. Aun antes de esa mañana, cuando por primera vez un médico la había llamado alegremente "mamá", ella parecía estar viviendo en una extraña vigilia.

Muy pronto vendría su madre, en una de sus animosas visitas. Cualquiera diría que a esta altura, después de tener tantos nietos, un bebé más la dejaría indiferente. Pero no: ella aseguraba que cada uno era diferente de los demás, pues nacía de padres distintos y en circunstancias diferentes.

Circunstancias diferentes.

Ahora tendría una excusa para no hacerles esa visita que papá estaba pidiendo. Un nuevo empleo y un aumento de sueldo le habían permitido arreglar un poco la casa. Pero aun así no pretenderían que una viajara con un recién nacido.

Su mano buscó el vientre, como para comprobar si estaba nuevamente plano. Sí, más o menos. El anterior ocupante de ese espacio dormía tranquilamente en la *nursery*. Ella había despertado temprano, sobresaltada; de inmediato se hundió en un pavoroso conflicto de emociones, la mayor de las cuales era el miedo desembozado de saber que pronto se lo traerían.

¿Qué clase de monstruo era? ¡No sentía nada por el niño! ¿Qué significaba eso? Todo era remoto: la nieve, las voces del corredor, la cama blanca y el bebé (*su* bebé) envuelto en una manta azul. Stevie. Era el nombre que había elegido Larry. ¿No sonaba a escupitajo? La cabeza le estaba funcionando mal.

"Déjame tocar", había pedido él una noche, varios meses antes.

Él había sido el primero en observar lo que llamamos "vida", el primer movimiento de la criatura dentro de la madre. Sí, era un milagro, como todos decían. Sin embargo, para Amanda era también algo más: miedo. ¿Qué clase de monstruo sería?

Pensó en todas aquellas semanas en que Larry había sido la bondad en persona, lleno de optimismo. "Al principio casi todas se levantan descompuestas. Debe de ser horrible, pero al menos ya sabes que es parte del juego".

Era una mina de informaciones, algunas acertadas, muchas no. La generalidad de las mujeres no padecían las náuseas por tantos meses como ella. Claro que la generalidad de las mujeres no tenía el cuerpo cargado de miedo, como ella.

"Me han dicho que viene bien comer algo dulce, una tostada con jalea, antes de levantarse".

Al menos ese consejo fue útil. Así que mes tras mes, todas las mañanas, ella permanecía tendida de espaldas hasta que Larry aparecía con el plato de tostadas con jalea. Habría sido mucho más fácil si él la hubiera tratado mal.

Encontraba un amistoso interés por ese nacimiento en las personas más inesperadas, sobre todo al progresar el invierno. Era asombroso e inquietante. Una vecina le tejió un cobertor para el cochecito. La gente le daba consejos sobre la silla alta y la cuna que debía comprar, le recomendaba algún pediatra. Cecile, que había recibido regalos en cantidad suficiente para tres pares de gemelos, ya le había transferido algunos lujos: un acolchado de satén, un reproductor de compactos para la habitación infantil y un jarrito de plata. Norma compró una colección de libros infantiles clásicos para que le leyeran y un traje para nieve, en el que estaba haciendo bordar su nombre. Con una risa afectuosa, informó: "Papá va a regalarle dinero: un cheque bien gordo. Dijo que no tenía idea de qué se le compra a un bebé. Y yo le creo".

Oh, sabía perfectamente qué comprarle a cualquiera en cualquier ocasión, pero no a ese bebé en especial, nacido, como todo ser humano, indefenso y sin culpa. ¿Qué le dirían? La pregunta era absurda, pues la respuesta era simple: nada. "Mientras tú o él estén con vida, no debe saber nada".

Mirar esa carita, libre de toda imperfección, era como mirar una herida. Una herida la llenaba de piedad, pero al mismo tiempo de horror al pensar que un ser humano podía haberla infligido a otro. Entonces apartaba la vista.

Cierta vez había dicho a L.B. que hubiera querido confesarse con alguien. Él comprendió. Siempre comprendía.

Cuando sonó el teléfono junto a la cama presintió que era él. El aparato había estado sonando toda la mañana, pero aún no tenía noticias de L.B.

—¿Estás sola? —preguntó él, cauteloso.

Con idéntica cautela, ella respondió:

—Sí, puedo hablar. ¿Cómo estás?

—Algo mejor, desde que supe que estabas bien. Hasta entonces era un espectador interesado que no se atrevía a demostrar demasiado interés. ¿Fue muy horrible, querida?

—No, en absoluto. Nada fuera de lo común, según me dicen.

—Nada fuera de lo común —repitió L.B., amargamente.

Se hizo un silencio, como si se hubiera cortado la comunicación. Luego ella dijo:

—No soporto mirarlo.

—Yo tampoco quiero verlo.

—Pero tendrás que hacerlo.

—También lo sé.

—No estoy pensando en nosotros, sino en él. ¿Cómo será su vida?

—Muy buena. La mejor. Al menos tendrá el mejor de los cuidados. El resto sólo depende de la suerte, ¿no? ¿No vale eso para todos?

Sabiendo que ese optimismo resuelto llevaba la intención de ayudarla, ella respondió en el mismo tono:

—Pensaré en eso la próxima vez que me lo traigan.

—Piensa también que estoy contigo. Estoy contigo constantemente, todos los días.

—Ya lo sé.

Desde donde estaba, sentada en la cama, sólo podía ver el cielo blanco y esa nieve extemporánea. A pesar de su resolución la invadió una repentina soledad y no pudo contener la exclamación:

—Lo más difícil es la soledad. Hace tanto tiempo, L.B...

—Todo saldrá bien. Eres muy fuerte, Amanda. Soy bueno para reconocer el carácter, y sé que tú puedes enfrentarlo todo. Vivamos un día a la vez. Hoy vas a recibir visitas, según me dijo Norma. Ella irá a verte. Y Cecile también, puesto que trabaja en la planta baja del mismo hospital. Recíbelas con tu mejor sonrisa.

—¿Por qué tienen que venir? Dios mío, mañana estaré en casa. No quiero verlas. No estoy de humor.

—Se comprende, querida, pero tienes que estar de humor, ¿verdad? Desde ahora en adelante, así será para los dos.

Tenía razón. Ya era mediodía. Reunió todas sus energías para levantarse, se lavó y, vestida con una bata rosada, se obligó a caminar por el cuarto. Ante la ventana se detuvo a contemplar la nieve. En un libro que le había regalado L.B. había un poema encantador: "Nieve silenciosa, nieve secreta..." Trató de recordar el resto, pero no pudo; tampoco le venía a la memoria el nombre del poeta. Su mente no estaba funcionando bien. Sin embargo visualizaba con exactitud la cubierta verde del libro y, a su lado, la rosa de tallo largo. Él, tendido en el diván, observándola. Sus recuerdos siempre volvían a él. Con los brazos apoyados en el alféizar, se quedó contemplando la nieve que caía. Aún estaba allí cuando oyó el sonido gozoso de alegres saludos a la puerta. Cecile y Norma habían llegado al mismo tiempo.

—Nos encontramos por casualidad, en el ascensor. ¿No deberías estar acostada?

—No, debería estar de pie.

—Tu esposo es el colmo —comentó Norma—. Llamó a nuestra puerta prácticamente al rayar el día, trayendo un emparedado de pavo para que almorzaras. Lo preparó él mismo, como a ti te gusta, con pan de trigo integral, para que yo te lo trajera. Porque te habías pasado la mitad de la noche despierta y tendrías hambre antes de que él llegara.

—Él también pasó la mitad de la noche aquí —observó Amanda.

—Se le notaba. Estaba agotado. Lo curioso es que tú hiciste todo el trabajo, pero nadie lo diría. ¿Verdad, Cil?

—Está hermosa, como siempre. Te hicimos trampa. Pasamos primero por la *nursery* para echar un vistazo antes de verte. Es adorable.

"Recíbelas con tu mejor sonrisa", había dicho L.B. Amanda sonrió.

—Oh, son todos iguales, redondos y rojos como manzanas.

—Si vieras tantos como yo —objetó Cecile—, sabrías que eso no es cierto. Este bebé tiene una bella cabeza. Y su nariz no es achatada, sino... No te rías, pero va a ser aristocrática.

Norma sí rió.

—¡Aristocrática! ¡Ésa sí que es buena! Pero tienes razón. Ya se nota que es cincelada, como la de su abuelo. ¡Oh, qué gusto para papá, cuando se entere!

—Es un niño con suerte —dijo Cecile—. Dios le ha dado la bendición de mucha gente que lo ama, un abuelo y todos ustedes. Abajo he dejado a una familia destrozada. La semana pasada el padre abandonó el hogar para irse con otra; hoy la madre volverá a casa con el tercer bebé.

—Pobrecito —dijo Norma—. Pero no es novedad. Para todos es cuestión de suerte. Stevie tiene suerte, sí. Dios lo ha bendecido, como tú dices.

"¿Puedo culparlas?", se preguntó Amanda. "Lo que dicen es perfectamente normal, el tipo de cosas que todo el mundo dice cuando nace un niño".

Larry había preparado el sándwich con su generosidad habitual; era enorme. Y como del desayuno había quedado una jarra de jugo de naranja casi intacta, tenía una buena excusa para no hablar. Habría tenido que hacer un esfuerzo mayúsculo para guiar cautelosamente la conversación. Comió y bebió despacio, manteniendo la mirada perdida en la nieve que caía tristemente, sin propósito alguno.

De vez en cuando, en respuesta a una pregunta o un comentario fáciles de responder, se volvía hacia las otras. En su extraño estado mental (y sabía bien lo extraño que era), le parecía verlas en segmentos quebrados, como en una de esas pinturas modernas donde las facciones han sido deliberadamente desplazadas, omitidas o exageradas. Norma era un cuerpo de hombros pequeños con enormes ojos ansiosos y una masa de piernas abultadas; Cecile, algo elongado, con grandes dientes perfectos en una cabeza demasiado pequeña para ellos.

Se aferró a los brazos de la silla, parpadeando, e irguió la espalda.

—¿Estás bien? —preguntó Norma.

—Algo mareada, quizá. Me parece.

—Sería mejor que volvieras a la cama. Al menos recuéstate —dijo Cecile, inmediatamente—. Deja que te ayude.

Estaba mejor así, con las almohadas atrás. Las cosas recobraron su forma. Los ojos de Norma eran los de siempre. Cecile se había puesto el abrigo de mezclilla irlandesa; ya tenía cuatro temporadas de uso, pero aún lucía bien. Quien guarda siempre tiene.

—Vamos a la sala de enfermeras —dijo Norma—. Pediremos que vengan a echarte un vistazo. Tal vez necesites algo.

—Te preocupas demasiado —protestó Amanda.

—No, tiene razón —objetó Cecile—. Después de todo, éste es apenas tu primer día.

Visitar al bebé había sido muy bondadoso de su parte; seguramente le había costado mucho, aunque nunca lo demostraría; tal vez no lo admitiera ante sí misma. Era como un océano en calma, con unas pocas ondulaciones de vez en cuando. En Cecile no se gestaban tormentas. "Ella nunca se habría metido en esta situación", pensó Amanda. "Y Norma tampoco", agregó, mientras las voces se perdían por el corredor.

* * *

La realidad golpeó a Amanda apenas hubo cruzado la puerta de calle. Fue como si un bromista hubiera saltado súbitamente del armario, gritando: "¡Buu!"

"Conque aquí estás", dijo Realidad, "con tu orgulloso marido a un lado y el recién nacido durmiendo en tus brazos. Aquí estás, con pañales, biberones, leche en polvo y el resto de la parafernalia. Aquí viene Joan, la buena de tu vecina, trayendo comida caliente. Y la buena de tu amiga Cecile ha dejado otra cena preparada. La buena de tu cuñada te ha llenado el congelador, para que no necesites cocinar ni ir al mercado por dos semanas. En el suelo hay un montón de regalos sin abrir. En la sala, un ramo de tulipanes y narcisos blancos. Con lo que tienes en el corazón, esta bienvenida basta para rompértelo".

Joan, que tenía tres hijos y estaba esperando otro, venía con consejos:

—En estos tiempos te envían a casa demasiado pronto, Amanda. Deberías subir inmediatamente a dormir en tu propia cama. Activa como eres, te parecerá que es malcriarte demasiado. Pero no es así, créeme. Necesitarás de toda tu energía. Esa personita de tres kilos y medio que llevas en los brazos tiene tantas energías como tú o más aún. Ya lo verás.

—Yo voy a tomar una semana de licencia —dijo Larry—, para que ella descanse. Después tendrá que arreglarse sola. Oye, no lo has visto. Aparta esa manta, querida, y exhíbelo un poco.

—¡Mira ese pelo! —exclamó Joan—. Creo que va a ser rubio como tú, Amanda.

Ella sólo quería verse libre de todos, libre de su cordialidad y su cháchara. Pero replicó, ligera y alegre:

—¿Qué pelo? ¡Si es sólo pelusa!

—No, creo que va a ser rubio. ¿Pero sabes una cosa, Larry? Se parece mucho a tu padre.

—¿De veras? Dámelo, querida, para que lo lleve arriba. Lo pondré en su cuna. Tú sube con Norma. Haz que se acueste, Norma. ¿Has llamado a papá? ¿Le dijiste a qué hora vendríamos?

—Dice que vendrá esta noche, si puede.

—¡Si puede! ¿Cómo es eso? Todavía no conoce a Stevie.

—Tranquilízate, Larry. Ya vendrá.

Mientras subía con Amanda, Norma agregó:

—Cualquiera diría que es Larry quien acaba de dar a luz, ¿verdad? Qué extraños son los hombres.

"Ahora que está casada", pensó Amanda, "Norma sabe mucho de hombres. Al menos eso cree, pobrecita".

Ya sola otra vez, se recostó contra las almohadas, con la vista perdida en el techo. Larry había dejado el diario en la mesa de noche; Norma, un plato con fruta. Cecile había vuelto a su casa. Todo estaba tranquilo, exceptuando el murmullo de voces al otro lado del pasillo, donde los hermanos atendían al bebé. Era Larry quien había escuchado todas las instrucciones de las enfermeras. Menos mal, porque ella las había dejado pasar de largo, olvidándolas de inmediato. En su cabeza no había espacio para otra cosa que el miedo.

Después de un rato creyó oír el timbre; entonces el miedo la aferró por el cuello. Supo quién era antes de que Larry entrara en el dormitorio.

—Sólo quería ver si estabas despierta, tesoro. Es papá. Ha venido a ver a Stevie. Querrá saludarte.

—¡No, no! —exclamó ella—. Estoy medio dormida y sin vestir...

—¡Pero estás bajo las mantas, por Dios! ¡Y él es de la familia!

—Te he dicho que no, Larry. No me importa quién sea. Cierra la puerta. Acabo de llegar a casa y quiero un poco de intimidad.

—Bueno, bueno. Es ridículo, pero le diré que lo deje para otra ocasión. Sabrá comprender.

"Escucha" me había dicho, "vivamos un día a la vez".

"¿Es posible que no quiera al niño, que haya sido un accidente?", se preguntaba Norma, camino a su casa. "Cuando entró, su cara parecía piedra. Y que no haya querido ver a papá fue realmente imperdonable. Una grosería, cuando siempre he reconocido que sus modales eran perfectos. Me extraña, sí".

Más tarde Cecile, en su casa, pensaba en ese bebé encantador. "Tal vez si yo tuviera algún talento maravilloso, si pudiera crear como Peter, que dedica toda su mente y su corazón al Gran Proyecto, con mayúsculas... así tal vez no ansiaría tanto tener un bebé. Tener uno es crear lo más maravilloso..." Se interrumpió. "¡Cuánto envidio a Amanda!"

Larry estaba disgustado.

—En tu lugar, siendo una mujer sana, le daría el pecho. Mira a Joan, la vecina. Ella amamantó a los tres. Es lo que manda la naturaleza.

—Joan es un encanto, pero yo soy muy distinta —replicó Amanda—. Lo que quiero es volver al trabajo. No soy la única, hoy en día.

—No sé cómo soportas separarte de él. Yo no veo la hora de llegar a casa para verlo. Mientras lo cambiaba, hace un momento, me sonrió.

"Que lo crea, si eso lo hace feliz. Los bebés de cuatro semanas no sonríen. Pero pronto va a sonreír y yo querré apartar la vista. ¿Qué motivos tendrá para sonreír, este niñito mío? Tiene una espada suspendida sobre la cabeza. Y yo soy quien la colgó allí. Larry no soporta separarse de él y yo no soporto tenerlo a mi lado, porque me rompe el corazón. ¡Tan adorable, tan inocente! ¿Qué le he hecho?"

Larry se quejó:

—A veces no encuentro sentido a lo que haces. Te dije que mi padre vendría ayer por la tarde. Con lo ocupado que está, tuve que enlazarlo. Y cuando llega tú no estás en casa.

—Lo siento, pero ya te lo expliqué. Me dolía una muela y el dentista no podía recibirme a otra hora.

—No sé qué habrá pensado papá.

—No pensó nada. Eres hipersensible, Larry.

—Me parece que la hipersensible eres tú. Tienes el mundo en las manos. Una casa bonita, un esposo que te ama, un bebé... y actúas como si estuvieras en medio de la niebla. No te entiendo.

—Quiero volver al trabajo, como te dije.

—Bueno, no digo que con el tiempo no puedas. Pero en este momento tienes que estar en casa. Las buenas niñeras cobran una fortuna, si acaso consigues alguna.

"Tengo que salir de aquí", pensó ella. "No puedo quedarme todo el día encerrada con mi culpa. No puedo".

—Como le digo, no es raro —concluyó el médico—. Usted está experimentando una leve depresión posparto. Le recetaré algo liviano. Y vuelvo a recomendarle que no se quede todo el día en casa, aislada. Reúnase con otras madres para caminar o para tomar el té en el jardín. En su vecindario debe de haber muchas.

—Por favor, ¿podría explicar a mi esposo que quiero volver al trabajo? No dentro de un año, sino ahora. Por favor. Lo necesito.

El médico la observaba.

—¿Hay algo más que quiera decirme? —preguntó con suavidad.

—No, gracias. Sólo que necesito volver a trabajar.

—Se lo diré —dijo él, sin subir el tono.

"Sabe que me pasa algo muy malo", pensó Amanda, al salir. "Con el tiempo, a menos que... ¿a menos que qué?... todo el mundo lo sabrá".

Larry había pronosticado que no sería fácil, pero se equivocó. Hallaron a una joven agradable, llamada Elfrieda Webb, para que cuidara a Stevie mientras Amanda estaba en la tienda. Y la señora Lyons se alegró de que volviera.

Ahora podía comunicarse por teléfono con L.B., mientras iba en el auto. Al no tener contacto con él se había sentido como si flotara sola en una balsa, en medio del océano. Se lo dijo cuando, por primera vez en varios meses, se encontraron en el cuarto familiar de la Avenida Lane. Se sentaron lado a lado, en los sillones. Ella esperaba que, después de tanto tiempo, tal vez... Pero no, era imposible, tan poco tiempo después de dar a luz. Una vez que hubo dicho cuanto le vino a la mente, quedó en silencio. Y como L.B. también estaba callado, no hicieron sino mirarse.

Amanda fue la primera en hablar.

—No te lamentes. Ahora me toca a mí recordarte que nos amamos y que no estamos perjudicando a nadie. Ya me siento algo mejor, sólo por estar aquí contigo.

—Odio este lugar, Amanda. Lo sabes.

—No tenemos nada mejor, ¿verdad?

—Por eso lo odio y me odio a mí mismo —dijo él, con vehemencia.

—Sí, lo sé. ¿No comprendes que me sucede lo mismo? ¿Cómo crees que me siento cuando tengo a ese bebé en los brazos? A veces no puedo siquiera mirarlo. Pienso... pienso que si alguna vez debe sufrir por lo que hice... Y entonces corro a alzarlo y lloro.

L.B. se cubrió la cara con las manos, gimiendo:

—Oh, Dios mío, Dios mío...

Ella se arrodilló para encerrarle la cabeza entre las manos.

—No, no —susurró—. Tú me dijiste que superaríamos todo esto.

—Eso fue antes de verlo. Y a Larry, con él en brazos y esa expresión de orgullo, tan feliz... ¡Oh, Dios mío!

Con esa imagen de la balsa en medio del océano, sólo había querido decir que dependía de él, de su guía. Él siempre había sido el más fuerte de los dos. Y ahora se aferraba a ella, literalmente. De pronto Amanda sintió mucho miedo. No tenía a nadie; de su familia, de su madre, tan gentil y amorosa, no podía esperar apoyo ni consejo. Y ahora L.B., la roca, también empezaba a ceder.

—Ojalá no me lo hubieras dicho —murmuró él.

—¿Qué cosa?

—¿No te das cuenta? Si yo creyera que es de Larry podríamos continuar.

—¿Y así no podemos? ¿Es eso lo que estás diciendo?

—¿Cómo continuar? —insistió él.

Amanda se levantó de un brinco.

—¿Me estás diciendo que se terminó? ¿Que debemos olvidarnos de lo nuestro, como si nunca hubiera existido?

—¿Qué quieres que diga? ¿Qué podemos hacer?

—Seguir, de algún modo. ¿No me has dicho siempre que todo saldrá bien mientras no perjudiquemos a nadie? Podemos vernos una vez al mes, mes por medio, no me importa. Mientras tanto siempre está el teléfono. En tanto sepa que estás allí, pensando en mí, no importa.

—Siempre pienso en ti. Pero también en los otros, sobre todo en mi hijo.

—¿Y ahora piensas en él? ¿Ahora? ¿Por qué no antes de... de que llegáramos a ser lo que somos? —Ella hizo una pausa para tomar aliento. —Oh, no deberías haberme hecho esto, L.B.

—No tuve que seducirte, ¿verdad? Seamos realistas. Sucedió. Era algo que los dos queríamos.

Los ojos de Amanda fueron al diván donde tantas veces se habían acostado juntos.

—¿Qué podemos hacer? —preguntó, en voz muy baja.

—Lo mejor sería que yo me fuera.

—¿Me dejarías con Larry, sabiendo lo que eso significa para mí?

—Tal vez si yo me fuera, tú y él...

—¡Sabes muy bien que eso es imposible! Me conoces, conoces mi corazón y mi alma como nadie. ¿Cómo puedes decir eso?

—¿Crees que me gusta decirlo? Mírame. Pero si no hay otra salida, tengo que decirlo, ¿no?

—Si hablas en serio, será mejor que me dé por vencida.

—Tengo que hablar en serio, Amanda. Oh, por favor.

—No puedo creer en lo que oigo. ¡Y oírlo de ti!

El terror y el enojo hicieron que perdiera el control. Recogiendo bruscamente su bolso, marchó hacia la puerta.

—Me voy. Mi vida está hecha pedazos. Estoy perdiendo la cabeza. Subiré a mi auto y me iré a casa. Con un poco de suerte, puede que choque con algún camión y me la destroce.

—¿Adónde vas? Siéntate. No puedes salir en ese estado —L.B. la sujetó por el brazo, pero ella se liberó.

—¿Viniste en tu coche? Sabes que no debes hacer eso. Si te vieran...

—¿Eso es lo único que te importa? —clamó ella, ya bajando la escalera—. Me moría por verte; no tuve paciencia para venir en autobús. Estaba tan ansiosa...

—¡Para! —exclamó él, mientras ambos bajaban ruidosamente.

Aporreó la portezuela del coche, pero ella ya había echado el cerrojo. Y partió transformada en lágrimas, dejándolo en la acera, al borde del llanto.

Sin duda, ambos sabían que ésa no era la ruptura final. En realidad duró sólo hasta la mañana siguiente. Mientras Amanda iba hacia Cagney Falls sonó el teléfono del auto.

Él no había querido decir eso. Estaba muy caído, temeroso, desesperado y lleno de remordimientos. Se había aferrado a la idea de seguir su camino. Y era una idea cobarde, lo admitía. Más aún: era imposible, porque la amaba. La amaba demasiado como para hacerlo. Por lo tanto, era imposible. Ella lo sabía, sin duda.

Continuarían como antes, viéndose cuando fuera posible, aunque fuera muy de vez en vez. La sola idea de que aún estaban juntos ¿no bastaría para sostenerlos?

Cuando ella entró en la tienda, pocos minutos después de esa llamada, su cambio era tal que Dolly señaló:

—Ahora sí que Amanda vuelve a ser la de antes.

Y la costurera comentó que la maternidad parecía sentarle bien.

Que la maternidad le sentara bien a Amanda era discutible. Sin duda, el niñito no había vivido dentro de ella por nueve meses sin dejarle alguna conciencia de ese vínculo de carne y hueso. No obstante, cuando lo veía dormido en su cuna, con los puños cerrados y las pestañas tocándole las mejillas; cuando se enfrentaba a su curioso escrutinio mientras le cambiaba el pañal, o aun a los seis meses, cuando pudo sentarse y extender la mano hacia el sonajero que se le ofrecía, ella tenía la horrible sensación de estar con un extraño. Lo veía con los ojos de la piedad y el horror, como a un niño perdido, abandonado en las calles.

Y como si algún demonio operara entre bastidores, Larry insistía en preguntar, a ella y a todos quienes conocieran a L.B.: "¿No es la viva imagen de mi papá?"

—No sé —respondió ella un día—. Se parece a sí mismo. Es un niño hermoso.

—Siempre dices "el niño", como si hablaras de un bebé anónimo, hijo de cualquier vecino. Se llama Steven. Stevie —apuntó Larry, fastidiado.

Desde el nacimiento de Stevie tenía cambios de humor, algo que antes rara vez sucedía. ¿Acaso no la irritaba con lo plácido y aburrido de su buen carácter? Pero Amanda tenía la sensación de que, en los últimos tiempos, abundaba en esas pequeñas reprimendas estrafalarias o, por el contrario, en arrebatos de euforia durante los cuales recorría la casa canturreando, ya para sus adentros, ya para Stevie, a quien gustaba llevar por todos lados como si fuera un trofeo.

Era padre de un varón; ahora podía compararse orgullosamente con cualquier otro hombre: próspero dueño de casa y padre de un hermoso varón. Quería demostrar su valor. Aún lo enfadaba que Amanda se hubiera salido con la suya en cuanto a trabajar en la tienda. Podía parecer anticuado, pero a él aún le parecía antinatural que una mujer, sin ninguna necesidad, prefiriera dejar a su bebé con otra persona durante todo el día.

¿Cómo iba a imaginar que la tienda era la salvación de Amanda? La mantenía lejos de Stevie y con la mente ocupada. Nadie podía saber cuáles eran los motivos de que, en las tardes de fin de semana, saliera a dar larguísimas caminatas empujando el cochecito: uno era calmar los nervios; el otro, no tener que jugar con el niño en casa. De esa manera, llevando el cochecito delante de ella, no tenía que ver las briznas de pelo nuevo, inconfundiblemente rizado como el suyo, ni su cara, ya tan parecida a la de L.B.

¡Cuánto la habría regocijado ese bebé, si las cosas hubieran sido diferentes! Libraba una gran lucha interior para no amarlo demasiado, pues... bueno, ¿quién podía saber qué iba a suceder? ¿Qué castigos le aguardaban? La extrañaba la seguridad de L.B. ¿Era auténtica o él estaba fingiendo, por el bien de ella y el de Stevie?

Nada debía suceder, nada que hiciera sufrir a ese niñito suyo, con sus gordas piernecitas, sus gordos deditos que sostenían el biberón, sus ojos grandes y serios. A menudo imaginaba que esos bonitos ojos le estaban haciendo una pregunta: "¿quién soy?" Y una vez, sin intención, se le había escapado un grito; lloró con la cara escondida entre las manos, mientras él, en su inocencia, la miraba con fijeza.

"Estoy caminando por la cuerda floja. Estoy de pie al borde de un acantilado, donde un vendaval puede arrojarme al vacío".

Sin embargo, pensaba, para los desconocidos debemos de formar una bella imagen. Y al parecer así era, pues un día, mientras su esposo los fotografiaba en el prado, un anciano que pasaba caminando se detuvo a contemplarlos.

—Irresistiblemente bello. Enmárcalo —dijo a Larry—. Eres un hombre de suerte.

Ahora había una copia enmarcada en la sala; él tenía otra en su escritorio de la oficina. Había ofrecido una tercera a su padre, pero L.B. la rechazó amablemente, diciendo que no acostumbraba exhibir fotos familiares en el trabajo. A Larry le pareció bastante extraño, sobre todo viniendo de un abuelo que había sido tan generoso con la cuenta bancaria abierta a nombre de Stevie. Sin embargo casi nunca venía a verlo. ¿A Amanda no le llamaba la atención?

Bueno, a ella le parecía comprensible. Después de todo, el hombre estaba muy ocupado y tenía su propia vida.

Como ella, L.B. tenía una vida oculta. El gozo de sus relaciones era mucho menos puro que antes de nacer el bebé, pero más profundo; se había vuelto menos físico, más espiritual. Se consolaban mutuamente. Ahora el cuarto de la Avenida Lane permanecía desnudo, sin flores, sin regalos, sin festivas cestas de picnic. A menudo se quedaban acostados, juntos y sin hablar, hasta que llegaba la hora de regresar a casa; entonces se separaban con un abrazo. Con frecuencia pasaban semanas enteras sin que volvieran a verse.

Pasaron los meses. Y pronto Stevie Balsan cumplió el primer año. En la Avenida Lane, Amanda transmitió la forzosa invitación.

—Te lo advierto por anticipado porque Larry va a decírtelo. Ha llamado a los primos, los que van siempre a tus fiestas de Navidad. Y a los vecinos más cercanos, desde luego. No puedes evitarlo.

L.B. lanzó un gemido grave.

—No puedo mirar a ese niño. Querría cavar un agujero y meterme adentro.

—No puedes evitarlo —repitió ella—. ¡Si pudiéramos irnos lejos!

—"Si pudiéramos..." Es mucho decir.

—¿Te parece? ¿No podríamos? Stevie no me necesita. Estaría mejor sin mí. Hago lo que puedo, bien lo sabe Dios. Pero no me irá mejor con el tiempo, según él crezca. Será peor; habrá veces en que él perciba algo sin saber qué es, por qué. Sí, mi pobre pequeño será más feliz sin mí. ¿Qué voy a hacer?

Como no hubiera respuesta, se retorció las manos.

—Sí, sería preferible que no me conociera. Larry lo adora. Y Norma también. Hasta le gusta venir a cuidar de él, algunas noches. Te lo he comentado: viene con Lester, cada uno con un libro, y cuidan de Stevie. Oh —exclamó—, ¿cómo puedo hablar así? Es mi bebé y lo amo. ¿Qué estoy diciendo? Y a pesar de todo...

L.B. habló con suavidad.

—Estás diciendo tonterías, querida. Y lo sabes. ¿Verdad que lo sabes?

—Supongo que sí. —Con el suspiro de Amanda, el cuarto se llenó de una tristeza gris. —Pero basta por hoy. Tienes que venir a la fiesta. No hay ninguna excusa que tenga sentido.

Larry lo había dispuesto todo: durante esa semana se ocupó de las mesas largas, las sillas alquiladas y los globos, mientras ella trabajaba en la tienda de Cagney Falls. Aunque el día era templado y azul, la mente de Amanda estaba un año más atrás, recordando la nieve y la tristeza de aquel día.

Stevie había empezado a caminar justamente el día anterior. Con el traje de hilo amarillo que le había traído Cecile, con patos y gallos bordados a mano, trotaba valerosamente por el prado, desde las manos de Larry a las de Amanda. Luego, embadurnado con cobertura de pastel y de un humor excelente, se dejó pasar de un regazo a otro.

—¡Adorable! —croaban los viejos primos, encantados—. ¡Qué buen carácter! ¿Es siempre así?

Fue Norma quien respondió.

—Sí. ¿No es una bendición tener ese carácter? ¿Y no es una bendición tener un niño así? Pero aún falta tu abuelo, Stevie. Aquí lo tienes, papá.

Amanda se concentró en recoger servilletas de papel y vasos usados.

—Oh, deja eso —protestó Larry—. Limpiaremos después. ¿Dónde está la cámara? ¿La tienes tú, Amanda? Necesitamos una foto de Stevie con papá.

Uno de los primos sugirió:

—Que sea una foto familiar. El abuelo, con Stevie en el regazo; mamá y papá, a cada lado. Permítanme. Todo el mundo dice que tengo buena mano para la fotografía. Aquí... para que no los deslumbre el resplandor. Así.

"¿Cómo llegaremos al fin de este día?", se preguntó Amanda. Y echó un vistazo a su reloj. Eran sólo las dos; lo más probable era que todos se quedaran hasta las cuatro. Larry insistiría. Obviamente, la mayor parte de los vecinos habían venido por él. Era siempre el amigo de todos; ella, en cambio, era la esposa de Larry Balsan. Se sintió débil. Las voces se entrecruzaban en el jardín, vagas, lejanas.

—Ven, Stevie, vamos a jugar con la pelota —ésa era la voz de Norma. Había pasado la mañana enseñando a Stevie a hacer rodar la pelota; eso lo fascinaba.

Amanda se dobló hacia la mesa, luchando contra el mareo, y continuó recogiendo las cosas sin girar la cabeza.

—Juegas tan bien con él, Norma... —comentó una de las primas. Y agregó, con más inocencia que tacto:

—¿No piensas tener uno?

Ella respondió sin alterarse.

—No, pero podría llevarme a Stevie —bromeó. Y todos rieron.

—Ven, mira qué bonita pelota.

Era un juguete barato, hecho de fieltro a bandas rojas, blancas y azules, regalo de la familia de Amanda. Ella imaginó a su madre con "el otro abuelo", preparando el paquete para llevarlo a la oficina de correos, casi en la esquina de la calle principal con la de la iglesia. Hacía mucho tiempo que no veía a su familia, exceptuando a mamá. El pesar le hizo un nudo en la garganta; se enjugó los ojos con el dorso de la mano.

¡Tenía que hablar con L.B.! En cuanto todos se fueron subió a su auto, con el pretexto de devolver algunos libros a la biblioteca. Él aún no había llegado a su casa; atendió desde el teléfono del auto.

—Fue un infierno, ¿verdad? —comentó—. Un verdadero infierno.

—Pobre Stevie. Y pobres de nosotros, por haberle hecho esto.

—Ya te he dicho que Stevie no tendrá ningún problema. ¿Quién puede dudar de su paternidad? Tú no vas a abandonarlo y Larry tampoco. Lo que no sepa, lo que nadie sepa, no le hará daño.

Sólo una vez había utilizado ese tono brusco con ella. Y Amanda se lo dijo, comprendiendo que esa fiesta había sido una tortura para él. L.B. se disculpó de inmediato.

—Admito que fue una tortura, sí, y también para ti. Escucha, queridísima: insisto en decirte que saldremos de ésta. Insisto en decirte que es preciso. ¿No me escuchas? Dentro de dos sábados te estaré esperando. ¿Podrás venir?

—No sé qué pueda pasar ese día, pero no importa. No habrá nada, absolutamente nada que me impida ir.

La confianza de L.B. era como el agua para quien ha pasado dos días sin un sorbo. Pero como necesitaba estar sola por un rato para saborearla, en vez de emprender el regreso fue a la biblioteca; allí seleccionó unos cuantos libros al azar, a fin de explicar la media hora adicional de ausencia, y volvió a casa.

Stevie ya estaba en su cuna, cansado por los estímulos de ese día.

—Lo acosté temprano —dijo Larry—. Empezaba a ponerse nervioso, cosa rara en él. ¡Qué angelito!

—Tiene tu carácter —dijo Amanda, sinceramente.

Allí estaba, cómodamente sentado a la mesa de la cocina, con la camisa húmeda de sudor y manchada con el puré de zanahorias que había dado de cenar a Stevie. Con una cuchara sopera, comía helado directamente de su envase.

—Quedó en la mesa, al sol —explicó—. Un kilo casi entero. Un verdadero desperdicio. Lo estoy comiendo por no tirarlo. Me gusta más cuando está blando.

Y estiró su sonrisa familiar, infantil. No hacía juego con su otra personalidad, la del traje de calle que hacía tantos buenos negocios. "Aun así", pensó ella, "¿quién de nosotros no tiene varias caras?" Y tal como se esperaba de ella, se sentó a la mesa, dispuesta a hacerle compañía.

Se sintió compelida a mirarlo. Llevaba dos años advirtiéndole que estaba aumentando mucho de peso. Por sobre el cinturón se abultaba una panza inconfundible; bajo el mentón tenía un rollo de carne floja. Los ojos parecían pequeños sobre las mejillas regordetas. Hasta ese momento Amanda no había reparado en ellos; se habían encogido, decididamente. Una sensación de repugnancia hizo que se encogiera dentro de sí misma.

—¡Ahhh, chispas de chocolate! —exclamó él, chasqueando los labios.

Esos ruidos hechos con la boca resultaban revulsivos. Larry era limpio, muy limpio, pero tenía ciertos hábitos desagradables, como el de cortarse las uñas de los pies sentado en la cama, dejando que los recortes cayeran a la alfombra. Ella se extrañó de que se pudiera sentir simpatía por otro ser humano y, al mismo tiempo, rechazar el contacto de su cuerpo.

—Hace calor, para ser abril —comentó él—. ¿Recuerdas cómo nevaba hace un año?

Lo recordaba, sí.

—Si tuviéramos piscina me zambulliría, aunque estemos apenas a comienzos de primavera. Nadar en cueros, eso es lo que haría. ¿Te gusta la idea?

—Oh, sí —dijo ella, como correspondía.

Larry se levantó y dio un empujón a la silla con tanta brusquedad que chocó contra la mesa, haciendo repiquetear o caer cuanto había en ella. Luego bostezó.

—Ya que no podemos nadar en cueros, ¿por qué no nos duchamos juntos? Tengo ganas. ¿Y tú?

—En otro momento —dijo ella—. Ha sido un día cansador.

De inmediato se borraron el bostezo, la gran sonrisa y la expresión riente de sus ojos. Los reemplazó una mirada dura.

—¡Nunca quieres nada de lo que yo quiero! —exclamó.

—Eso no es cierto, Larry. Yo...

—"¡Eso no es cierto, Larry!" —la imitó él—. ¿Cuántas veces me has dicho lo mismo, por un motivo u otro? ¿Qué pasa? ¡Nunca me deseas! Siempre soy yo el que da el primer paso. Tú sólo me sigues la corriente... a menos que tengas alguna excusa a mano, como ahora. ¿Crees que no me doy cuenta? ¡Mírame a los ojos! ¿Soy ciego acaso?

Ella lo miró. Los ojillos estaban ahora muy abiertos y llenos de cólera. Eso era un ataque. Sin tiempo para preparar su defensa, Amanda sólo pudo responder débilmente:

—No, no, Larry. No, no.

—¡Sí, sí! ¿Qué pasa? ¿Estoy mugriento, tengo alguna enfermedad o algo así?

—No, Larry. Te equivocas. Escúchame...

—¿Hay otro hombre? Sí, es eso. Tienes a otro en Cagney Falls. Es eso, sí.

"Domínate, domínate", se dijo ella. "Piensa en el bebé. Los gritos de cólera pueden hacerle daño, aunque sea tan pequeño".

—Te equivocas —dijo—. En Cagney Falls no hay otra cosa que una tienda y las mujeres que van a comprar.

—¿No te das cuenta de lo que siento? —exclamó él otra vez—. Eres tan fría como un cubo de hielo. ¿Qué puedo hacer para derretirte?

—Si soy fría no es con intención, Larry. Nunca he querido ofenderte. Si lo hago, perdona. Es mi manera de ser, así como tú tienes la tuya.

Y viendo que la breve llamarada de su esposo ya se estaba apagando, continuó:

—Siempre me dices que soy muy buena y que te trato muy bien. ¿No es cierto? ¿No me lo dices siempre?

—Supongo que sí —murmuró él.

—Por supuesto. Entonces ¿a qué viene todo este alboroto por una ducha? —concluyó ella, con una pequeña sonrisa de reproche, como si tratara con un niño querido que se hubiera comportado mal.

Él volvió a murmurar:

—Bueno, creo que tienes razón.

Daba pena que fuera tan fácil de manipular. Y con esa idea, en los ojos de Amanda comenzaron a agolparse lágrimas de sincera compasión. Al verlas él se llenó de arrepentimiento. Naturalmente, creía que las había provocado con su enojo.

—Ah, no llores, Amanda. Dije una estupidez. Un hombre en Cagney Falls... Haz de cuenta que no dije nada. De cualquier modo, tengo demasiado sueño como para darme una ducha. Hice mal en comer tanto helado. Estoy lleno.

Así de pronto se había desvanecido esa cólera explosiva. Era como la voluta de humo que deja una explosión: se eleva, flota y desaparece en el cielo. Rezongando de buen talante, Larry subió a acostarse.

—Fue grosera otra vez, decididamente —comentó Norma, camino a casa—. No me digas que no lo notaste, Lester.

—No prestaba mucha atención. Estaba sentado a la sombra, conversando con Peter. Es un tipo muy interesante, todo un artista. Muy lejos de lo mío, claro. Yo no sé casi nada de arquitectura.

—Esa foto de familia, con Stevie en el regazo de papá —insistió ella—. Si le hubieras visto la cara...

—Su cara también es una obra de arte —rió Lester—. No puedes negarlo.

—No estoy tratando de negar nada. Tiene una expresión distinta. Pétrea, congelada. Algo debe de andar mal. Desde que nació Stevie percibo una especie de rebelión. Aún pienso que no quería tener un bebé.

—No nos enredemos en psicología de aficionados. —Lester sabía regañar con buen humor. —Si lo que dices de su expresión es cierto, probablemente sea una descompostura o un resfrío en puerta.

—No. Algo anda mal. A mí no se me engaña, Lester.

En otro coche, que viajaba en dirección opuesta, Cecile comentaba que había percibido una clara enemistad entre Amanda y el señor Balsan.

—¿Qué será lo que pasa?

—No tiene por qué pasar nada. A veces dos personas no simpatizan, sobre todo cuando son parientes políticos.

—Los dos son tan buenas personas...

—¿Buenas personas? Eso no significa nada. Todos los días hay buenas personas que se despedazan mutuamente, sobre todo en la familia. Generalmente es por dinero.

—¿Sabes, Peter? De vez en cuando me viene a la memoria aquel día, hace ya tiempo, en que creí verlos del brazo. Fue en esa calle horrible, la Avenida Lane, cerca del puente. Me extraña seguir pensando en eso.

—Quién sabe... Pero es curioso que hayas mencionado a la Avenida Lane. Justamente hoy acabé definitivamente de diseñarla. No imaginas el grandioso paseo circular en que he convertido esa calle.

Capítulo Dieciocho

—Dame tiempo —dijo L.B.—. Esto es como desenredar una maraña o hallar la salida de un laberinto.

—Bueno, ¿puedes desenredar la maraña? ¿Este laberinto tiene salida? ¿No estamos atrapados en él?

—No, pero necesito pensar. Dame tiempo.

Pasó mayo; llegó junio, con sus trinos de pájaros y sus rosas tempranas. Ese verano la tierra se superaba a sí misma, generosa de brisas y verdor, de fragancias y mariposas. Larry caminaba por el patio, cantando: "Oh, qué preciosa mañana... Oh, qué bello el día es..." El arce plantado el año anterior había crecido quince centímetros. Steve dijo "mamá"; Larry ya estaba listo para inscribirlo en Harvard.

Todo era insoportable. Amanda se sostenía a duras penas. Tenía los nervios destrozados. Lloró al ver, por televisión, una película sobre un perro hambriento y maltratado. Un día lloró porque Stevie, al darle ella una galleta, le echó los brazos al cuello.

¿Qué iba a ser de todos ellos?

El autobús avanzaba a tumbos, despidiendo vapores que la hacían sentir mal, casi tanto como en aquellas mañanas de náuseas, durante su embarazo. Se puso un caramelo de menta en la boca, como Larry le había recomendado en aquellos tiempos, y cerró los ojos. Delante de ella un par de señoras maduras, que sin duda iban a ver tiendas al centro, mantenían una conversación discreta. Hablaban con acento puro y voz bien modulada; probablemente eran docentes; se parecían a la gente que Norma y Lester invitaban a cenar.

¿Qué habrían dicho de esa otra pasajera, tan discretamente vestida y tan educada como ellas, si hubieran sabido que iba a una cita con su suegro, en una habitación donde quizás harían el amor?

Más allá de las avenidas centrales, donde descendía la mayor parte de los pasajeros, el autobús continuó trabajosamente por callejuelas estrechas; para Amanda eran ya tan familiares que habría podido describir en detalle cada uno de los edificios. Por fin giró ruidosamente en la esquina de la Avenida Lane; allí descendió ella.

Ese edificio se parecía más a un hogar que su casa oficial. A la entrada la saludaron unos adolescentes que vivían en el apartamento de enfrente. No fue exactamente una mueca burlona, pero la semisonrisa y la inconfundible chispa en los ojos mostraban a las claras que no se dejaban engañar: sabían a qué iba ella. Ese pequeño incidente la consternó a tal punto que subió las escaleras a tropezones y aporreó la puerta.

L.B. la tomó en sus brazos. Amanda se aferró a él, escondiendo la cara contra su hombro.

—¿Qué pasa? ¿Qué te ha sucedido?

—Hoy ha sido demasiado. No sé por qué. Es uno de esos días.

—Sí, sí —murmuró él, estrechándola con fuerza.

—Es muy difícil llevar una doble vida, L.B.

Permanecieron juntos, sintiendo la cercanía de un pecho contra el otro. Ella sollozaba muy quedo.

—Llora, llora, querida. No te reprimas. Llorar te hará bien.

Los sobresaltó una sirena.

—Mediodía —dijo él—. Nunca hemos venido tan temprano. Traje el almuerzo: sándwiches de pollo, ensalada, melocotones y un buen vino... para celebrar.

Su tono era suplicante. Quería levantarle el ánimo, pero ella estaba demasiado deprimida como para que eso resultara fácil. Después de todo, había ido a implorarle.

—¿Para celebrar? —repitió—. ¿Tenemos algún motivo?

—Estamos juntos —respondió él, con firmeza—. ¿No es suficiente? Ven, vamos a comer.

Sirvió el vino; ambos entrechocaron las copas sin brindar, sin expresar ningún deseo. Comieron en silencio. De vez en cuando se miraban a los ojos con aire solemne. El ambiente era caluroso y pesado de tribulaciones.

—Quítate la chaqueta —dijo L.B., después de un rato.

La blusa de seda se le pegaba al cuerpo. Ella se la quitó; el breve collar de perlas quedó contra la piel, entre los pechos. Una vez más se miraron a los ojos; siempre sin decir una palabra, se levantaron para ir al diván.

El sol había descendido tanto que la habitación estaba en sombras; de pronto se oyó a la distancia un rumor de truenos.

—Estaba recordando la primera vez —comentó ella, rompiendo aquel silencio, que era como un sueño—. ¿Te acuerdas de la tormenta? Los truenos eran como rugidos en el cielo. Tenía tanto miedo...

—¿De la tormenta?

—De ti —corrigió Amanda—. Y de mí, porque me había enamorado.

—Bueno, yo me había enamorado de ti mucho antes de esa tarde.

—¿Qué vamos a hacer? —exclamó ella, una vez más.

—Ante todo, ser muy prudentes. Norma piensa que... que ustedes no se llevan bien.

Aún no podía pronunciar su nombre. "Larry", pensó ella. "Así de hondo es el dolor".

—¿Por qué piensa eso? —preguntó.

—Un día pasó por tu casa y te vio los ojos enrojecidos.

—Sí. Había estado llorando.

De L.B. surgió un suspiro tan profundo que parecía haberse llevado todo su aliento.

—Escucha —dijo ella, ya con más firmeza—. Nos iremos juntos. Adonde tú quieras. Puede ser Alaska o hacia abajo, cerca del Golfo. A cualquier parte. Yo puedo administrar una *boutique* y tú, trabajar con bienes raíces. Nos arreglaremos.

—Lo dices como si fuera muy fácil. ¿Y Stevie?

—Se quedaría con Larry. No podría llevármelo; jamás le haría eso a Larry. Y a largo plazo, para Stevie será mejor quedarse con él. Norma lo ayudará. Ya has visto cómo adora al niño. —En un gesto que ya se le había hecho costumbre, Amanda entrecruzó las manos. —Para mí también será mejor dejarlo ahora, antes de que crezca y establezcamos una verdadera relación. Ahora puedo separarme de él, si es preciso —terminó, tragándose un sollozo.

—¡Qué precio hay que pagar! —musitó L.B., en voz muy baja—. ¡Qué precio!

—Tal vez, si decimos simplemente la verdad y aceptamos las consecuencias...

—¿Es una pregunta o una proposición?

—Ambas cosas.

—¿Te parece que yo podría mirar a Norma y a Larry a la cara, si supieran la verdad?

—Si te fueras no tendrías que mirarlos —respondió Amanda, también en voz muy baja. Y al no recibir respuesta exclamó otra vez, desesperada. —¿No ves que esto se me ha vuelto imposible? ¡No puedo seguir viviendo en esa casa! Dentro de una hora tendré que regresar. Y no lo soporto. Dormir... en ese cuarto... usa la imaginación... No puedo hacerlo por mucho tiempo más.

L.B. se levantó para acercarse a la ventana, como lo había hecho ella. "Es una manera de liberarse, siquiera por un momento, del lugar donde estás encajonado", se dijo ella. "Puede que afuera, en la calle, en el bosque, dondequiera estés, haya una respuesta escrita. Al menos eso esperas. En las piedras, en los árboles". Y llena de pesar, porque él estaba sufriendo, se acercó para apoyarle las manos en los hombros.

—Despertar por la mañana y encontrarnos juntos —susurró—. Para siempre. Siempre.

Cuando él giró para abrazarla, Amanda creyó ver lágrimas en sus ojos.

—Dame tiempo para pensar algo —dijo L.B.—. Nos amamos. No deberíamos amarnos, pero así es. Dame tiempo para pensar algo.

—Aquí tenemos una ola de calor impresionante —dijo su madre—. Ayer pasó los treinta y ocho grados; la casa es un horno. ¿Estás segura de que quieres venir ahora?

Lo que en verdad estaba diciendo, y Amanda lo sabía, era: "¿Qué te trae por aquí esta semana, si en todo este tiempo no has hecho el menor esfuerzo por visitarnos?

De algún modo ella ignoró la pregunta, inquiriendo a su vez dónde podría hospedarse.

—Tendrás que ir al motel de la autopista. Aquí estamos llenos a reventar. Tenemos en casa al novio de Bebé, hasta que cobre su primer sueldo en el nuevo empleo.

Amanda tenía la sensación de que apenas un día antes su hermana menor (¿la llamarían Bebé hasta el fin de sus días?) estaba en la escuela secundaria. De pronto sintió un cálido deseo de verlos a todos otra vez. Desde el día en que, entusiasta y orgullosa, se había separado de ellos para ir a la universidad, era quizá la primera vez que sentía tanta nostalgia.

Sobre todo quería ver a su madre: no porque esperara recibir ningún consejo específico; L.B. se encargaría de todo eso. Pero hay veces en que una mujer necesita descargar todos sus problemas en el regazo de otra que se interese. ¿Y quién mejor que su madre?

—Tomaré el autobús de siempre —dijo—. Me quedaré esperando en el banco de la parada, hasta que alguno de ustedes pueda ir por mí.

Larry se inquietó por no poder acompañarla.

—¿Es grave lo de tu madre? ¿Qué te dijeron?

—Fue un ataque leve, según mi hermano. Tal vez no sea nada, pero podría ser grave. De cualquier modo, por su manera de hablar me pareció que debía ir.

—Por supuesto. Mira, no hay excusas para no visitar a tu familia. Este otoño tendremos que ir, decididamente. Tal vez por Acción de Gracias. Llevaremos a Stevie para que conozca a sus abuelos e invitaremos a todos al hotel, la hostería o lo que haya, para la cena de Acción de Gracias. ¿Adónde vas?

—Arriba, a preparar mi maleta. Estaré allá una semana; necesito cosas.

—Quédate aquí un rato, a mirar televisión conmigo. Hay un programa estupendo dentro de diez minutos.

Recostado en el sillón, con la camisa abierta, se dio unas palmadas en la panza, grande y pálida, y eructó. Luego se echó a reír.

—¡Ay, perdón! Demasiadas patatas fritas. Cuando empiezo a comerlas no puedo parar. Pero qué importa, si a todo el mundo le gustan los gordos, ¿no? Los gordos tienen buen carácter, ¿no? ¿No te parece que tengo buen carácter?

¡Pobre alma buena, con su inocente sonrisa! Mirarlo le daba tanta pena como repugnancia.

—Sí —dijo con suavidad—, es cierto.

Rip Van Winkle debía de haber tenido la misma sensación. Nada había cambiado. Desde su banco, en la esquina de la calle principal y la de la iglesia, Amanda podía ver el Emporio de Belleza de Sue, con sus frascos de tintura para el pelo; a continuación, la tienda de Ben, con camisas, vaqueros y jardineros en la vidriera. Las veredas humeaban; la brea se fundía en los parches del pavimento. Todo era gris, desde el cielo nublado y caliente hasta las tablas sin pintar.

Allí, en ese mismo lugar, se había detenido el día de su regreso, con un diploma en el finísimo bolso blanco y negro, a sus pies. Allí mismo había esperado el autobús para regresar al norte, donde tal vez aceptara a Larry Balsan (en el caso de que él se lo propusiera) aunque en verdad no le gustaba mucho.

¿Es bueno que no podamos ver el futuro? ¿O es malo?

Sonó una bocina.

—Eh, muchacha, ¿me recuerdas? Soy tu hermano Hank.

Amanda subió a la camioneta y le dio un beso. Su hermano también era el mismo: brazos desnudos bronceados por el sol y pelo rubio, rizado, como el de ella.

—¿Qué te trae por aquí? ¿Problemas?

La pregunta la sorprendió. Podría haberla tomado como un sarcasmo, pero al observarlo notó que era sincera. Hank no era dado al sarcasmo ni a la ironía.

—Sólo quería verlos a todos —respondió ella.

—Bueno, me alegro. Hablamos mucho de ti. Y te aseguro que te estamos muy agradecidos por las cosas que envías. Debes de haber descubierto alguna mina de oro, allá en el norte.

—No, pero tengo un buen sueldo y me gusta compartir. Eso es todo. Además, no es tanto lo que envío.

—Lo suficiente como para hacer arreglos. Cocina nueva, refrigerador nuevo. Y también vistes a los chicos de Lorena. Ese inútil del marido no les compra ni los zapatos.

—Me alegro de poder ayudar, Hank.

—¿Quieres que giremos aquí, para echar un vistazo a la escuela secundaria? Desde que te graduaste no han tenido otro alumno como tú. Tragalibros. Siempre sobresaliente. Todavía se habla de ti.

"Siempre sobresaliente", pensó ella, "pero eso no te impide arruinar tu vida".

La calle, los árboles y la casa, cuando llegaron, parecían extenderle los brazos. Le daban la bienvenida, no sólo los brazos humanos de su familia, sino también cierta sensación de estar a salvo. Si nada cambiaba mucho allí, nada podía salir muy mal.

Allí estaba: la mesa en la cocina, el menú de jamón con arvejas y el pastel de batata, preparado en su honor. Los dos galgos amarillos esperando mendrugos. El menor de Lorena, con su pañal mojado. A pesar de los defectos de los que tanto había ansiado escapar, era su hogar. Y mamá era la madre que la escucharía, y luego le diría que las cosas no estaban tan mal, en realidad. Los moretones dejan de doler cuando mamá los besa.

Alguien dijo:

—Trajiste fotos del bebé, ¿no?

Por supuesto que sí. En cuanto la mesa de la cocina estuvo limpia, distribuyó sus fotos. Inmediatamente todos estuvieron de acuerdo en que Stevie era un niño muy bonito. Pero ¿por qué no lo había traído consigo? ¿Y Larry? ¿Por qué no había venido?

—La próxima vez —prometió ella—. No es nada fácil viajar en avión con un bebé de quince meses, sobre todo si es muy activo, como Stevie.

—¿Quién es el hombre que lo tiene en brazos?

—Ah, ésa es del cumpleaños de Stevie.

—Pero ¿quién es el hombre? —insistió Bebé—. Parece un galán de cine.

—Es el padre de Larry.

—¡El abuelo! —chilló la chica—. No se parece a los abuelos que una ve por aquí. Este hombre es muy buen mozo.

Como cuando se quita la tapa y el agua se escurre por las tuberías, desapareció la sensación de paz y seguridad. En ese momento Amanda hubiera querido girar sobre sus talones y huir. Pero levantó la voz para hacer una pregunta sobre tía Eva.

—La última vez que hablamos, según recuerdo, se había lesionado la rodilla en una caída.

—La pasó mal por un tiempo, pero ya está bien. Y le encantaría verte.

—Hay mucha gente que no te ve desde hace años, Amanda —comentó su madre—. Tío Bob y tía May, los primos Robinson, que viven en Barnville... un montón de gente, si estás con ánimos.

—Bueno, voy a quedarme varios días. Si alguien me lleva en auto, será un placer ir de visita.

Tal vez era lo que necesitaba. Pensar en esas otras personas: la tía vieja, la prima joven con su recién nacido, la ambiciosa adolescente que le recordaba a sí misma, no tantos años atrás.

Al tercer día, cuando regresó de Barnville, su madre la estaba esperando en el porche delantero. Aunque estaban solas, le habló en voz baja, muy seria.

—¿Por qué dijiste a tu esposo que yo estaba enferma, Amanda?

—¿De qué me hablas? —preguntó ella, con una punzada de miedo en el pecho.

—Ha llamado para preguntar cómo estaba yo.

¡Tonta, grandísima tonta! Tenía intenciones de telefonear a Larry y decirle algo sobre su madre, pero en su obnubilación lo había olvidado.

—Necesitaba una excusa para venir. Fue una tontería.

—¿Por qué una excusa? ¿No te llevas bien con él? ¿Por eso tuviste que mentir?

—No, no. Estamos bien. Pero a veces los hombres son muy posesivos, ¿verdad? Yo quería venir de inmediato y Larry no podía dejar su trabajo. Él quería que lo postergáramos hasta Acción de Gracias. Y yo no quise esperar tanto.

Un par de ojos azules, detrás de las gafas, la observaba con atención. Ella los conocía bien: no eran fáciles de engañar.

—Hay algo que no me dices, Amanda.

—No, de veras. De veras.

—Todos... Lorena, Hank, Doreen... tu padre y hasta Bebé, todos tenemos la sensación de que estás en dificultades.

Los ojos azules eran firmes en su examen. Por encima de ellos había un estrecho borde de pelo gris. Surgía del cuero cabelludo, bajo una frondosa mata de cabellos castaños, brillantes. Obviamente, mamá se estaba tiñendo las canas. Ya no era joven. Su vida no había sido fácil y jamás lo sería, por el tiempo que restara. La pobreza. Doreen. Y Lorena con sus tribulaciones. Y Bebé con otro novio, que aún era una incógnita. Hank y Bub, pese a toda su decencia, aún vivían con sus padres, sin llegar a nada. Habría sido cruel darle otro motivo de preocupación, si en el mejor de los casos no podía prestarle ayuda alguna.

—No me has respondido —dijo su madre—. Me intriga que hayas venido a casa justamente ahora, después de tanto tiempo.

—Supongo que fue por nostalgia, simplemente. Ha pasado mucho tiempo.

—Si tienes algún problema serio, deberías decírmelo, Amanda. —Con esas suaves palabras, una sonrisa gentil surgió en los ojos azules. —Bien sabe Dios que he sobrellevado los de Lorena. Y parece que al fin se están resolviendo. Ojalá. No tienes de qué avergonzarte, Amanda. No es un deshonor tener problemas.

"No es un deshonor". No había manera de confiar todo a su madre (a nadie, quizá) sin que pareciera un amorío vil e imperdonable. Esa mujer buena y correcta no comprendería jamás. Por puro amor se esforzaría por comprender, pero la herida sería demasiado cruel.

Su misión allí era imposible. Amanda se levantó para dar un beso a su madre y le aseguró otra vez.

—Fue simple nostalgia, créeme. Y ahora que los he visto a todos, creo que volveré a casa mañana mismo.

Después del interminable y fatigoso viaje en autobús, el vuelo se demoró largamente en Memphis. No había otra cosa que hacer que comprar una revista o comer algo, si se tenía hambre. Mientras Amanda estaba sentada en el bar vio entrar a Peter Mack. Fue una sorpresa para ambos; ella lo lamentó, pues estaba de un humor sombrío, mientras que él bullía de entusiasmo.

—¡Bueno, mira dónde venimos a encontrarnos! —exclamó—. ¿Te molesta que me siente contigo?

—Claro que no.

—¿Dónde has estado?

—Visitando a mi familia.

—Yo, haciendo lo de siempre. ¿Nos demoraremos mucho?

Amanda se encogió de hombros.

—No tengo idea.

—Acabo de llamar a Cil para que se mantenga en contacto con el aeropuerto. ¿Avisaste a Larry? Si necesitas un teléfono celular, puedo prestarte el mío.

Peter buscaba conversación, con la necesidad de comunicar hasta las cosas triviales. Ella se preguntó a qué se debía tanto entusiasmo.

—Ha salido —dijo—. Lo intentaré más tarde.

No era cierto. En verdad, Larry no tenía idea de que ella iba a regresar ese día. El plan era tomar un taxi en el aeropuerto y hacerse llevar a la habitación de la Avenida Lane; desde allí telefonearía a L.B. Por la mañana volvería a casa.

—Menos mal que viajamos un día antes —comentó Peter—. Si hoy fuera tres, correríamos el riesgo de perdernos las celebraciones del Cuatro.

Ella había olvidado por completo el feriado del Cuatro de Julio. En realidad, últimamente olvidaba muchas cosas; la semana pasada, su cepillo de dientes; Hank había tenido que comprarle uno en la ciudad. Y para colmo de bochornos, no había podido recordar cómo se llamaba la esposa del primo Luke.

Peter pidió un sándwich. Como Amanda no le respondía, continuó hablando.

—El padre de Larry ha estado muy gentil al ofrecer su jardín para la fiesta de los vecinos. Fue cosa de último momento, dijo Norma. Sucedió anteayer. Los que la organizan siempre han tenido un enfermo en la familia. Y el señor Balsan, muy generosamente, ha ofrecido su casa.

"Conque tendré que ir a casa de L.B.", pensó ella. Luego se dominó para comentar:

—Desde allí hay una vista maravillosa colina abajo, hasta el campo de juego donde se encienden los fuegos artificiales.

—Cil y yo somos todavía como los chicos. Nos encanta todo eso: el himno, los helados y todo ese chisporroteo en el cielo.

"Todo ese chisporroteo en el cielo". Larry nunca usaba ese tipo de lenguaje. "Si L.B. no fuera quien es", pensó ella, "o si yo hubiera conocido a un hombre como éste... Tal vez, si lo hubiéramos conocido al mismo tiempo, él me hubiera preferido a mí".

—Lástima que Larry no pudiera acompañarte —dijo él—. Bueno, lo primero es el trabajo, ¿no? Lo mismo sucede conmigo. Cil quería acompañarme, pero en el hospital están realizando una gran colecta de fondos. ¿Te has enterado de que quieren nombrarla presidenta de la Hermandad? —Por su cara pasó una expresión suave. —Me alegro por ella. No tanto por el honor, sino porque el trabajo le llena los días.

Conque aún no había señales de un bebé. Amanda recordó cómo había sufrido Peter al pensar que Cil podía morir. "Son, probablemente, la mejor pareja que conozco", pensó. "Éste es el tipo de hombre con quien una puede hablar. Tiene fuerza y sabiduría para resolver las cosas. Si le contara lo nuestro, ¿me daría una solución?"

Había pedido ensalada, pero abandonó el tenedor; no tenía apetito.

—¿Qué pasa? ¿No te gusta? —preguntó él.

—Es mucha cantidad. No tengo tanta hambre.

¿Había pensado, siquiera por un instante, en la posibilidad de consultar a Peter? Se estremeció. ¡Dios no permitiera que esas palabras locas, temerarias, salieran de sus labios!

"Dame tiempo", había dicho L.B. "Ya se me ocurrirá algo". Amanda ajustó algo en su mente para un comentario cortés.

—Supongo que has ido a ver otra de esas estupendas mansiones sureñas.

—Pocas, esta vez. Oh, escucha. Están anunciando nuestro vuelo.

Para alivio de Amanda, sus asientos estaban bien separados. Ella cerró los ojos y apoyó la cabeza contra el respaldo, dejando divagar sus pensamientos. Cuando viajaba entre la universidad y su casa, a menudo le tocaba un piloto parlanchín, al que le gustaba señalar ciertos lugares, allá abajo: un lago, una ciudad, y siempre el río Mississippi. Este piloto debía desconfiar del clima, pues no había dicho nada. Pero ella sabía, guiándose por su reloj, en qué punto solía desviarse hacia el oeste y la vieja universidad, en vez de ir hacia el norte, rumbo a Michigan. Y a la manera ilógica de los pensamientos deshilvanados, tuvo súbitamente una clara visión de Terry, la estudiante secundaria que solía caminar con ella, al salir de Sundale. Vio otra vez el hogar de la muchacha, sencillo y pulcro, tan apacible y seguro, algo para soñar y envidiar. Y se preguntó qué habría sido de Terry. Quizá de vez en cuando pensara en ella. Ah, nunca jamás podría imaginar qué había sido de su antigua amiga.

"Una es joven. Es ignorante, aunque no lo sabe. Hay caminos y eliges uno, aunque no sabes adónde te llevará".

Y en un instante vio la imagen de Stevie, con su sonrisa y el destello de sus dientes diminutos. Su dolor fue tan profundo que dio un respingo en el asiento; al otro lado del pasillo, una mujer la miró con aire de sorpresa.

"Este tipo de cosas debe cesar", se regañó Amanda. "Tengo que relajarme. L.B. sabrá qué hacer. De cualquier modo, Larry no tardará en cansarse de mí. Cualquier otro hombre se hubiera cansado hace mucho tiempo de una mujer que le brinda tan poco. Que sea él quien pida el divorcio. Yo no podría hacerlo. ¿Cómo destrozar a un hombre tan bueno, tan decente? ¿Después de traicionarlo así? No, que sea él quien lo pida. Eso resolverá todo. Y entonces quedaré libre. Me sentiré un poco menos culpable. Y no me importará lo que piensen los demás. Nos iremos lejos. L.B. sabrá qué hacer".

Cecile estaba esperando ante la rueda de equipajes. Amanda esperaba que Peter la perdiera de vista en la muchedumbre; así podría recoger de prisa su maleta y tomar un taxi para ir a la Avenida Lane. Pero ¡qué idea tonta, si Peter y Cecile sabían que ella había regresado! Su cabeza ya no funcionaba bien. Tal como cabía esperar, por mucho que ella quisiera estar sola, sus amigos insistieron en llevarla a su casa.

—Tendrían que desviarse mucho —protestó Amanda, aun percibiendo que la miraban con extrañeza—. Dejen que tome un taxi, por favor. No es ningún problema.

—Ven —dijo Peter, tomándola del codo—. Es ridículo. Te llevaremos a tu casa.

Se instaló en el asiento trasero, sola. Habló poco. Después de cruzar el puente, cuando giraron en la esquina de la Avenida Lane, echó un vistazo a las familiares ventanas del piso alto. Estaban a oscuras.

—¿No te parece que algo le pasa? —preguntó Cecile, cuando hubieron dejado a Amanda.

—Estaba extraña, es verdad. En el aeropuerto, en esos pocos minutos que pasamos juntos, no quería siquiera que le hablara.

—Norma jura que las cosas no andan bien entre Amanda y Larry. Ella está preocupada por su hermano, por supuesto.

—Espero que no sea nada. Pero últimamente no se oye hablar de otra cosa.

—Cierto. Es como para dar gracias por lo nuestro. Cuéntame de tu viaje. Cuéntame todo.

Terminada la cena, ella entregó a Peter un recorte.

—Esto salió publicado en el diario del sábado. Mi padre dijo que el señor Roland y los demás tomaron nota. Esto es una noticia. Y en esta página, un editorial.

Él leyó con lentitud, asintiendo de vez en cuando, y lo releyó antes de hablar.

—Casinos. Me han hablado de esa banda de la legislatura que está fomentando la idea. "Banda" es la palabra adecuada —añadió despectivamente—. "Renacimiento", lo llaman. "Avivar un gran desarrollo comercial". ¡Imagínate! Las tierras húmedas de la costa, esa pequeña península verde, convertida toda ella en un garito de lujo. Hoteles altísimos, centros de entretenimiento y tiendas... todo eso en vez de buenas viviendas, espacios verdes y un santuario para aves.

Y Peter arrojó el diario al suelo. Cecile lo tranquilizó.

—Pero el editorial está por completo de tu parte. Mi padre no se ha preocupado en absoluto. Lee el editorial y verás.

—No me preocupo. Sólo me enfada que la gente pueda ser tan destructiva. Así también me enfado cuando veo uno de esos estupendos edificios antiguos en manos de quienes van a derruirlos.

—Háblame del mármol que fuiste a ver. ¿Cómo era?

—Casi perfecto. Color café con crema, con vetas ligeras, muy delicado. Temía que la memoria me estuviera engañando, pero no era así. Por suerte no necesitaré mucha cantidad; es difícil de conseguir y, por añadidura, cuesta una fortuna. ¿Sabes, Cil, lo refrescante que es husmear en esos lugares apartados? A menudo me digo que se los podría llamar "sitios olvidados". Un ejemplo: por casualidad di con una balaustrada ruinosa que nunca había visto. Por suerte llevaba mi cámara en el bolsillo. Se me ocurrió que podía adaptarla para la terraza semicircular, ruta abajo.

Una vez, humildemente, le había confesado su esperanza de que el museo, como parte del proyecto, hallara algún día un sitio en el Registro Nacional de Sitios Históricos. En realidad, había llegado a admitir que podía tener una buena posibilidad.

Ella se complació al verlo tan radiante. Peter había llegado lejos sin ayuda de nadie, como siempre había querido. Los banqueros que ponían el dinero eran necesarios, sin duda, pero era Peter quien había creado aquello tan grandioso.

Mientras subían la escalera para acostarse, un ruido de cohetes desgarró la oscuridad.

—Los chicos no pueden esperar al Cuatro de Julio —comentó él—. Yo también era así.

"Si tuviéramos uno", pensó ella, sin responder, "lo estaríamos llevando afuera para ver los fuegos artificiales".

—Supongo que el señor Balsan va a organizar un festejo de gala. Le gusta hacer las cosas a lo grande.

El apellido Balsan hizo que ella volviera a pensar en Amanda, que últimamente estaba tan extraña. A la muchacha animosa y simpática que ella había conocido le estaba sucediendo algo. Y Cecile se entristeció.

Capítulo Diecinueve

Cuando Amanda y Larry salieron de la casa el cielo aún estaba luminoso. Él seguía algo fastidiado, pues su mujer había insistido en que Stevie era aún demasiado pequeño para quedarse levantado hasta tan tarde, esperando los fuegos artificiales. Ella temblaba por dentro, aunque se había vestido alegremente de rojo, blanco y azul, dispuesta a mostrarse festiva. A menos que L.B. encontrara el modo de llevarla aparte para dialogar por un momento, tendrían que esperar un largo día más.

Como de costumbre, la irritación de Larry duró muy poco.

—El año próximo lo traeremos con nosotros. Y dentro de algunos años, aunque detesto pensar que el tiempo pasa tan de prisa, estará en la secundaria e irá a todos lados por su cuenta. Oye, ¿te dije que Norma invitó a tu amiga Dolly, la de la tienda? Esta hermana mía piensa en todo. En realidad, fue Cecile quien se lo recordó, porque tú has invitado a Dolly todos los años, pero esta vez pareces haberte olvidado.

Sí, así era Cil, que pensaba en todo. Norma no.

—¿Por qué estás tan callada? —preguntó Larry.

—Escuchaba la música. ¡Qué bella canción! Sube el volumen.

—Ah, sí, es viejísima. *Some Enchanted Evening*. Es más o menos así.

Y comenzó a tararear, desafinando:

—"*...then night after night...*" Algo así. La he olvidado. Es más vieja que mi abuela.

¿Tenía que hacer todo mal, hasta las cosas más sencillas? Cuando ella quería escuchar una canción, ¿no podía tener el buen tino de callarse y dejarla escuchar? ¿Y por qué hay otras personas que cautivan con el gesto más trivial, más insignificante?

—Va a empezar el informativo —dijo él—. ¿Quieres escucharlo?
Ella suspiró:
—Ponlo, sí. —Cuando menos, así no tendría que hablarle.
Larry apagó la radio.
—¡Bah, nada nuevo! Mejor así. Nada de malas noticias que nos arruinen la fiesta. Qué bonito, todo embanderado, ¿no? En verdad, éste es un hermoso vecindario. Pero si tenemos uno o dos niños más, si nos mudamos a casa de papá, el suyo será aún mejor.
De pronto Amanda mostró interés.
—¿Por qué? ¿Él piensa vender?
—No sé. Quizá.
Larry carraspeó. Siempre carraspeaba cuando estaba por hacer una declaración importante, sólo Dios sabía por qué. Ella puso atención.
—Durante tu ausencia papá y yo hablamos seriamente. Él comenzó por hacerme una pregunta extraña: cómo nos llevamos tú y yo, si discutimos mucho... Le dije que no. Tenemos nuestras pequeñas diferencias, claro, pero los dos tenemos buen carácter, sobre todo tú. A decir verdad, es fácil llevarse bien contigo.
Ella lo interrumpió:
—Pero ¿por qué preguntó eso?
Larry hizo un gesto de vacilación.
—Creo que he cometido un error. No debería haberte dicho nada. Es algo confidencial, una sorpresa. Papá va a anunciarlo personalmente, mañana o pasado, y me pidió que guardara reserva.
¡Qué típico de Larry, arruinar la sorpresa y luego dejarla en suspenso! Disimulando su frustración, preguntó con calma:
—¿Qué tiene de confidencial una pregunta como ésa? Anda, cuéntame el resto.
—Está bien, pero que no se te escape. Ni la misma Norma está enterada. Aquí va. No vas a creerlo, pero ha dejado toda la empresa en mis manos; me ha entregado todas las acciones de la compañía, así que ahora soy el único patrón. ¿Te imaginas?
El corazón de Amanda se había lanzado a galopar. Conque se irían juntos, al fin... Una leve sonrisa le tembló en los labios.
—Casi perdí la cabeza por la impresión. Yo esperaba que hiciera algo así algún día; ya en su vejez, cuando se jubilara, yo ocuparía su puesto. Pero nunca imaginé nada como esto. Después de todo, es un hombre joven. Y de la noche a la mañana, Amanda. Así —Larry chasqueó los dedos— tú y yo estamos sentados sobre un montón de dinero. Eh, ¿la sorpresa te ha dejado muda?

Su exuberancia la aterrorizaba. Pensó en la segunda impresión que recibiría, al enterarse de lo que ocultaba el gran gesto de L.B. Y al imaginar esa pobre cara horrorizada, el corazón acelerado le dio un vuelco de piedad.

Como él, naturalmente, esperaba algún comentario, Amanda le preguntó si la decisión era repentina y a qué se debía.

—Parece haber sido muy repentina. ¿Te acuerdas de los parientes que mi madre tenía en Canadá? Bueno, uno de los primos, un viudo mucho mayor que papá y que no está bien de salud, es dueño de muchas propiedades. Se ha pasado la vida trabajando mucho y ahora quiere tomarse las cosas con calma. Se le ocurrió que tal vez mi padre también quisiera vivir un poco más tranquilo. Y lo ha invitado a acompañarlo en un viaje alrededor del mundo. Y después, a administrar en su nombre las propiedades que tiene en la Columbia Británica. Bueno, yo quedé de una pieza. Y papá también. La propuesta parecía excelente y papá la ha aceptado.

Frente a los ojos de Amanda, la ruta se bamboleó. La había atravesado algo penetrante, una bala o un cuchillo que acababa de caer contra su cabeza.

—¿Qué dijiste? —susurró—. No te oí. ¿Cuánto tiempo durará eso?

—Oh, indefinidamente. Por lo menos unos cuantos años, mientras viva este primo. Francamente, al principio quedé aturdido con sólo pensar que papá podía dejarnos, pero ahora, después de haberlo pensado por varios días, me parece una idea fantástica. Papá nunca ha viajado, no ha hecho otra cosa que trabajar toda su vida. Si él lo desea, ¿por qué no? Siempre podemos visitarnos.

Amanda sintió una oleada de náuseas y recordó cerrar los ojos, para protegerlos del resplandor de la calle. Larry, sin percatarse, siguió parloteando.

—Bueno, ya llegamos. ¡Mira qué banquete al aire libre! Cuando mi padre está a cargo, es seguro que se comerá bien. La gente de esta manzana no sabrá qué ha pasado este año. Puedes decir lo que quieras, pero tendrás que andar mucho para encontrar un jardín mejor que éste. ¡Caramba, si tan sólo por los árboles...! ¡Esas píceas azules que plantó mi madre! Le encantaban los árboles. Esta vieja casa sería una postal si la pintáramos de blanco, ¿no te parece? Ya sé, siempre has dicho que no quieres esta casa, pero podrías cambiar de idea... ¿Qué te pasa?

—Nada... Algo que comí.

Larry ocupó el último espacio libre al final de la calle, se apeó de un brinco y corrió al otro lado para abrirle la portezuela.

—Jugo de naranja y cereales. No creo que eso pudiera hacerte mal. A menos que la leche estuviera agria.

Ella estaba luchando consigo misma. "No puedes descomponerte aquí. Quedarás como una tonta. Aguanta hasta mañana. Tal vez Larry haya entendido todo mal. Mañana te enterarás. Aguanta".

Había gente pasando por la acera. Ella levantó la cabeza a tiempo para oír la atónita exclamación de Dolly.

—¿Qué le pasa a Amanda?

Larry tartamudeó.

—No sé. Fue de pronto. Dice que está descompuesta del estómago.

"Sí, tal vez haya entendido todo mal".

—Ya está pasando —dijo ella—. No sé qué fue, pero ya pasa.

De cualquier modo, él estaba muy asustado como para aceptar eso.

—¿Estás segura? ¿Llegó y se fue así no más? Convendría consultar con un médico. En esta misma calle hay dos: el doctor Byrnes y un viejo jubilado, el doctor Slater.

Lo último que Amanda necesitaba era un médico que viniera a hacerle mil preguntas.

—Fue algo pasajero. Inexplicable. Lo siento —dijo, ya con firmeza.

—Casi me matas de la impresión, tesoro.

—Ah, les presento a mi amigo, Joey Bates —dijo Dolly—. Con el susto me olvidé de los saludos.

Se hicieron las presentaciones. Amanda levantó la vista hacia la cara simpática del nuevo novio de Dolly, fontanero y bombero voluntario. Parecía *buena persona*, alguien digno de confianza. Pero todo era tan incierto...

—Esta casa es del padre de Larry —explicó Dolly.

Su amigo asintió:

—Bonito lugar.

—¿Estás segura de sentirte bien? —preguntó Larry, dubitativo.

—Segura.

—Bueno, entremos.

En el jardín había una muchedumbre; la gente subía por la cuesta desde el portón principal hacia la parte trasera, donde se habían instalado tres mesas, adornadas con papel crespón rojo, blanco y azul, cargadas de comida. Larry caminaba delante de las muchachas, respondiendo las preguntas de Joe sobre la antigüedad de la casa y la cerca de píceas azules plantada por su madre. Amanda forcejeaba con sus piernas flojas.

De pronto sintió la necesidad de hablar.

—No fue una descompostura del estómago, Dolly. Fue un golpe emocional. Ahora no puedo hablar de eso, porque tal vez resulte ser una tontería. No sé... ¿Cómo estoy?

Su amiga, sorprendida, se volvió para observarla.

—Bien, sí —dijo—. ¿No te alegras de haberte quedado con ese vestido de hilo blanco? Te queda precioso.

—Me refería a la cara. ¿Estoy bien?

—Por supuesto. Como siempre. ¿Qué problema tienes, Amanda? ¿No vas a decírmelo?

—No puedo.

Buscaba con la vista por entre la gente: vecinos, niños y adolescentes ruidosos, junto con diversos empleados de la agencia Balsan. Larry, el sociable, ya se había perdido entre ellos.

Cerca del porche estaban los Mack y los Cole, junto con Alfred. Amanda no quería perder tiempo en conversaciones. Allí había sólo una persona a la que necesitaba ver. Aun así se acercó al grupo.

—¿Has visto esas mesas? —preguntó Norma—. Papá encargó a la panadería francesa sándwiches hechos con *baguettes*. Hay melocotones con vino y pastel de helado de Nueva Orleáns. Él sabe hacer las cosas. Éste es el Cuatro de Julio más lujoso que haya visto en mi vida.

Tal como lo había hecho Larry, hablaba de su padre con orgullo. Cuando movió la mano en un arco elegante, en su dedo centelleó el diamante de Lester. A Amanda le pareció extraño que, de las tres mosqueteras, la menos atractiva tuviera el mejor anillo. ¿No era también extraño tener esa idea tan rara, tan irrelevante? Y lo más extraño de todo era que los árboles habían comenzado a girar en el crepúsculo.

Amanda se mantuvo inmóvil, recostada contra la barandilla del porche. Los otros conversaban; las palabras eran un murmullo sin sentido, en tanto por su mente cruzaban a toda carrera imágenes y sonidos: el chirrido de la hamaca, en ese mismo porche, la noche en que Larry le propuso casamiento; el ramillete blanco que le habían puesto en la mano, durante su luna de miel; la tormenta eléctrica, aquella primera tarde con L.B.; el cuarto de la Avenida Lane.

"Toma el autobús número ocho y apéate en la esquina del puente".

—¿Tu padre está aquí? —preguntó a Norma.

—Sí, por supuesto. Debe de estar arriba, cerca de las mesas.

Ella se alejó abruptamente; demasiado abruptamente, sin duda;

los otros se preguntarían por qué. No importaba. L.B. estaba dialogando con el hombre que servía las bebidas ante una de las mesas. Siempre abrupta, caminó hacia allí.

—Necesito hablar contigo —dijo.

—Aquí no. Ahora no —replicó él, frunciendo el entrecejo en un leve gesto de preocupación.

—Sí, aquí y ahora. Acércate a la puerta de la cocina.

Cuando lo miró a la cara creyó leer allí la respuesta a la pregunta que aún no había formulado.

—¿Es cierto lo que me ha dicho Larry? ¿Que te vas al Canadá?

Entonces vio la alarma de L.B.

—No sé qué te haya dicho Larry...

Pero ella lo interrumpió:

—Dijo que debía ser una sorpresa, pero no pudo contenerse, así que no se lo reproches. Respóndeme: ¿es cierto?

La alarma se convirtió en pánico.

—Yo no diría que... No lo llamaría sorpresa. Quería explicártelo mañana, discutirlo a solas, tú y yo —dijo—. Pero ahora no. Aquí no. Por favor, Amanda.

—¿Por qué no me respondes? Es una pregunta rápida y sencilla. Dame una respuesta rápida y sencilla.

—Que Dios nos ampare a los dos. No es tan sencillo. Por favor, Amanda, que estamos llamando la atención. Éste no es lugar para discutirlo.

Las piernas se le estaban aflojando otra vez; se apoyó contra la puerta de la cocina. Y una vez más la invadió esa terrible sensación de irrealidad. ¿Estaban realmente en el jardín de L.B., hablando de ese modo? "¿Yo y él? ¿Él, mi amor, mi mundo?"

—Te esperaré mañana por la mañana, en el cuarto —murmuró L.B.—. Ahora deja que me vaya, antes de que la gente nos observe.

—Basta con que digas: "Me voy sin ti, Amanda. Esto es un adiós". Dilo. Y si no, di que no es cierto.

—Por favor, Amanda—ahora él imploraba—, oh, por favor, ahora no.

—Basta con que digas si me abandonas o no.

Aun viendo que la conmoción no le permitía hablar, insistió, en voz más alta:

—¿Puedes decirme que no es verdad?

—Te lo ruego, Amanda querida. Dejémoslo para mañana.

—Mañana no —replicó ella, alejándose—. No hace falta. Ya me has dado tu respuesta.

Un sollozo seco le quemaba el pecho; el dolor era peor que el del parto. Habría querido esconderse en algún lugar donde pudiera luchar consigo misma sin ser vista. En una esquina del jardín se había congregado un numeroso grupo de adolescentes, que bebían de vasos de papel. Se acercó para perderse entre ellos. Desde allí aún veía a L.B., media cabeza más alto que cuantos lo rodeaban, comportándose como elegante anfitrión. "Angustia", pensó ella. "¿Es la palabra correcta?" Sin duda él sentía lo mismo. Sin duda. Lo tenía escrito en los ojos. ¡Lo conocía tanto, tanto! Entonces, ¿por qué?

Surgió la respuesta: "Porque al fin de cuentas él no puede herir a su hijo. Entonces sufriré yo. Y sufrirá él, quizá no por mucho tiempo, en Canadá. Dondequiera vaya habrá mujeres que corran hacia él, mujeres como esa muchacha que se le acerca en este mismo instante, levantando su linda carita... No ha de tener más de diecisiete años..."

Mientras regresaba hacia las mesas se encontró con Larry, que parecía a un tiempo irritable y preocupado.

—Te he estado buscando por todas partes —se quejó—. ¿Estás segura de que te sientes bien?

"¿Que si me siento bien? Es muy probable que esté perdiendo la cabeza", pensó ella. Y replicó con otra pregunta:

—¿Quién es esa muchacha que está junto a tu padre?

—No sé cómo se llama. Una chica que contratamos para que ayude durante el verano, hasta el comienzo de las clases. ¿Qué te pasa? No tienes buen semblante.

—Nada. Nada. Tengo sed. Voy por una copa.

El barman que atendía las dos poncheras explicó que una de ellas no contenía alcohol, mientras que la otra era "muy alcohólica".

—Vino tinto, ron, jugo de limón... No es para niños. La trajo alguien y el señor Balsan se puso muy nervioso. Por eso debo montar guardia aquí, para que nadie beba lo que no debe.

—Bueno, yo soy mayor de edad —dijo Amanda, sirviéndose.

—No le conviene llenar ese vaso grande, señora —dijo el hombre—. Tome éste. Esa bebida es muy fuerte. No tardará más que unos minutos en hacerle efecto.

—Quiero que me haga efecto —respondió ella, mientras llenaba el vaso alto. "Bebe en cantidad, que tal vez la angustia desaparezca. Siéntate en ese banco circular, bajo ese árbol; bebe a sorbos lentos y espera".

Pero no desapareció. Le ardía todo el cuerpo, desde las piernas hasta la cabeza. Gradualmente, con potencia y decisión, a la angustia se mezcló una terrible cólera por aquella injusticia cruel. Aún seguía sentada allí, esperando que todo estallara, cuando reapareció Larry.

—¿Por qué estás tan extraña? —exclamó—. Insistes en desaparecer. La casa está llena de amigos y tú te sientas sola, con un vaso en la mano. ¿Y qué diablos es eso que bebes? Tienes la cara en llamas. Dame eso.

—Bebo lo que quiero beber. —Amanda se levantó para regresar a la ponchera. —Y si quiero beber más, lo haré.

—¡Amanda! ¡Pero si tú nunca bebes! No has tomado siquiera una copa de vino desde la última Navidad. Dame eso.

—No me des órdenes —replicó ella, en voz alta—. Y tú tampoco —añadió, pues L.B. estaba cerca de la otra ponchera.

Él la miró fijamente. En sus ojos había terror, advertencia y súplica.

—No, Amanda —dijo en voz muy baja, casi inaudible—. No. Esto no es para ti.

La sacudió una nueva oleada de cólera.

—¿Y quién es usted, señor Balsan, para decidir si es para mí o no? —exclamó—. Ocúpese de sus asuntos. ¡Yo ya no tengo nada que ver con usted! ¿Me ha escuchado?

Su voz sonó tan estridente que provocó sobresaltos entre quienes estaban al otro lado del jardín. Larry, en total estupefacción, la sujetó por el codo.

—¡Cómo usas ese tono con mi padre! ¿Has perdido la cabeza?

—Tu padre —se burló ella—. No sabes un comino de tu padre. ¿Sabes lo que ha hecho? No, nada. Pero yo sí. Es cierto, señor Balsan: yo lo sé. Oh, ya lo sabías la última vez que nos vimos, lo que ibas a hacerme. Lo tenías bien pensado, pero no tuviste la valentía de decírmelo frontalmente.

En derredor, varias decenas de personas la escuchaban inmóviles, con curiosidad. L.B. se controlaba.

—Domínate, Amanda. Has bebido demasiado y no estás habituada.

—He bebido demasiado, sí, pero ése no ha sido mi único exceso.

En tanto su voz iba elevando el volumen, cada vez eran más los que volvían su atención hacia la crisis en gestación. Se hizo un silencio inmediato, como sucede en la calle cuando se acaba de producir un accidente horrible.

—Sí —dijo Amanda—. ¡Qué fácil es abandonar el país y olvidar! Quítate la carga de encima y olvida. Olvídate de todo: del amor, del bebé que yo no quería tener, sí, sí. —En su desesperación, en su furia, las palabras surgían de su boca en un torrente; apretaba las manos cruzadas como en plegaria, meciendo el cuerpo. —Oh, sí, un bebé. ¡Un bebé que es tuyo, L.B., no de Larry! Nuestro Stevie, Larry, ni siquiera es tuyo. Hace cuatro años que somos amantes, tu padre y yo.

Y Amanda, sollozando, se derrumbó en un banco.

Fue como cuando se aproxima una catástrofe inevitable, como cuando un avión se precipita a tierra ante los espectadores, como cuando una avalancha desciende sobre una aldea indefensa. Se produjo un momento de parálisis total. Los estupefactos invitados se miraron mutuamente, como si se preguntaran: "¿Es cierto lo que creo estar oyendo?"

Entonces Larry se desplomó. Algunos amigos corrieron a levantarlo, tambaleante, y lo acostaron debajo de un árbol. Norma fue llevada al porche, donde Lester y su padre, Cecile y Peter, le dieron coñac e hicieron por ella todo lo posible, que no era mucho. L.B. se había puesto pálido como un fantasma; los dos médicos lo ayudaron a entrar en la casa. Los padres comenzaban a llevarse precipitadamente a los niños que tenían edad suficiente para comprender, siquiera en parte, lo que acababan de oír. Los perros de la casa se habían puesto frenéticos. Larry pareció enloquecer por completo; sus amigos tuvieron que retenerlo para que no corriera a matar a su padre. Amanda lloraba histéricamente; Joey, el amigo de Dolly, la alzó para llevarla al coche de su amiga.

—Llévala a mi casa —ordenó la vendedora—. Oh, Dios mío, Dios mío, no lo puedo creer —y corrió a recoger el zapato rojo que había caído del pie de Amanda.

La muchedumbre se dispersó poco a poco, demorándose en la acera para intercambiar extrañados comentarios.

—Debe de haber perdido el juicio. ¿O es posible que sea cierto?

—Jamás lo habría pensado de Balsan. Un hombre como él, en una comunidad como ésta...

—Estaba borracha como una cuba. Una vergüenza.

—No, una tragedia. Pobre mujer.

—¡Pero si Amanda nunca bebía! No lo comprendo.

—Tal vez riñeron y ella enloqueció.

—No. Algo así tiene que ser verdad.

—¿Pudiste ver bien a Balsan? Estaba temblando. Tuvieron que sostenerlo para que llegara hasta la puerta. Espero que no acabe sufriendo un infarto o una apoplejía.

—Menos mal que hay médicos en la casa.

Boquiabiertos por la sorpresa, todos se fueron alejando del jardín. Sólo quedaron los perros para recoger los restos caídos en el césped. El silencio de la calle se quebró con el ruido de los motores que se ponían en marcha y se perdían luego a la distancia. Quienes vivían en la manzana regresaron a sus casas caminando en el atardecer. Habían perdido todo interés por los fuegos artificiales. El escenario festivo se había desarmado.

En una reposera del porche, después de largo rato, Norma empezaba a revivir. Habló entre sollozos, suspiros e intervalos de silencio.

—Para comprender esto habría que conocer los misterios del universo o la mente de Dios. ¡A menos que todo eso no sea verdad! Sí, eso es. Por algún motivo descabellado, Amanda lo inventó.

—No —dijo Cecile, en voz baja—. Entré para hablar con el doctor Byrnes. Tu padre ha admitido que es cierto.

Norma se cubrió la cara con las manos.

—Mi padre —susurró—. Mi padre.

Nadie volvió a hablar hasta que ella exclamó otra vez:

—Lester, nunca te dije lo que había visto aquel día. Aquella tarde en el teatro de la escuela, ¿recuerdas? Cuando te dije que había visto...

Se interrumpió sin poder concluir. Cecile acabó por ella.

—Habías visto a Amanda y a tu padre en la Avenida Lane, la tarde en que volvíamos del aeropuerto. Yo también los vi, Norma, pero me parecía tan extraño, tan imposible, que me convencí de haber cometido un error. Por eso no lo mencioné.

—A esto te referías al hablar de gente que había traicionado tu confianza —dijo Lester, sin soltarle la mano.

—A mi padre, sí. Un buen padre, un hombre decente y honorable. Cada vez que lo recordaba me decía: "Bueno, si eran ellos los que iban caminando por la Avenida Lane, debe de haber sido por algún motivo inocente, algo relacionado con una propiedad". Y luego me convencía de que, en realidad, no habían sido ellos.

La luz blanca de la luna llena daba a todos un tono verde pálido, como si estuvieran descompuestos. "Y así es", pensó Cecile. "Esta noche todos estamos descompuestos". Y pensó en su saludable padre, que seguía enamorado de su mujer, después de tantos años. Buscó con la mirada a Alfred Cole; apenas había abierto la boca, pero su mera presencia debía de ser un consuelo para su hijo y su afligida nuera.

Luego, con gran dolor, pensó en Amanda y su querido pequeño. ¿Qué la había poseído para distorsionarle así la mente? Sin embargo, allí estaban todos los que acudían a los servicios sociales del hospital, a menudo con historias increíbles, que parecían pesadillas.

—Debo de estar en coma —dijo Norma—. Me han dicho que, cuando estás en coma, la mente sigue funcionando. ¿No nos hemos olvidado de Larry? ¿Dónde está?

—No, no —la tranquilizó Lester—. Se fue con un amigo que volvía a su casa.

—Pero, ¿adónde? ¿con quién? —Norma quiso levantarse. —Yo debería estar con él.

—El amigo se llamaba Willard —informó Lester—. Lo oí con toda claridad. Era bajo, de pelo rojizo.

—Es cierto. Fueron compañeros de secundaria. Jeff Willard. Tenemos que ir inmediatamente, Lester.

—No, Norma, tú no. No estás en condiciones. Quédate, que yo iré por Larry. Basta con que me des la dirección.

—No la sé —gimió su esposa.

Peter se levantó.

—Iré yo. Quédate aquí —dijo a Cecile—. Tal vez te necesiten allí arriba, si a Balsan le sucede algo.

Cuando dejaron de oír el motor de su coche sólo quedó el coro de los grillos. Nadie hablaba, como si todo hubiera sido dicho. "En realidad", pensó Cecile, "en momentos de graves tribulaciones hay muy poco que decir. Lo sabemos, pero nos sentimos obligados a llenar el vacío con palabras reconfortantes. En cierto modo, el chirrido de los grillos dice más de lo que podría expresar ninguno de nosotros: dice que la vida continúa. Después del desastre, la vida continúa. No obstante, sería una falta de tacto decir algo así a quien está en medio de este desastre".

Arriba había luces encendidas en la gran ventana que debía de pertenecer al cuarto de Balsan. Los médicos seguían con él. Y curiosamente, pese a lo que había hecho, Cecile sintió una profunda piedad por él. ¿Acaso no inspira piedad el hombre sentenciado a prisión perpetua, cualquiera sea su crimen? Pues el recuerdo de lo que hizo lo torturaría eternamente.

Una vez más, Norma se llenó de ira y dolor.

—¡Cuánto la amaba! Le dio todo su corazón desde el primer momento en que la vio, cuando la traje en las vacaciones de primavera. Ese hombre dulce y bueno, mi hermano. Y ella, cómo pudo, es lo que pregunto. Cómo pudo. No quiero verla jamás, lo juro. Es una puta. Claro que mi padre también tiene parte de la culpa. Pero la de ella es peor, cuanto más lo pienso. Fue ella quien lo buscó. Tiene que haber sido así.

No hubo respuesta tampoco para eso. La gente tomaba partido, asignando responsabilidades según su punto de vista. Norma inclinaría la balanza a favor de su padre, aunque fuera sólo un poco. Y entonces la profunda piedad de Cecile fue para Amanda.

Con el correr de los minutos se levantó una brisa leve y glacial. Dentro de la casa, un reloj tocó la hora. Llegó una ambulancia. Algunos hombres vestidos de blanco corrieron a la planta alta. Poco después volvió Peter, trayendo noticias. Como Jeff Willard no figuraba en la guía telefónica, él había solicitado su dirección en la estación de policía. Willard había hecho que Larry se acostara; el médico al que llamó le dio un tranquilizante; por la mañana telefonearía para verificar cómo estaba. Peter había ido luego a casa de Larry; después de pagar a Elfrieda, quien esa noche debía quedarse con el bebé, le pidió que siguiera allí hasta que alguien se comunicara con ella, al día siguiente.

"Alguien", pensó Cecile. "¿Quién? ¿Norma? ¿En su estado? Lester tendrá demasiado que hacer. Mañana iré a cuidar de Stevie en vez de ir al hospital", decidió.

Los minutos seguían corriendo. Una muda inquietud empezó a afectar al grupo, que esperaba noticias del piso alto. Nadie quería subir a preguntar, pero tampoco retirarse sin saber nada.

Como si emergiera de un sueño, Norma volvió a hablar.

—¡Un tranquilizante! Es como poner un apósito en una amputación. Será un milagro que pueda superar esto.

Como nadie se mostró en desacuerdo, Lester cambió de tema dirigiéndose a Peter.

—¿Estás trabajando mucho, este verano? Yo no. Los docentes no nos enriquecemos, pero gozamos de estupendas vacaciones.

Al responder, Peter también trataba de sobreponerse al horror.

—Yo me escapo con mis viajes de rescate. Viejas iglesias, graneros, hoteles... ésos son mis pacientes. En estos días me quedo en casa, trabajando mucho... si se puede decir que uno trabaja cuando hace lo que más le gusta.

"Dos buenas personas", pensó Cecile. Y mientras volvía a pensar en ese incomprensible hombre de la planta alta, Lester dijo:

—De nada sirve que nos quedemos todos aquí. Papá, tú tienes que ir temprano a los tribunales. ¿Por qué no te vas? Y tú, Peter, ya has hecho demasiado, corriendo de un lado a otro. ¡Eso es ser buen amigo! Pero ahora vete a casa y lleva a Cecile. Ya es casi medianoche.

La pareja abandonó el porche. Cuando estaban por subir al auto, Lester llegó a la carrera.

—Se acabó —dijo—. Se ha ido. Hace un par de minutos, mientras lo ponían en la camilla, tuvo un ataque fatal.

Como cabía esperar, la noticia apareció en el matutino del día siguiente. Lo que había sucedido en casa de los Balsan era demasiado terrible como para omitirlo, pero gracias a que el editor en jefe era amigo y cliente de Alfred Cole, quien intervino por la familia de su nuera, la descripción fue decididamente discreta. Se publicó apenas un breve párrafo en una de las páginas interiores, narrando sólo los hechos descarnados, que ya eran bastante horribles.

El obituario fue igualmente breve: la muerte era consecuencia de una hemorragia cerebral; el funeral se llevaría a cabo en privado.

No se mencionó el hecho de que Cecile y Peter hubieran llevado a Stevie a su casa. Fue Norma quien dio su autorización, puesto que Larry no estaba en condiciones de decidir nada. Ya era bastante difícil ponerlo en pie para que asistiera al funeral.

En el coche que seguía a la carroza fúnebre iban Norma y él, con Lester y los dos médicos que habían estado presentes hasta el final. Luego esperaron junto a la tumba, mientras se rezaba una oración pidiendo amor y perdón. Finalmente, acompañados por los médicos, los deudos fueron a casa de los Cole, que hospedarían a Larry hasta que ya no requiriera cuidados.

La mañana siguiente al desastre Cecile telefoneó a Dolly, sólo para enterarse de que Amanda no quería verla.

—Está muy mal —dijo la vendedora—. Pobrecita. No reconozco a nuestra Amanda. Cuando supo que L.B. había muerto volvió a hacerse pedazos. Debe de haber estado loca por ese tipo. No sé. No creo haber estado nunca tan loca por un hombre. En la farmacia me vendieron un somnífero para que le diera. Debería haber llamado al médico, pero no vienen a domicilio a menos que seas muy importante. Y no puedo sacarla de la casa para llevarla al consultorio.

—Quería decirle... Por favor, dile que Peter y yo nos hemos hecho cargo de Stevie. Está en nuestra casa, con su niñera, muy contento.

—Eres toda una dama, Cecile. Es lo que yo siempre decía cuando venías a la *boutique*. No te das aires. Amanda pensaba lo mismo, pero en estos momentos no quiere verte. Tiene miedo que lo que pienses de ella, que es una vagabunda, una sucia borracha y...

—Jamás pensaría semejante cosa de ella. Todo esto es muy triste; creo que nadie sabrá jamás toda la verdad. Díselo en mi nombre, por favor. ¿Y si voy a tu casa, aunque ella no quiera?

—Espera un tiempo. Se la pasa llorando y diciendo que quiere estar sola, escondida aquí. La tendré en casa mientras ella quiera, al menos hasta que pueda valerse sola.

—¿Y después?

—No creo que ella tenga idea.

—Muy bien, Dolly. Tú y yo nos mantendremos en contacto. ¿Tienes mi número de teléfono? ¿Me llamarás? Yo volveré a telefonearte.

—Sí, sí, por supuesto. Oh, si vieras a Amanda, si la oyeras... Dan ganas de llorar.

—¿No es horrible? —dijo la señora Lyons, cuando Cecile llamó a la *boutique*—. Vine corriendo en cuanto me enteré. Apenas podía dar crédito a mis oídos. ¡Una muchacha tan encantadora y educada! Y todo era sólo una fachada para esconder la mugre. Me asombra que Dolly la llevara a su casa. Puedo asegurarte que yo no le permitiría pisar mi umbral.

Por un par de minutos, después de cortar, la indignación de la señora Lyons quedó resonando en el cuarto. Hasta entonces, los únicos seres humanos que se preocupaban por Amanda habían sido Dolly y la familia de Cecile.

Pero según el caso se divulgaba e iba creciendo al repetirse, también se extendía la compasión... junto con una morbosa curiosidad. La gente se preguntaba qué iba a suceder. ¿Un divorcio? ¿Una batalla legal por la custodia del niño?

—¿Cómo diablos hará esa familia para salir del pantano? —preguntó Cecile a Peter—. Hoy hablé con Lester. No se aflige mucho por Norma; dice que es más fuerte de lo que nadie cree, incluida ella misma. Ya está tratando de asimilar la situación de Stevie. Pero Larry es una ruina, lo cual es comprensible. No quiere siquiera mirar a ese bebé, aunque antes lo adoraba a tal punto que a veces parecía tonto. ¡No quiere mirarlo! "No es mío", dice.

Peter alzó las manos en un gesto desesperado.

—No tengo idea. Esto es una tragedia griega.

—Las cosas son así y tienes que enfrentarlas, Larry —dijo Norma—. Ya ha pasado casi un mes. Voy a ser franca contigo. Esta cabaña es demasiado pequeña para que Lester y yo la compartamos contigo.

Su tono era suave, pero firme. Su decisión no se debía a que Lester se hubiera quejado de la presencia de su cuñado: por el contrario, se la pasaba recordándole que el muchacho estaba realmente mal. Simplemente, por muy mal que estuviera, había que tomar decisiones. Y como Larry estaba obviamente incapacitado, las tomaría ella.

—Ahora puedes elegir: vuelves a tu propia casa o te mudas a... a la otra. Ahora es tuya.

—¿Esa casa? ¿Estás loca? ¿Para verlo en todas las habitaciones, cada vez que abra una puerta? ¡Ese monstruo! Y bajo las píceas, donde ella... Oigo su voz. Es chillona, horrible; allí está, con un vaso en la mano. No: preferiría quemar esa casa hasta los cimientos antes que vivir en ella.

Larry había envejecido. Tal vez era cierto que un golpe emocional podía hacer que el pelo cayera o encaneciera por completo, pues el nacimiento de los cabellos se había retirado decididamente hacia atrás. En su frente había arrugas que no existían antes de aquella noche. Era un espectáculo patético e impresionante.

—Bueno, ponla en venta. Pero tendrás que vivir en tu casa con Stevie. Cil y Peter ya lo han cuidado por demasiado tiempo. No hay mejores personas en el mundo, pero no son sus padres..

Larry miraba más allá de su hermana, más allá de la ventana, como perdido en el espacio. Por fin habló con voz casi inaudible.

—¿No te olvidas de algo? Yo tampoco soy su padre.

—Para el mundo, sí. Y para él también. No lo olvides.

—Ahora me explico que él... y ella... nunca se entusiasmaran con ese niño como yo. Ahora comprendo.

—A fuer de ser justos, aunque me duela decirlo —intervino Lester—, ella era buena madre, a su modo.

Larry se levantó de un brinco, gritando:

—¿A su modo? ¡Sí, estupendo ejemplo para un niño! Tan sincera, honesta y digna de confianza... ¡Que se pudra donde esté! ¡Que se pudra, he dicho!

Nadie podía negarle la razón. Por algunos minutos hubo entre ellos un aire lúgubre, hasta que Larry volvió a hablar.

—¿Qué pasa? ¿Ella no lo quiere?

—¿Quién? ¿Amanda?

—Sí, sí, qué otra.

—Todavía no lo sabemos —respondió Norma—. Me han dicho... Cecile ha oído decir... que por el momento no está en condiciones. No sé. Yo no tengo ningún interés en hablar con ella, por cierto.

—¿Y ustedes? Alguien tiene que hacerse cargo del chico. Y ustedes lo aman.

Lester intervino con suavidad.

—Hay muchas cosas a tener en cuenta, Larry. Según dice mi padre, no debemos olvidar que Amanda tiene derechos; tú también. En caso de divorcio, lo primero es otorgar la custodia.

—¡Una mujer como ella no tiene ningún derecho a la custodia!

—Eso es algo que se decide en los tribunales.

—No quiero que lo tenga ella, ¿me has oído?

—¿Por qué? —preguntó Lester.

—¿Por qué? ¿Crees que una mujer así se puede salir con la suya? ¡Es cuestión de principios!

—Pero tú tampoco lo quieres, al parecer —objetó el cuñado, todavía en voz muy baja.

—Dije que quería dejarlo con ustedes, ¿no?

La discusión corría en círculos. Norma y Lester intercambiaron una mirada, meneando la cabeza. El pobre Larry no se mostraba muy razonable.

—Si ustedes fueran tan buenos como para hacer algo por mí... —sugirió abruptamente.

—Por ti haríamos cualquier cosa. Larry.

—Bien, pues, que alguien vaya a mi casa y retire todas las cosas de esa mujer. Ropas, libros, todo. Cuando abra los ojos por la mañana, no quiero ver nada que sea de ella.

—Lo haré mañana mismo.

—Y si no es demasiada molestia, Norma, ¿quieres comprarme otra cama? Si puedes hacerlo también mañana, sólo tendré que quedarme una noche más con ustedes.

—Lo haré también. Y traeré a Stevie a casa. Ya ves que aquí no hay lugar para él y Elfrieda. El niño la necesita, porque Lester y yo no estamos en todo el día. Amanda no tiene casa, por ahora, y Cecile dice que no está en condiciones, de cualquier modo. Elfrieda está dispuesta a quedarse en tu casa. Así que ése es el plan, siquiera por ahora.

Como él no respondía, le recordó, ya con mucha suavidad.

—El niño tiene dieciséis meses, Larry. Y tú eres el único papá que ha conocido.

—Tengo que hablar con Amanda, de veras —dijo Cecile, hablando por teléfono con Dolly—. Si no quiere verme, ¿no puede al menos hablar conmigo por teléfono? Supongo que querrá saber del bebé, ¿no?

—Le di tu mensaje: que está de nuevo en casa, con Elfrieda y Larry. Por el momento está satisfecha. Sólo por el momento.

Cecile comenzaba a impacientarse (esa preocupación llevaba ya casi tres semanas).

—Dile que necesito hablar con ella ahora mismo —imploró—. Por favor, dile que la espero al teléfono.

Pasaron cuatro o cinco minutos antes de que en su oído sonara una voz débil.

—Ya sé que quieres verme, pero todavía no puedo enfrentarme a nadie. No puedo.

—¿Ni siquiera a mí?

—Ni siquiera a ti. Pero te agradezco todo... que hayas llevado a Stevie a tu casa. Di a Peter que le estoy muy agradecida... de veras...

Luego la voz se quebró. Pasado un minuto, Cecile tuvo que reanudar el diálogo.

—Lamento decirte esto, pero han puesto un abogado. El bufete de Alfred Cole se ocupará del divorcio. Tú también necesitas un abogado, Amanda.

—Lo sé. Necesito de todo: otro empleo, un apartamento para Stevie y para mí... No sé hacia dónde correr. Tengo la impresión de que la gente me señala con el dedo. No puedo volver a casa, enfrentarme a mi familia; no puedo siquiera decirles por qué he cambiado el número de teléfono. Ni siquiera Lorena, con ese inútil de su marido, ha hecho lo que yo. No puedo dejar de llorar...

La interrumpió la voz de Dolly:

—¿Ves lo que te decía, Cecile? No puede seguir hablando. Hay que esperar. Di a esa gente que suspenda lo del abogado por un par de semanas, hasta que ella se recupere. Espero que tengan corazón. Por el amor de Dios, la pobrecita no es la asesina del hacha, ¿verdad?

* * *

—Tu hermano está destrozado —dijo Alfred Cole a Norma—. Necesita ayuda, y mucha. Tendría que buscar ayuda psicológica.

—Hemos tratado de convencerlo, pero no quiere —dijo Lester—. Se opone a lavar los trapos sucios delante de un desconocido, según dice. Nos parece absurdo, pero es su manera de pensar.

—Voy a hacerles una sugerencia. Apártenlo de este ambiente por unos cuantos días. Busquen un hotel en el campo, con piscina y buenos lugares para recorrer a pie. Aléjenlo de los malos recuerdos. Hay que levantarle un poco el ánimo.

A Norma le pareció dudoso que Larry accediera. Elfrieda concordaba con ella; naturalmente, la niñera estaba enterada de todo lo ocurrido y, como persona inteligente que era, los mantenía informados de todo lo que sucedía en la casa. El señor Balsan vivía en las nubes. Pasaba la mayor parte del día en la cama. Se negaba a atender el teléfono, por lo que el aparato ya casi no sonaba. No comía casi nada. La ropa empezaba a colgarle, floja. Y aunque estaba en la misma casa que Stevie, rara vez prestaba atención al niño. En pocas palabras, se había retirado del mundo.

Por eso Norma se sorprendió mucho al recibir el mensaje de su hermano. Sí, aceptaba la propuesta; un hotel tranquilo en el campo le haría muy bien. Eso sí: tendrían que ser Lester y Norma los que condujeran, porque él no confiaba en sus nervios.

Dejaron que él escogiera el lugar. Partieron en la semana previa al Día del Trabajo, con rumbo norte. Lester y Norma se turnaban al volante; Larry, sentado en el asiento trasero, guardaba silencio; despertó sólo cuando se detuvieron al costado de la ruta, para comer la merienda que ella había preparado.

Tal como había dicho Elfrieda, apenas probó bocado, pero su hermana y su cuñado se limitaron a intercambiar una mirada, sin hacer comentarios. Norma, con un suspiro, se preguntó cuánto tiempo más podría continuar así.

El coche comenzó a ascender hacia las montañas, dejando el verano atrás; el aire se hizo más fresco. Aquí y allá, entre las coníferas predominantes, se veían árboles cuyo follaje empezaba a amarillear. Hacia el atardecer, Larry quebró su silencio para señalarles un desvío asfaltado, de dos vías, que parecía conducir a un bosque.

—Sin mapa —comentó Lester, alegremente—. Eres muy buen piloto.

—Estudié las indicaciones del folleto.

Continuaron ascendiendo por unos cuantos kilómetros, hasta que Larry dijo:

—Detente. Es aquí.

Ante ellos se levantaba un largo edificio de troncos, rodeado de flores. Detrás de él se elevaban oscuras montañas azules al este, formando gradas hacia el cielo. Norma experimentó un inmediato deleite.

—¡Oh, Larry, qué belleza! ¿Cómo lo encontraste?

—¿Dónde está el lago? —preguntó Lester.

—Detrás de este edificio. Las cabañas dan al lago. Ya lo verán.

Había dos cabañas pequeñas con una ancha galería compartida. Debajo de ellos se extendía el lago cristalino, sin ondas. Por encima de ellos no se movía una hoja. Lester y Norma estaban encantados.

Larry apareció ante su puerta, al otro extremo de la galería.

—¿Les gusta? —preguntó.

—¿Que si nos gusta? —exclamó su cuñado—. Esto es lo mejor después del paraíso. Ojalá pudiéramos comer aquí afuera.

—Vayan, suban a cenar. Se supone que después hay baile, si gustan.

—Bueno, ya veremos. Por ahora tenemos hambre. ¿Cuánto tardarás en bañarte y vestirte? Nosotros estaremos listos en seguida.

—Vayan sin mí. No tengo hambre.

—Veamos... escúchame... —Lester se acercó a grandes pasos, hablando en tono severo. —Si quieres matarte de hambre, es asunto tuyo. Pero hemos venido juntos y es una espantosa grosería no acompañarnos a cenar. Nada más.

—No es mi intención ofenderlos, Lester.

—Tal vez no sea tu intención, pero el efecto es el mismo. Vamos. Nosotros estaremos listos en veinte minutos. ¿de acuerdo?

—Si insistes... de acuerdo.

Norma comentó:

—Me asombra que resultara.

—A veces la firmeza surte efecto donde la suavidad falla. Pero no siempre —dijo Lester, melancólico.

Larry entró en el comedor pulcramente vestido, escogió su plato y, cuando se lo trajeron, empezó a comer. Era un buen comienzo. "Tal vez este pequeño viaje obre maravillas", pensó Norma, viendo que, tras todo un día de silencio, su hermano hacía un primer esfuerzo por conversar.

—Es un bonito lugar. Rústico, sin falsificaciones. Miren ese techo; las vigas son auténticas.

—¿Son de pino? Han de pesar una tonelada cada una. —Lester, aprovechando la ocasión, demostraba un interés que probablemente no sentía.

—Roble, quizá —corrigió Larry—. El pino es demasiado blando.

Su compañero trató de mantener el diálogo.

—Creo que te interesaría ver la biblioteca de nuestra escuela. No soy arquitecto, desde luego, pero dicen que es lo más parecido a una mansión isabelina que se puede encontrar, aparte de las originales. Pasa a verme un día de éstos y te la mostraré. Ya sé que en tu oficio se ven muchas construcciones, pero ésta es diferente.

Norma sintió un cosquilleo de esperanzas: su hermano había empezado a comer y a conversar como un hombre normal. La misma atmósfera de ese lugar era alentadora: había parejas jóvenes, ruidosas, pero no demasiado; en la mesa vecina, un vivaz muchachito de diez años narraba su aventura en canoa; Larry estaba observando a una pareja de cabellos blanco, a la que otros dedicaban un brindis con champagne. Era obvio que hacía un esfuerzo por disfrutar de la velada; hasta prometió ir un día a casa de Amos Newman, para jugar un doble con Lester y Alfred. Dijo que conocía la finca y que era bella.

De pronto sacó algo del bolsillo y, alargándolo por encima de la mesa, comentó que quizá les gustaría ver eso.

Para horror de Norma, "eso" era una instantánea de Amanda, con un largo vestido blanco y un ramillete en la mano, junto al sonriente Larry. En el fondo se veían mesas rodeadas de desconocidos; en la esquina, una parte del hogar que tenían frente a ellos.

No se le ocurrió nada que decir, salvo:

—¡Elegiste este lugar a propósito! Oh, Larry, ¿por qué?

—En este mismo rincón nos presentaron el pastel de bodas. Esta semana hará ocho años —dijo él—. Necesitaba volver.

Luego se disculpó con voz estrangulada y se levantó para abandonar la mesa.

—Deja que se vaya —dijo Lester, viendo que su esposa iba tras él—. Necesita estar solo.

—Puede ser. Pero si yo estuviera sola, sin ti, no habría podido superar todo este horror. Eso no significa que esté muy bien, claro —añadió, sintiendo el habitual escozor de las lágrimas.

—Sí que estás bien. Muy bien —insistió él, acariciándole la mano—. Pero no olvides que para él es mucho peor.

—Cuando un niño sale malo, la gente dice: "Bueno, los hijos no se escogen". Tampoco escogemos a los padres, ¿verdad? Nunca jamás podré perdonar a mi padre. Lo que le hizo a Larry es imperdonable. Y sin embargo... creo que ella es más culpable... Lo he dicho antes y lo repito: ella lo tentó.

—Pidamos el postre —sugirió Lester—. Si no quieres, vamos a la habitación.

En realidad, le estaba diciendo que ya era suficiente. Y tenía razón. Su padre habría dicho: "Eso es azotar a un caballo muerto". ¡Qué fea expresión! Su padre... ¿Podría en el futuro recordar de él algo que no fuera feo? Pero no debía afligir a Lester con más de lo mismo.

—Pidamos postre —resolvió—. Hay pastel de melocotón, tu favorito.

A las nueve en punto, cuando subieron los peldaños de la galería, la habitación de Larry ya estaba a oscuras. La luz de su propio dormitorio inundó la galería, iluminando a Larry, que estaba de pie ante la barandilla, mirando hacia afuera.

—¿Qué haces allí? —interpeló Lester, áspero.

Tal vez había pensado lo mismo que Norma: que él podía estar meditando algo terrible. Bajo la barandilla había rocas asesinas y un lago muy hondo.

—¿Qué estás haciendo?

—Nada. Pensaba. —La cara que se volvió hacia ellos era flaca y ojerosa. ¡Qué viejo parecía! ¡Como si tuviera más de sesenta años!

—Ya no tengo nada en qué creer —dijo.

—Si te dejaras ayudar —comenzó su cuñado—, descubrirías que...

—No, no me comprendes. No hay ayuda posible. Si uno no puede salir de esto por sus propios medios, salvarse solo, no vale la pena salvarlo.

—No es cierto —argumentó Lester—. Tienes que volver a trabajar, Larry. El trabajo es el remedio infalible; lo digo en serio. Busca algo, algún proyecto nuevo y difícil. Tienes una gran empresa que dirigir...

—No. La empresa es de Lawrence Balsan. No quiero saber nada con ella. Odio su nombre. Desde ahora en adelante soy Daniel. ¿Me han oído? Dan. Es mi segundo nombre. Si alguien me llama Larry, no responderé. Soy Daniel. ¿Entendido?

—Entendido, Dan —dijo Lester.

Todo era espectral: la densa oscuridad, el susurro de los árboles, el tétrico rayo de luz que envolvía a ese hombre enfermo. Pues estaba muy enfermo; había sido humillado en su virilidad, burlado y traicionado.

—¡Ella nunca me amó! Norma, Lester, ¿saben por qué quise venir aquí? ¿Lo saben? Porque yo no lo sé. Tal vez esperaba hallar aquí alguna respuesta. Ella nunca me amó. Tal vez comencé a entenderlo hace ocho años, en esta misma galería, junto a este lago. Pero no quería entenderlo. Y tampoco de eso estoy seguro. Llegó el bebé. Y yo estaba tan feliz... —Rompió en sollozos.

—No puedo soportar esto —susurró Norma.

—Ve adentro —la instó su esposo—. Yo me ocuparé de él.

Ella seguía pensando: "¿Qué se puede hacer? Por él iría hasta el fin del mundo, haría cualquier cosa, diría cualquier cosa por su bien. Él fue mi madre cuando mamá murió y nuestro padre no tenía tiempo. Fue mi padre cuando se burlaban de mí en la escuela, cuando me excluían del equipo de *softball*, cuando no me invitaban a los bailes... Es la bondad en persona. Y ahora me necesita, pero ¿qué se puede hacer?".

Mientras se devanaba los sesos buscando un modo de distraerlo, de componer su espíritu quebrado, Lester entró diciendo:

—No desarmes el equipaje. Él quiere volver a casa por la mañana. Este viaje no está dando resultados. Al menos nuestra intención fue buena.

Capítulo Veintiuno

Dolly vivía en Cagney Falls, en una hilera de pequeñas casas entre medianeras, todas similares, que en otros tiempos habían albergado a aquella parte de la población que servía en las grandes fincas. La vendedora estaba sentada en los peldaños del porche, obviamente esperando a Cecile.

—Esto de verte la tiene algo nerviosa, Cecile. Le digo que no hay motivo, pero así es.

—Ha pasado mucho tiempo. Yo habría venido antes, si ella me lo hubiera permitido.

—Lo único que hace es sentarse a leer o salir a caminar rumbo al campo. No quiere acercarse al centro de la ciudad, por miedo a encontrarse con algún conocido. Está muy avergonzada. Pasa. Está en la habitación del frente. En casa no hay nadie. Mamá, Joey y mi hermana han salido, así que estarán solas.

Cecile pensó en lo diferentes que eran las personas. Allí estaba la señora Lyons, que había utilizado la palabra "mugre". Y por otra parte, Dolly. La señora Lyons era la sofisticada; Dolly, la "cabeza hueca". Qué diferentes, sí. Y con algunas palpitaciones, Cecile entró.

Después de un beso y un abrazo, ambas se sentaron, mirándose casi con timidez. Amanda fue la primera en hablar.

—Pensaba que no querrías tocarme. He quedado fuera de la moral y de las personas decentes.

Esa declaración, presentada con tanta sinceridad, parecía requerir una respuesta sincera. Cecile reflexionó por un momento antes de darla.

—Sí, es cierto. Pero puedo despreciar lo que hiciste sin despreciarte a ti. En ti hay una parte que ve con demasiada claridad lo que hiciste, según creo. Por eso te he abrazado. Y todavía te quiero mucho.

Amanda inclinó la cabeza, dejando que el pelo rubio y brillante, ahora más largo, cayera sobre el sobrio vestido azul oscuro. Tenía los codos apoyados en las rodillas y el mentón entre las manos; era la postura juvenil en que solía sentarse en la cama, cuando memorizaba fechas para los exámenes de historia, tanto tiempo atrás.

—No fue sólo por la bebida —dijo, sin mirar a Cecile—. Enloquecí. Estaba loca. Lo sabía, pero no pude contenerme. Jamás dejaré de arrepentirme por las personas a las que hice sufrir. Larry, L.B., todos.

Después de una pausa preguntó:

—¿Cómo está Larry?

Ésa era la ocasión para decir la verdad, y su amiga lo hizo:

—Nada bien. Lester y Norma lo llevaron de viaje por algunos días, pensando que eso le levantaría el ánimo, pero no resultó. A la mañana siguiente tuvieron que emprender el regreso.

Al oír eso Amanda levantó la cabeza.

—Pero ¿puede atender bien a Stevie?

Cecile se dijo que, en este caso, era mejor evitar la verdad para ahorrarle más sufrimientos.

—Stevie está bien atendido —dijo. Eso era cierto; entre Norma y la niñera, el pequeño vivía feliz. —Tiene a Elfrieda, a Norma y a Larry, así que está bien.

—Mientras esté con Larry puedo estar segura de eso. Ojalá pudiera ver a Larry y decirle... decirle algo, aunque no sé cómo. —Amanda se interrumpió. —Bueno, sí, sólo podría decirle que lo lamento. —Volvió a interrumpirse. —Lo destrocé. Maté a su padre. Y no he dejado una gran herencia a mi hijo.

Nadie podía refutar una sola de aquellas palabras. Cecile sabía desde un principio que esa reunión sería muy dolorosa, pero no esperaba conmoverse tanto. Pensó en el día en que Stevie había abandonado su casa, después de una estancia de pocos días; llevaba el lechoncito de paño que Peter le había comprado; algo lo hizo reír. Siempre estaba lleno de risas. A ella se le había estrujado el corazón al despedirlo. Y no era su hijo.

—Me gustaría hablar de Stevie con Larry, pero no creo tener valor.

—No lo intentes, siquiera. Cuando interviene un tribunal ya no puedes hablar libremente de tu caso; es tu abogado quien debe hacerlo. ¿Tienes abogado, Amanda?

Ella suspiró.

—Hablé con un joven que vive enfrente. Acaba de graduarse y no cobra mucho. Le dije que no tengo mucho dinero.

¡Un joven sin experiencia contra Alfred Cole! Era casi cruel. Aun así, nunca se sabe...

—Estoy muy confundida, Cecile. No soy la de siempre. Esto significa que Larry ha presentado una demanda de divorcio, ¿verdad? ¿No es al revés?

Definitivamente, Amanda debía de estar muy confundida para hacer esa pregunta.

—Sí, te ha demandado. La custodia de Stevie será parte del pleito.

La vio palidecer aún más. Luego exclamó, enrojeciendo:

—¿Van a quitármelo? ¿Es eso lo que me estás diciendo?

—No te estoy diciendo nada. Será el juez quien decida con quién estará mejor.

Se hizo un largo silencio. Era como si una mano enorme y pesada se hubiera cerrado sobre la habitación y las dos personas que la ocupaban. Por fin Amanda dijo, en voz tan baja que su amiga tuvo que acercarse para oír:

—Supongo que nadie podría fallar en mi favor, después de lo que ha sucedido.

—No sé —replicó Cecile, veraz—. Aún eres su madre.

—Él es lo único que me queda —murmuró Amanda—. Lo amo tanto... Siempre lo he amado, pero... no sé por qué, nunca pude demostrárselo como hubiera querido . —Se levantó para pasearse por la habitación. —Tengo que luchar, Cecile. No me siento en condiciones, pero debo hacerlo.

—Lucharás, por supuesto. Eres fuerte.

¿Qué otra cosa podía decir? "No creo que tenga muchas posibilidades", pensaba Cecile, mientras se despedía de ella con un beso.

Algunas semanas después, Cecile abrió la puerta de calle y los perros corrieron a saludarla. Esos dos hermosos collies habían sido el orgullo de L.B., pero Norma decía no tener lugar para ellos, y como Larry no quería saber nada de ellos, habían quedado en una guardería desde aquella horrible noche de julio.

—En la cárcel —había protestado Peter—, sin tener ninguna culpa. Es cruel. Quedémonos con ellos.

La amistosa pareja la acompañó hasta el escritorio de Peter, donde solían tenderse bajo la mesa, junto a sus pies. Parecían saber que él los había rescatado.

En realidad, Peter no se limitaba a rescatar animales abandonados. En los años que llevaban juntos, Cecile había ido descubriendo poco a poco lo profunda que era su bondad, frecuentemente disimulada. A menudo otras personas (el hombre que pintaba la cerca, una secretaria de su oficina) le revelaban lo que él había hecho por ayudarlos. Al oírla entrar hizo girar la silla sobre su eje. Inmediatamente preguntó por Amanda, algo preocupado.

—Tenía pensado volver hoy a visitarla, pero vino Norma, trayendo noticias. El socio de su suegro se ha puesto en contacto con el abogado de Amanda. Es obvio que apenas se le otorgará un derecho de visita.

—¿Y esperabas algo más, con su historial? —dijo Peter.

—En realidad, no. Sólo tenía la esperanza... Hoy quería hablar con Larry, pero él no quiso atender el teléfono, como siempre. Elfrieda me dijo que aún estaba acostado. Y era mediodía.

—Parece un colapso nervioso total. ¿Qué pasará ahora?

—No quiero imaginarlo. Sigue sin prestar ninguna atención al bebé.

—Bueno, en ese caso debería renunciar a él y dejárselo a Amanda, sin más demoras ni enredos legales. Eso es lo que yo opino.

—Lo extraño es que no quiere. Lo retiene para castigarla.

—¡Pero ella es la madre! ¿Hay algo que le impida criar a su hijo?

—Eso se resolverá en un prolongado juicio de divorcio. Oh, Dios mío, ¿por qué tuvo que arruinar su vida de ese modo?

Más allá de la ventana, el sol poniente doraba el césped. Bandadas de gorriones, arrendajos y cardenales rodeaban el comedero.

—Nuestro jardín es el jardín del Edén —dijo Cecile, de repente—. La pobre Amanda también podría haber tenido el suyo.

—Hasta que comió la manzana, querida.

—¡Qué manzana amarga! Se supone que el amor no es amargo.

Peter sonrió.

—Ya sé lo que estás pensando. Piensas en ese poema que citas siempre: "¿Cómo te amo? Déjame contar los modos..." Y estás tratando de aplicarlo a la historia de la pobre Amanda.

—Creo que sí —reconoció ella.

—Bueno, querida, no lo intentes. Jamás lograrás que concuerde con exactitud. Debes aceptar que una buena persona puede a veces hacer cosas abominables. —Peter suspiró. —Vamos a lo nuestro. Echa un vistazo a esto.

Y alzó una larga hoja de papel, cubierta de letra pequeña.

—Me he pasado la tarde trabajando en esto —continuó—. Salí

temprano de la oficina; dejé a un lado todo lo demás para dedicarme a esto. Es una descripción sucinta del proyecto, un mapa en palabras. Un resumen hecho para los banqueros, que gustan de captar rápidamente e ir al grano. Léelo y dime qué opinas.

Allí estaba su bella concepción: el círculo, con la terminal convertida en un centro cultural tal como el centro de la rueda; en su mente, los rayos estaban tan claros como si ya existieran. Allí estaban los caminos bordeados de árboles con sendas para bicicletas y sendas para peatones a un lado; detrás de ellos se levantaban hoteles de poca altura y viviendas confortables que llegaban hasta el final del camino donde se extendían los espacios verdes, a la orilla del río.

Y él era, casi radiante, el amado autor de esa obra de arte. Porque era una obra de arte. Y por segunda vez en el día, aunque por motivos muy diferentes, Cecile se sintió intensamente conmovida.

—Debe de ser extraño, después de tanto trabajo. Pienso en Miguel Ángel al terminar la Capilla Sixtina.

Peter estalló en una carcajada.

—¡Caramba! ¡Escuchen a mi esposa! Que nadie te oiga decir semejante tontería, por favor.

—Me refería a lo mucho que has trabajado, a la dedicación. Has puesto el alma en esto.

—Bueno, no puedo negarlo. —Él echó un vistazo al reloj. —Tengo que correr de nuevo a la oficina. Un tipo que debía venir mañana confundió la fecha. ¿Y tú? ¿Vas al hospital?

—Voy a ver cómo está Amanda, cómo le ha caído esta noticia.

—Supongo que es un castigo justo —dijo Amanda—. Al menos es lo que diría mi madre. Ella quería mucho a Larry; decía que era un príncipe. Y en realidad... es un buen hombre, de veras. Qué pena...

Cecile se dijo que, a no ser por el amor y la atención que Norma dedicaba a Stevie, se habría visto obligada a revelar la verdad sobre el estado de Larry. Sin embargo, tal vez no; sus padres le habían dicho que Alfred Cole estaba seguro del resultado, cualquiera fuese el estado de Larry, a menos que cayera en una demencia total. "Amanda jamás obtendrá la custodia en los tribunales de esta ciudad", había declarado. Y Alfred Cole no hablaba por hablar.

Amanda se había serenado. En la clínica, Cecile solía maravillarse del modo en que algunas personas podían salir del pozo, exhibiendo una gran valentía ante las malas noticias.

—Sí —repitió ella—, un castigo justo.

—¿Tu abogado está de acuerdo con ese resultado?

—Sí. Es muy inteligente y ha solicitado otras opiniones. Es por mi moral, ¿comprendes?

—Tu moral no tenía nada malo hasta que...

Amanda alzó una mano.

—Basta, Cecile. Gracias por todo lo que has hecho, pero no me hagas llorar otra vez. Tengo que empezar a vivir de nuevo y hacerlo mejor.

Entonces fue Cecile quien sintió la necesidad de llorar. Sin saber por qué, creyó ver a Amanda vestida con el uniforme de Sundale, el que había usado tantos años atrás.

—Si L.B. estuviera aquí, Cecile, querría que el bebé se quedara con Larry... y lo comprendo. Perder a la esposa, al padre y luego, al hijo que adoraba... es demasiado. Y Larry es vulnerable, ¿lo sabías?

—No. Pensaba todo lo contrario.

"Perder a un bebé que has tenido en los brazos", pensó Cecile, "ha de ser... lo peor, peor que lo de mis gemelos". Y no pudo menos que preguntar, otra vez, si en verdad no valía la pena pelear el caso.

—No, si va a costarnos a todos salud y dinero. ¿Y de qué me serviría tener derecho de visita, si Larry me odia tanto? Stevie lo sentiría. No: lo mejor para él es una ruptura limpia.

Amanda se levantó para abrir la ventana, donde una gran mariposa nocturna aleteaba desesperadamente.

—Estaba atrapada —explicó—. Tuve que liberarla. Estaba atrapada, como yo el día en que me senté en aquel banco, frente a la oficina de correos, después de enterarme de que estaba embarazada. ¿Te parece demasiado estúpido que me identifique con una polilla? Necesito irme lejos. Muy lejos. Así tal vez logre olvidar. —Una sonrisa triste le tocó la boca y desapareció. —¿No crees que pueda olvidar?

No, Cecile no lo creía. Hay cosas que no te abandonan nunca; ella misma había dejado de lamentarse por la pérdida de sus gemelos, pero ¿los olvidaría alguna vez? Recorrió con la vista ese oscuro cuarto gris topo; luego miró afuera, hacia la calle soñolienta.

—Sí. Vete, si necesitas salir de aquí. Busca trabajo, Amanda. Ocupa la mente.

—Me han ofrecido un empleo y voy a aceptarlo. Dolly habló con una de nuestras clientas; la mujer conoce a alguien que tiene una *boutique* en California y quiere tomarme. —Una vez más apareció esa sonrisa vaga, descolorida. —Dicen que tengo gusto para la ropa, pero lo curioso es que los trapos dejaron de interesarme hace mucho tiempo. Todo eso cambió cuando... al estar con él.

—¿Por qué no dices su nombre? —apuntó Cecile, suave—. Te refieres al señor Balsan.

—Con L.B. Leíamos juntos, hablábamos de música, de los lugares adonde hubiéramos viajado si... si las cosas hubieran sido diferente. Nunca conocí a otro como él, salvo tu esposo, quizá.

Y Amanda exclamó, cruzando las manos en el gesto que ella recordaba tan bien:

—¡Oh, Dios, lo que hice fue un horror moral, lo sé! Si hubiera... si hubiéramos sabido todo el daño que íbamos a causar, nos habríamos separado. Pero si alguna vez piensas en mí, recuerda esto: nos amábamos. No teníamos derecho, pero nos amábamos. Y para nosotros dos era un bello amor. Nos amamos hasta el último día. —Por un momento se le quebró la voz. —Ahora comprendo por qué tenía que abandonarme. Era porque, al fin de cuentas, no podía hacer sufrir a su hijo. L.B. era un buen hombre; siempre fue bueno. No puedo creer que haya muerto. Pienso en él todos los días; siempre pensaré en él.

¿No era asombroso que pudiera haber belleza o verdad en un amorío tan sórdido?

—¿Qué me cuentas de ti, Cecile? —preguntó Amanda.

Era casi hora de poner fin a esa triste visita. Lo que estaba hecho, hecho estaba. Después de responder a unas cuantas preguntas inocuas, Cecile la dio por terminada.

—Hazme saber dónde estás —dijo, mientras abrazaba a su amiga—. Si alguna vez me necesitas, cuenta conmigo.

En el último peldaño se volvió hacia Amanda, que estaba de pie en el umbral. Era el objeto más brillante de esa callejuela, como siempre lo había sido en todas partes.

De pronto Cecile se sintió cansada. Por la mañana había soportado el dolor de Amanda; ahora, por la tarde, se enfrentaba a la furia de Norma. A veces, cualquiera fuese el tema con que trataba de distraerla, su amiga regresaba a esa furia fundamental. Hasta los perros la habían llevado nuevamente a la furia.

—Antes me gustaban, pero ahora no soporto verlos. En la casa de mi... —como obviamente no podía decir la palabra "padre", hizo una pausa y reanudó la frase—. En la casa siempre estaban bajo una mesa, bajo el piano... Veo que todavía es así.

Cecile echó un vistazo al sitio donde los dos perros dormitaban. Hasta esos dos inocentes eran demasiado para Norma, en su amarga ira.

—No entiendo cómo haces para visitar a Amanda. Si no te conociera bien, diría que es un poco... bueno, desleal de tu parte.

Era la segunda vez que lo decía. Y Cecile dio la misma respuesta.

—En absoluto. No podía dejar que desapareciera sin más ni más, ¿no te parece? Piénsalo bien.

—Lo pienso. Y yo podría, con gran placer. No es otra cosa que una puta.

—Hoy, mientras estaba con ella, la vi de pronto entrar por nuestra puerta, Norma. La muchacha del campo que venía a la universidad, con una maleta vieja y maltrecha y la cabeza llena de rizos.

—No quiero pensar en eso, Cecile. No soy como tú.

—Bueno, ella te ha hecho daño. A mí no.

—No, aun así tú serías diferente. Peter también. Ustedes dos forman una buena pareja. A veces pienso que no he conocido otras personas tan buenas. Y a veces son tan buenos que no serían capaces siquiera de vengar un daño, lo cual es idiota.

—No nos conviertas en santos —protestó Cecile, con firmeza—; no lo somos. Sólo digo que Amanda es algo más que una cualquiera sin conciencia. Es un ser humano complejo, como todos.

—Y yo digo que esta bondad tuya puede llegar muy lejos. Me importa un comino. Si no fuera ilegal, la mataría de un balazo. Lo digo sin reparos. ¡Mira lo que ha hecho con mi hermano! Mientras viva pelearé por él y por Stevie. Haría lo que fuera por cualquiera de los dos.

Norma era una luchadora. "Es extraño", pensó Cecile, "no me había dado cuenta de lo menuda que es. Allí, en la silla baja, con esas pobres piernas extendidas... ¡Caramba, si se ha pasado la vida defendiendo esas piernas! Está habituada a luchar".

—¿Te sirvo otro té? Eso te calmará —dijo.

Conversaron por un rato, limitándose a temas neutros, como el texto de latín para principiantes. Norma tendría que irse pronto. Cecile no veía la hora de que se hicieran las cinco.

Mientras cerraba la puerta de calle pensó: "A veces es más fácil trabajar con los desconocidos atribulados del hospital que con tus viejos amigos".

—¿Cómo te ha ido hoy? —preguntó Peter, como lo hacía siempre al llegar.

—Ha sido un día complicado. ¡Me dolió tanto ver a Amanda! Lo mismo te habría sucedido a ti. No fue sólo una aventura, Peter, aunque es lo que la mayoría piensa. Yo misma lo creía. Pero se amaban de verdad, a pesar de ser un error total. Y por la tarde vino Norma.

—¿Otra vez?

—Parece que ventilar sus problemas la alivia. No estuvo muy simpática, te lo aseguro. Desde luego, está frenética por lo de Larry. Él se ha convertido en un verdadero recluso. Norma cree que la vergüenza le impide volver a la oficina, pero no tiene otro sitio adonde ir y necesita salir de la casa. Necesita que lo revivan, que lo inspiren.

—Pobre tipo. —Peter meneó la cabeza, ceñudo. —Déjame pensar. Tal vez se me ocurra algo. ¿Sabes una cosa? El hombre al que vi esta tarde quiere que restaure un pequeño teatro de mil novecientos diez, en Watersburg; es una maravilla. También tiene allá una hilera de tiendas decrépitas que quiere mejorar, porque toda la zona está cambiando. Eso podría ser lo que Larry necesita. Está dentro de su trabajo. ¿Por qué no se lo cuentas a Norma? También tengo otra idea. Dile a Norma que hablo en serio. Ya buscaré algo. Pobre tipo —repitió.

Capítulo Veintidós

—No se puede creer lo que ha sucedido con Larry —decía Norma a quien le preguntara—. Luego del desastre del verano pasado, creímos que estaba perdiendo la razón. Y así era. Estábamos presenciando un colapso total. Pero después de pasar por un infierno se nos ocurrió una idea. En realidad, nos dio la idea un psicólogo, un amigo de Lester: había que presentarle un plan de trabajo ya definido, algo que igualara o sobrepasara todo lo que hubiera llegado a hacer su padre. Creo que eso es lo que finalmente le gustó: la idea de poder sobrepasar a su odiado padre. Como él se había criado en medio de construcciones y asuntos de bienes raíces, busqué tres o cuatro posibilidades para que las analizara: urbanizaciones, una galería comercial... oportunidades importantes. Larry siempre ha sabido manejar operaciones, organizar emprendimientos, obtener financiación. En realidad, gran parte de lo que hizo la firma Balsan en los últimos años no fue obra de L.B, sino de él.

"Ha convertido el cuarto de estar en oficina. A la computadora que tenía allí le añadió un módem y un fax. Es obvio que está trabajando mucho en algo, pero no me ha dicho qué es. Y yo no hago preguntas. Me basta con ver que sonríe un poco otra vez. Te aseguro que ya habíamos abandonado las esperanzas. Jamás olvidaré ese día, hace apenas un par de semanas, en que alzó a Stevie por primera vez y lo abrazó como antes. El niño había bajado, después de dormir la siesta, y corrió hacia mí. Entonces miré a Larry y le dije, sin rodeos: "Tú eres todo lo que tiene. Ya te lo he dicho. ¿Tienes conciencia de eso?" Él me sostuvo la mirada; luego rompió a llorar, levantó a Stevie y le dio un beso.

"Yo iba a su casa todos los días, ¿sabes?, para ver cómo estaba el niño. Pero ya no es necesario. Ahora sólo voy de vez en cuando, como cualquier tía normal. Ahora que Larry empieza a recuperarse puedo volver a ocuparme de mi vida. ¡Imagínate! Ayer lo encontré tallando una calabaza para que Stevie celebrara la Noche de Brujas.

"A propósito: cuando lo veas, no olvides llamarlo 'Dan'. Insiste mucho con eso. Supongo que para empezar otra vida se necesita otro nombre. Es realmente un milagro.

Capítulo Veintitrés

Era un tranquilo atardecer de otoño, con un invierno a punto de aparecer. Peter y Cecile, que volvían a su casa caminando de la mano, alumbrándose con linternas, vieron un coche en la calzada.

—¡Pero si es el coche de tu padre! —exclamó Peter—. ¿Lo esperabas?

—No. ¿Será que...?

—¡Por supuesto! Roland y Baker están en Nueva York, tratando de cerrar los últimos detalles con los grandes prestamistas del Bishop National. Y tu padre está tan entusiasmado que no ha podido esperar a mañana para decírnoslo.

—¿Conque es eso? ¿Operación cerrada?

—Sí. Son los grandes jugadores del negocio. De allí viene la gran hipoteca.

—Tengo la sensación de que esto ha tardado una eternidad.

—Sólo cuatro años. No es tanto, si tienes en cuenta lo enorme del proyecto, las discusiones con los propietarios, alguien que pide una exorbitancia porque sabe que necesitas dos metros de su lote, los pleitos, las comisiones ambientales, los políticos locales, la gente de zonificación... Cuatro años es lo mínimo. Por mi parte, soy sólo el arquitecto. No he tenido otra cosa que hacer que sentarme a pensar. Estoy nerviosísimo, Cil —le estrechó la mano—, cuando los vea dar la primera palada tendrás que atarme.

Cuando llegaron al auto, Harriet estaba de pie en la acera. Habló de prisa, sin aliento:

—Amos se ha sentado en el umbral. No podía con su impaciencia. ¡Está tan alterado! Tuve que quitarle el volante. No podía permitir que condujera así.

—¿Por qué? ¿Qué pasa? —exclamó Cecile.

—Entremos. No, no ha muerto nadie. Él les contará. Yo no quería que viniera. Lo mismo daba venir mañana.

—¡Basta, Harriet! —Amos tenía la cara roja y estaba casi fuera de sí—. Abran, de prisa. Vamos a sentarnos.

Una vez en la sala, permaneció de pie. Casi atragantándose con las palabras, transmitió su mensaje.

—No lo van a creer. No querrán creerlo, pero es la verdad. Escuchen esto. A las siete y cuarto llamó Roland, desde Nueva York. Nos han rechazado. El Bishop National nos ha rechazado. Adiós. Se terminó. Afuera.

—No entiendo —dijo Peter.

—¡Afuera! —rugió su suegro—. ¿Qué es lo que no entiendes? ¿No sabes lo que significa "afuera"? No hay préstamo. No hay hipoteca. La operación fue rechazada.

Cecile nunca había visto tan alterado a su padre. Su cara tenía ahora un tono púrpura alarmante; su nuez de Adán, siempre descollante, amenazaba con saltar fuera del cuello.

Peter se mantenía tieso en su silla, como si estuviera paralizado. Cecile y su madre lo miraron, esperando que negara la desagradable sorpresa recibida.

Con la frente arrugada, como todo el que se enfrenta a un acertijo, él dijo en voz baja:

—Pero teníamos un acuerdo, escrito y firmado.

—¡No, no, no es tan sencillo! —Amos agitó los brazos, barriendo con todos los argumentos. —Teníamos montones de acuerdos, ¿verdad? Montones de paquetes más pequeños. Pero el mayor de los préstamos, la garantía que cubre todo lo demás... ¡Oh, escucha! No somos abogados, el asunto es demasiado complejo y estoy exhausto. Escúchame, deja que te diga brevemente cómo son las cosas. Puede que el Bishop National fuera el techo de la casa, con todos los demás adentro. ¿De qué sirve una casa sin techo?

—¡Me estás diciendo que todo se acabó? —preguntó Peter, aún en voz baja—. Todos estos años de trabajo, ¿se van a la basura, así nomás?

—Desde nuestro punto de vista, sí. Para ellos, no. Van a hacer lo de la terminal y los terrenos. ¡Claro que van a hacerlo! Pero no con nosotros.

—¿Y con quién?

—No lo sabemos. Roland jura que no saldrá de Nueva York mientras no lo haya averiguado. Pero ¿qué puede importarnos?

Cecile estaba pasando por una momentánea claustrofobia. "Has viajado por un camino muy largo", pensó. "Estás segura de tu rumbo, marchas alegremente... y de pronto te encuentras con una muralla alta, sin salida".

Con el pretexto de soltar a los perros hasta el día siguiente, se levantó para salir. La voz de Peter le sonaba en la cabeza. "Éste es el trabajo más apasionante que haya hecho en mi vida. Ha colmado mi mente y mis días". ¿Estaría diciendo esas palabras en la habitación que ella acababa de abandonar? ¿O era el recuerdo de alguna confesión íntima del pasado?

"No debo llorar", pensó, buscando fuerzas para entrar. Sus padres ya se iban. Harriet dijo otra vez que habían hecho mal en venir.

—Les hemos malogrado el sueño por nada. ¿Qué se podía hacer esta noche? Pero Amos insistió.

—Tienes razón, lo siento —dijo él—. Pero si me entero de algo más durante estas horas, ¿quieres que llame por teléfono?

—Sí, por favor —dijo Peter.

Subieron. Cecile no sabía qué decir; al parecer, él tampoco. Como era demasiado temprano para acostarse, se instalaron en los sillones, cada uno con un libro. Después de un largo rato ella cobró conciencia de que ninguno de los dos había dado vuelta la página. Entonces habló:

—Querido, esto podría ser una gran equivocación. Un malentendido. Podría ser algo pasajero que se arregle mañana. A veces pasan cosas así. Algo me dice que eso es todo.

—Las suposiciones no sirven de nada —dijo él—. Tratemos de dormir.

Apenas había terminado de decirlo cuando sonó el teléfono. Mientras él atendía, Cecile lo observaba en busca de una pista. Lo vio ponerse tieso, quedar petrificado. Pasado un minuto él cortó; parecía estupefacto.

—No había ningún error, Cil. Se acabó. Se lo llevó la empresa Balsan. Larry Balsan. ¿Puedes creer eso?

El diario de la mañana siguiente traía todo un suplemento de noticias y comentarios editoriales sobre el enorme proyecto a realizar en los terrenos del ferrocarril. En un amanecer oscuro, tras una noche de insomnio, Peter y Cecile desplegaron juntos el diario sobre la mesa de la cocina. Tal como si leyeran lo publicado sobre la muerte de un ser querido, a quien habían visto apenas ayer, se encontraron con una descripción del plan de Peter.

"Es un diseño sumamente original. En vez de la habitual cuadrícula urbana, la distribución es circular, con la terminal como centro. Desde allí salen las calles, que se extenderán por el oeste hasta el río y por el norte hacia el puente, que proporciona un vínculo con la revitalizada Avenida Lane".

Con total consternación, pasmados, levantaron la cabeza para intercambiar una mirada. Luego, sin hablar, volvieron a la página impresa.

"El abogado Alfred Cole ofició ayer como portavoz de la firma Balsan. Él caracteriza la propuesta como 'uno de los proyectos más importantes jamás iniciados en esta ciudad, quizás en todo el Estado'. Revivirá el comercio, creará puestos de trabajo y dará una nueva prosperidad a una zona retrasada. El señor Cole también suministró lo que denomina 'un diagrama muy somero', donde se ve el plano en forma de rueda cuyos rayos se bordearán de viviendas en propiedad horizontal, tiendas y altos edificios de hoteles internacionales, hasta el punto donde la circunferencia llega al río. Se espera que allí se levante un casino espectacular".

No todos los comentarios editoriales estaban de acuerdo con esa evaluación. Algunos rechazaban la comercialización de lo que se podía convertir en un vecindario agradable, dejando las tierras húmedas intactas y verdes, pero hasta ésos reconocían que la idea de la planta circular era "un toque genial, una obra maestra"; decían que era "deslumbrante", que tenía "una elegancia parisina".

A Peter le temblaban los labios. Cecile, alarmada, le estrechó la mano. De inmediato, en un arrebato de dolor, ella apoyó la cabeza contra su hombro y se echó a llorar.

Pasaron largo rato sentados allí, juntos. Por fin ella se levantó, se secó las lágrimas y trajo a la mesa una jarra de agua. Ambos se sirvieron un vaso y lo bebieron, mirando por la ventana.

—¿Quién puede haberlo sabido? —preguntó ella—. Tiene que ser una rara coincidencia.

La respuesta de Peter fue tan brusca que la sobresaltó.

—¿No sabes leer? Esto es, pura y simplemente, un robo. Hasta el lenguaje es mío: rotonda, eje, rotación, mis descripciones del museo dentro de la terminal y mi resumen final. ¡Coincidencia! ¿Quién entró aquí? ¿Quién ha estado en la casa? —agregó, mirando fijamente a Cecile.

—No entiendo qué quieres decir.

—Quiero decir que alguien entró a mi estudio. ¿Cuál de los Balsan fue? ¿O algún amigo de ellos? ¿Quién se lo dio?

—No puedo imaginarlo, Peter. Bien sabes que la puerta de ese cuarto se cierra automáticamente cuando alguien sale. Es el mismo tipo de cerradura que hay en los hoteles. ¿Quién pudo haber entrado sin llave?

—Pongamos esto en claro. Piensa como un detective. De la familia Balsan, ¿quién visita esta casa? Norma y Lester no han venido juntos, casi no salen desde que deben ocuparse de Larry. Y Larry... Dan... no nos ha visitado desde el verano pasado. Sólo queda Norma, cuando viene a almorzar contigo. Es probable que hayas dejado la puerta entreabierta, sujeta con la aspiradora o algo así; así fue como ella espió.

—Cuando tengo invitados no uso la aspiradora, Peter. Eso no es solución.

—Entonces sólo resta una posibilidad: que tú hayas hablado. Sin querer, por Dios, pero lo hiciste. Es preciso. De otra manera, ¿cómo llegó a manos de los Balsan?

Cecile se puso furiosa.

—Es muy fácil pensar mal de tu esposa, ¿no? ¿Por qué no culpas al señor Baker o a Roland?

—Culparía a quien fuera, Cecile, y lo sabes muy bien. Pero sucede que ni Baker ni Roland vieron nunca mi resumen. Ni siquiera tu padre ha visto el borrador definitivo. Voy a llamarlo ahora mismo. Necesito ir a verlo. Tenemos que hablar.

Después de usar el teléfono, Peter informó que Amos ya estaba camino hacia allí.

—Será mejor que te vistas —le dijo secamente.

Y salió. Pocos segundos después ella oyó el cruel portazo del estudio.

Amos había agotado sus emociones. Escuchó con aire cansado la acusación de Peter y la defensa de Cecile; con el mismo aire los regañó a ambos.

—¿Qué sentido tiene todo esto? Aunque deteste admitirlo, Cecile, todo apunta hacia ti. Ese material no puede haberse filtrado de otra manera. Hablas demasiado. Todas las mujeres hablan demasiado. Tu madre. La amo profundamente, pero es mujer. Y tú también.

Ella también estaba exhausta. De nada servía tratar de refutar esa afirmación tonta y ridícula que databa de tiempos pasados. "¡Las mujeres hablan demasiado!" Bueno, que hablaran, esos dos. Ella cerró los ojos y se acomodó para escuchar. Amos dijo:

—Ahora me doy cuenta de que no debimos demorarnos tanto con el Bishop National. Pero por cuestiones de seguridad, justamente para evitar lo que ha pasado —y allí está la ironía—, quisimos que se comprometieran a respaldar la operación si nuestro diseño resultaba aprobado. Dios sabe que en eso no había ningún riesgo. Y habríamos tenido su garantía sobre el dinero. ¿Hay una organización más respetable que el Bishop National?

La voz de Peter sonaba a hueco.

—Una demora de un par de días. ¿Cómo decía aquel poema: "Por falta de un clavo se perdió el combate"?

Amos suspiró.

—Baker ha estado averiguando por toda la ciudad. Debe de haberse pasado la noche hablando por teléfono. Según parece, Balsan ha corrido tras nuestros financistas locales por todo un mes. Aceptó recibir en préstamo una cantidad algo menor y pagar un poco más de interés. Tanto Baker como yo tenemos la misma sospecha: mucha de esa gente, que lleva treinta años operando con los Balsan, se ha alegrado de poder ayudar al pobre Larry, después de tanto escándalo, de toda esa tragedia. Por añadidura, no les costaría nada. En realidad, iba a costarles mucho menos, como acabo de decirte.

—Además —añadió Peter—, él les llevó ese diseño "sumamente original".

—Sí. Y los contactos de Alfred Cole tampoco les han venido mal —añadió Amos, con amargura.

Cecile se incorporó para devolver el insulto a Peter.

—¡No me digan que no piensan pelear! ¿Por qué no inician un juicio?

Ante eso Peter saltó en su asiento.

—¡Muy inteligente, Cecile! ¿Con qué base podemos pleitear, si es obvio que tú entregaste todo el material a tu querida y leal amiga, tu pequeña mosquetera?

Cecile le gritó:

—¿Cómo puedes acusarme de...?

—No te estoy acusando de nada. Tú no has cometido ningún crimen. Eres sólo una mujer que habla demasiado. Tu intención no era arruinar todo mi trabajo; sólo querías...

Amos los interrumpió:

—Están malgastando energías. Y esto me agrava el dolor de cabeza que ya traía. Escúchenme. Alfred Cole es amigo mío; casi todos los sábados por la tarde viene a mi casa para jugar al tenis. Hoy debería venir. Voy a conversar cordialmente con él y a hurgar un poco, para hacerme una idea de cómo está el terreno antes de tomar ninguna decisión.

—Ten cuidado —le advirtió Peter—. Es abogado. Con todo respeto, tú no estás habituado al combate verbal.

—Bueno, tú tampoco. Pero estás en el medio del problema, así que deberías estar presente. Y tú también, Cecile.

—Tenía todas las intenciones de ir, aunque no me invitaran —replicó ella.

Alfred Cole, con su ropa de jugar al tenis y con la raqueta en las rodillas, echó una larga y pensativa mirada al extenso jardín, a las últimas rosas de verano que aún salpicaban el jardín de Amos Newman. Cuando volvió a hablar, en su tono intrigado había rastros de malhumor. Al menos, ésa fue la sensación de Cecile.

—Creía haber venido a jugar —dijo—. Pero seguimos sentados, parloteando sin llegar a nada.

—No es parlotear —corrigió Amos—. Para nosotros esto es muy importante —dijo, señalando a Peter con la cabeza—, como bien comprenderás. Es esencial, como dicen ustedes, los abogados.

—Podría comprenderlo si supiera algo sobre el asunto. Ya he tratado de explicarles que sólo soy el abogado de Dan Balsan. No tengo la menor idea de dónde se originó ese diseño, como no haya sido en la cabeza de Dan.

—¿Usted no conocía el diagrama que salió publicado en el diario? —preguntó Peter.

—Nada.

—Le aseguro que es mi diagrama, señor Cole.

—En ese caso, alguien debe de habérselo dado a copiar. O tal vez es pura coincidencia.

Amos volvió a intervenir.

—Alfred, ¿cuántos años hace que nos conocemos? ¿No fue el seis de junio del cuarenta y cuatro? Seamos francos, por favor. Esto no es coincidencia y los dos lo sabemos.

—Estamos hablando en círculos, Amos. Regresemos al comienzo.

Y Alfred continuó en voz baja, dirigiéndose a Peter:

—Sólo había otra persona que conocía tu trabajo: tu esposa. Era la única que tenía pleno acceso. Tú mismo lo admites. Por lo tanto, ella debió haber hablado sobre el tema; con quién, sólo cabe adivinarlo. Sólo ella conoce la respuesta.

Todos los ojos estaban puestos en Cecile. Presionaban, hurgaban, se clavaban en ella. Y de pronto se le hicieron tan intolerables que se levantó para alejarse.

Los peldaños de la terraza descendían hasta el largo pasillo que ella había recorrido con su traje de novia. En el extremo, donde entonces se levantaba el altar improvisado, había ahora una pequeña glorieta, donde en tardes de verano era posible sentarse a la sombra con un libro. Allí, en el silencio, entre las hojas amarillas que caían y los dulces recuerdos del pasado, todo era paz.

Pero algo rugía dentro de su cabeza. Era inútil; todos, desde Alfred Cole que era el enemigo, hasta los otros que no lo eran, habían llegado a la misma conclusión: la causante era ella. Hasta su madre había preguntado, suavemente:

—¿Estás segura de que no se te escapó nada, nunca? Sé de la confianza que hay entre ustedes dos.

"Sí, mamá; había una gran confianza. En otros tiempos éramos tres, ¿recuerdas? Y cada una confiaba en las otras. Claro que entonces éramos muy jóvenes..."

Cuando cedieron las palpitaciones y los bramidos, se levantó para volver a la terraza. Durante su breve ausencia se habían alzado las voces y la atmósfera estaba acalorada.

—¿Te das cuenta de lo que ha pasado aquí? —esa voz de bajo profundo era la de Amos—. Un gran hombre ha recibido un golpe tal que podría derribarlo. ¡Echar pintura a una obra maestra! ¡Plagiar un libro! ¡Presentar como propio el último experimento de un científico! Sucede a cada rato.

—Mi esposa es confiada —dijo el arquitecto—. Si en efecto ella reveló algo que debería haber callado, una mujer de honor no se habría aprovechado de su confianza. Tengo la impresión de que Norma es muy astuta. Pudo haber sonsacado a Cecile. Es la única de los Balsan que ha estado en contacto con ella.

Cole se levantó del asiento, gritando:

—Si vas a insistir con esa absurda acusación, si vas a entablarnos pleito, al menos ten la decencia de pleitear contra Dan Balsan, ya que de decencia hablas. Deja en paz a mi nuera. No tienes derecho a acusarla. Es un delito.

—No nos grites —clamó Amos—. Estás en mi casa. Respeta un poco.

—Me has hecho venir con falsos pretextos. Vine para jugar al tenis. —Alfred blandió su raqueta. —Hagan lo que quieran. Inicien el pleito. Tienen tantas posibilidades como una bola de nieve en el infierno. ¡Adelante, acudan a los tribunales! Pasarán por tontos. Harán quedar como tonta a esta muchacha, a Cecile. Ustedes mismos admiten que sólo ella tenía acceso a esos papeles. Si hay un culpable, es ella. Culpable de tener la lengua floja. Por lo que sabemos, bien pudo haber chismorreado con diez o doce amigas.

A Amos le ardían las mejillas.

—Sal de mi casa. Vete —ordenó.

—Ya me he ido —bramó Alfred, alejándose por el sendero—. Y no quiero verte ni a mil kilómetros de distancia.

De pie, petrificados, esperaron a que el ruido de su motor se perdiera a lo lejos.

Al ir en un auto, demasiado perturbado como para hablar, la mejor manera de evitarlo es poner música. Y eso era exactamente lo que Peter estaba haciendo. Cecile comprendía mejor que nadie su sensación de pérdida, como si alguien se le hubiera muerto. También comprendió que, una vez en casa, él subiera directamente a su estudio y cerrara la puerta. Aun así trató de establecer contacto.

—No has comido nada en todo el día. Te dolerá la cabeza.

—¿Y crees que este dolor de cabeza puede pasar llenándome la panza de comida? —fue la respuesta.

Al menos no había formulado la frase como hubiera podido: "...este dolor de cabeza que tú has provocado". ¡Pero ella no lo había provocado. Estaba tan segura que habría apostado la vida. Tenía sus debilidades y sus defectos, sí, pero el descuido y el olvido no figuraban entre ellos. Era terrible verse falsamente acusada y no tener ningún modo de probar la falsedad de la imputación. Desde luego, él acabaría por perdonarla, pero ¿cómo haría para olvidar? Ese episodio se interpondría siempre entre los dos, como un dolor crónico en el corazón.

Pasaron horas sin que Peter saliera de su estudio. Cecile no había podido leer, hacer las tareas domésticas ni acostarse. Con el sol ya muy bajo y dorado, tuvo la idea de que una larga caminata la ayudaría. Pero las secuelas del día, la fea escena con Alfred Cole, el enojo de Peter, pesaban demasiado. Sentía las piernas demasiado cansadas para andar por el campo. Sin embargo tampoco podía quedarse quieta.

Lo que hacía cuando los nervios no daban descanso al cuerpo era andar en círculos. Ir y venir por las habitaciones, recorrer el pasillo, salir al porche. Al pasar por la ventana del estudio, que daba al porche, echó un vistazo al interior. Peter estaba sentado ante la larga mesa que le servía de escritorio y tablero de dibujo, con los brazos cruzados sobre la mesa y la cabeza apoyada en ellos. A su lado, un diario abierto. Muy probablemente había tratado inútilmente de leer. La piedad corrió por el pecho de Cecile como un sollozo mudo.

De pronto, allí donde se extendían la piedad y el dolor, detrás de los ojos, algo la golpeó, dejándola petrificada. La luz dorada del atardecer cruzaba el porche, por debajo del tejado, y atravesaba la ventana hasta caer sobre el diario. Bastaba con inclinarse algunos centímetros para leer: "El equipo de hockey de East Side elige capitán". "Comisión debate la ley de Impuestos". Luego, toda una columna, a lo largo de la página, dedicada a un robo. Se leía con claridad.

Corrió adentro, frenética, y aporreó la puerta del estudio.

—¿Qué diablos pasa? —preguntó Peter, al abrir.

—Dame tu resumen. Tu diseño. Pronto.

—¿Qué te sucede? ¿No puedes dejarme descansar una hora en paz?

Ella no prestó atención a sus palabras. Recogiendo el precioso sumario de la silla donde él debía de haberlo arrojado, lo puso exactamente sobre el diario.

—Ahora ven conmigo al porche. Por favor. Hablo en serio, Peter.

Él la acompañó de mala gana, miró adonde ella le indicaba y desvió la cara.

—¿Y bien? ¿Qué hay con eso? —interpeló.

—¿No te das cuenta? Así fue como Norma se enteró.

—Ridículo. Para empezar, ella nunca estuvo sola en esta casa. Al menos eso es lo que tú aseguras.

—Nunca dije que no la haya dejado sola por un par de minutos. Para atender al cartero, para ir al baño. Norma siempre estaba agitada. A menudo caminaba de un lado a otro. Y un día...

—Y un día se le ocurrió.

—¿Quieres dejarme terminar, Peter? Fíjate cómo entra el sol por esa abertura entre las persianas. Apunta como una flecha a tu ventana. Tienes que encontrarla a la hora exacta, desde luego. Y en la fecha exacta. En otro mes, a otra hora, aquí habría demasiada sombra y estaría demasiado oscuro para leer. Pero en este momento, mira —sus palabras y su lengua galopaban—. Aquí está el diario de ayer, con las citas. Ella cambió algunas palabras, para que no fueran exactamente las tuyas. "Circunnavegar", donde tú pusiste "circular". Es su manera de hablar. Mira el resto, Peter: es tu diagrama. No es exactamente igual, pero sí en un noventa por ciento.

Peter lanzó un bufido desdeñoso.

—Se arriesgó bastante, ¿no? Pasar todo ese tiempo aquí, con papel y lápiz, mientras tú atendías al cartero a la puerta de calle. Esta página de medidas, de treinta y cinco centímetros de longitud, con márgenes estrechos. Hay mucha cantidad de datos para copiar. Y dudo que haya venido provista de una cámara adecuada. No, será mejor que pienses otra cosa, Cil.

—¡Peter! ¡Escúchame! No copió nada: lo memorizó. Norma tiene memoria fotográfica.

—No me digas que puede memorizar todo esto.

—Puede. Es capaz de grabarse toda una página de historia, con fechas y todo, en dos minutos. Cuando vivíamos juntas nos maravillábamos al verla. Amanda podría confirmártelo, si estuviera aquí.

Rara vez pronunciaba ahora ese nombre. Sonaba triste y lejano, como el eco de una campanada en el aire.

—Busca en tu memoria, Cil. ¿Podrías jurar que nunca, por casualidad...?

Una vez más fue demasiado. Ella rompió en llanto.

—¡No llores, por Dios! No puedo soportarlo. No llores. No volveré a preguntártelo. Ya pasó; cometiste una terrible equivocación y ya no tiene remedio. No llores más.

Un fino reflejo de sol se movía por los rincones, dejando el escritorio en sombras y el resumen de Peter, ilegible. Ella lo miró a la cara, nerviosa y llena de furia; al mismo tiempo vio que él trataba de dominar su cólera, porque la amaba. Sin duda, ella le estaba pidiendo que aceptara algo muy difícil de creer. La memoria fotográfica no es imposible, pero sí muy rara; más aún en un caso como ése, con todos los detalles de un diagrama complicado. Cecile imaginó sin dificultad aquellos momentos futuros en que Peter, silenciosamente y contra su voluntad, se vería nuevamente asaltado por esas horribles dudas. Pondría cuidado en no expresarlas, a fin de mantener la paz del hogar, pero allí estarían, pese a todo. Si al menos hubiera alguien que pudiera confirmar lo que acababa de decirle sobre Norma...

Por algunos instantes permaneció muy quieta. Súbitamente se le ocurrió una idea.

—Quiero que escuches a Amanda.

—¿Que escuche a Amanda? ¿Qué quieres decir? ¿De qué estás hablando? ¿Por qué cuernos tengo que hablar con ella? Además, ¿no dijiste que se había ido a California?

—Tal vez no haya partido todavía. Quiero que escuches desde la extensión, Peter. Ve al pasillo. Te lo pido por favor, muy seriamente. ¡Oh, por favor, hazlo por mí!

Marcó el número de Dolly, consciente de la respiración agitada de Peter en el otro teléfono, viendo la sombría desaprobación de su cara con tanta claridad como si lo tuviera a su lado.

—Está arriba, preparando su equipaje —dijo Dolly—. Por poco no la encuentras. Parte en el vuelo nocturno a California. Voy a buscarla.

—¿Llamas para despedirte otra vez? —preguntó Amanda.

—Bueno, sí, pero... Bueno, no es eso, exactamente. Llamé para pedirte un favor. Te parecerá cosa de locos, pero no: es muy importante. No voy a hacerte perder tiempo con explicaciones. Peter está escuchando por el otro teléfono. Quiero que te oiga responder algunas preguntas sobre Norma.

—No quiero hacer esto —dijo él.

—Por favor, Peter. Por favor. Es muy simple, Amanda. Sólo dile... dinos... qué sabes sobre Norma. ¿Hay algo fuera de lo común en ella?

—Caramba, qué pregunta extraña. ¿Fuera de lo común? ¿Te refieres a sus piernas?

—No, no. Piensa bien.

—¿Que se sentía incómoda en presencia de hombres?

—Otra cosa.

Hubo una pausa.

—Bueno, recuerdo que tenía un buen sentido del humor.

—Cierto. ¿Algo más?

—Estoy tratando de recordar. Ah, y es muy inteligente.

—Cierto.

—Una estudiante excepcional.

—¿En qué sentido? ¿Puedes especificar?

—Bueno, para empezar tenía memoria fotográfica. Le bastaba mirar una página por un par de minutos y ya podía recitar todo lo que había leído; pasaba a la página siguiente y hacía lo mismo. En verdad podría haber participado en uno de esos programas de juegos... cosas así.

—Gracias, Amanda. Eso es exactamente lo que necesitaba saber. Exactamente. No voy a entretenerte más. Que tengas buen viaje. Y no dejes de enviarme tu dirección en California, para que pueda escribirte con noticias de Stevie. Buena suerte.

Se oyeron los chasquidos de los teléfonos; primero, el de Peter; luego, el de Cecile. Él volvió al estudio con la mirada baja; era evidente que estaba avergonzado.

—Extraordinario —murmuró como para sus adentros.

No era, por cierto, buen momento ni ocasión para sentimientos de triunfo ni palabras tales como "yo te lo dije". Ella esperó, en un silencio atribulado.

—Yo... todo el mundo, pero yo más que nadie... debo pedirte disculpas por... por haber dudado de ti. Que no te haya creído... fue un ataque contra ti. Un ataque contra tu inteligencia, pensar que habías podido regalar mi trabajo, aunque fuera por accidente. ¡Tan luego tú! Estoy avergonzado. Lo siento mucho, Cil. Lo siento más de lo que puedo decir.

Una sonrisa pequeña y débil se deslizó por los labios de Cecile.

—No te aflijas. Mis padres también me atacaron. —Desapareció la sonrisa. —Pero ya nada de esto importa, ¿verdad? La terrible pregunta es qué vamos a hacer.

—Entablar pleito, supongo. Buscar un abogado. El mejor de la ciudad.

—Si éste fuera cualquier otro caso, recurriríamos a Alfred Cole. ¿No es increíble?

Ambos permanecieron inmóviles, de pie en el centro de la habitación, mirándose. De pronto sonó el teléfono.

Fue la voz de Norma la que llegó por el cable en tono de lamento.

—Acabo de enterarme de lo que sucedió en casa de los Newman. ¡Qué acusaciones terribles, cuando todo es pura coincidencia! Tú lo sabes bien, Peter. ¡Como si mi pobre hermano no hubiera sufrido bastante! ¡Y ahora lo atacan así!

—Nadie ha atacado a tu pobre hermano, Norma. Y de cualquier modo, no quiero discutir esto contigo —dijo Peter.

—Podemos acordar una reunión.

—No, Norma. Lo siento. No quiero hablar contigo. Y voy a cortar ahora mismo.

Cecile tomó una súbita resolución.

—Quiero hablar con ella. Quiero llamarla y proponerle que nos encontremos. Ni aquí ni en su casa. En terreno neutral; la biblioteca, el parque.

—Será horrible y no llevará a nada. No lograrás nada de ella. Sólo alterarte. Quien es capaz de hacer algo así no renuncia a lo robado, por mucho que razones o supliques. No lo hagas.

—Como sea, tengo que intentarlo.

Norma estaba nerviosa. Una enemiga nerviosa. No dejaba de removerse en el banco duro. Era obvio que habría preferido levantarse y huir de los ojos que Cecile mantenía deliberadamente fijos en ella. Aunque pareciera irónico, casi era posible compadecerla por sus aprietos.

—Sabes que estás mintiendo, Norma. Y sabes que yo sé lo que sucedió. Te estabas paseando de un lado a otro, como siempre, y viste algo que... lo admito, debería haber estado mejor guardado. Oh, ¿a qué mentir? ¿Por qué no lo reconoces, simplemente? No es necesario iniciar acciones legales. Somos personas decentes y podemos buscar una manera decente de arreglar las cosas.

Aun mientras hablaba tenía conciencia de lo inútil que era toda esa cháchara repetitiva, tal como Peter había predicho. No había ninguna "manera decente de arreglar las cosas", a menos que Balsan se retirara por completo. Y eso no iba a suceder mientras Norma estuviera a cargo. Nerviosa o no, era inconmovible. Si Amanda hubiera estado personalmente allí, habría podido atestiguar sobre la memoria de Norma. Pero eso era absurdo. ¿La pobre Amanda, presentarse como testigo confiable en los tribunales de esa ciudad? Y a pesar de todo, ella no era capaz de algo como lo que había hecho Norma. Amanda tenía corazón; bien hubiera podido abandonar a Larry, llevándose al bebé, pero no fue capaz de hacerle eso.

Cecile hubiera querido decir: "¿Te acuerdas de las tres mosqueteras, Norma? ¿Por qué nos has hecho esto, a mi querido Peter y a mí? Él siempre te trató bien. Hace apenas unos pocos meses..."

Pero ya se había dicho bastante. Era hora de poner fin a la conversación, hora de separarse. Sin hablar de volver a verse, sin estrecharse siquiera la mano, se separaron.

A menudo, en los días y las noches siguientes, entre una maraña de entrevistas, consultas con abogados y el incesante retintín del teléfono, Cecile tenía pensamientos amargos. ¡Qué estúpida podía ser la vida! ¡Qué frustrante, azarosa e injusta! ¿No era increíble que una amiga tan querida como Norma, casi una *hermana*, pudiera haber actuado de ese modo? ¿Y no era absurdo que el amorío de Amanda hubiera podido desquiciar la vida de Peter?

El aire estaba lleno de preguntas sin respuesta, diálogos secos y silencios tensos. Un día, impulsada por la preocupación y la impaciencia, Cecile estalló:

—¿Dónde está el problema? ¿A qué viene la demora? Todo parece muy sencillo. ¿Qué estamos esperando? Ya hemos malgastado dos semanas.

—No es tan sencillo —dijo Peter, ceñudo.

—¿Por qué? No entiendo. Es un robo. ¿Qué tiene de complicado?

—Tal como nos han dicho, ellos aducirán que tú hablaste locuazmente de la idea. Te pareció interesante que Larry hubiera tenido una idea similar, cuando Norma te la mencionó. Todo fue un amistoso intercambio de ideas. Y de cualquier modo, su proyecto no es exactamente igual al mío.

—No, por supuesto. Ella tuvo la astucia de cambiarlo un poquito, ¿no?

Peter suspiró. En los años que llevaban juntos, Cecile nunca lo había oído suspirar con tanta frecuencia como en esas últimas semanas.

—Bueno, nuestros abogados están elaborando una estrategia y no marcha tan rápido. Por ahora es todo lo que puedo decir —afirmó él—. Y debo decirte algo: aunque hay bastante certeza de que podríamos ganar, tú te verás muy involucrada, como puedes notar por lo que acabo de decirte.

—En todo caso, no me importaría.

—No sabes lo que son los interrogatorios y contrainterrogatorios en un tribunal. El otro bando tratará de hacerte pasar por tonta. ¿Es eso lo que quieres?

¡Peter se preocupaba por ella! Le habían destrozado el triunfo, tal como se saquea una ciudad, pero se preocupaba por ella. Invadida por una tremenda oleada de amorosa protección, exclamó:

—¡Te digo que no me importa! Quiero venganza. Pelearemos en los tribunales. Puedo pelear. Ve y dilo a todos. A los abogados, a Roland, a mi padre, a todos.

Intensamente conmovido, él la rodeó con sus brazos, sin responder.

Pasaban los días. Ya era la tercera semana de esas tribulaciones; como Peter se veía envuelto en ellas todos los días, inevitablemente, sin llegar a ninguna conclusión, Cecile dejó de interrogarlo. Él llegaba a casa a cualquier hora; cenaban tarde, frente al televisor, aunque nunca había sido su costumbre. Comprendía que su esposo aún no tenía novedades y guardaba un silencio preocupado; sólo se volvía de vez en cuando hacia él, con una mirada afligida.

Y siguió pasando el tiempo. Una noche, cuando Peter abrió la puerta de calle, Cecile le vio en la cara que al fin traía novedades.

—Siéntate —dijo él—. Hemos tomado una decisión. No vamos a ir a juicio.

—¿Qué? ¿Qué estás diciendo?

—Lo que oíste. Los abogados, tu padre, Roland... todos están de acuerdo. Se acabó.

Su tono lúgubre la horrorizó.

—¿Por qué? ¿Por mí? ¿Por no enredarme en esto? —Sí, ésa debía ser la causa. Su esposo y su padre querían protegerla. —¿Por quién me toman? ¿Por una señora cobarde y delicada, a la que se debe amparar? Deberías...

—No. Tu padre puede haber pensado así, pero es de otra generación. Yo te habría dejado pelear, porque te conozco y sé lo valiente que eres. Tú y yo estamos unidos en esto. El motivo es otro; no tiene nada que ver contigo. Simplemente, los socios no quieren pasarse años litigando. Ganaríamos, probablemente. Sí, es casi indudable. Pero costaría una fortuna. Y perderíamos un tiempo que los inversores prefieren utilizar en otra empresa. No será tan grandiosa como ésta, pero sí mucho más provechosa que atarse a los tribunales. Yo tendría que pleitear solo, cosa que obviamente no puedo permitirme. Así que se acabó, Cil. Desde su punto de vista, ellos tienen razón. Y si lo piensas bien, también nos conviene a nosotros. No vale la pena desgastar así el espíritu.

Ella rompió en lágrimas.

—Tu trabajo, tu visión... ¡este proyecto era tu hijo!

—Los hijos mueren —fue la respuesta.

Hubo un largo momento en el que ambos se miraron a los ojos. Y de pronto, por la cara serena y grave de Peter pasó aquella vieja sonrisa valiente, la que le había mostrado después de la pérdida de los gemelos.

—Allí afuera hay un mundo bello, a pesar de todo —dijo él—. Antes de que existiera este proyecto, tú y yo vivíamos y nos amábamos. Hagámoslo otra vez —le alargó los brazos—. Ven, Cil querida.

Más de una vez, con el correr de los años, Norma notó que Lester le echaba una mirada penetrante, cada vez que se mencionaba aquella "coincidencia". Si se hubiera tratado el tema, probablemente habrían tenido más de una pelea. Pero ninguno de los dos quería dificultades. Y tampoco Alfred Cole, tan renombrado por su espíritu de litigante. Era mejor no tocar el tema.

Sin embargo, no siempre era posible evitar que se entrometiera en los pensamientos. Por desgracia, hay personas bien intencionadas (¿o chismosos entrometidos?) a quienes les encanta correr a traer información que, sin duda, ha de resultar interesante. Así, con el correr del tiempo, Norma se enteró de que a Amanda le iba muy bien en California.

—Ella, según recuerdo —dijo alguien, durante una cena—, te hacía pensar que el mundo era un lugar feliz. Estaba llena de vida. Y era valiente. Se fue, tragó el remedio y comenzó de nuevo. Se hizo un lugar en el mundo. Hace obras de caridad en el hospital... ese tipo de cosas.

—Ahora tiene su propia *boutique* en Sacramento —informó otro—, y dicen que va a abrir una sucursal en los suburbios. Su casa es absolutamente encantadora, me han comentado. Ella es una gran anfitriona. Y no le faltan hombres, como es natural.

A esa altura, con aparente sorpresa, los comensales ya habían recordado la presencia de Norma y, en consecuencia, abandonaron inmediatamente el tema de Amanda.

"Con esa cara, ese cuerpo, esos rizos", pensó Norma, "se le puede perdonar casi todo, ¿no?". Peter había dicho una vez que ella era un imán. Y hasta Lester, su propio esposo, le repetía sin tacto alguno los comentarios de que Amanda cuidaba de sus padres y era conocida en California por sus obras de caridad.

"¿Por qué la gente no recuerda que mató a mi padre y estuvo a punto de matar a mi hermano? ¡No! ¡Prefieren hablar de su dulzura, sus sonrisas y su pelo rubio!"

Por suerte, California estaba muy lejos de Michigan; era muy improbable que Norma pudiera encontrarse un día con Amanda, al cruzar una calle. Con Cecile, en cambio, las cosas eran distintas.

Una noche, en un restaurante de la ciudad, ¿quién se detuvo a la mesa de Norma? Nada menos que la señora Lyons, parlanchina como siempre.

—El otro día vi a tus amigos, Cecile y Peter Mack. ¿Verdad que son una pareja estupenda? ¡Y esos niños, qué encantos! ¿Verdad que es extraño? En cuanto la gente se decide a adoptar, llegan los hijos propios. Los Mack han tenido suerte, porque el varoncito que adoptaron se parece bastante a las dos niñitas. ¡Que familia encantadora! ¿Ustedes siguen visitándose a menudo?

—No nos visitamos nunca —dijo Norma. Su voz sonaba dura, pero no le importó.

La señora Lyons enarcó las cenas.

—Ah, ¿no? Yo creía que eran muy buenas amigas.

—Lo fuimos.

—¿De veras? No sabía...

En ese momento su compañera se la llevó, posiblemente porque había visto la reacción de Norma.

"Sí, lo lamento por Peter", se dijo ella. "Tener el premio a la vista, ir camino al renombre nacional... Debe haber sido muy penoso. Pero le va muy bien con las restauraciones y tiene una bonita familia. Es más de lo que tienen muchos".

Algún hada buena seguramente había bendecido a Cecile al nacer. Tenía un padre digno de respeto, el amor duradero y apasionado de su esposo y, por añadidura, era bastante bella. Podía darse por conforme. Era mucho más de lo que Norma había tenido nunca.

"¿Por qué preocuparme por Peter y Cecile? Ella no fue leal conmigo ni con mi hermano. ¡Mira que llorar por Amanda! No: lo que hice, lo hice por Dan. Le ofrecí una cura milagrosa que lo salvó de la locura. En diez o doce ciudades hay edificios suyos. Aunque no tengan mucho mérito artístico, le han dado cierto renombre en esta zona. Es estupendo verlo viajar con Stevie. ¡Está tan orgulloso de ese hermoso niño!

"La gente dice que Stevie es la viva imagen de su abuelo... pero es mejor no pensar tampoco en eso.

"Pensemos, en cambio, en la fortuna que ha permitido a Dan dedicarse a la filantropía, sobre todo en favor de los niños que provienen de hogares deshechos. Una vez me dijo que esa fortuna llegaba a los dos mil millones de dólares. Bueno, siempre fue bueno conmigo. Y yo he sido buena con él.

"Sin embargo hay días en que los recuerdos duelen, como cuando se apaga cierta música. En esos momentos voy al último estante del ropero y saco una pequeña fotografía enmarcada. Y vuelvo a contemplar a esas tres muchachas de toga y birrete, de pie en el césped soleado".

Epílogo

—Dos mil millones de dólares —dijo el narrador—. Así termina la historia.

La tarde se había desteñido. El sol era una línea rubí en el horizonte. Mientras el Atlántico seguía castigando las rocas de abajo, los dos hombres, que se habían encontrado por casualidad después de tanto tiempo, seguían sentados allí, mirándose.

—Bueno, Amos, ¿qué opinas ahora sobre el "crimen" de Balzac? ¿Hubo aquí un crimen, en realidad? Después de todo, no se puede decir exactamente que ella...

—No, exactamente no.

—¿No se lo puede considerar como una patética lucha por sobrevivir?

Por la cara de Amos cruzó una expresión irónica, que se esfumó en una leve sonrisa. Tal vez el tiempo y los recuerdos, como suele suceder, iban ablandando los bordes afilados y malignos de la vida. ¡La naturaleza humana! No había cambiado tanto desde los tiempos de la antigua Roma. Desde mucho antes, en realidad.

—Supongo —dijo— que depende del punto de vista, Alfred. Como casi todo en este mundo. Creo que mi respuesta es "ambas cosas". Fue ambas cosas.